Das Buch

Als der junge William Kite auf der Flucht vor einer Anklage wegen Mordes in Liverpool Kapitän Makepeace kennenlernt und als Bordarzt auf dessen Schoner landet, glaubt er, das große Los gezogen zu haben. Doch noch während die *Enterprize* im Wechsel der Gezeiten um den Anker schwoit, entdeckt er, daß er mitten in der Hölle gelandet ist, denn der Guineafahrer ist nichts anderes als ein brutaler, westindischer Sklaventransporter. Trotzdem beweist Kite bereits auf der ersten Reise sein Talent als Seemann, eignet sich so viel Wissen über die Schiffsführung wie möglich an und wirft sich voll auf das Verständnis der Meridianhöhe, das Absegeln der Breite, die Lokalisierung der Fixsterne und alles, was ihm sonst noch helfen kann, ein richtiger Seeoffizier zu werden. Bald genießt er ein erfolgreiches und abwechslungsreiches Leben, bis die Liebe alle seine Pläne über den Haufen wirft …

Der Autor

Richard Woodman segelte schon 1960 als Deckshand auf den Tall Ships mit und begann seine seemännische Ausbildung bei der britischen Handelsmarine. Als Offizier fuhr er im Liniendienst vor allem nach Fernost und führte schließlich als Kapitän zwanzig Jahre lang einen Versorgungstender in englischen Küstengewässern. Er ist Autor mehrerer Sachbücher und wurde seit 1982 besonders mit seiner marinehistorischen Romanserie um Nathaniel Drinkwater berühmt.

Die maritimen Romane von Richard Woodman sind als deutsche Taschenbuchausgaben exklusiv bei Ullstein erschienen.

Richard Woodman

William Kite

Bewährungsprobe auf der *Enterprize*

Roman

Aus dem Englischen
von Uwe D. Minge

Ullstein

Umwelthinweis:
Dieses Buch wurde auf chlor- und säurefreiem Papier gedruckt.

Deutsche Erstausgabe im Ullstein Taschenbuch
1. Auflage August 2006

Titel der englischen Originalausgabe:
The Guineaman (Severn House Publishers Ltd., Sutton)
Umschlaggestaltung: Buch & Werbung, Berlin
Titelabbildung: Elliot William Captain, Sir John Jervis and his Squadron leaving Spithead bound for the West Indies, 1794
Gesetzt aus der Times bei Pinkuin Satz und Datentechnik, Berlin
Druck und Bindearbeiten: Ebner & Spiegel, Ulm
Printed in Germany
ISBN-13: 978-3-548-26461-5
ISBN-10: 3-548-26461-1

Inhalt

I BLUT

II EISEN

III KRIEG

IV WIND

»Solange die Löwen keine eigenen Geschichtenerzähler haben, werden die Jagdgeschichten immer den Jäger glorifizieren.«

Afrikanisches Sprichwort

I

Blut

Prolog
Auf der Flucht

Sein Atem rasselte jetzt schon schmerzhaft in seiner Kehle. Die Anstrengung des Laufens, immer wieder einen Fuß nach dem anderen zu heben, schien allmählich seine nachlassenden Kräfte zu überfordern, und dabei ging es stetig bergan. In seinem halbbetäubten Zustand schien ihm der Hügel sogar noch steiler zu werden, nachdem das spärliche Gras gefährlich rutschigem Geröll gewichen war, und hinter seinen Tritten polterten die Steine zu Tal. Sein Instinkt und die Vertrautheit mit dieser wilden Landschaft, die sich hier um die Seen erstreckte, hatten ihn weit hinauf zum Black Fell gelenkt. Dort wurde William Kite langsamer, denn er spürte, wie seine Muskeln von den Anstrengungen zitterten, die ihn diese Flucht kostete, wie sein Herz unter Schmerzen in seiner Brust raste und wie sich seine Wahrnehmung zunehmend vernebelte. Schweiß lief ihm in die Augen und durchtränkte auch seine Kleidung, ja, er schien kurz davor, ohnmächtig zu werden, und beinahe wäre er hingeschlagen. Zudem hatte er keine Ahnung, wie lange er gerannt war, und wußte nur noch, daß sich seine ganze Willenskraft auf die Anstrengung konzentriert hatte, seinen Verfolgern zu entkommen.

Aus seinem Lauf wurde ein stolpernder Trab, und nach und nach begann er seine Kraft zurückzugewinnen. Er merkte, wenn zuerst auch nur vage, wie die Nacht allmählich hereinbrach. In der Luft lag ein scharfer, kalter Hauch, der Regen ahnen ließ. Kite hob die Augen und sah – endlich – den Kamm des Hochmoores vor sich. Heftig atmend blieb er stehen und versuchte seine Gedanken zu ordnen, beugte sich, um Luft ringend, nach vorne und stützte die Hände auf die Knie. Seine Luftröhre beherrschte ein unerträgliches Brennen, seine Muskeln verkrampften sich, und die Feuchtigkeit auf seiner nackten Haut ließ ihn plötzlich erschauern. Dann hörte er einen Ruf und das Bellen der Hunde. Die Angst wühlte wieder in seinen Eingeweiden. Er unterdrückte einen Schrei, riß den Kopf hoch und begann wieder zu rennen.

Natürlich konnten seine Verfolger seine Silhouette vor dem sich nur langsam verfinsternden Himmel ausmachen, sobald er den Bergrücken überquerte. Aber erst als das Geröll wieder wegzurollen begann, was wiederum seine Füße aus Erschöpfung gefährlich wegrutschen ließ, wurde ihm klar, wie dumm es gewesen war, seine Position auf diese Weise zu verraten. Hätten die Anstrengungen der Flucht ihn nicht so in Anspruch genommen, hätte sein wacher Verstand so einen plumpen Fehler verhindert, aber jetzt war es zu spät. Etwa fünf Minuten stolperte er weiter so dahin, doch zunehmend wurde er unsicherer, wohin er trat. Er schwenkte seine Arme wie Dreschflegel, seine Willenskraft nahm im gleichen Umfang ab wie sein Stehvermögen. Dann taumelte er, und als er das Gleichgewicht verlor, befand er sich ausgerechnet an einem besonders steilen Stück des Hanges. Seine Schulter prallte gegen eine vorspringende Felsennase, der Aufprall wirbelte ihn halb um die eigene Achse, sein linkes Bein stolperte über das rechte, und er stürzte am Fuße des Felsens zu Boden.

Er fiel der Länge nach hin, klatschte in einen Pfuhl mit eiskaltem Wasser, der sich unter der Felsennase gebildet hatte, und mit dem Gesicht nach unten liegend schluckte er das brackige Naß. Schnell reckte er mit einer letzten reflexartigen Anstrengung den Kopf hoch, schnappte keuchend nach Luft und kroch wie ein verängstigtes Kind etwa zehn Meter in einer Umgebung vorwärts, die ihm seltsamerweise wie eine zauberhafte Landschaft erschien: weich und grün. Dann kam er langsam zur Ruhe, streckte sich unten im Flußbett lang aus, sein Kopf sackte zur Seite, er versank in Bewußtlosigkeit. Wasser sickerte in seinen offenen Mund, lief aber auch wieder hinaus. Dabei bestand die saftige Landschaft im Gegensatz zu seinen Visionen in Wirklichkeit aus nichts weiter als ein paar mächtigen Grasbüscheln und einigen Moospolstern, die seinem Körper im Dämmerlicht Deckung gaben.

Als seine Verfolger wenige Minuten später den Felsen erreichten, verloren sie seine Spur. In der zunehmenden Dunkelheit starrten sie in das Tal hinunter, und einer der beiden Hebblewhites deutete auf etwas, das etwa eine halbe Meile entfernt über einen Abhang hinuntersprang. Die beiden Männer beugten sich vor, so wie es auch ihr Opfer vor kurzer Zeit getan hatte, stützten die Hände auf den Knien ab und rangen nach Luft, während sie versuchten, ihre ferne Beute auszumachen. Sogar die Hunde ließen sich auf die Erde plumpsen, ihre Flanken hoben und senkten sich heftig, und ihre Zungen hingen aus den sabbernden Mäulern, während sie genauso hechelten wie ihre Herren. Einer der Köter soff schlabbernd Wasser aus der Pfütze, der andere schüttelte sich den Schaum von der Schnauze. Sie waren alle keine guten Läufer, und so waren Männer und Tiere völlig außer Atem.

»Dieser Hundesohn kann immer weiter in das Hochmoor laufen«, sagte einer der Häscher zwischen zwei tiefen Atemzügen und deutete mit dem Kopf auf den dunklen Schatten, der weiter unten gerade noch sichtbar war.

»Er wird zurückkommen«, entgegnete der andere. »Dann kriegen wir ihn.«

In diesem Augenblick begann es zu regnen, zuerst fielen nur ein paar zögerliche Tropfen, doch dann folgte ein plötzlicher Graupelschauer, der scharf auf die Erde herunterklatschte. Die Körner prallten vom Geröll ab, als eine Bö diesen Schauer durch das Tal nach oben trieb und dann über die Bergkuppe hinaus auf das offene Moorland. Ohne Übergang verwandelte sich das Dämmerlicht in finstere Nacht.

»Los, Phil, es wird Zeit, daß wir nach Hause gehen. Wir hetzen die Gerichtsdiener auf seine Spur, und beim nächsten Gerichtstag wird er in Carlisle in der Schlinge baumeln!«

Der Mann, den er Phil genannt hatte, folgte seinem Bruder nicht sofort, sondern starrte weiter nach unten in das Tal. Regen strömte über sein Gesicht. »Billy Kite!« röhrte er in den Wind. »Mit dir bin ich noch nicht fertig, du Bastard!«

Dann drehte er sich um und folgte seinem Bruder auf dem Weg, den sie gekommen waren. Schnell wurden beide von der Dunkelheit und dem wolkenbruchartigen Regen verschluckt, während weit unten am Rand des verlassenen Tals eine verängstigte Ziege wieder trittsicher ihrem Pfad folgte.

Ein paar Minuten später erlangte der Flüchtende wieder das Bewußtsein, denn die Verdunstungskälte seines durch die Anstrengung produzierten Schweißes und der eiskalte Niederschlag ließen ihn zittern. Langsam hob er den Kopf und verharrte einige bange Minuten in dieser Position. Er lauschte mit der wachsam gespannten Aufmerksamkeit eines gejagten Tieres in die Nacht, doch alles, was zu hören war, kam von dem Klatschen des Niederschlags auf den Steinen und dem leisen Jaulen des zunehmenden Windes. Der hochaufragende Felsen ließ ihn ein paar Sekunden lang erschreckt zusammenzucken, aber dann erinnerte er sich plötzlich nicht nur daran, was er da vor sich sah, sondern auch daran, wo er war. Er war beinahe fünf Meilen vom See weggelaufen, immer weiter den steilen Hang des Black Fell hinauf, bis weit über die Baumgrenze und sogar über die Hochweiden hinaus, wo die Schafherden grasten. Den Brüdern Hebblewhite hatte er ein gutes Rennen geliefert, soviel war sicher! Einen Augenblick lang glaubte er, daß es jetzt an der Zeit wäre, nach Hause zurückzukehren, aber dann traf ihn die Erinnerung an die grauenvollen Ereignisse des frühen Abends wie ein Hammerschlag und mit ihr die düstere Erkenntnis, daß er fortan als verdammte Seele galt. Durch seine Flucht hatte er seine Unschuld in Frage gestellt, niemand würde ihm jetzt noch glauben, daß er mit dem Tod des Mädchens nichts zu tun hatte.

O Gott, daß es seine arme Susie treffen mußte …

Der Schrecken dieser Vorstellung veranlaßte seinen Magen, sich in höchster Angst auszuleeren. Eine Rückkehr nach Hause war unmöglich geworden. Es blieb nur die Flucht. Immer weiter das Tal hinunter, hinter der Ziege her.

1
Das Flittchen

William Kite marschierte nachts, bei Tageslicht versteckte er sich und tauchte in einer der vielen Scheunen unter, einmal sogar auf einem Friedhof, an dessen Rand der Kirchendiener für sich eine kleine Bude gezimmert hatte, in der Hacke, Schaufel, Sichel und Sense aufbewahrt wurden. In der Nähe von Liverpool fand er dann Zuflucht unter den Überresten eines alten Bootes, das er am Strand des südlichen Ufers des River Ribble entdeckte. Zuerst war er sehr verängstigt gewesen, aber nachdem er den Süden von Lancaster erreicht hatte, ohne daß irgend jemand Zeter und Mordio hinter ihm herrief, begann er zuversichtlicher zu werden. Er war sich keineswegs im klaren darüber, welche Anschuldigungen ihm die beiden Brüder an den Kopf geschleudert hatten, als sie ihn am Leichnam ihrer Schwester fanden, aber seine Beziehungen zu dem toten Mädchen waren mit so vielen Mißverständnissen, Zweideutigkeiten und Schuld belastet, daß sich ein schmerzhafter Stachel in sein Gewissen bohrte. Dies und die bereits lange anhaltende Feindschaft mit Susies Brüdern trieben ihn mit den sprichwörtlichen Sporen des Teufels vorwärts.

Alle seine Ängste und Unentschlossenheit mündeten in dem Wunsch, so viele Meilen wie möglich zwischen sich und die Farm der Hebblewhites zu bringen, und damit auch zu der blutigen Szenerie, in die er an jenem schrecklichen Spätnachmittag hineingestolpert war. Die Erschöpfung ließ William Kite in einen tiefen Schlaf sacken, aber sobald er erwachte, wieder mit schmerzenden, verkrampften Gliedern und frierend, sprang er sofort auf die Füße und eilte weiter nach Süden. Er trank aus Flüssen und durchwühlte Küchenabfälle nach allem nur möglichen Eßbaren. Er fing ein Kaninchen und kochte es, so wie er das früher in seiner sorglosen Jugendzeit gelernt hatte. Doch diese Jugend schien jetzt ein Jahrhundert hinter ihm zu liegen und nur noch in ihrer verblassenden Unwirklichkeit golden aus der Vergangenheit herüberzuleuchten. Nur aus den widerstreitenden Spannungen, die sich aus seiner Unschuld an dem Tod des Mädchens einerseits und einem gewissen Schuldgefühl durch seine Beziehung zu Susie andererseits ergaben, erwuchs ihm die Stärke weiterzulaufen, zu entkommen, zu überleben. Und als ihn niemand aufhielt und auch der Wind das Gebell der Bluthunde hinter ihm nicht mehr herantrug, schwächte sich nach und nach die Panik ab, die ihm fast seine Kraft geraubt hatte. Er stellte fest, daß er wieder in der Lage war, logisch zu denken.

Während er nun gleichmäßiger marschierte und sich nur einmal vor einem nächtlichen Reisenden verstecken mußte, der auf einem schäumenden Pferd nach Norden galoppierte und den Ruch eines flüchtenden Straßenräubers um sich verbreitete, stellte William Kite fest, daß sein sich beruhigender Verstand leider eine ganze Reihe Gedanken hervorbrachte, die mit Bildern schieren Grauens einhergingen. Der Schatten des Galgens lag ständig drohend über seinem Weg. Der Schrecken der Exekution! Die Drohung vor den Entehrungen belastete ihn, die, wie er wußte, seine Ergreifung, die Gerichtsverhandlung und Hinrichtung über seinen Vater und seine Schwester bringen würde. Dazu kam die Unmöglichkeit, seine Unschuld in diesem England zu beweisen, das im Jahr der Gnade des Herrn 1755 nur allzu scharf auf Hinrichtungen war. Aber seine Angst verband sich auch mit seiner natürlichen Neigung zum Einzelgänger und einer Listigkeit, deren Ursprung in einer Kindheit und Jugend zwischen den Seen und Hochmooren Cumbrias lag und die es ihm jetzt erleichterte, den Kontakt mit den Menschen zu vermeiden. In einem guten Moment begann er einen Plan zu erstellen, so wie er es sich bei seinem Vater abgeschaut hatte, wenn dieser in dem kleinen Arbeitszimmer, das die Geheimnisse der Pharmakologie beherbergte, die Zutaten für ein besonderes

Medikament zusammenstellte. Bei dem Gedanken, daß er seinen Vater und seine Schwester nie wiedersehen würde, lief es ihm eiskalt den Rücken hinunter, aber die Umstände des Falles ließen keine andere Perspektive zu. Nur die trockene Logik des Apothekerberufs seines Vaters hielt William aufrecht. Vielleicht konnte er Soldat werden und sich in den Reihen eines regulären Bataillons verstecken, das nach Übersee geschickt wurde? Vielleicht ... Nur wenige Möglichkeiten fielen ihm ein, obwohl ihm tausend verrückte Pläne während seiner Wanderschaft durch den Kopf gegangen und wieder verworfen worden waren. Der Gedanke, daß er auf alle Fälle irgendwie überleben mußte, um seinen Vater wissen zu lassen, daß er unschuldig war, ließ ihn fast wahnsinnig werden.

Zu diesem Zeitpunkt fielen ihm plötzlich sein Cousin Francis und der Kaufmann in Liverpool ein, bei dem dieser Vetter als Lehrling arbeitete. Kite erinnerte sich sogar an die Adresse auf dem Brief, den sein Vater kürzlich an Francis geschrieben hatte, denn Kites verwitweter Vater hatte neben seinen beiden eigenen Kindern auch Francis großgezogen und seinen Einfluß bis zum äußersten ausgereizt, um dem jungen Mann den Arbeitsplatz zu verschaffen – auch um Francis nicht länger auf Kosten des mageren Gewinns durchfüttern zu müssen, den die Apotheke abwarf.

Während des vierten Tages, als Kite unter dem alten Boot am Ufer des Ribble kauerte, breitete er seinen Rock auf dem Boden aus, und nachdem er sein Hemd und seine Hose in dem salzigen Wasser gewaschen hatte, legte er beides zum Trocknen aus. Er hoffte, daß niemand auf ihn aufmerksam wurde, während er erschöpft unter den gesplitterten, geteerten Planken schlief, und als nichts passierte, fühlte er sich besser, indem er die Kleidungsstücke in dieser Nacht wieder anzog, trotz des klammen Kratzens des Salzes in seinem Hemd.

Am Ende des fünften Nachtmarsches erreichte er Liverpool. Er wollte eigentlich nur ein oder zwei Stunden rasten, fiel dann aber in tiefen Schlaf und erwachte erst gegen Abend in einem Zustand, der wieder nahe an Panik heranreichte.

Völlig verwirrt wanderte er durch die belebten, lauten Straßen des Hafenviertels, und derart ausgelaugt von der Angst und den zurückliegenden Anstrengungen, gelang es ihm nicht, die Unterkunft seines Cousins ausfindig zu machen. Aber nachdem er festgestellt hatte, daß er genug Geld bei sich trug, um sich einen Schlafplatz für diese Nacht in einer billigen Pension in der Nähe des Flusses leisten zu können, verfolgte er dieses Ziel.

Der Wirt musterte ihn von oben bis unten, schob einen Brokken Kautabak in die andere Backe, dann schnarrte er: »Du wirst wahrscheinlich das Zimmer mit jemanden teilen müssen, bevor die Nacht um ist. Aber ein junger Mann von deinem Schlag wird sich daran gewöhnen können, wenn er hier übernachten will.«

Kite war zu müde, um zu begreifen, worauf der Wirt anspielte. Er war sich nur der Wärme des Schankhauses bewußt und des Geruchs nach Haferbrei und vor sich hin köchelndem Eintopf. Eine Stunde später, nachdem er seinen Rock und die Schuhe ausgezogen hatte, streckte er sich auf der mit Flöhen verseuchten Matratze aus und zog die schmutzige Decke halb über sich. Doch schon ein paar Stunden später erwachte er wieder und setzte sich erschrocken kerzengerade im Bett auf. Die Tür des Zimmers stand offen, und im Rahmen lehnte ein großer Mann, der eine Kerze in einer Hand hielt. Seine andere Hand hatte er um die Taille einer jungen Frau gelegt, ihr Mieder war offen, und sowohl sie als auch der Mann waren offensichtlich betrunken.

»Da liegt schon ein junger Bursche im Bett, Jimmy. Ich wußte nicht, daß du eine *solche* Nummer mit mir durchziehen willst ...«

Sie brach kichernd ab und starrte Kite an, der eilig nach seinem Rock und den Schuhen griff. Jetzt erinnerte er sich an den Hinweis des Wirts. Er war verwirrt, es war dunkel, und er sollte schon längst wieder auf Wanderschaft sein. Die junge Hure erinnerte ihn außerdem an Susie, denn sie zeigte auch diesen feuchten und leicht geöffneten Mund, ein unordentliches Kleid und diesen animalischen Geruch, der sexuelle Absichten verrät.

Wieder dachte William Kite nur an Flucht, schob seine Füße in die Schuhe, packte seinen Rock, stürmte zur Tür und stieß dabei den schwankenden Seemann und sein Flittchen zur Seite. Der Seemann taumelte fluchend zurück, während Kite sich geschwind vorbeidrückte und zur Treppe rannte. Dort faßte er sich wieder und eilte in den Schankraum hinab. Hinter ihm hatte der Seemann einen halbherzigen Versuch unternommen, Kite zu packen, wurde aber von der Hure eilig in den Schlafraum gezogen. Dann schlug die Tür zu.

Der Schankraum war jetzt gut gefüllt, die Luft war dick von Tabakrauch, und heisere Stimmen unterhielten sich laut. Die Ansammlung von Männern zeigte Hautfarben jeder Schattierung, Männer mit roten Haaren, Kerle mit einem gelblichen Teint und jadeschwarzem Haar, sogar einen Chinesen mit diesen Schlitzaugen, von denen Kite bis jetzt immer nur in Erzählungen gehört hatte. Dazwischen drängten sich die örtlichen Liebesdienerinnen in ihren schäbigen, bunten Kleidern, die ihre Dienste wohlfeil anboten. Becher mit Ale oder Rotweinflips wurden von jungen Schankburschen und ein oder zwei Mädchen hierhin und dorthin getragen. Die allgemein schwüle Atmosphäre schien für einen jungen Mann, der während seiner Kindheit christlich erzogen worden war, nur einen Schluß zuzulassen.

»Ich bin in der Hölle«, murmelte er und suchte nach der Tür zur Straße.

Aber dafür war der Zeitpunkt schlecht gewählt, in diesem Fall war er sogar fatal, denn als William zur Tür und in die kühle Luft wollte, sprangen zwei Männer direkt vor ihm auf. Sie waren in eine erhitzte Diskussion über eine blöde grinsende Nutte verwickelt, die sich auf der benachbarten Bank zurücklehnte; der eine schubste den anderen weg, der wiederum hielt dagegen und schlug nach dem Angreifer. Im Handumdrehen prügelten sie sich.

William sprang vor dieser Teufelei einen Schritt zurück, während rings um ihn her anfeuernde und amüsierte Rufe aufbrandeten. Die Menge drängte sich an die Kämpfenden heran, und schon nach kurzer Zeit schlug der eine dem Gegner mit einem schweren Gurt gegen den Kiefer. Der glücklose Verlierer stürzte laut krachend auf die Bank zurück, und der Sieger wandte sich an die Frau, die ihn mit einem erregten Funkeln in den Augen ansah. Er streckte die Hand aus.

»Komm jetzt!« keuchte er und atmete schwer.

»Bist du sicher, daß du sie nach all den Faustschlägen noch schaffen kannst, Tommyboy?« fragte jemand aus der aufgeregten Menge, und alle brüllten vor Lachen.

Tommyboy aber ignorierte den Witzbold, zog die Frau auf die Füße, umarmte sie und drückte ihr einen Kuß auf den feuchten, geöffneten Mund. Die Umstehenden verloren das Interesse, und Kite wollte sich gerade an dem Pärchen vorbeidrücken, als der zusammengeschlagene Mann wieder munter auf die Füße sprang. Kite, der den Stahl blitzen sah, rief eine Warnung, aber es war zu spät. Das Messer beschrieb mit der Spitze nach oben einen Bogen und wurde bis zum Heft in den Hintern der Frau getrieben. Sie schrie auf, bog ihren Rücken heftig durch, und ihr Möchtegernliebhaber schwankte unter dem Anprall. Schon im nächsten Augenblick knallte eine Flasche auf den Kopf des Mannes mit dem Messer, und er stürzte zum zweiten Mal auf den Boden.

Kites Weg zum Ausgang war jetzt endgültig blockiert, denn die anderen Frauen kreischten und scharten sich um das Opfer. Er erhaschte einen schnellen Blick auf einen Strumpf und das rosa Fleisch des Schenkels, aus dem Blut strömte. Dann, inmitten des allgemeinen Schreiens und Kreischens, der lauten Rufe der Männer, die sich um die elende Schlampe drängten, reagierte er auf eine Weise, die er später niemals ganz erklären konnte. Vielleicht leitete ihn der Wunsch zu beweisen, daß er des Mordes gar nicht fähig war, dessen er im fernen Cumbria angeklagt wurde. Vielleicht stand er auch unter dem Zwang, seine angeborene Gutartigkeit unter Beweis zu stellen. Als ob es möglich gewesen wäre, irgendeines fernen Tages diesen Pöbel aus ungebildeten Seeleuten samt ihrer Dockschwalben in den Zeugenstand zu rufen, damit sie seinen edlen Charakter beschwören sollten …

»Macht einen Tisch frei!« rief er laut und befehlend, und mit einer weit ausholenden Armbewegung schob er die Becher und Flaschen auf den mit Sägespänen bedeckten Boden. Dann fügte er hinzu: »Legt sie hier rauf, und zwar fix, denn sie verliert Blut.«

Inmitten des ganzen Trubels wandten sich ihm ein oder zwei Gesichter zu. Deutlich war an seinem Rock und dem Halstuch zu erkennen, die bescheiden und ohne jeden Bezug zur herrschenden Mode waren, daß er nicht zur Sippe der Seefahrer gehörte, die normalerweise dieses Bierhaus bevölkerte. Schon seine bleiche Gesichtsfarbe unterschied Kite deutlich von diesen Kerlen, und dem Eindruck, daß er ein Gentleman war, wurde von seiner angemaßten Autorität Nachdruck verliehen.

»Legt sie auf den Tisch«, befahl William nochmals in seinem Eifer, die Blutung zu stillen, die ihn so schmerzlich an die verblutende Susie erinnerte. Vielleicht versuchte er etwas gut zu machen, vielleicht erinnerte ihn dieses Szenario fürchterlich an den Nachmittag vor ein paar Tagen. Er verwandelte sich in diesem unangenehmen Augenblick jedenfalls aus dem entnervten jungen Mann, der die Absicht gehabt hatte, aus einem Bierhaus im Hafenviertel zu fliehen, in den Jüngling, der Knochen richten und Blutungen stillen konnte. Diese Fähigkeiten hatte er bereits an Susies Kaninchen bewiesen, nachdem ein Fuchs es in der Mangel gehabt hatte. Er hatte sie auch an dem Hündchen seiner Schwester vorgeführt, nachdem Philip Hebblewhites Köter es arg verletzt hatte. Außerdem hatte er häufig die Flügel von Vögeln gerichtet, die sich in Netzen verfingen, einschließlich der Schwingen eines schönen Wanderfalken. So wollte er auch gerade Susie retten, als ihre Brüder ihn gefunden und sofort »Mörder!« geschrien hatten.

»Ich kann ihr helfen«, sagte er jetzt ruhig, blickte sich um und ignorierte das Mißtrauen in den Gesichtern der Zuschauer, die um ihn herumstanden.

»Tut, was er sagt«, befahl der Mann plötzlich, den alle Tommy nannten, und sein Gesicht war fahl unter der Sonnenbräune. Der Alkoholgestank überdeckte den Geruch von abgestandenem Schweiß. »Hebt sie auf den Tisch!«

Kite drehte sich um, fing den Blick eines Serviermädchens auf. »Hol mir sauberes Wasser und einen Lappen! Und eine Nadel mit Faden!«

Die verletzte Frau war ohnmächtig geworden, während Tommy sie ohne besondere Rücksichtnahme auf den Tisch gehievt hatte. Sie lag jetzt auf dem Bauch, eine große, dralle Person, die drei- oder vierundzwanzig Jahre alt sein mochte. In ihrem augenblicklichen Zustand schien sie William nicht besonders reizvoll, und vorsichtig lüftete er ihren dreckigen Rock und die verschmutzten Unterröcke, als plötzlich das Messer des Seemanns herausfiel. Er beugte sich vor, nahm es an sich, dann betrachtete er die Wunde, und die Menge verfiel vor angespannter Neugier in Schweigen. Der Stoß war nach oben gerichtet gewesen, so daß der Einschnitt der Klinge im oberen Bereich des Schenkels begann. Am tiefsten war der Stahl in das subkutane Fettgewebe eingedrungen, das die linke Pobacke polsterte, doch falls der verschmähte Freier beabsichtigt hatte, die Genitalien zu verletzen, dann war ihm das glücklicherweise nicht gelungen, die üppige Figur der Frau hatte sie vor dem sicheren Tod bewahrt. Einen Moment lang zogen bittere Gedanken über die kapriziöse Natur des Schicksals durch William Kites Kopf: Dieser betrunkene Seemann hier entging mit Sicherheit der Mordanklage, während er selbst, den man in einer äußerst kompromittierenden Situation überrascht hatte, weiter als Mörder gesucht wurde, obwohl ihn keinerlei Schuld an Susies Tod traf.

Kite verscheuchte die Gedanken und widmete sich der Arbeit. Die Wunde der Frau war nicht so schlimm, wie es im ersten

Moment durch den stetigen Blutstrom ausgesehen hatte. Sie trug keine Wäsche, aber Kite setzte das Messer an, um einen Teil ihres Unterrocks abzuschneiden, der durch den Stoß in das Fleisch hineingetrieben worden war. Anschließend zog er den Stoff vorsichtig aus dem klaffenden Schnitt, eine gute Portion Muskelgewebe drängte hinterher. Er rief nochmals nach Wasser, dann drückte er das Gewebe sanft zurück und zog die beiden Wundränder zusammen.

Ein Mädchen brachte nun eine Schüssel mit Wasser, und er wiederholte seine Bitte nach Nadel und Faden.

»Hier, mein Liebling«, säuselte eine der herumstehenden käuflichen Damen, zog an der Kordel eines kleinen Leinenbeutels und holte Nähzeug hervor. Kite wusch die Wunde aus, während die Frau das Garn einfädelte, und ein paar Minuten später hatte er den Schnitt mit einem halben Dutzend Stiche geschlossen. Er reinigte das Umfeld von dem getrockneten Blut, anschließend zog er den Unterrock der Frau über ihren Hintern, blickte den Mann an, der Tommy genannt wurde, und sagte: »Sie muß ruhig auf dem Bauch schlafen. Kannst du dafür sorgen?«

»Aye, ich denke schon, Sir.« Tommy sah niedergeschlagen aus.

Irgend jemand in der Menge ließ Kite hochleben, während dieser seine Hände in der Schüssel wusch und an dem schmuddeligen Handtuch abtrocknete, das ihm das Mädchen hinhielt.

»Sind Sie Chirurg, Sir?« erkundigte sich die Frau mit dem Nähzeug.

Kite grinste. Er war zu müde, um laut über diese lächerliche Vorstellung zu lachen, und auch zu müde, um zu widersprechen. Zu seinen Füßen begann sich der zu Boden gegangene Messerstecher zu bewegen, aber niemand schenkte ihm Beachtung.

Da schob sich der Wirt durch die Menge. »Trinkt eure Becher leer, anschließend werden sie eingesammelt, verdammt sollt ihr alle sein! Verschwindet sofort in eure Kojen, und Sie,

Sir, folgen mir bitte. Ich werde dafür sorgen, daß Sie nach all diesen Belästigungen eine ruhige Nacht haben.«

Kite schlief lange. Nachdem er erwacht und aufgestanden war, stieg er in den üblen Schankraum mit seiner abgestandenen Luft hinunter. Eine Frau wischte gerade die Tischplatten mit einem schmutzigen Lappen ab, und ein Schankbursche verschlang neben dem Feuer etwas, das wie Haferflocken mit Wasser aussah. Die Frau blickte sich nach dem Jungen um und nickte, woraufhin der Bursche sofort seine Schüssel absetzte und hinausflitzte. Einen Augenblick später kam er zurück, der Wirt folgte ihm.

»Wollen Sie frühstücken, Sir?« erkundigte sich der Wirt.

Kite blickte zweifelnd auf die Schüssel des Jungen. Doch grimmiger Hunger wühlte in seinem Magen, und so nickte er.

»Ich kümmere mich darum«, sagte die Frau und verschwand eilig in der Küche, während der Wirt den schon wieder löffelnden Jungen ansprach.

»Hau ab und berichte dem Käpt'n alles genauso, wie ich es dir vorgebetet habe, Junge.«

Wieder verschwand der Junge umgehend.

Kite setzte sich an den Tisch, den er in der letzten Nacht zum Zusammensticheln der aufgeschlitzten Schlampe benutzt hatte, und der Duft nach heißem Kaffee und frischem Brot erfüllte bald den Schankraum. Vor dem Kamin setzte sich der Wirt auf eine Bank, zündete sich eine kleine Tonpfeife an und taxierte seinen Gast über die Flamme hinweg, die am Ende des Fidibus hoch aufflackerte und dann in sich zusammensank. Er schüttelte den brennenden Span aus und blies eine Rauchwolke in die Luft.

»Wir haben bei uns nur selten die besseren Herrschaften zu Gast«, bemerkte er. »Ich nehme an, daß Sie ein Schiff suchen ...«

Überrascht blickte Kite auf. Diese Idee war ihm bisher nicht in den Sinn gekommen, aber sie bot sich plötzlich als die perfekte Lösung seines Problems an. Er würde eine beeidigte Erklärung verfassen, die er förmlich beschwören und an seinen Vater schicken konnte, und die Zeit, die während des Verlaufs seiner Seereise verging, würde das erste Gezeter zum Verstummen bringen. Sicherlich konnte bald auch der wahre Schuldige an Susies Tod vom Friedensrichter ermittelt werden. Wenn er selbst dann wieder nach Hause kam, würde die ganze Affäre vorbei und vergessen sein.

»Sie haben den richtigen Beruf für uns hier, und Kapitän Makepeace steckt in Schwierigkeiten, das, was er haben will, für die *Enterprize* zu finden …«

»Den richtigen Beruf?« erkundigte sich Kite verwundert, während ihm aufging, daß er nichts von Schiffen verstand und daß ihn daher nichts als potentiellen Seemann empfahl.

Der Wirt nickte. »Sie sind beileibe nicht der erste Lehrling eines Barbiers, den wir hier zu Gast haben und der vertraut damit ist, die Röcke einer Dirne anzulüften. Vermutlich haben Sie das genau einmal zu oft getan, und jetzt gart da eine kleine Pastete in dem heißen Ofen, in dem Sie doch nur Ihren kleinen Docht wärmen wollten, nicht wahr?« Der Wirt zwinkerte ihm zu, und ein Glucksen, das tief aus seinem Bauch kam, begleitete seine tröstlichen, besänftigenden Worte.

Kite runzelte die Stirn. Er war noch dabei herauszufinden, was der Wirt meinte, als die Tür aufflog und ein gutgekleideter Herr in den Schankraum stürmte. Er blieb abrupt stehen, stemmte beide Hände vor Kite auf den Tisch, und unter der vorderen Ecke seines mit Silberlitze verzierten Dreispitzes hervor blickte er Kite direkt in die Augen.

»Ich habe gehört, daß Sie den Arsch einer Nutte zusammennähen können, Mister …«

»Kite, Sir«, erwiderte der überraschte Kite, der gleich darauf bereute, seinen richtigen Namen preisgegeben zu haben. Langsam erhob er sich unter dem einschüchternden Blick des Fremden.

»Ich bin Kapitän Makepeace von der *Enterprize*«, fuhr der Fremde fort, er stützte sich immer noch auf seine Hände, hob aber den Kopf, um Kite beim Aufstehen im Auge zu behalten. »Ein Guineafahrer, Sir, vielleicht der beste in Liverpool, obwohl ich das selbst nicht behaupten würde.« Er hielt inne und betrachtete Kite mit kalten Augen. »Ich möchte, daß Sie als mein Schiffsarzt an Bord kommen.«

Plötzlich machte es einen Sinn für Kite, daß der Wirt ihn für einen Barbierlehrling gehalten hatte, weil er vermutet hatte, daß Kite der durch einen Arbeitsvertrag gebundene Assistent eines Feldscher-Barbiers war.

»Schauen Sie, ich habe kein ...«

Makepeace richtete sich auf, reckte sein Kinn vor, und unter dem Schatten des Hutes sah Kite, daß der Mann höchstens dreißig Jahre alt war. Auf eine gewisse Weise waren seine Gesichtszüge hübsch, die Haut war dunkel und wettergegerbt, ungeachtet des dunkeln Teints schimmerte sein Kinn schon ziemlich dunkel von seinem starken Bartwuchs, und er trug sein eigenes Haar – also keine Perücke –, das hinten zu einem festen Zopf zusammengebunden war. Die grauen Augen des Kapitäns bohrten sich hart in Kites Blick, und William spürte ein Gefühl von Unbehagen in sich aufsteigen, das so überwältigend war, daß es seinen Protest erstickte.

»Nun kommen Sie schon, Mister Kite, sagen Sie zu«, Makepeace schlug ihm mit einem freundlichen Lächeln auf dic Schulter, »daß Sie die Musterrolle unterschreiben werden, und ich kann Ihnen versichern, daß Sie eine profitable Reise machen, die Sie für den Rest Ihres Lebens saturieren wird. Ein Handgeld von einhundert Guineen zusätzlich zu Ihrer Heuer klingt nicht schlecht, nicht wahr? Ein Mann müßte ein Narr sein, wenn er so ein Angebot ausschlägt und statt dessen länger in einem Höllenloch wie diesem bleibt.« Makepeace machte eine umfassende Handbewegung in Richtung der armseligen Schänke und fuhr dann rasch fort: »Also, dann ist die Sache geritzt.« Er wandte sich ab, fischte ein paar Münzen aus seiner Westentasche. Dem Jungen schnippte er einen Kupferpenny zu, dem Wirt einen goldenen Halb-Sovereign. Damit war das Geschäft abgeschlossen. »Danke, Young. Ich nehme an, daß ich damit nicht mehr in Ihrer Schuld stehe.«

Der Wirt fing die Münze geschickt auf und erhob sich. »Keineswegs, Käpt'n. Wie gewöhnlich war es mir eine Freude, mit Ihnen Geschäfte zu machen.«

Kite spürte die Hand von Makepeace unter seinem Ellenbogen. »Kommen Sie, wir werden auf der *Enterprize*«, Makepeace senkte seine Stimme auf eine vertrauliche, verschwörerische Lautstärke herab, »ein wesentlich appetitlicheres Frühstück vorgesetzt bekommen.«

Kaum daß Kite die Zeit fand, sich seinen Hut auf den Kopf zu drücken, als er auch schon schwungvoll nach draußen auf die Straße gezogen wurde.

2
Das Tagebuch

Meine liebe Helen, schrieb er, und die geliehene Gänsefeder spritzte, während er die Buchstaben mit seiner schnellen Handschrift auf den Bogen kritzelte, *ich kann diese Zeilen nicht zu Papier bringen, ohne daß mich meine starken Gefühle fast überwältigen. Du wirst ohne jeden Zweifel gehört haben, daß ich als Mörder verantwortlich für den Tod von Susan Hebblewhite sein soll. Das ist nicht wahr, und ich würde bei euch sein und meinen guten Ruf verteidigen, gäbe es da nicht das Problem, daß mich die beiden Brüder Hebblewhite unter äußerst belastenden Umständen überrascht haben. Ich schreibe Dir, damit Du meinem Vater die Fakten unterbreiten kannst. Bitte, trag sie ihm auf die nachdrücklichste Weise vor, die Du Dir nur vorstellen kannst, also leidenschaftlich, wie Du mich liebst.*

Am letzten Freitag kam ich auf meinem Weg von Mr. Watkins Anwesen durch das Dorf, in dem ich, wie Du Dich sicherlich erinnern wirst, in Vaters Auftrag war …

Die Normalität des kurzen, ruhigen Spaziergangs am späten Nachmittag stand wieder deutlich vor Kites Augen. Er legte eine kurze Pause beim Niederschreiben seines Berichts ein, um sich das Vorspiel zu dem anschließenden Unglück zu vergegenwärtigen, und es schien ihm unvorstellbar, daß sich das Leben an einem derartigen Wendepunkt so abrupt, mit derart schrecklichen Konsequenzen verändern und ihn in eine so völlig verzweifelte Situation hineindrängen und bis an den Rand des Wahnsinns treiben konnte. Grenzenlose Bestürzung stieg in ihm auf. Er hatte das Gefühl, daß er am Rande des Irrsinns wandelte, während er sich der Aufgabe unterzog, seine Schwester und seinen Vater davon in Kenntnis zu setzen, was sich wirklich ereignet hatte. Ein stummer Schrei erstickte ihn fast, doch dann entsann er sich noch rechtzeitig seiner augenblicklichen Umgebung und wußte, daß er zunächst in Sicherheit war. Auch wenn die Enge seiner Kabine ihn an eine Zelle erinnerte, war er nicht in einem wirklichen Gefängnis. Nach ein paar Minuten beruhigte er sich und beugte sich wieder über seine Arbeit, diesmal noch entschlossener.

Bei Watkins handelte es sich um einen reichen, im Ruhestand lebenden Westindienkaufmann, der ein weitläufiges Haus in der näheren Umgebung des Dorfes bewohnte. Zwischen seinem Haus und dem Dorf lag die Farm der Hebblewhites, und Kite wollte gerade das wackelige Tor vor dem schmutzigen Wirtschaftshof passieren, als ein Schrei den ruhigen Nachmittag zerriß. William konnte sich kaum noch daran erinnern, wie er über den schlammigen, mit Kies bedeckten Hof zum weißgekalkten Steinhaus hinübergerannt war. Als sich der durchdringende Schrei wiederholte, änderte er die Richtung und stürmte im vollen Lauf in die angrenzende Scheune.

Als ich den Schrei aus der Scheune der Hebblewhites hörte, konnte ich noch keine Menschenseele auf dem Hof sehen. Ich rief, daß ich zu Hilfe kommen würde, und öffnete das Scheunentor. Drinnen war es dunkel, und ich hörte ein Rascheln und Wimmern, stolperte im Zwielicht vorwärts, bis ich plötzlich mit einem abscheulichen Anblick konfrontiert wurde. Susan war ganz nackt, aus ihrem Schoß ergossen sich Blut und Eingeweide auf das Stroh und den Dreck, ihr Bauch war mit einer Forke aufgeschlitzt worden, die ich herauszog. Daraufhin erhob sich ein großes Geschrei, so wie aus Freude, jedenfalls nahm ich das in meiner hoffnungslosen Konfusion an, denn ich zitterte am ganzen Körper und hätte fast geweint. Dann fühlte ich, wie mich von hinten Hände packten und herumrissen. Ich war plötzlich von solcher Wut erfüllt, daß ich das blutige Mordinstrument gegen Phil Hebblewhite und seinen Bruder Colin schwang. Sie wichen zurück und begannen

»MÖRDER! MÖRDER!« zu schreien, so als hätten sie mich in dem Augenblick überrascht, als ich die Bluttat verübte.

Ich erkannte sofort, daß es als starker Hinweis auf meine Schuld gelten würde, daß ich die Forke in der Hand hielt. Ich stach zweimal in Richtung der Brüder, damit sie mich passieren lassen mußten, und begann zu rennen. Oh, liebste Schwester, wie bereue ich jetzt diese unüberlegte Tat und die Flucht. Da sie wußten, daß ich vormals einige Gefühle für ihre Schwester gehegt hatte, dachten sie das Schlimmste, nämlich daß ich ihr ein Kind gemacht hätte und meine ruchlose Tat durch eine weitaus abscheulichere vertuschen wollte. Sie hetzten ihre Hunde auf meine Spur, aber als ob der Teufel selbst in mich gefahren wäre, konnte ich vor ihnen wegrennen. So kam ich nach vielen Beschwernissen an diesem Ort an und habe mich jetzt auf einem Segler nach der afrikanischen Küste eingeschifft.

Das einzige Ziel meiner Flucht war, den mörderischen Verdächtigungen von Colin und Philip Hebblewhite zu entgehen, die, wie Du nur zu gut weißt, für mich keinerlei Sympathie hegen. Ich habe nicht gewagt, direkt an Vater zu schreiben, aber bitte Dich inständig darum, daß Du ihm die verzweifelten Umstände klarmachen wirst, um ihn von meiner Unschuld zu überzeugen. Daß diese Angelegenheit vor den Gerichten verhandelt wird, ist etwas, das ich mit aller Kraft erhoffe, aber was auch immer geschehen mag, ich schwöre, daß ich unschuldig bin.

Kite legte die Feder zur Seite und vergrub sein Gesicht in den Händen. Der überhastete Versuch, sich seiner Schwester verständlich zu machen, ließ ihn mit einer Leere im Kopf zurück. Er wollte mehr schreiben, wollte seine überschwengliche Dankbarkeit für Kapitän Makepeace zum Ausdruck bringen, der ihm generös genügend Geldmittel als Vorschuß zur Verfügung gestellt hatte, damit er sich ein paar Kleidungsstükke und alles Nötige kaufen konnte. Natürlich wollte er auch Makepeaces bereitwillige Freundlichkeit, ihn aufzunehmen, erwähnen und ebenso, daß er dem guten Kapitän bisher die Tatsache verheimlicht hatte, daß er gar kein Chirurg war.

Wie es scheint, unterstützt mich – den Unschuldigen – das Glück, hatte William gedacht, doch als dann der Tag der Abreise herangerückt war, hatten sich seine Besorgnisse wieder verdoppelt. Kaum daß die Männer die *Enterprize* auf den Mersey hinausgewarpt hatten, umhüllte sie undurchdringlicher Nebel und hielt sie für zwei volle Tage gefangen. Der einzige Vorteil dieser Verzögerung lag darin, daß William nach Hause schreiben konnte, ein Unterfangen, das er zuerst als zu gefährlich eingeschätzt hatte, bis er sich daran erinnerte, daß eine Verteidigung nicht gleichbedeutend mit einem Schuldeingeständnis war. Als er so gleichmütig, wie es sein heftig pochendes Herz zuließ, Makepeace darauf ansprach, hatte ihm dieser versichert, daß der Lotse den Brief mitnehmen und zum Versand bringen würde. Denn auch das war ein Teil seiner Pflichten, außer darauf zu achten, daß die Schiffe ohne Schaden klar aus dem Mündungsgebiet kamen. Was den Rest anging: Kites allgemeine Besorgnisse und die Notwendigkeit, sich ein paar persönliche Dinge zu besorgen, und die Irritation wegen der Fremdheit dieser verwirrenden Umgebung, waren im langsamen Trott der Zeit untergegangen. Sein Gemütszustand aber neigte zu Perioden tiefster Depression, die ihn zurück in die angsterfüllten, schrecklichen Momente führten. Nur der Urinstinkt zu überleben und die starke, ermutigende Gewißheit, unschuldig zu sein, zogen ihn immer wieder vom Abgrund zurück. Also wandte er sich vom Betrachten des schwarzen Flusses und dem Versprechen des ewigen Vergessens ab und stürzte sich statt dessen mit schwungvollem Elan in die Geschäfte des Schiffes.

Abgesehen von kurzen Zusammentreffen war Kapitän Makepeace zunehmend abwesend oder beschäftigt und rückte so in Williams Bewußtsein in weite Ferne, während ihm auch die Gesellschaft seiner Offizierskollegen durch die unglücklicherweise überhasteten Vorbereitungen zum Auslaufen und dem damit verbundenen Chaos versagt blieb. Die übliche

Vorstellung, daß alles an Bord eines Schiffes gut organisiert sein müßte, schien mit der Wirklichkeit nichts, aber auch gar nichts gemein zu haben, während ständig Ausrüstungsgegenstände, Ladung und die unterschiedlichsten Handelsgüter an Bord der *Enterprize* strömten. Kite, der verwirrt und völlig hilflos war und sich sehr vernachlässigt fühlte, verspürte keine Hoffnung, die Unterschiede zwischen Geräten, Verbrauchsmaterialien und besonderen Stückgütern, die unter Deck gestaut wurden, je zu begreifen – sogar wenn er den Nerv dafür gehabt hätte. Alle Männer um ihn herum schienen mit fremdländischen Zungen zu reden, reichlich gespickt mit seemännischen Ausdrücken und endlosen Flüchen, wobei das ganze Wortgetöse auch noch gebrüllt wurde. Er stellte fest, daß sich dieses Crescendo immer weiter steigerte, je näher der Abfahrtszeitpunkt rückte. Doch nachdem die Decks plötzlich geräumt waren und sich die durcheinanderwuselnde Menge aus Schauerleuten und Matrosen separiert hatte, breitete sich eine seltsame, fast lautlose Ordnung auf den Decks der *Enterprize* aus. Diese schienen plötzlich weit weniger unordentlich, statt dessen schmückten sorgfältig aufgeschossene Leinen sie. In der Folge erschien Kite die Arbeit des Verwarpens hinaus auf den Fluß – mit einem Fetzen Segeltuch über den Köpfen, bis der Anker fiel – eine fast friedliche Angelegenheit zu sein.

Ein paar kleinere Pflichten waren von Kite zu erledigen gewesen. Makepeace hatte sich nach seinem kurzen und generösen Angebot, ihm zehn Guineen Vorschuß auszuzahlen, kaum noch mit ihm beschäftigt. Der Erste Offizier des Schiffes, der aber nicht Maat, sondern Leutnant genannt wurde, als ob er ein Offizier des Königs wäre, hatte sich ihm als Thomas Gerard vorgestellt und ihm auch das kleine Kämmerchen tief unten im Schiffsbauch gezeigt.

Herauszufinden, wo sich dieses genau im Schiff befand, und sich mit Hilfe der bekannten Örtlichkeiten zu orientieren, das kostete Kite dann volle drei Tage. Das Kämmerchen war gleichzeitig sein Vorratslager, in dem mehrere kleine hölzerne Kisten standen, die seine Pillen, Tabletten und andere Medikamente in Flaschen enthielten, dazu kamen ein gräßliches chirurgisches Besteck, ein Mörser mit Stößel und eine Sammlung schmutziger, mit Glasstöpseln verschlossener Flaschen. Nachdem er einen kurzen Ausflug an Land gemacht hatte, bei dem er sich ständig über die Schulter umgeschaut hatte, aus Angst vor der Festnahme durch Constabler, versorgte er sich mit ein paar Kleidungsstücken und einem neuen Paar Schuhe und beschäftigte sich mit dem oberflächlichen Versuch, eine Inventarliste seiner Ausrüstung zu erstellen. Er verbrachte mit dieser Arbeit viele Stunden und durchlebte dabei wieder und wieder diese schrecklichen Momente in Hebblewhites Scheune, nur unterbrochen durch laute Flüche, die ihn aus seinen obsessiven Alpträumen rissen. Später konnte er sich an kaum mehr erinnern als an das überwältigende Durcheinander vor dem Auslaufen. Nachts schlief er – allerdings unruhig, denn immer wieder wurde er durch Träume von Susie und ihrem aufgeschlitzten Bauch gestört. So vermischte sich die Realität mit diesen quälenden Schreckgespenstern, bis er schließlich kaum noch sagen konnte, was er von den grotesken Erfindungen seiner Einbildung denn nun tatsächlich gesehen hatte. Wie das mit Alpträumen so geht, vermengte sich sogar Susies Todeskampf mit seiner Arbeit beim Nähen des Hinterteils der Prostituierten, den höllischen Schmerzen während der Flucht und den sabbernden Hunden der Gebrüder Hebblewhite.

Der Nebel schlug sich als Nässe an jedem Tau und jeder Spiere nieder, so daß Wasser so gleichmäßig auf das Deck tropfte, daß man meinen konnte, es würde sich um Regentropfen handeln. Während die *Enterprize* im Wechsel der Gezeiten um ihren Anker schwoite und dabei in der undurchdringlichen Feuchtigkeit an ihrem Ankerkabel zerrte, beendete Kite den Brief an Helen. Warum er ihr als Adressatin den Vorzug vor seinem Vater gab, darüber war er sich selbst nicht im klaren. Vielleicht weil eine Korrespondenz mit ihr weniger auffällig war und jeder Brief, der an seinen Vater adressiert wurde, von den schattenhaften, aber nicht untätigen Vertretern des Gesetzes überprüft wurde. Trotz der Leichtigkeit, mit der William entkommen war, witterte seine hyperaktive Einbildung einen Constabler oder Hilfspolizisten hinter jedem Häuschen des Dorfes und unterstellte ihm, daß der Mann nur darauf lauerte, einen Hinweis, der zur Feststellung von Williams Aufenthaltsort führen konnte, mit Eifer zu verfolgen.

Die Anspannung verschärfte sich noch durch die vom Nebel verursachte Verzögerung. Sie erschien ihm als grausame und schicksalhafte Verlängerung seiner Qualen, sogar als sicheres Anzeichen dafür, daß man ihn doch noch ergreifen würde, um ihn am Ende in der Henkersschlinge tanzen zu lassen, nachdem man mit ihm vor dem Schwurgericht in Carlisle kurzen Prozeß gemacht hatte.

Aber so kam es nicht, denn als die Ebbe an diesem Nachmittag einsetzte, verschwand der Nebel so schnell, wie er gekommen war, und mit gleicher Eile hievte die *Enterprize* den Anker. Die plötzliche Bewegung an Deck und der Klang des Shantys beim Ankerlichten ermunterten Kite, und er ging an Deck, wo er sofort von dem grölenden Strom aus Männern aus dem Weg geschoben wurde, die an den langen Spaken um das Spill herumtrabten. Im nächsten Augenblick drückten ihn fluchende Matrosen mit ihren Schultern zur Seite, die unter dem Absingen eines weiteren mißtönenden Gesangs die Rahen vorhievten. Er schaffte es jedoch, seinen Brief und einen Halb-Sovereign dem Lotsen zu übergeben. Dann trieb er sich lange genug untätig an Deck herum, um sich über die ganz offensichtliche Aufsässigkeit des Textes des Shantys zu wundern. Die Worte verunglimpften den Namen des Kapitäns und seiner Offiziere in einer wahren Orgie von Subordination, aber weder Makepeace, der neben dem Rudergänger und dem Lotsen stand, noch Gerard, der nach oben zu den aufsteigenden Rahen blickte, schien davon die geringste Notiz zu nehmen, und als der Leutnant »Belegen!« brüllte, endete das unziemliche Lied sofort. Die Männer gaben genug Lose in die Leinen, damit die Kameraden an den Nagelbänken sie geschickt belegen konnten, dann wurden die Tampen sauber aufgeschossen. Der Moment der Beinahemeuterei war offensichtlich vorüber.

Kite brauchte einige Zeit, um zu begreifen, daß das alles nur ein Ritual war, ein bedeutungsloser Gesang, um die ungeheuren Anstrengungen zu koordinieren, also lediglich ein Ausdruck der Bündelung der Kräfte der Mannschaft für eine spezielle Aufgabe wie das Hieven der schweren Rahen. Schulterzuckend zog er sich unter Deck zurück und ergab sich in sein Schicksal.

Unten angekommen, zögerte er einen Augenblick lang, dann griff er sich aus einem der roh zusammengezimmerten Regale, die neben den Schotten seines Schlupfwinkels standen, einen der Ordner, der von der letzten Reise übriggeblieben war. Er riß ein halbes Dutzend Seiten mit Berichten heraus und begann sein Tagebuch.

In meiner äußersten Verzweiflung, schrieb er unter das Datum und begann mit einem einzigen Hinweis auf sein privates Unglück, *beginne ich dieses Tagebuch meiner Seereise auf der* Enterprize, *Brigg aus Liverpool, unter dem Kommando von Kapitän Makepeace. Wir sind nach der Küste von Guinea bestimmt, und ich weiß nicht, welche Ereignisse uns in der Zukunft erwarten, aber ich bin entschlossen, daß sie auf diesen Seiten einen wahrheitsgetreuen Berichterstatter finden, auch wenn diese Begebenheiten, wie immer sie aussehen mögen, gegen meine guten Absichten in dieser Welt stehen sollten.*

Er lehnte sich zurück. *Gegen* seine guten Absichten oder *im Einklang* mit ihnen? Er überlegte, ob er das erste Wort ausstreichen und durch den zweiten Ausdruck ersetzen sollte, verwarf dann aber diesen Gedanken. Wen kümmerte es schon? Er schrieb dieses Tagebuch nur zu seiner eigenen Ablenkung. Niemand würde jemals darin blättern, sehr wahrscheinlich würde sogar er selbst die Worte kein zweites Mal lesen, aber das Geschreibsel konnte zu einem Ventil für seine Verzweiflung werden und ihm helfen, die Bürden seines neuen Lebens zu ertragen.

Der Wind erlaubte es bald, einen Schlag nach Südwesten zu machen, dabei war er schwach genug, um die *Enterprize* nur in wiegende Bewegungen zu versetzen, und Kite schlief während der restlichen Nachtstunden tief und fest. Als er erwachte und an Deck kam, schien sich die Welt völlig verändert zu haben, und der Anblick ließ seine Laune sprunghaft steigen. Von Natur aus war er ein fröhlicher Typ, wenn auch einer der nachdenklichen Sorte, und er ließ sich üblicherweise nicht von den blauen Teufeln[1] unterkriegen. Sonnenstrahlen tanzten auf der See, die dadurch ein funkelndes, helles Grün zeigte, und jede Menge Möwen tummelten sich zusammen mit schwarzen Alken in der Höhe. Ihre Flügel schlugen energisch, dann glitten sie auf ihrem Weg zurück zur Küste dicht über der Wasseroberfläche davon, wo sich an Backbord achteraus die Hügel von Holy Island erhoben. Dahinter konnte William die Berge von Carnarvon erkennen, auf denen noch Schnee lag, und der Anblick dieser fernen Höhen, die ihn sosehr an die Gipfel und Hochmoore seiner Heimat Cumbria erinnerten, erfreute ihn und machte ihn gleichzeitig traurig. Das Gefühl des Abschiednehmens lastete bedrückend auf ihm, eine ungewisse Zukunft lag vor ihm, und was er für immer zurückließ, war ihm bewußt. Trotzdem spendete ihm dieser Anblick Trost, er wertete ihn als ein Lebewohl, fast wie ein segensreicher Wink des Schicksals – und er erinnerte sich wieder einmal daran, daß er wirklich und wahrhaftig unschuldig war. Wie auch immer die Hebblewhites den korrekten Ablauf der Ereignisse verbogen und entstellt haben mochten, überlegte er in der Sicherheit der auslaufenden *Enterprize*, was immer das Schicksal für ihn in petto hatte – er wußte, daß er unschuldig

1 blue devils (engl.): umgangssprachlicher Ausdruck für Depressionen (Anm. d. Ü.)

war. An diesem Punkt seiner Überlegungen stolperte er, fiel gegen die Großmastnagelbank in Lee, und zum ersten Mal spürte er ein zunehmendes Unwohlsein durch die Schiffsbewegungen, als die *Enterprize* auf eine lange Dünung traf, die aus dem Südwesten heranrollte.

»Ihnen müssen erst noch Seebeine wachsen, Mister Kite«, rief eine Stimme.

Als er sich umdrehte, sah er Kapitän Makepeace auf dem Achterdeck stehen.

»Jawohl, Sir«, antwortete Kite und suchte sich seinen Weg vorsichtig über das Deck, als eine Gischtwolke über den Luvsteven aufstieg.

»Das wird schon. In ein oder zwei Tagen werden Sie mit der Haltung eines alten Salzbuckels über das Deck rollen, genauso angepaßt an die Schiffsbewegungen wie der Rest dieser Herumtreiber.« Makepeace hielt inne und studierte den Neuzugang unter den Offizieren der *Enterprize*, als ob er ihn zum ersten Mal sehen würde. »Hat Gerard Sie in Ihre Pflichten als Chirurg eingewiesen?«

»Nun ja, Kapitän Makepeace, er hat mich mit dem Fakt vertraut gemacht, daß ich mich um die Kranken kümmern und einen täglichen Termin für diejenigen Männer der Besatzung einrichten muß, die mich wegen ihrer Krankheiten zu konsultieren wünschen, aber bis jetzt …« Kite verspürte eine seltsame Übelkeit, und kleine Schweißtropfen erschienen auf seiner Haut.

»Gut, Sie werden einige Zeit selbst unter den Kranken sein, wage ich vorherzusagen«, unterbrach ihn Makepeace, »danach haben Sie Quecksilber und Kaliumpermanganat gegen Lues und Gonorrhö zu verabreichen.« Makepeace machte eine Geste zum Vorschiff. Die Männer der Wache holten gerade den Fockhals auf den Butluv runter, während Gerard sie beim Trimmen der Rahen für eine Kursänderung überwachte. »Ein paar dieser Nichtsnutze werden sich in Liverpool etwas eingefangen haben, der Teufel soll sie holen.«

»Kapitän Makepeace«, brach es plötzlich aus Kite heraus, »Sie sollten wissen, daß ich kein Zertifikat habe. Ich bin kein richtiger Chirurg.«

Makepeace trat zu Kite heran und packte ihn am Arm, er drehte den Jungen nach Lee, schob ihn nicht allzu sanft an die Reling, dann beugte er sich an sein Ohr hinunter. »Mister Kite, Sie sollten wissen, daß ich davon überzeugt bin, daß Sie die Pflichten eines Schiffsarztes meistern können. Ein Mann, der den Hintern einer Frau zusammennähen und Quecksilber in den Schwanz eines Matrosen träufeln kann, ist in der Lage, alle Aufgaben eines Chirurgen auf einem Guineafahrer gut zu erledigen. Außerdem war ich selbst früher Schiffsarzt, ja, ja, schauen Sie nicht so überrascht aus der Wäsche, das ist eine notwendige Qualifikation, genau wie die, als Steuermann gefahren zu haben, wenn man ein Schiff kommandieren will, das zur Küste von Guinea bestimmt ist. Nur mal angenommen, daß Sie Ihre zwei Reisen als Knochenflicker oder als Maat gemacht haben, dann könnten Sie selbst Kapitän werden. Sie werden dann Papiere genug haben, sogar für den Fall, daß die Surgeon's Hall[1] keine Ahnung von Ihrer Existenz hat. Außerdem, Mister Kite, eine Guinee oder zwei reichen aus, um die Papiere, die Sie benötigen, zu besorgen, und das Custom House[2] in Liverpool erfährt niemals, daß Ihre Dokumente ebendiese Summe gekostet haben.«

Kite runzelte die Stirn, langsam begann er zu verstehen. »Sie meinen, daß Sie falsche Papiere besorgt haben, die besagen, daß ich ein Chirurg bin?«

»Ich würde es nicht ganz so brutal formulieren, Mister Kite«, entgegnete Makepeace trocken. »Sie werden ganz gewiß kompetent sein, wenn diese erste Reise vorbei ist, da bin ich mir ganz sicher. Immer vorausgesetzt natürlich, daß Sie überleben.«

1 Surgeon's Hall: eine zentrale Erfassungsstelle für Ärzte (Anm. d. Ü.)
2 Custom House: königliches Zollamt (Anm. d. Ü.)

Später in dem kleinen Vorraum, von dem die Türen zu den Kabinen der Offiziere abgingen und der ihnen als Messe diente, wandte William sich an Gerard. Der Erste Maat – oder Leutnant, wie er auf der *Enterprize* genannt wurde, denn das Schiff besaß ein Dutzend Kanonen und war während des letzten Krieges ein Freibeuter gewesen – stieß diskret hinter der vorgehaltenen Faust auf, betupfte seine Lippen mit der Serviette und betrachtete den Fragesteller über sein Glas hinweg. Sie hatten von den frischen Lebensmitteln gekostet, und Gerard war in großzügiger Stimmung, obwohl er kein Freund dieser Feuerfresser war, die Seeoffizieren das Leben zur Hölle machten, wenn sie frisch von Land kamen und dort die einfachsten Bequemlichkeiten des Lebens hinter sich zurückgelassen hatten, die man in der schlichtesten Hütte als selbstverständlich ansah. Er blickte mit einiger Vorfreude auf die bevorstehende Reise, denn er sah in ihr eine Herausforderung wie auch eine Chance und verfügte über ein etwas hitziges Temperament. Aber im Augenblick neigte Mister Gerard dazu, freundlich zu sein.

»Nun, Mister Kite, Sie sind natürlich noch ein Fremder unter uns, aber ich vermute, Sie wissen, was ein Guineafahrer ist?«

Kite zuckte unschlüssig mit den Schultern. »Ein Schiff, das Handel an der Küste von Guinea treiben will, einem Landstrich, von dem ich vermute, daß er irgendwo in Afrika liegt.«

Gerard nickte. »Gut. Sie sind also kein kompletter Ignorant. Und was noch?«

Die Betonung des Adjektivs machte klar, daß Gerard über den falschen Status von Kite zumindest so seine Vermutungen hatte. Dieser zögerte entsprechend mit seiner Antwort und sagte dann: »Nun, äh, wir werden mit den Produkten des Landes nach Hause zurückkehren. Elefantenzähnen, könnte ich mir vorstellen, Gewürzen, Juwelen und, äh, Tigerfellen. Was sonst könnte einem bescheidenen Schiffsarzt die hundert Guineen einbringen, die Kapitän Makepeace mir versprochen hat? Ach, Sir, Sie lachen mich aus! Sie wissen es natürlich besser, verdammt. Sind meine Vermutungen so abwegig?«

»Nur ein wenig«, beruhigte ihn Gerard, beugte sich vor und füllte Kites Glas wieder. »In Afrika gibt es keine Tiger, falls Sie allerdings über einen Leoparden stolpern sollten, könnte das unglücklich für Sie ausgehen. Aber Ihr größter Fehler ist, daß Sie annehmen, daß wir direkt nach Hause zurückkehren. Denn erst segeln wir noch nach Brasilien oder Westindien mit der, äh, Ladung, die wir an der Küste übernehmen werden ...«

»Sie meinen die Guineaküste?«

»Genau die.«

»Und diese Ladung besteht nicht aus Elefantenzähnen?«

»Nun, wir werden sicherlich auch ein gewisses Quantum an Elfenbein übernehmen, aber das ist nicht die Haupteinnahmequelle, aus der Ihr Profit von einhundert Guineen sprudelt. Ihre Hauptaufgabe und folglich das Wichtigste auf jedem Guineafahrer, der einen Schiffsarzt mitführt, ist nicht die Versorgung der Lümmel da vorne, die als Matrosen angemustert haben, obwohl man natürlich von Ihnen erwartet, daß Sie dafür sorgen, daß wir so wenige wie möglich von diesen Kerlen verlieren. Aber vor allem werden Sie sich um die Mohren kümmern, die wir an Bord nehmen.«

»Mohren?« Kite runzelte die Stirn. »Sie meinen – Sklaven?« Die Wahrheit dämmerte ihm. Seine Voreingenommenheit durch die privaten Probleme hatte verhindert, daß er Nachforschungen betrieb, obwohl er eine große Anzahl Ketten sowie Hand- und Fußschellen auf dem Schiff entdeckt hatte. Er hatte vage vermutet, daß es sich dabei um Exportartikel handeln würde.

Jetzt nickte Gerard. »Mohren, Neger, sowohl Männer als auch Frauen.« Gerard grinste freudlos. »Und deren Wohlbefinden, mein lieber Kite, wird Ihre größte und einzige Sorge sein. Und darüber hinaus, darf ich mir erlauben hinzuzufügen, steht die Besorgnis, alle am Leben zu erhalten, bei uns an erster Stelle. Sie werden feststellen, daß wir die Neger an

Bord der *Enterprize* gut behandeln. Sie werden nicht, wie Sie es vielleicht von anderen Schiffen gehört haben, mißbraucht, geschlagen und über Bord geworfen, denn sie sind eine sehr wertvolle Ware, und unser Kapitän wird sie mit einer nicht unbeträchtlichen Summe Geldes, Handelsware und Rum erwerben müssen. Außerdem, mein lieber Kite, und darauf sollten Sie als Schiffsarzt allergrößte Beachtung legen, berechnen sich die Heuern, die dem größten Teil der Besatzung auszuzahlen sind, nach der Zahl der Schwarzen, die die Märkte in Brasilien oder Westindien lebend erreichen.«

»Also liegt die Bürde des Erfolgs dieses Unternehmens auf meinen Schultern?«

Gerard trank sein Glas aus und erhob sich. »Richtig, wenn auch nicht völlig, mein lieber Kite, denn wie Sie feststellen werden, hat Kapitän Makepeace ein sehr großes – nein, besser gesagt – ein sehr persönliches Interesse am Wohlergehen der Mohren, falls das in diesem Zusammenhang das richtige Wort für die Gesunderhaltung der Schwarzen sein sollte. Und jetzt entschuldigen Sie mich bitte, ich habe nur knapp drei Stunden Zeit, bevor ich wieder an Deck muß. Ich brauche ein wenig Schlaf.«

Am folgenden Abend stand die *Enterprize* irgendwo nördlich und westlich der Scilly Islands und lief in einen Sturm. Für Kite war diese Erfahrung überaus erniedrigend, denn die latente Übelkeit, die ihn quälte, seit das Schiff die Skerries vor Anglesey umrundet hatte, entwickelte sich jetzt zu einer Serie heftiger Magenkrämpfe mit schmerzhaftem Erbrechen, das so anhaltend war, daß sein Schlund wund wurde und sein Darm zu nichts anderem mehr fähig schien, als wildes Geknatter von sich zu geben. William störte sich an seinem eigenem Gestank, war aber nicht in der Lage, seine Schwäche zu überwinden, sondern lag lang hingestreckt, da die Bewegungen des Schiffes bewirkten, daß sich alles vor seinen Augen drehte. In seinem einsamen Leiden erinnerte ihn das an den Zustand, in dem er sich befunden hatte, als man ihn einmal betrunken gemacht hatte. Er war erst zehn Jahre alt gewesen, als Colin Hebblewhite ihm gewaltsam Ale einflößte und ihn in den Zustand einer toxischen Betäubung versetzte. Zwei Tage hatte es gedauert, sich davon zu erholen. Sein Vater hatte ihn wie einen schweren Vergiftungsfall behandelt, und später hatte er sich mit wenig Erfolg bei dem alten Hebblewhite beklagt.

»Das war doch nur ein Spaß, Mister Kite«, lachte der Bauer, »Jungs sind eben Jungs, nicht wahr?«

Mister Kite hatte seinem Sohn empfohlen, in Zukunft die Gesellschaft der Hebblewhites zu meiden, aber die machten sich immer wieder an William Kite heran, weil er stets eine dankbare Zielscheibe für ihre bösen Späße und Grausamkeiten war. Kite war im selben Alter wie ihre jüngere Schwester Susan, und er hatte in der kleinen Schule, die es glücklicherweise in ihrem Dorf gab, neben ihr gesessen. Sie hatte er als erste geküßt und später forschend und neugierig an ihr herumgefummelt, als sie einen Busen bekam. Sie teilten aber auch andere Erfahrungen, denn ihre Mütter waren im Kindbett gestorben, und sowohl Kite als auch Susan hatten schwer unter dem Verlust gelitten. Doch die subtilen Schranken zwischen den sozialen Schichten hatten sie dann ihrem Platz im Leben zugewiesen. Joseph Hebblewhite wirtschaftete erfolgreich auf gepachtetem Land, hielt wenig vom Lernen und benötigte seine stämmigen Jungs als Arbeitskräfte auf seinem Acker. Jaybez Kite dagegen übte seinen Quasiberuf inmitten einer kleinen Bibliothek aus, die aus zerlesenen Büchern bestand. Er hatte sie geduldig zusammengesammelt, einige hatte er für Heilpflanzen in Zahlung genommen, andere hatte er in Carlisle oder Cockermouth gekauft. Die Hebblewhites legten jedenfalls großen Wert auf eine klare gesellschaftliche Abgrenzung, obwohl es die Kitekinder waren, die im Pfarrhaus spielen durften.

Während der Pubertät hatten sich die Wege von Susan und Kite getrennt. Er war auf das Gymnasium in Cockermouth gegangen, sie hatte in der Molkerei ihres Vaters gearbeitet, wo sie herausfand, daß ihre Reize nicht nur nützlich für die Erbauung ihres alten Schulkameraden waren. Kite war einerseits eifersüchtig, andererseits überwand er aber auch zunehmend die engen Beschränkungen des Dorflebens und suchte sich einen neuen Lebensinhalt. Ohne Freunde und mangels Einladungen war es ihm unmöglich, am gesellschaftlichen Leben in Cockermouth teilzunehmen. Cousin Frank, der älter und selbstsicher war, hatte es dagegen besser getroffen, obwohl auch er sich keinen besonders guten Namen in der kleinen Stadt machte. Jedenfalls verließ er die Schule vor William. Zur gegebenen Zeit kehrte Kite in das Dorf zurück und begnügte sich mit seiner Ausgegrenztheit und seinen Interessen, war ziemlich introvertiert und verschwendete keinen Gedanken auf seine Einsamkeit. Im Dorf hatte sich während seiner Abwesenheit nichts verändert, obwohl es Kite, weil er sich weiterentwickelt hatte, anders vorkam. Susan war nun eine anmutige und selbstsichere junge Frau, und ihre Brüder waren erfolgreiche Jungbauern, die in ihre alte Gewohnheit zurückverfielen, den gebildeten Kite zu quälen. Ihre Tyrannei, die er vergessen oder mit den anderen schwindenden Erinnerungen an die Kindheit verdrängt hatte, beleidigte ihn nun auf unerträgliche Weise. Um sich nützlich zu machen, arbeitete er als Lehrling im Geschäft seines Vaters, erledigte Botengänge, übermittelte Nachrichten und lebte auf diese Weise immer noch von der Barmherzigkeit seines Vaters. Allerdings vermuteten alle, daß er bald ein ebenso kompetenter Apotheker wie dieser sein würde.

Kites Mangel an Interesse für seine Karriere war seinem Vater durchaus bekannt, aber der alte Kite war ein zu gewissenhafter und aufmerksamer Mann, um nicht seinen Arbeitstag mit seinen eigenen Angelegenheiten zu verbringen. Er verstand seinen Sohn niemals ganz, der mehr als nur ein wenig aus der Art geschlagen war, wollte ihm aber auch keine Vorhaltungen machen, denn der Junge hatte eine so große Ähnlichkeit mit seiner toten Mutter, daß es sich dem Witwer irgendwie verbot, Ärger in dem leeren Haus anzuzetteln.

Trotzdem sorgte sich Kites Vater ständig und hoffte, daß der Junge noch rechtzeitig die Kurve kriegen würde. William aber litt unter dieser ständigen, wenn auch gutgemeinten Vernachlässigung.

In einer Beziehung war der Sohn wie der Vater: Auch der jüngere Kite begeisterte sich für die Natur. Allerdings interessierte er sich nicht für das Sammeln der Pflanzen in einer Botanisiertrommel, das Suchen der für den Apotheker nützlichen Heilkräuter. Ihn zog etwas ganz anderes in die heimatlichen Hochmoore, denn er liebte die freie Luft des Hochlands und den schwebenden Flug des Bussards. Er liebte den unterdrückten Schrei des Moorschneehuhns und das heftige Schlagen der braunen Flügel. Er spürte sein Herz rasen, wenn er einen der göttlichen Falken beobachtete, der wie der Donnerkeil Thors herabstieß und die fette Beute Vogel in eine Wolke aus aufstiebenden Federn verwandelte. Mit seiner langläufigen Muskete aus einer unbekannten Manufaktur erwies William sich auch als begabter Schütze. Eines Tages, als er zufällig mit Philip Hebblewhite an den westlichen Abhängen des Dander Pike zusammengetroffen war, hatte er diesem eine Kugel verdammt nahe am Kopf vorbeigejagt, und zwar nicht nur aus angestauter Wut über die Beleidigungen, die ihm dieser Tölpel angetan hatte. Vielmehr hatte sich ein tiefsitzender Widerwille gegen die Anwesenheit dieses Dummkopfs an diesem hohen, einsamen Ort Luft gemacht. Denn im Hochmoor suchte Kite Trost. So hatte er sogar einmal eine Fußwanderung von der Dauer einer Woche unternommen als er von Susans erster Treulosigkeit erfuhr, und dadurch eine Suchaktion ausgelöst. Nicht daß Kite glaubte, ein Recht auf ihre Treue erworben zu haben, aber das unsichtbare Band, geknüpft durch ihre ersten gemeinsamen schüchternen sexuellen Erfahrungen, war nach seinem Verständnis von großer Bedeutung zwischen ihnen. Susans Zurückweisung hatte ihn deshalb zutiefst geschmerzt.

Abgesehen von der vagen Vorstellung, daß er der Nachfolger seines Vaters werden würde, verlief Kites Leben ziellos.

Nur sein außergewöhnliches Talent, verletzte Tiere zu kurieren, wurde von den wenigen Menschen mit Bewunderung bedacht, die davon Zeuge geworden waren. Die meisten hielten ihn aber für einen Blindgänger, einen schwachen, faulen Müßiggänger, der sich langsam, doch sicher den Ruf erwarb, daß er Susan Hebblewhite zu dem Flittchen gemacht hatte, zu dem sie geworden war.

Solche Gerüchte fielen in dem kleinen Gemeinwesen natürlich auf fruchtbaren Boden, und Kite wußte, daß dort die meisten nur zu bereitwillig glauben würden, er hätte Susan getötet. Den Zwischenfall, als er auf Phil Hebblewhite geschossen hatte, würden sie als Beweis für seinen gewalttätigen Charakter anführen. Daß die junge Frau schwanger gewesen war, stand außer Zweifel, und daß ein eifersüchtiger Liebhaber ihrem Leben ein Ende gesetzt hatte, schien ebenso wahrscheinlich. Dazu kam der Umstand, daß alle wußten, daß William Kite wegen seiner nicht erwiderten Liebe immer wieder die Hochmoore durchstreifte. Sie hatten alle davon gehört, wie er ihr kleines Hündchen gepflegt und sie dabei mit Kalbsaugen angestarrt hatte, obwohl sie nicht besser war als die männlichen Familienmitglieder. Selbstverständlich hatte sie ihr Schicksal irgendwie herausgefordert, aber das änderte die Sache nicht, und dafür sollte jemand hängen.

Kite war der Mörder, daran gab es gar keinen Zweifel. Hatte er etwa nicht das Hasenpanier ergriffen? Er mußte es einfach gewesen sein, denn daß ein anderer der Täter war, jemand, der noch immer frei im Dorf herumging, war undenkbar.

Kite aber hatte mit Susie wirklich nur gefummelt, und auch das lag schon viel mehr Monate zurück, als ein Kind von der Zeugung bis zur Geburt braucht. Auch die Sache mit dem verletzten Hund lag fast ein Jahr zurück, und damals hatten sie zum letzten Mal länger miteinander gesprochen. Nun, das stimmte nicht ganz. Etwa eine Woche später, also vor gut zehn Monaten, hatte er das Mädchen auf dem Kirchhof mit einem Mann überrascht, der sich in der Dämmerung schnell davongemachte.

Als Kite Susan darauf ansprach, lachte sie ihn aus und erinnerte ihn daran, daß er zwar an ihr herumgespielt hatte, daß es ihm aber am Mut gefehlt habe, die Sache zu Ende zu bringen. »Wie ein richtiger Mann«, wie sie sich spöttisch ausdrückte. Dummerweise war er daraufhin rot angelaufen. Susie war nämlich die erste und einzige Frau gewesen, die sich seiner erregten Männlichkeit annahm, und auch die erste, welche das klebrige Resultat ihrer Handbewegungen abbekam, nachdem sie ihn in eine nicht mehr kontrollierbare Leidenschaft hineingesteigert hatte. Und weil er sie erforscht hatte, verliehen ihr ihre Dienste, um die er danach monatelang flehte, zunehmende Macht über ihn. Daher schmerzte ihn die Demütigung, die sie ihm auf dem Friedhof zugefügt hatte, um so mehr. Während sie früher ganz anders als ihre Brüder gewesen war, so schien sie jetzt als Erwachsene den verletzenden Charakter dieser Tölpel angenommen zu haben. Ärgerlich schnitt er sie mehrere Monate lang, eben bis zu diesem letzten tragischen Zusammentreffen in der Scheune ihres Vaters.

Während er nun schwer seekrank in seiner Koje lag, zusah, wie sich die Decke und die Balken um ihn herum drehten, und ein endloses Brennen in seinen sich hebenden Eingeweiden spürte, erinnerte er sich wieder und wieder an die Ereignisse jenes schrecklichen Nachmittags. Seltsam, daß er sie sich noch nie mit einer derartigen Genauigkeit hatte ins Gedächtnis rufen können; es war, als ob er während der früheren Vorstellungen immer ein paar Details durch das überwältigende Aufflammen seiner Pein vergessen hätte. Fast schien es so, als würden die Bilder erst jetzt wieder zu ihm zurückfinden, nachdem sie auf eine seltsame Art zurückgehalten worden waren, eingefroren durch die wilden Reflexe seiner Selbstverteidigung und Flucht. Ihm wurde immer klarer, daß er nicht einfach nur von dem Schauplatz eines brutalen und blutigen Mordes weggelaufen war, sondern von einem Ort unvorstellbaren Schreckens.

Jetzt sah er mit vollständiger Deutlichkeit Susies weiße Schenkel vor sich, aber da war noch etwas anderes. Die aufragende Mistgabel war nicht in ihren entleerten Bauch oder in ihre gespreizten Schenkel gestoßen worden, sondern hatten dieses Ding durchstochen, das dazwischen lag. Und Kite war nicht sosehr vor dem blutigen, bespritzten und noch zuckenden Leichnam der ermordeten Frau davongerannt, sondern vor dem Monster, das sie geboren hatte.

3
Die Ägypter

Es dauerte drei Tage, ehe Kite wieder auf Deck erschien und dort noch eine weitere Demütigung einstecken mußte. Gerard rieb ihm nämlich unter die Nase, während er kurz seinen Kopf in Kites winzige Kabine steckte, daß man ihm, nur weil er der Schiffsarzt war, so lange erlaubt hätte, leidend, faul und krank in der Koje zu liegen. Hätte er eine andere Dienststellung auf dem Schiff innegehabt, betonte Gerard ausdrücklich, hätte man ihn gnadenlos aus der Koje geworfen.

Doch Kite, der sich jetzt schon sehr viel besser fühlte, ertrug den Spott, ohne zu protestieren. Er war schließlich ein Neuling, und obwohl der Wind kräftig blieb, das Schiff knarrend und ächzend heftig arbeitete, wußte er, daß sein Zustand nicht lebensbedrohlich war, und er hoffte, bald genauso belastbar wie das Schiff selbst zu sein. Danach überkam ihn ein tiefes Gefühl der Erleichterung. Die unendliche Weite des wogenden Atlantiks war zu gewaltig, um sich vom Geschrei und Gezeter einer Handvoll Einwohner des Dörfchens Cumbria beeindrucken zu lassen. Sogar die Vorstellung der Perücke tragenden Richter und der sabbernden Geschworenen erschien ihm fast ein wenig lächerlich, irgendwie zu klein, zu unwirklich, um in dieser unendlichen grauen Wasserwüste von Bedeutung zu sein. Schließlich überkam ihn das sichere Gefühl, daß die Angelegenheit um Susan Hebblewhites unglückliches Ende weit achteraus geblieben war, weit hinter dem Horizont versunken war, in eine Welt gehörte, deren Existenz ihm fast schon zweifelhaft erschien. Die Zukunft jedoch steckte voll unbekannter Herausforderungen und enthielt keine konkrete Bedrohung für ihn. Er war jung genug, um bei den Gedanken an den Tod keine Angst zu empfinden, und so sah er nur die grenzenlosen Möglichkeiten, die sich ihm boten. Er war geflohen, um zur See zu gehen, und diese Gewißheit traf ihn mit einer Wucht, die er niemals zuvor für möglich gehalten hatte.

Er stellte sich bereits gut auf die Bewegungen der Brigg ein, packte einen Tampen, der nach oben in etwas führte, das für ihn ein Gewirr aus vielen gleichartigen Leinen darstellte, das sich gegen die grauen rasenden Wolken abzeichnete, während die beiden Masten und die Rahen hin und her schwankten und dabei ein endloses, verwirrendes Muster aus Arabesken an den Himmel malten. So stand er in Hemdsärmeln da und murmelte triumphierend vor sich hin: »Ich bin weggelaufen, um zur See zu fahren!«

Als ob er diese Stimmungsaufhellung seines Schiffsarztes gespürt hätte, rief ihn Kapitän Makepeace zu sich. »Mister Kite!«

Kite wandte sich um. Nur einen kurzen Augenblick lang realisierte er, daß jedes Entkommen durch die Tatsache verhindert wurde, daß Makepeace seinen richtigen Namen kannte und ihn vermutlich in die falschen Papiere hatte eintragen lassen, die ihn zum Chirurgen machten. Aber das konnte seine gute Laune nicht trüben, als er das Deck überquerte, um dem Master seinen Gruß zu entbieten. Sein Gang war schon fast sicher.

»Guten Morgen, Herr Kapitän.« Dann erinnerte er sich an Gerards Bemerkung und fügte hinzu: »Ich möchte mich dafür entschuldigen, daß ich meine Pflichten vernachlässigt habe ...«

Makepeace schnitt ihm das Wort ab. »Das spielt keine Rolle, Mister Kite, im Augenblick warten nur wenige Aufgaben auf Sie, daher werden Sie von jetzt an zusammen mit Mister Gerard Wache gehen. Es wird für Sie nützlich sein, sich möglichst viel Wissen über die Schiffsführung anzueignen.« Dabei ruhte sein Blick auf Kite, um den nachfolgenden Worten mehr Gewicht zu verleihen. »Man kann nie wissen, wann Sie es für zweckmäßig erachten werden, ein richtiger Seeoffizier zu werden.«

Falls Makepeace irgend etwas von Kites Zwangslage wußte, dann war diese Haltung des Kapitäns nicht unsympathisch. Die Bedeutsamkeit, mit der Makepeace seine Äußerung vorgebracht hatte, ließ es dem sensiblen Kite als wahrscheinlich erscheinen, daß der Mann direkt in sein Gewissen blicken konnte. Anstatt aber nun über ihm das Damoklesschwert der Bloßstellung schweben zu lassen, schien Makepeace eine freundliche, fast desinteressierte Komplizenschaft anzubieten.

Als ob er diesen ungeschriebenen Pakt betonen wollte, fuhr Makepeace fort: »Auf See, Mister Kite, weiß man nie, was sich als nächstes ereignen wird. Sie haben sich einer Bruderschaft angeschlossen, in der die Schicksale der einzelnen Männer auf das engste miteinander verbunden sind. Wir sitzen alle, vergeben Sie mir den abgedroschenen Scherz, im selben Boot.« Und Makepeace lächelte auf die gleiche einnehmende Weise, die Kite zum erstenmal in dem Schankraum in Liverpool gesehen hatte.

Er lächelte ebenfalls und sagte: »Ich verstehe, was Sie meinen, Sir, und ich werde alles in meinen Kräften liegende tun, um mir möglichst gute Kenntnisse über die Seefahrt anzueignen.«

»Sehr gut, Mister Kite. Das wäre schön.«

Als ob die Natur ihre Zustimmung zu dieser Übereinkunft geben wollte, riß die zusammenhängende Wolkendecke auf, und plötzlich schien die Sonne. Die Welt veränderte sich dramatisch, die Flanken der sich brechenden Seen verfärbten sich in ein bemerkenswertes, durchscheinendes Grün, aus einer Welle sprangen sogar plötzlich zwei flaschennasige Delphine, deren Kurs einige Minuten parallel zu dem der *Enterprize* verlief.

An diesem Abend, nachdem er seine erste Wache mit Gerard gegangen war, schrieb Kite in sein Tagebuch:

Heute bin ich gemäß den freundlichen Wünschen von Kapt. Makepeace zusammen mit dem Ersten Leutnant Mister

Gerard Deckswache gegangen. Er war sehr umgänglich und hat mir die korrekten Bezeichnungen der wichtigsten Leinen und Spieren genannt. Er belehrte mich auch über den Unterschied zwischen dem stehenden und laufenden Gut und erklärte mir, wie das Ruder arbeitet. Er hat mir versprochen, sofern es die Umstände erlauben, meine Kenntnisse nach und nach so vollkommen zu erweitern, bis ich alle nautischen Aufgaben perfekt beherrsche.

Ich habe diese Lehrstunde als sehr interessant und ablenkend empfunden.

Nach diesen letzten Worten versank Kite in einen sorglosen, tiefen Schlaf.

Nicht daß es sich um einen vollen Nachtschlaf handelte, denn die Offiziere der *Enterprize* gingen Wache-um-Wache, sie hatten also vier Stunden Dienst und vier Stunden Freiwache. Vielleicht war es dumm gewesen, eine Eintragung im Tagebuch vorzunehmen, anstatt sofort in die Koje zu klettern, denn so wurde Kite schon nach drei Stunden wieder aus seinen Träumen gerissen. Aber er erhob sich bereitwillig und stolperte an Deck, wo er bis zum Anbruch des Tages an das Ruder gestellt wurde.

Neben ihm stand ein alter Matrose, der ihn jedesmal ermahnte, sobald er den Kurs dadurch zu korrigieren versuchte, daß er hinter dem Steuerstrich hersteuerte: »Nein, nein, Mister Kite, so wird das nie etwas. Sehen Sie mal zu ...« Der Mann übernahm das Ruderrad, und mit einer flinken halben Drehung hielt er die Brigg davon ab, von ihrem Pfad abzuweichen und die Segel backkommen zu lassen. »Schauen Sie, der Steuerstrich hier markiert die Vorausrichtung des Schiffes, und während es den Anschein hat, als ob sich die Kompaßrose im Kessel drehen würde, ist es in Wirklichkeit das Schiff, das herumschwingt. Allerdings versetzt die Schiffsbewegung«, räumte der Mann ein, »auch die Kompaßkarte ein wenig in Bewegung. Wir bezeichnen das als Schleppfehler.«

Es dauerte eine kurze Weile, bis die grundlegenden physikalischen Gesetzmäßigkeiten zu dieser kühlen, dunklen, unwirklichen Stunde in Kites Hirn eingesickert waren, aber nachdem er begriffen hatte, daß es trotz des gegenteiligen Anscheins die Kompaßrose war, die stationär blieb, und sich das Schiff um sie herumdrehte, bereitete es ihm nur noch wenig Mühe, die *Enterprize* auf ihrem Kurs nach Südwesten zu halten. Dieser Morgen wurde zum Muster für alle folgenden Tage, die sie nach Süden liefen. Kite begriff schnell die Grundlagen des Segelns, er begann sogar, sich den größeren Herausforderungen zu stellen und sich mit der Navigationskunst zu befassen. Zu der Zeit, als Makepeace das Großbramsegel vor Funchal back setzen ließ und ein Boot an Land schickte, um frisches Obst und ein paar Fässer Madeirawein einzukaufen, konnte Kite bereits koppeln und kannte alle Kompaßkurse auf den viertel Strich genau. Er konnte auch zwei Enden mit einem Kurzspleiß verbinden, einen Augspleiß herstellen und die wichtigsten Knoten und Steke knüpfen. All das hob seinen Status in den Augen der Mannschaft, so daß die Männer vorsichtiger mit ihren Kommentaren wurden und zu erkennen begannen, daß er, obwohl er noch immer ein Neuling war, trotzdem die Qualitäten eines potentiellen Offiziers besaß. Kite aber war sich seiner Unwissenheit bewußt und deshalb eifrig bemüht zu lernen. Er stellte jedoch fest, daß er eine gewisse Begabung hatte, denn mochte die Besatzung auch sein Bemühen gutheißen, so mußte er sich doch bei den Männern in der Praxis bewähren.

In der fünfzehnten Nacht auf See, ein paar Minuten nachdem er unter Deck gegangen und gerade dabei war, sich auszuziehen, klopfte es leise an seine Kabinentür. Er öffnete und sah sich einem jungen Vollmatrosen mit Namen Thomas gegenüber, einem kleinen, drahtigen Mann, der vermutlich nicht älter als Kite war, aber die sonnenverbrannte Haut eines erfahrenen Seemannes hatte.

»Verzeihung, Mister Kite, aber ich habe da ein Problem.

Nicht zum ersten Mal! Ich habe mir 'nen Tripper eingefangen.«

»Ah«, murmelte Kite, dem klar war, daß ihm das nicht geringe Problem der Diagnosestellung abgenommen worden war. »Du hast den also schon früher gehabt?«

»Bin ihn gerade erst los gewesen, Sir, um ehrlich zu sein. Aber der Körper kann nicht ewig schmachten, und da gibt es immer diese verdammten Triebe der Natur, Sir.«

Kite runzelte die Stirn und wurde zwischen ehrlichem Interesse, der Gefahr sich anzustecken und der Furcht hin und her gerissen, als Betrüger entlarvt zu werden. »Also handelt es sich um einen, äh, anhänglichen Fall«, bluffte er, denn nur die Hartnäckigkeit der Infektion war ihm bisher deutlich geworden. »Was hat dir denn der letzte Schiffsarzt dagegen verschrieben?«

»Dieses purpurfarbene Zeug ...«

»Kaliumpermanganat«, fiel ihm Kite schnell ins Wort und versuchte betont gleichmütig zu klingen, während er doch in Wirklichkeit nach einem Strohhalm griff. »Und du hast die, äh, Applikation selbst durchgeführt?«

»Oh, ja«, Thomas sah ihn etwas spöttisch an. »Es wäre doch ziemlich fatal, wenn man das einen anderen Kerl machen lassen würde, sogar an Bord unseres Eimers, nicht wahr? Aber später läuft das dann prima, sobald wir erstmal die Mohren an Bord haben ...«

»Du meinst ...«

»Wissen Sie, Mister Kite«, beichtete ihm Thomas mit offensichtlichem Behagen, »man muß nur eines der schwarzen Weiber anweisen, einem den Schwanz aufzurichten, dann bekommt man den Stoff ganz leicht hinein. Wir machen uns immer einen Spaß daraus, indem wir ihnen erzählen, daß sie davon alle kleine Mulatten bekommen würden und daß das Kaliumper ... der purpurfarbene Stoff weiße Magie ist.«

Kite verdrängte das verstörende Bild, das Thomas' Erzählung in seiner Phantasie entstehen ließ. »Was benutzt du – um die Lösung einzubringen?«

»Vorne im Stall gibt es jede Menge Stroh …«

»Den Strohhalm mußt du vor dem Gebrauch säubern«, befahl Kite in einem scharfen Ton, der keinen Widerspruch duldete. Das war sein erster eigener Beitrag in der bisher etwas einseitig verlaufenen medizinischen Diskussion. Dieses grundlegende Prinzip hatte er von seinem Vater gelernt: daß kein Objekt unterhalb der Haut eingebracht werden darf, das vorher Kontakt mit anderen Lebewesen gehabt hat, gleichgültig ob es sich um eine Wunde oder eine Körperöffnung handelt. Die Benutzung eines Strohhalms aus dem Schmutz des Stalls mit dem lebenden Vieh als Pipette zum Einführen von Tropfen in das männliche Glied war eine höchst beunruhigende Methode. »Spülen in Salzwasser dürfte ausreichen, aber vernachlässige diese Vorsichtsmaßnahme nicht und benutzte niemals einen Strohhalm zweimal. Denk auch immer daran, wenn du dir Nachschub holst. Ich werde am Morgen für dich ein Präparat vorbereiten. Jetzt solltest du mich besser mal den Fall anschauen lassen.«

Der selbstsichere Ton von Kites kurzem Vortrag verhinderte jeden Zweifel über die Kompetenz des Arztes, und nachdem Kite den Penis des sündigen Seemannes inspiziert hatte, war dieser Patient vollständig von den professionellen Fähigkeiten überzeugt. Kites eigene morbide Faszination drohte ihn wachzuhalten, nachdem Thomas längst gegangen war. Schreckliche Dinge, so schien es, lauerten zwischen den menschlichen Schenkeln, aber er verbot sich, weiter über seinen ersten medizinischen Fall nachzudenken. Statt dessen legte er sich in seiner Koje zurück und zwang sich, die Leinen aufzusagen, die das Vormarssegel kontrollierten. Aber bevor er noch den gesamten Ablauf durchgegangen war, der notwenig war, um das zweite Reff zu stecken, war er fest eingeschlafen.

So vergingen die Tage, während die *Enterprize* von Madeira aus weiter nach Süden segelte. Sie glitt vor dem Nordostpassat unter einem unübertrefflich blauen Himmel am mächtigen

Bergmassiv Teneriffas vorbei. Die kleinen Kumuluswolken, die ihre Passage begleiteten, signalisierten keine Gefahr, aber eine metaphorische Wolke ballte sich dunkel über Kites Gewissen zusammen. Seine Ängste, hervorgerufen durch Susies Tod mit allen seinen alptraumhaften Folgen, hatten ihn für die Phantasien aus tiefsitzenden Besorgnissen anfällig werden lassen, und er hatte Techniken zu entwickeln versucht, um zu verhindern, daß er sich ständig mit den Horrorbildern in der Scheune der Hebblewhites befaßte. So hatte der Trick, die Unterrichtsstunden von Gerard zu rekapitulieren und so seine eigenen Erinnerungen zu verdrängen, geholfen. Gleichzeitig hatte ihn das angeregt, seine Gedanken ausschließlich mit dem Problem zu beschäftigen, an dem er arbeitete. Aufgeschreckt durch die groben Bemerkungen von Thomas über die »Mohren« und »die schwarzen Weiber«, die mit gewissen ähnlichen Äußerungen von Gerard und anderen Besatzungsmitgliedern korrespondierten, sah er sich gezwungen, sich Gedanken über die vor ihm liegenden Wochen zu machen, also nachdem sie »an der Küste« angekommen waren und ihre Ladung Sklaven an Bord genommen hatten. Den Begriff Sklaverei faßte er biblisch auf, am engsten verband er ihn mit der Versklavung des jüdischen Volkes. Dieser historische Ansatz schien ihm allerdings weit hergeholt, ja sogar abseitig, da er die aktive Teilnahme des jüdischen Gottes voraussetzte, der sich aber sehr ausdrücklich auf die Seite seiner unglücklichen, wenn auch zeitweilig widerspenstigen Kinder geschlagen hatte. Jehovas Rettung der hebräischen Stämme war ein Sieg des Guten über das Böse gewesen und ihre Befreiung aus den Händen der Ägypter eine befriedigende Bestätigung der höchsten Gerechtigkeit.

Wenn wir viele Sklaven an Bord nehmen, scheint mir die Tatsache, daß sie schwarz sind, nicht von Bedeutung zu sein, schrieb er in sein Tagebuch. *Daß sie nicht frei sind und in die Sklaverei verkauft werden sollen, scheint mir im Zeitalter der Aufklärung eine bedeutsame Sache. Der Umstand, daß wir mit ihnen handeln, versetzt uns in dieselbe Lage wie die Ägypter, die für ihre Bosheit von den sieben Plagen heimgesucht und im Roten Meer ersäuft wurden.*

Das Leben, so schien es ihm, enthielt alle Aussichten auf eine lange Serie von moralischen Zwickmühlen. Verglichen damit war es ein Kinderspiel, sich die Fähigkeiten eines Seeoffiziers anzueignen – und noch dazu eines, das ziemlichen Spaß machte. Daher warf er sich voll auf das Verständnis der Meridianhöhe, das Absegeln der Breite und die Lokalisierung der Fixsterne. Er lernte, die geographische Breite aus der Polarsternhöhe abzuleiten, und verstand die äußerst komplizierten Methoden, die geographische Länge festzustellen. Trotz dieser Fortschritte machte Makepeace aber keine Anstalten, seine Geheimnisse des Kommandos mit ihm zu teilen, also zum Beispiel Kite oder einem anderen Offizier der *Enterprize* ihr Vorankommen auf der Karte zu zeigen. Die abnehmenden Zahlen der Breitenparallele hatten deshalb wenig Bedeutung für Kite, da er sie zu ihrer Bewegung auf der Erdoberfläche in kein Verhältnis setzen konnte, so sehr er sich auch darum bemühte und sich dazu den großen Globus des Gymnasiums in Cokermouth ins Gedächtnis rief. Weder Gerard noch sein Kollege, der Zweite Leutnant, zeigten in dieser Beziehung das kleinste Anzeichen von Neugier, denn für sie zählte allein das schnelle Vorankommen des Schiffes. Sie führten zwar die notwendigen Beobachtungen durch, die Berechnungen, die sie anschließend Makepeace übergaben, der sie in der Abgeschiedenheit seiner Kabine in die Karte eintrug, waren aber für sie reine Routine. Kite wunderte sich natürlich über diese offensichtliche Geheimniskrämerei. Erst sehr viel später entdeckte er, daß die Karte, auf der alle geheimen Anmerkungen festgehalten waren, die aus der langen Erfahrung des Kapitäns resultierten, das private Eigentum von Makepeace war. In der Tat waren die gedruckten Karten ohne diese Notizen fast wertlos und lediglich eine Anhäufung nackter geographischer Fakten, denn sie wurden höchst spekulativ von einer

Gesellschaft selbsternannter Kartographen in der City von London erstellt.

Aber diese nur Eingeweihten bekannten Informationen interessierten Kite während der letzten Wochen vor Guinea nicht. Außer mit ein paar Verstauchungen, Blutergüssen und einem Bruch war er total mit einer Reihe von Geschlechtskrankheiten ausgelastet, und seine Patienten berichteten, daß ihnen die reichliche Verwendung von Kaliumpermanganat tatsächlich Erleichterung von den schmerzhaften Symptomen verschaffte. Kite überraschte sie einmal, als sie – ein Kreis halb beschämter, halb amüsierter Seeleute, vereint im gemeinsamen Anliegen – im Amphitheater der aufgeschossenen Ankerkabel im Kabelgatt des Orlopdecks Platz genommen hatten und die Strohhalme als Pipetten in die Geschlechtsorgane einführten. Dazu hatten sie eine Wache aufgestellt, um vor den Sticheleien ihrer gesunden Kameraden sicher zu sein, und nur Kite durfte als der zuständige Schiffsoffizier passieren. Trotz dieses Privilegs zog er es vor, sich schnell wieder zu verdrücken.

Später sann er über die Bereitschaft der Männer nach, ihr gemeinsames Mißgeschick in einer derart öffentlichen und erniedrigenden Art zu teilen, und ziemlich geschockt erzählte er Gerard davon, als sie an diesem Nachmittag auf dem Achterdeck der *Enterprize* standen, während sie Kap Verde passierten, das irgendwo weit entfernt im Osten lag.

Gerard hatte nur gegluckst. »Es gibt auf einem Schiff nur wenige Geheimnisse, Kite, darum halten wir die sozialen Schranken der Dienstränge aufrecht, denn sonst würde alles zusammenbrechen.« Sein Gesicht wurde ernst, und er sagte zu seinem jüngeren Gefährten: »Sie werden feststellen, daß auf Sie noch größere Überraschungen warten. Sie sollten die Männer nicht verurteilen. So wie Sie ganz sicher die Sitten der Mohren seltsam finden werden, weil das Land, in dem sie aufgewachsen sind, und die Stammesgesellschaft, in der sie leben, so ganz anders sind als unsere. Sie müssen die Seeleute aus einem vergleichbaren Blickwinkel betrachten. Wir sind schließlich sehr eingeschränkt auf unserem Schiff, eingepfercht auf dem wütenden Meer und all den unvorhersehbaren Wechselfällen unterworfen, welche die mächtige Natur für uns bereithält. Sie werden schon noch Ihre Erfahrungen machen, denn Sie sind jetzt – nun ja, wenigstens fast«, Gerard grinste wieder, »einer von uns.«

Kite verstand das alles nur zum Teil, war aber positiv überrascht von der Freundlichkeit des zweitwichtigsten Mannes der *Enterprize*, der sich trotz seines anfänglichen Sarkasmus nun als bereitwilliger Instrukteur und freundlicher Kamerad erwies.

»Ach, übrigens«, fuhr Gerard fort, »sind Sie ein guter Schütze?«

Eine Sekunde lang tauchten vor Kites Augen die Bilder erschreckt auffliegender Bergmoorhühner über den heimischen Hochmooren auf, »Ja, ich kann schießen«, erwiderte er.

»Gut. Fechten wird nicht verlangt, aber können Sie mit einer Klinge umgehen?«

»Nun ja, ich war recht gut mit dem Fechtstock.«

»Aha, dann sind Sie ein Hacker und Aufschlitzer«, grinste Gerard, »das paßt gut, würde ich sagen.«

Am folgenden Tag zur Mittagstunde, als die Wachen wechselten, ließ Makepeace alle Männer antreten, und sie mußten auf leere Weinflaschen schießen, die man an der Nock der Vorbramrah in die Höhe zog. So wurde im Wege einer Ausscheidung aus den besten Schützen ein Zug Seesoldaten gebildet und unter das Kommando des Zweiten Leutnants, Francis Molloy, gestellt. Molloy war ein schwergebauter Ire aus Liverpool, den Kite kaum kannte, da er in der anderen Wache war.

Alle die Offiziere, einschließlich Kite, vergnügten sich damit, ein paar Schüsse als Zielübungen abzugeben. Am Ende gab Makepeace dann der versammelten Besatzung bekannt, daß sie in wenigen Tagen ihr Ziel an der Küste Guineas erreichen würden. »Wir werden vor York Island ankern«, kündigte er an, »in der Mündung des Sherbro River, wo wir den Umfang der Fracht feststellen werden. Es liegt nicht in meiner Absicht, unnötig zu verweilen, wenn wir unsere Ladung schnell an Bord nehmen können, allerdings muß ich versuchen, den besten Preis für die Güter herauszuschlagen, die wir mitgebracht haben. In der Zwischenzeit werde ich keine Trunkenheit an Bord dulden. Die meisten von euch kennen die Gier der örtlichen Bevölkerung nach Schnaps, auch haben sich die meisten von euch in Liverpool selbst bis zum Exzeß die Hucke vollgesoffen. Jeder Mann, der auch nur halbwegs betrunken angetroffen wird, geht das große Risiko ein, daß er von den örtlichen Häuptlingen festgesetzt wird, deren Könige nicht nur für die Einheimischen von Bedeutung sind, sondern auch für das Gedeihen unseres Handels. Daher betrachte ich es so, daß jeder Mann unter euch, der sich dem Trunk ergibt, das Ziel unserer Reise gefährdet. Er kann also kaum Gnade erwarten, denn ich kann im Notfall jede Menge Mulatten als Matrosen anmustern.« Makepeace machte eine Pause, damit sich alle über die Folgen einer Aussetzung klar werden konnten, und die Männer traten unbehaglich von einem Fuß auf den anderen. Kite wußte von Gerard, daß Makepeace von den Männern gleichermaßen bewundert und gefürchtet wurde. »Was die, äh, Ausschweifungen angeht«, nahm Makepeace den Faden wieder auf, »kann ich wahrscheinlich nicht von euch verlangen, enthaltsam zu bleiben, aber ich gebe euch den Rat, vernünftig zu sein. So wie es am besten ist, wenn ihr euch in Liverpool besauft, so seid ihr gut beraten, erst in Westindien herumzuhuren.«

»Wo die Dagos[1] alle Frauen angesteckt haben?« quengelte laut eine Stimme aus der Menge. »Das ist nichts für mich, Kapitän, und auch nicht für Sie, wenn ich mich richtig an Ihre Vorlieben erinnere.«

Ein Lachen lief durch die Reihen der Stammbesatzung. Jetzt war es an Makepeace, unbehaglich zu gucken, dann faßte er sich wieder und befahl Ruhe. »Belegt das! Denkt an meine Worte!«

1 Schimpfwort für die Spanier (Anm. d. Ü.)

»Aye«, murmelte jemand hinter Kite, »und nicht an Ihre Taten.«

Makepeace brüllte: »Wegtreten jetzt!«

Kite drehte sich um und blickte Molloy an, während sich die Männer über das Deck verstreuten. Der große Ire schüttelte den Kopf.

»Was war …?« begann Kite.

Aber Molloy schnitt ihm das Wort ab: »Er sollte nicht so gewaltig moralisieren«, murmelte Molloy.

»Ist der Kapitän ein Frauenheld?« erkundigte sich Kite und warf einen schnellen Blick auf den Rücken von Makepeace, der im Niedergang zu seiner Kabine verschwand.

»Frauenheld, lasterhafter Mensch, Zuhälter, Sodomit, aber dabei der erfolgreichste Kommandant eines Sklavenschiffs. Also, mein Freund, ist unser Kapitän Makepeace kein durch und durch schlechter Kerl.«

Die Neuigkeit schockierte Kite. Bis zu dieser Eröffnung hatte er Makepeace für einen Gentleman gehalten, wenn dieser auch in einen Handel verwickelt war, dem man eine gewisse moralische Anrüchigkeit nicht absprechen konnte. Ausgesetzt in diese Welt, kam Kite zu dem Schluß, daß die Bandbreite der menschlichen Aktivitäten und Bemühungen fast unvorstellbar unterschiedlich war. Vieles lief ganz anders, als er sich das vorgestellt hatte. *Die Verurteilung und die Rache,* vertraute Kite später seinem Tagebuch an, *sind Sache des göttlichen Lenkers aller Dinge.* Er konnte nicht mehr tun, als das Beste aus den gegebenen Umständen zu machen. Und nach der Auffassung eines Teils dieser Welt, rief er sich mit einem kalten Schauder in Erinnerung, stand er zur Zeit weit außerhalb aller moralischen Grenzen. Trotzdem verdarb Molloys Eröffnung Kite jede Vorfreude auf Kapitän Makepeace' Einladung zum Dinner.

Es fiel Kite schwer, Molloys Enthüllung über den Charakter von Makepeace mit dessen Auftreten im Laufe des Essens in Einklang zu bringen. Während die *Enterprize* parallel zur

Küste von Guinea weiter nach Südosten steuerte, präsidierte der Kapitän an seiner Tafel, und die untergehende Sonne vergoldete die Wellen hinter dem Schiff. Gelegentlich blendeten Lichtstrahlen alle Augen, die an der dunklen Silhouette des Kapitäns vorbei durch das Fenster auf den weiten Ozean starrten. Das Kielwasser strömte achteraus, eine weißblau marmorierte Turbulenz, die dem Wasser eine eigene seltsame Identität verleiht, dachte Kite nicht ganz logisch und lauschte dem Knarren des Ruders. Es war eigenartig, daß man die Fahrt des Schiffes von dem erhöhten Standpunkt oben auf dem Achterdeck eher als majestätisch empfand, während der Wasserstrom, der unter dem Heck austrat, eine erstaunlich hohe Geschwindigkeit aufwies.

»Nun, Gentlemen«, begann Makepeace und hob sein Glas in Richtung von Kite und Gerard, »auf Ihre immerwährende Gesundheit!«

Die Gäste gaben den Wunsch zurück, dann machten sich alle eifrig über das Essen her. Den beiden Kapaunen war erst an diesem Morgen der Hals umgedreht worden, und so schmeckten sie Kite, der außerdem den gesunden Appetit eines jungen Mannes besaß, ganz köstlich.

Nach einer kurzen Pause, in der alle ihren ersten Hunger befriedigten, fuhr Makepeace fort: »Wie Mister Gerard mir mitgeteilt hat, haben Sie die Fähigkeiten eines Seeoffiziers mit lobenswertem Eifer, Fleiß und Verständnis erworben, Mister Kite.«

»Das ist sehr großzügig von Mister Gerard, Sir«, entgegnete Kite und lächelte den Ersten Leutnant an.

»Ich sage nur, was wahr ist«, bestätigte Gerard. »Sie tummeln sich bei uns wie ein Fisch im Wasser, Kite.«

»Es war kein ganz uneigennütziger Unterricht, Kite«, nahm Makepeace wieder den Faden auf, »denn die Gefahren der Küste, besonders die verschiedenen Sumpffieber, aber auch eine ganze Reihe nachrangiger Erkrankungen, können jeden von uns treffen, sei es als vorübergehende Krankheit oder um uns den Tod zu bringen. Daher ist es nur umsichtig, sicherzustellen, daß so viele Männer wie möglich mit der Schiffsführung vertraut sind.« Makepeace legte nach dieser bedeutenden Aussage eine Pause ein. »Aber jetzt zu anderen Dingen«, fuhr er dann aufgeräumt fort. »Sobald wir den Sherbro erreicht haben, werden Sie mir Ihre ganze Aufmerksamkeit widmen, Mister Kite. Sowohl als Schiffsarzt, und in dieser Eigenschaft sind Sie ja bis jetzt nicht übermäßig gefordert worden, als auch als mein Sekretär. In dieser Funktion werden Sie mir bei allen Geschäften assistieren, die mich einige Tage in Anspruch nehmen werden. So wenige Tage, wie ich es mit der Erzielung eines guten Profits vereinbaren kann – natürlich. Nicht wahr, Gerard?«

»In der Tat, Sir, schließlich muß der Gewinn zur vollen Zufriedenheit Ihrer Partner ausfallen.«

»Einer meiner Vorteile ist, Mister Kite«, erklärte Makepeace mit offensichtlicher Zufriedenheit, »nicht nur einfach Kapitän zu sein, sondern gleichzeitig Partenreeder der *Enterprize*.«

»Ich verstehe, Sir. Nun, dann erlauben Sie mir, Ihnen meine besten Wünsche für diese Reise auszusprechen«, höflich hob Kite sein Glas.

Sowohl Makepeace als auch Gerard tranken darauf, aber Kite fühlte sich unbehaglich, denn er spürte, wie Makepeace ihn nachdenklich musterte, und Molloys Worte klangen ihm in den Ohren.

So als ob er Kites Gedanken lesen könnte, erkundigte sich Makepeace mit entwaffnender Offenheit: »Mögen Sie Frauen, Mister Kite?«

»Äh, so wie jeder Mann, Sir«, antwortete Kite schnell.

»Aber Sie sind noch ein sehr junger Mann.«

»Aber schon erstaunlich gut bewandert mit den Pocken, wie ich gehört habe«, fügte Gerard trocken hinzu.

»Tripper, Mister Gerard. Glücklicherweise habe ich keinen Fall von Pocken diagnostizieren müssen.« Kite erinnerte sich an einen peinlichen Abend in der Gesellschaft seines Vaters, als dieser ehrwürdige Herr ihm vorsichtig die venerischen

Erkrankungen erklären wollte. Kite hatte selbstverständlich diese Schrecken noch nicht am eigenen Leib durchgemacht, die ihm sein Vater schilderte. Da war von dieser »ausländischen Krankheit« die Rede, die man sich zuziehen konnte, wenn man dem widerlichen Beischlaf mit Französinnen oder Spanierinnen frönte.

»Also hatten Sie schon ein oder zwei Weiber?« bohrte Makepeace mit beunruhigender Hartnäckigkeit nach.

Kite blickte seinen Gesprächspartner an, und ein wenig erhitzt vom Wein, drehte er geschickt den Spieß um. »Kapitän Makepeace, Sie werden sich bestimmt daran erinnern, daß unsere Bekanntschaft wegen meiner Vertrautheit mit den Körperteilen zustande kam, die sich unter den Röcken der Frauen befinden.«

»So war es, mein Bester«, bestätigte Makepeace, grinste strahlend und hob sein Glas. »So war es.«

Als er in seine Kabine zurückkehrte, war Kite mehr als nur ein wenig betrunken. Er zog sein Tagebuch heran, verwarf dann aber die Idee, eine Eintragung vorzunehmen. Er konnte bald wieder an Deck gerufen werden, also wollte er zuvor lieber in die Koje.

»Ich fürchte, ich werde noch wie die ägyptischen Sklavenhalter enden«, murmelte er, bevor er in den Schlaf sank.

4
Der Fluß

Vor der Zufahrt zum Sherbro River erstreckte sich eine Barre, über der sich sogar an Tagen mit schwachen Winden die lange atlantische Dünung hoch aufsteilte, um sich dann mit einem bedrohlichen, einschüchternden Donnern über den Untiefen zu brechen. Zu Kites Schrecken und – wie er an dem sonst so freundlichen Gesicht des erfahrenen Gerard feststellte – auch zu dessen nicht geringer Besorgnis – hielt Makepeace die *Enterprize* auf einem strikten Ostkurs und steuerte damit genau auf die weiße Linie der brüllenden Brandung zu, hinter der man die flache, mit dichtem Dschungel bedeckte Küste Guineas erkennen konnte. Makepeace stand wie angewurzelt neben den beiden Rudergängern, von Zeit zu Zeit hob er die Hand, als ob er sie von ihrer Nervosität befreien oder vor falschen Bewegungen am Ruder zurückhalten wollte. Er befahl ihnen, den Blick ausschließlich auf den Kompaß zu richten, während er die *Enterprize* über die Sherbro-Barre brachte. In diesem Augenblick bewunderte Kite die Kaltblütigkeit von Makepeace und ihm wurde zumindest verschwommen klar, bis zu welch hoher Disziplin ein Mann seine Nerven im Zaum halten und sich selbst unter Kontrolle haben mußte, bevor er geeignet war, das Kommando über ein Schiff zu übernehmen. Die lauernde Gefahr zeigte sich plötzlich ganz deutlich, als die Wellen sich immer steiler auftürmten und das Schiff anhoben. Die *Enterprize* schoß auf dem Kamm vorwärts, bevor sie wieder mit einem so harten Krachen in ein Wellental stürzte, daß Kite fürchtete, sie hätten auf dem Meeresgrund aufgeschlagen. Kaum hatte sein wacher Verstand das Vorhandensein von Sand in der Nähe des Kiels daraus abgeleitet, daß die *Enterprize* von dichten Schlammwolken umgeben war, da ritt sie schon wieder hoch oben auf dem nachfolgenden Wellenkamm. Von diesem angehoben, schien sie auf dem Gipfel des vorwärtsstürzenden Wellenbergs dahinzusausen, bis dieser sich schließlich donnernd brach und zusammenstürzte, das Schiff wieder absetzte und die warme Luft mit einer dichten Wolke aus Sprühnebel füllte. Das schäumende Wasser raste vorbei, löste sich in ein Tohuwabohu aus weißer Gischt, das weit vor dem Bug herlief und sich über die blaugrüne Oberfläche des flachen Wassers hinter der hinderlichen Barre schob. Vögel tauchten in die flachen Strudel, pickten sich die Früchte des Meeres heraus. Dann war die *Enterprize* klar von der Untiefe, die den freien Abfluß des Sherbro River in die See verhinderte.

Der Bootsmann stand auf der Steuerbordseite in den vorderen Rüsten. Er schwang taktmäßig das Lot und sang beständig die Tiefe aus, während Makepeace das tiefe Wasser des Fahrwassers suchte. Um sich herum bemerkte Kite die offensichtliche Erleichterung der Männer, ihr breites Grinsen verriet sie und auch die Art, wie sie ihre Arbeiten jetzt fortsetzten. Ein Mann, der damit beschäftigt gewesen war, eine Leine aufzuschießen, setzte jetzt einen Kopfschlag auf den Koffeinagel. Ein anderer, der die Abdeckung des Langboots abnehmen sollte, warf den letzten Lasching los und zog die Persenning herunter, damit sie auf dem Deck zusammengelegt werden konnte. Gerard sah zu Makepeace hinüber und grinste, während auch der Kapitän unbewußt seine eigene Anspannung verriet, indem er seinen Hut abnahm und sich mit einem großen Taschentuch die Stirn abwischte.

Hinter dem schäumenden Durcheinander an der Barre verdunkelte der seewärts strebende Sherbro das Seewasser mit seiner brackigen Brühe und dem mitgeführten Treibgut aus dem Dschungelinneren des großen schwarzen Kontinents Afrika. Langsam ließ die *Enterprize* das Donnern der Brecher hinter sich, die grüne Linie voraus entpuppte sich als dichter, sumpfiger Dschungel, dann blieben auch die hellen Untiefen achteraus, und sie lief in den Fluß ein.

Sofort verschwand die frische Süße der Meeresbrise, obwohl noch immer ein Windhauch die oberen Segel füllte. Eine drückende Hitze legte sich wie eine Decke über die Männer, sie vermeinten förmlich den Druck ihres Gewichts zu spüren. Die Luft füllte sich mit dem schrillen Summen der Insekten, in dem gelegentlich der Schrei eines Vogels zu hören war. Afrika nahm sie in seine Arme, während die Männer die Hauptsegel aufgeiten und dann aufenterten, um sie aufzutuchen.

York Island lag ungefähr zwanzig Meilen stromaufwärts. Es war eine flache Insel, die zwar frei von Dickicht, aber mit Palmen bestanden war. Im Binnenland ging die Vegetation in ein Sumpfgebiet über, am seewärtigen Ende standen die Ruinen eines Forts, das im vergangenen Jahrhundert errichtet, jedoch vor zwanzig oder mehr Jahren verlassen worden war, als der Sklavenhandel zurückging. Die kürzliche Wiederbelebung des Handels hatte den Ort aber wieder in den Mittelpunkt des Interesses gerückt. So befand sich denn die *Enterprize*, nachdem sie nach einer langsamen, mühseligen Fahrt gegen den grünen Strom flußaufwärts ihren Anker geworfen hatte, auch in der Gesellschaft von vier anderen Guineafahrern. Drei dieser Schiffe stammten aus Liverpool, und alle wurden sofort von der Schiffsbesatzung identifiziert.

»Das ist die *Lutwidge …*«

»Aye, und da drüben ankert die alte *Nancy*, dort liegt die *Marquis of Lothian …*«

Kaum daß er die *Enterprize* vor Anker gebracht hatte, rief Makepeace nach dem Langboot, und Kite machte sich bereit, ihn zu begleiten. Während der größte Teil der Mannschaft aufenterte, um die Segel hafengerecht aufzutuchen, begann die Bootsbesatzung mit ihren Riemen zu hantieren und das Boot über die Reede an das Ufer zu pullen. Es war brütend heiß. Kite spürte, wie seine Haut vom Schweiß juckte, und obwohl Makepeace und Kite in Hemdsärmeln waren, fühlten sich ihre engen Halsbinden so unbehaglich wie die Schlinge des Henkers an.

Makepeace musterte die ankernden Sklavenhändler und zog grüßend den Hut vor einem Mann, der am Heck stand, als sie die *Lutwidge* passierten. »Das ist kein gutes Zeichen«, erklärte er Kite, der neben ihm auf der Heckducht des Bootes saß. »Das spricht für Verzögerungen beim Laden, was wiederum bedeutet, daß entweder die örtlichen Häuptlinge nicht genug Sklaven den Fluß heruntergebracht haben oder daß die verdammten Lanchados einen zu hohen Preis verlangen, den meine Kapitänskollegen nicht akzeptieren können.«

»Die Lanchados?«

»Oh, das sind Männer mit gemischtem Blut, Mulatten, Quadroons[1], ein teuflisches Gemenge aus Mischlingen, deren Väter die Seeleute der Sklavenschiffe sind. Geboren wurden sie von einheimischen Frauen. Alle wollen Handel treiben und als Zwischenhändler und Agenten fungieren, die meisten machen aber nur Narren aus sich, es sind komische Typen, die sich als selbst ernannte weiße Gentlemen aufführen, die aber nur die schlechtesten Eigenschaften ihrer Väter haben. Sie saufen wie die Fische und huren wie die Kaninchen.« Damit beendete Makepeace seinen Exkurs über Resultate der Rassenmischung und schlug nach einem Moskito, der auf seinem nackten Handgelenk gelandet war.

Ein paar einheimische Kanus paddelten an ihnen vorbei, und Kite starrte mit unverhohlener Neugierde auf die glänzenden Körper der schwarzen Männer, die sich über die Paddel beugten. Die fremdartige Physiognomie verblüffte ihn, und Makepeace, der seine Faszination bemerkte, kicherte: »Häßliche Teufel, nicht wahr? Das sind Gromettos, freie Schwarze, die uns hier von Nutzen sind, während wir auf unsere Ladung warten. Sie werden sich an die Kerle gewöhnen, Sie werden sogar feststellen, daß deren Frauen in der Lage sind, Ihre Lust anzustacheln!« Der Kapitän wechselte einen komplizenhaften Blick mit dem Matrosen am Schlagriemen,

1 quadroon: Mischlingskind zwischen Weißen und Mulatten (Anm. d. Ü.)

bei dem es sich um einen kleinen, dürren Waliser handelte. »Äh, Jenkin, du liebst sie, nicht wahr?«

»Aye, Sir«, grinste Jenkin zurück und zwinkerte Kite zu.

Er gehörte zu den Männern, die der Vollmatrose Thomas ironisch die Kabelgattförster genannt hatte. Kite unterdrückte einen Schauder.

Die zusammengebrochenen Wälle des alten Forts blieben hinter ihnen zurück, vor ihnen kam ein flacher, sandiger Strand in Sicht, hinter dem sich Holzhäuser und Hütten mit Strohdächern erhoben.

»Hier sehen Sie das wahre Gesicht der Guineaküste«, murmelte Makepeace halb zu sich selbst.

In den folgenden Stunden – obwohl er sich immer in der unmittelbaren Umgebung von Makepeace aufhielt – verstand Kite nicht das geringste von dem, was sich abspielte. Im größten Haus auf York Island, einer Flechtkonstruktion mit Wänden aus Schindeln, auf deren Dach dickes Stroh thronte, wurden sie erwartet, setzten sich und trafen auf einen seltsamen weißen Mann namens Thomas Lorimoor. Er handelte mit allen Arten von Gütern, und in dem Gespräch, das Makepeace später scherzhaft als Palaver bezeichnete, wurden alle wichtigen Informationen ausgetauscht. Es ging um die Verfügbarkeit der Sklaven und anderer Waren. Obwohl Lorimoor Schotte war, sprach er ein Englisch, das sich mit vielen fremden Vokabeln durchsetzte, also eine Mischung aus Englisch, Portugiesisch und einheimischen Begriffen, die den Sprachen des Mandingo- und Bulumstammes entlehnt waren. Makepeace schien mit dieser *lingua franca* vertraut zu sein, doch Kite verstand wenig vom Inhalt der Konferenz. Er war auch voll damit beschäftigt, sich dazu durchzuringen, etwas aus einer Kalebasse zu löffeln, das ihn an ekelerregende Würmer erinnerte. Lorimoor nannte es *bul*, und Makepeace versicherte ihm, daß es gutes Essen wäre. Und tatsächlich bediente sich der Kommandant so lange aus der Kalebasse, bis sie leer war, worauf sofort eine Eingeborene erschien. Geräuschlos glitt sie auf nackten Fußsohlen über den Boden aus gestampftem

Lehm und füllte die Schale wieder auf. Sie hatte ein flaches Gesicht und trug um ihren Hals einen dicken Silberring, den Kite zuerst für ein Halsband hielt; erst später erfuhr er, daß es sich um das Kennzeichen für Leibeigene handelte. Ihr großer Körper wirkte unbeholfen unter dem weiten, buntgemusterten Baumwolltuch, das sie um sich geschlungen hatte. Wäre da nicht die Hautfarbe gewesen, hätte sie eine Schwester der traurigen Huren sein können, welche die Hafenkneipe bevölkerten, in der Makepeace Kite aufgegabelt hatte, mit der Einschränkung, daß diese Frau sich mit einer Geschmeidigkeit fortbewegte, die Kite nicht anders als würdevoll bezeichnen konnte. Daß sie die Konkubine Lorimoors war, erfuhr er, während er und Makepeace sich eine Stunde vor Sonnenuntergang zum Schiff zurückrudern ließen.

An diesem Abend trug Kite folgende Ereignisse des Tages in sein Tagebuch ein:

Der schottische Händler Lorimoor lebt mit einer Schwarzen zusammen. Er ist ein kranker Mann und schwer von einem Fieber gezeichnet, das in der Saison der Tornados jeden Tag seine Opfer findet. Die Blässe ist erschreckend, seine Augen sind blutunterlaufen und zeigen purpurrote Schatten. Obwohl er vom Alter gezeichnet scheint, hat ihn sein langer Aufenthalt in diesem Land frühzeitig über seine tatsächlichen Jahre hinaus altern lassen. Wie ich erfuhr, ist er wahrscheinlich an die Vierzig. Kapitän Makepeace teilte mir mit, daß seine Frau, die er Elizabeth nennt, wahrscheinlich seit über zwanzig Jahren als Sklavin bei ihm lebt, aber auf jeden Fall während all der Jahre, die unser Kapitän Mister Lorimoor kennt, und das würde zumindest die Hälfte dieser Zeitangabe ausmachen. Unser Palaver zog sich über fünf Stunden hin, währenddessen aßen wir Würmer von ekelhaftem Aussehen, die aber einen Geschmack hatten, der dem frischen Hammelfleisch ähnelt und die sehr delikat waren, nachdem ich meine natürliche Abneigung, sie runterzuschlucken, überwunden hatte. Wir tranken dazu – wie ich vermute – Palmenwein. Wie man mir erklärte, wird er direkt aus der Rinde der Bäume gewonnen, die reichlich auf York Island wachsen. Ich bin geneigt, das für einen der üblichen Scherze zu halten, die man sich mit Leuten macht, die sich mit den Sitten des Landes nicht auskennen.

Ich war sehr verwundert über die Überlegungen, in die sich der Kapitän und Mister Lorimoor vertieften, aber der Kapitän war eifrig bemüht, mir alles genau zu erklären. Leider habe ich das meiste nur unvollkommen verstanden, weil ich mit den Handelsbräuchen hierzulande nicht vertraut bin.

Es gibt eine Art Währung, die man aus Bequemlichkeit Barr nennt. Der Wert eines Barr variiert je nachdem, ob es sich um einen Schiffsbarr oder einen Händlerbarr handelt, folglich hat jede Gütermenge zwei Werte, was denen einen Spekulationsspielraum eröffnet, die damit vertraut sind. Ich konnte aus dem Ganzen aber keine Möglichkeit zur korrekten Vertragserfüllung ableiten, es sei denn, daß es sich um eine Methode der Profitziehung gegen Rechnung handelt. Das alles ist für mich mehr als nur ein kleines Geheimnis geblieben. Dieser Barr leitet seinen Wert von dem des Eisens ab, das hier sehr geschätzt ist und das wir in großen Mengen im Laderaum mitführen.

Es gab aber auch einige Dinge in der Diskussion, die ich besser verstand. Mister Lorimoor sprach von einem der örtlichen Häuptlinge, dessen Name übersetzt Großer Sohn einer Frau bedeutet. Er bezeichnete ihn als Bastard. Dieser Häuptling ist hier der König eines der Mandingostämme, einem kriegerischen mohammedanischen Volk, das in einiger Entfernung vom Sherbro River lebt und versucht, den Bulumstamm zu seinem Glauben zu bekehren. Da die Bulum Heiden sind, war Lorimoor der Auffassung, daß ihre Gesellschaft positiv von diesem zivilisierten Einfluß verändert werden könnte. Ich glaube zwar auch, daß der Islam für die Bulums wahrscheinlich besser ist, als an den alten Aberglauben gefesselt zu bleiben, bin aber der festen Überzeugung, daß es wünschenswerter wäre, daß ihnen jemand das Evangelium der Christen verkündet, statt der Lehren Mohammeds.

Dieser Mandingokönig führt im Inneren des Landes einen Krieg und verzögert deshalb die Lieferung der Sklaven an die Küste. Das erklärt die Anzahl der Guineafahrer, die zur Zeit wartend vor Anker liegen. Aber es gibt da noch einen anderen Grund, wie Kapitän Makepeace von Mister Lorimoor erfahren hat. Es geht hier nämlich das Gerücht um, in dem von einem großen Krieg die Rede ist. Dieser soll zwischen England und Frankreich sowie Spanien ausgebrochen sein. Weshalb das aber hier schon bekannt sein sollte, während zu der Zeit, als wir Liverpool verließen, davon noch keine Rede war, kann ich wirklich nicht verstehen. Kapitän Makepeace erging es genauso. Vielleicht hat der Ärger mit den Franzosen in Nordamerika zu Feindseligkeiten geführt.

Jedenfalls ist unser Kapitän aus Gründen der Logik der Meinung, daß solche Gerüchte, egal ob sie später bestätigt werden oder nicht, häufig von den Händlern, den Lanchados und sogar den örtlichen Häuptlingen in Umlauf gesetzt werden, um die Auslieferung der Sklaven an die Küste zu verzögern – Mandingokrieg oder nicht. Das treibt den Preis in die Höhe, besonders da die Hurrikansaison in Westindien bevorsteht und die Besorgnis unter den Kapitänen täglich zunimmt, ob sie noch rechtzeitig auslaufen können. Eine Verspätung könnte im gegenwärtigen Fall sogar bedeuten, daß der Feind Zeit finden würde, seine Kriegsschiffe hierher zu schicken und sie vor der Küste kreuzen zu lassen. Das hätte für uns zur Folge, daß wir an der Guineaküste in der Falle säßen, was alle unsere Pläne ganz schnell in einem Desaster enden lassen würde.

Ich bin mir nicht sicher, aber Kapitän Makepeace scheint heute abend nicht die Absicht zu haben, seine eigenen Ziele mit seinen Kollegen auf den anderen Schiffen abzustimmen, obwohl die meisten aus Liverpool stammen und daher vertrauenswürdig sind.

Kite legte den Federkiel zur Seite und schlug nach einem Moskito, der ihn umsurrte. Der Schweiß lief ihm in Strömen am Körper herunter, und als er seine linke Hand von den Seiten des Tagebuchs hochhob, blieb ein feuchter Fleck auf dem Papier zurück. Ein paar Dutzend Motten und Fliegen flatterten und summten um die Kerzenflamme. Während sie Lorimoors Haus verließen, hatte er einen Blick auf das Bett des Händlers werfen können, das aus einem massiven Gestell aus Sandelholz bestand, über dem ein Zelt aus schlichtem Kaliko hing. Er wünschte sich, daß er auch einmal so etwas bekommen würde, um damit seine Koje gegen die höllische Plage der Insekten zu schützen.

Er ging an Deck und sah in der Dunkelheit schwach die Silhouette Molloys, der Ankerwache hatte und sich von der Reling aufrichtete.

»Kein Schlaf zu finden, Billy?« fragte Molloy, nachdem er neben ihn getreten war.

Niemand hatte Kite seit seiner Jugendzeit Billy genannt, und die plumpe Vertraulichkeit stieß ihn ab.

Molloy schien die Ungehörigkeit nicht zu bemerken. »Es dürfte zu heiß für Sie sein, könnte ich mir denken. Aber Sie werden sich daran gewöhnen.«

Ein paar Lichter funkelten auf York Island und durchbohrten die Dunkelheit wie kleine leuchtende Augen. Ein schabendes Raspeln von unzähligen Zikaden erfüllte die Luft, verschaffte der schwer auf den Männern lastenden tropischen Nacht eine Stimme.

»Das ist ein wenig höllisch hier«, wagte sich Kite vor. Er lehnte sich auf die Reling neben Molloy, und beide Männer starrten über die dunklen Wirbel des Stromes, die unter ihnen vorbeirauschten. Über der Oberfläche wanden sich geisterhafte Nebelbänder, die gleichzeitig irgendwie gefährlich und doch irreal wirkten.

Molloy kicherte. »Mein Gott, Sie sind ein echter Engländer, Billy. Ts, ts, ein *wenig* höllisch. Wie kann das sein? Ja, es ist die Hölle, aber nehmen Sie es locker, Billy, sehen Sie es als ein kleines Stück von Gottes guter Schöpfung an, von dem Sie profitieren. Hat Ihnen dieser geizige Bastard Makepeace den Anteil erklärt, der Ihnen zusteht?«

»Meinen Anteil?«

»Ja, Ihre Anrechte, Ihre Dividende gemäß den Bestimmungen der Artikel. Er mag Partenreeder der *Enterprize* sein, aber Sie haben doch ganz bestimmt die Übereinkunft gesehen?«

Kite hatte keine Übereinkunft gesehen, obwohl er das nicht gerne zugeben wollte. Wobei er zugestimmt hatte – und das auch nur mündlich –, war eine Übereinkunft, daß er mit Kapitän Makepeace segeln würde gegen dessen Versprechen auf einen Profit von einhundert Pfund oder so.

»Ich vermute, Sie haben das verdammte Ding nicht gelesen und haben alles auf Treu und Ehre geglaubt. Typisch englisch. Nun, Billy, als Schiffsarzt haben Sie ein Anrecht auf einen Shilling pro schwarzen Kopf, den wir auf seinen eigenen zwei Beinen gehend in Westindien entladen.«

Kite vermutete, daß sein Profit von einhundert Pfund aus dieser Quelle kommen sollte, und verwirrt sagte er schnell: »Oh, ja, das weiß ich.«

»Aber kennen Sie Ihr Recht, eine gewisse Menge *scrivelloes* auf eigene Rechnung an Bord nehmen zu dürfen?« erkundigte sich Molloy neckend.

»Äh, nein, ich gestehe, das wußte ich nicht, noch weiß ich, was *scrivelloes* sind.«

»Nun, dann will ich es Ihnen erklären. Das sind die Stoßzähne der Elefanten. Sie werden feststellen, daß die Elefantenzähne – die von einigen Leuten genau wie die der wilden Eber Stoßzähne genannt werden – eine Ware sind, die sich in London großer Beliebtheit erfreut. Es ist Ihnen nicht erlaubt, richtig große Stoßzähne an Bord zu nehmen, weil diese besonders wertvoll sind, aber die kleineren Zähne, die wir *scrivelloes* nennen, können von Ihnen gehandelt werden und von mir und von Mister Gerard, Gott schütze ihn.«

»Ich verstehe.« Kite hatte weder eine Idee, welchen Profit man mit diesen *scrivelloes* machen konnte, noch wie er an einen Kredit kommen sollte, um sie einzukaufen. Ganz zu schweigen davon, ob man ihm die Gelegenheit geben würde, sie zu verkaufen, falls er jemals wieder die Küsten Englands erreichen sollte. Aber er schob diesen beunruhigenden Gedanken zur Seite, denn ihm schien nach seinem Verständnis der Handel mit Elefantenzähnen weit weniger tadelnswert zu sein als der Handel mit Menschen, auch wenn es um Schwarze ging.

»Aber das ist noch nicht alles, Billyboy«, fuhr Molloy fort, »das Beste kommt noch.«

»Das Beste?«

»Oh, in der Tat, so ist es. Sie dürfen auch auf eigene Rechnung zwei Sklaven verkaufen. Wenn Sie schlau sind, dann wählen Sie sich kräftige Burschen aus, aber die Summe aller privater Sklaven – also die Gesamtzahl, die sich Makepeace, Gerard, Sie, ich und der Stückmeister ausgesucht haben – muß je zur Hälfte aus Männern und Frauen bestehen. Ich weiß ums Verrecken nicht, was der Sinn dieser blöden Vorschrift ist, es sei denn, daß man an die Fortpflanzung denkt. Wenn ich etwas zu sagen hätte, dann würden wir nur mit den kräftigen, großen Kerlen handeln, aber der Kapitän besteht auf der Einhaltung der Regeln.«

»Ich verstehe.« Kites Mut sank. Während er sich damit anfreunden konnte, zwölf Pence pro Kopf bei der Ablieferung der Sklaven zu erhalten, was er als ein angemessenes Salär dafür ansehen konnte, daß er von den unglücklichen Schwarzen so viele wie möglich bei guter Gesundheit erhielt, war für ihn der Gedanke, direkt von der Gefangennahme und dem Verkauf einzelner Individuen zu profitieren, eine ungeheuerliche und schreckliche Sünde. Was immer die Welt von seiner Schuld an Susan Hebblewhites Tod halten mochte, er selbst wußte, daß er in dieser Sache unschuldig war. Doch das Schicksal beabsichtigte, so erschien es ihm, ihn nun auf andere Weise zu einem Todsünder zu machen. Für einen Augenblick überfiel ihn eine düstere, entsetzliche Schreckensvision, und er wischte sie rasch mit einer Frage an Molloy zur

Seite. »Ich, äh, ich war mit dem Kapitän an Land, aber ich habe nicht ganz verstanden, woher die Sklaven kommen und wo sie jetzt sind.«

Molloy deutete mit einer weit ausholenden Armbewegung zum Dschungel hinüber, der nur eine Kanonenschußweite entfernt lag. »Irgendwo da draußen, in einem Palisadenlager oder in Baracken, die von den Kriegern des örtlichen Häuptlings bewacht werden …«

»Dann verkaufen Schwarze die Schwarzen an uns?«

»Oh, ja. Dachten Sie, wir würden uns nach draußen in das Umland begeben und sie stehlen?« Molloy lachte. »Nein, nein, es handelt sich hier um einen gut organisierten Handel, Billy, wirklich gut organisiert, Sie werden sehen, Sie werden schon sehen.« Molloy streckte sich und gähnte. »Genug davon! Sie können die Wache übernehmen, falls Sie wollen. Es wird nur noch kurze Zeit dauern, bis das Glas gedreht wird. Lassen Sie sich ein paar Stündchen lang von den infernalischen Moskitos auffressen. Ich hau' mich in die Koje.«

Obwohl Makepeace darauf beharrte, daß er keine Lust habe, tatenlos herumzuhängen, »bis es einem verdammten Sklavenhändler in den Kram paßt«, verstrich nach dem Übermitteln von etlichen Ultimaten an den dahinsiechenden Lorimoor durch eine Abordnung der Kapitäne der Guineafahrer, die vor York Island lagen, ein Monat, ohne daß etwas geschah. Zu Gerards Ärger begann allerlei grünes Gras auf dem weißen Zeug zu sprießen, mit dem man den Unterboden der Brigg eingeschmiert hatte. Dieses Seegras würde ihre Geschwindigkeit auf der Reise zu den Antillen erheblich herabsetzen, und Kite erfuhr, daß mit dem Gras auch der Schiffswurm kam, eine Plage, die den Rumpf eines Schiffes innerhalb weniger Wochen ruinieren konnte.

Die erzwungene Untätigkeit veranlaßte die Kommandanten der Schiffe, eine Routine einzuführen, bei der sie reihum täglich in der Kabine eines anderen Kollegen dinierten. Dabei frönten sie ihrem Hang zu Glücksspielen, und ein- oder zweimal kam es dabei zu heftigen Streitigkeiten. Wilde Gerüchte kursierten auf den Schiffen, so beispielsweise, daß man beabsichtige, weiter stromaufwärts zu segeln, falls sich die Lage nicht ändern sollte, um die Baracken so lange zu beschießen, bis die widerstrebenden Häuptlinge eine ausreichende Zahl ihrer Gefangenen für die Beladung der Guineafahrer herausrückten. Anscheinend glaubte niemand Lorimoors Behauptung, daß der Krieg der Mandingos den Nachschub an Sklaven unterbunden hätte, denn die erfahrenen Männer vertraten die Meinung, daß das alles nur dazu diente, die Preise in die Höhe zu treiben.

Das ist wohl auch schon bei früheren Gelegenheiten vorgekommen, vertraute Kite seinem Tagebuch an, *aber die Kapitäne wollen diese Angelegenheit nicht zu einem überstürzten Abschluß bringen, weil das zu Racheakten gegen alle führen könnte, die nach uns kommen. Bei ähnlichen Gelegenheiten war durch das unehrliche Verhalten verschiedener Kapitäne großes Unheil angerichtet worden, weil sie beispielsweise die Sklaven ohne Bezahlung entführt oder die Häuptlinge der Schwarzen betrogen hatten. Das Prinzip der Gerechtigkeit in diesem Teil der Welt basiert auf Rache, was bedeutet, daß die Mohren und Lanchados die Schiffe eines anderen Landes nicht behelligen werden, während sie andererseits Rache an jedem britischen Schiff nehmen, wenn sie der Meinung sind, daß das erlittene Unrecht von einem britischen Schiff hervorgerufen wurde. Das Prinzip gilt auch für einen holländischen oder portugiesischen Guineafahrer und so weiter und so fort. Darüber hinaus wäre es keine kluge Politik, die Häuptlinge zu reizen, falls tatsächlich ein Krieg zwischen England und Frankreich droht …*

Kite wurde nach ein paar Tagen von seinem Wachdienst befreit, denn seine Pflichten als Arzt beanspruchten ihn nun völlig. Die ersten Fälle von Fieber traten auf der *Enterprize* zutage, und die Diagnose von Makepeace und den anderen

Offizieren ließ sich unter dem allgemeinen Begriff »Sumpffieber« zusammenfassen. Zwei Seeleute, sie hießen Noakes und Hughes, waren die ersten, die starben. Sie hatten anfangs einen Fieberschauer erlitten und waren daraufhin in die Kojen geschickt worden, die auf Befehl von Makepeace vorne über dem Stall geriggt wurden und so eine Art Quarantänestation bildeten. Beide Männer hatten schnell hohes Fieber bekommen, das mit heftigen Schmerzen im Rücken und im Kopf einherging, ihre Arme und Beine wurden davon ebenfalls heimgesucht, und die Kranken wurden, wie Kite notierte, *von einer großen Mattigkeit ergriffen, die begleitet war von einer tiefen Niedergeschlagenheit und Todesahnungen.* Würgen, Erbrechen und ein unstillbarer Durst riefen bei Kite gemischte Gefühle aus Abscheu und Mitleid hervor, er wurde selbst isoliert und bei der Pflege der beiden armen Kerle alleingelassen. Nach ein paar Tagen konnte er aber erfreut eine Besserung ihres Zustandes und eine Abnahme des Fiebers feststellen und erwartete, daß er die Männer bald wiederherstellen, sie zumindest auf den Zustand von Lorimoor stabilisieren konnte, der zwar schwer gezeichnet war, aber in der Lage schien, am Leben zu bleiben. Im Dämmerlicht des vorderen Zwischendecks entging dem unerfahrenen Kite die Gelbfärbung der Augen und der Haut, auch übersah er die ersten Anzeichen des bald folgenden finalen Zusammenbruchs. Die Männer erreichten nämlich kurz darauf das Endstadium ihrer Erkrankung, das sich durch das plötzliche heftige Erbrechen von Blut manifestierte, welchem ein unheilvolles Absinken der Körpertemperatur folgte.

Heute morgen, kritzelte Kite hastig, weil ihn die Umstände dazu zwangen, alles genau zu beobachten und von den beiden Invaliden für die Zukunft zu lernen, und auch den großen persönlichen Schrecken, der durch diesen blutigen Höhepunkt ausgelöst wurde, zu verdrängen, *war Hughes so kalt wie der Tod selbst, und ich stellte eine gelbe Färbung fest, die seinen ganzen Körper überzog. Bei der Untersuchung von Noakes war es dasselbe, wenn auch in einem geringeren Umfang. Beide Männer sind mit ihrem Schicksal versöhnt.*

Heute abend, obwohl in beiden Männern noch Leben war, konnte ich keinen Herzschlag mehr feststellen, und ihre Körper fühlten sich kalt an.

Am nächsten Morgen waren beide Männer tot. Sie wurden an Land gebracht und unter den Wällen des Forts begraben. Am folgenden Tag wurden drei Männer der *Marquis de Lothian* zur ewigen Ruhe gebettet, während der nächsten zehn Tage folgten ihnen acht weitere Seeleute aus den Besatzungen der wartenden Guineafahrer. Diese traurigen Ereignisse, die zwar die erfahrenen Seeleute keineswegs überraschten, aber trotzdem einen demoralisierenden Effekt hatten, riefen eine gefährliche Rastlosigkeit hervor und verstärkten den Wunsch unter den versammelten Schiffsbesatzungen, hier wegzukommen. Voller Angst um ihr Leben sprachen sie untereinander immer häufiger davon, flußaufwärts zu segeln, um die Bulumsiedlungen zu beschießen und die Häuptlinge zum Handel zu zwingen. Sie nahmen sich vor, ihre Kommandanten zu drängen und entsprechend zu handeln, bevor noch mehr Kameraden ins Gras bissen.

Aber bevor eine Abordnung bei Makepeace und seinen Kollegen vorstellig werden konnte, erschien die *Cleveland* auf der Reede. Sie kam direkt aus Bristol, und ihr Master, Kapitän Burn, verbreitete die Neuigkeit, daß sich das Gerücht eines Krieges auf dem europäischen Kontinent bestätigt hätte.

Das deprimierte die Crews auf den wartenden Schiffen weiter, aber tatsächlich entpuppte sich diese Nachricht schließlich als Schlüssel für ihre Befreiung. Seit Wochen schon hatten Makepeace und seine Kollegen ihre Waren angeboten, die sie zum Verkauf mit sich führten: die karierten Stoffe aus Manchester, die Osnaburger Baumwollstoffe, die bei den Eingeborenen so beliebt waren, den Gin und den sogenannten Brandy, die Musketen, die Flinten mit Schießpulver, die Messer, die Weicheisenbarren und den Metallschmuck, alles war den Lanchados und Gromettos gezeigt worden. Aber die Küstenbewohner hatten mit ziemlicher Geringschätzung auf diese Produkte geblickt. Sie hatten ihre augenblicklichen Bedürfnisse bereits befriedigt und verlangten nun nach neuen Waren. Auch hatten sie festgestellt, daß die Musketen, die man ihnen verkauft hatte, den Waffen, welche die Weißen für sich selber behielten, unterlegen waren. Überdies hatten die Lanchados, die sich von der Kleidung der weißen Männer beeinflussen ließen, bei den neidischen Häuptlingen den Wunsch nach Dreispitzen und Stiefeln aus weichem Leder geweckt, nach solchen, welche die Araber aus den weit entfernten Wüsten im Landesinneren manchmal, und diese weißen Eindringlinge an der Küste meistens trugen. Lorimoor hatte nur den Kopf geschüttelt, und das Palaver hatte mit offensichtlich unüberwindbaren Differenzen geendet. Auf der einen Seite stand Makepeace mit seinen Kapitänskollegen, auf der anderen Lorimoor als Vertreter der Häuptlinge, der als Haupthemmnis für den Fortgang der Verhandlungen angesehen wurde.

Die von Kapitän Burn verbreiteten Neuigkeiten heizten jedoch das Spiel von Angebot und Nachfrage an, und ein glücklicher Zufall wollte es, daß Kapitän Burn ein paar Dreispitze an Bord mitführte, deren Ränder mit Silberlitzen verziert waren. Er hatte ursprünglich vorgehabt, sie in Antigua an einen Hutmacher zu verkaufen. Unter dem Druck seiner Kollegen stimmte er aber zu, sie sofort auf den Markt zu werfen, was tatsächlich dazu führte, den toten Punkt in den Verhandlungen zu überwinden. Makepeace riet nun den anderen Kapitänen, mit ihrem sofortigen Auslaufen zu drohen und es mit dem Auftauchen französischer Kreuzer in den Gewässern des Englischen Kanals zu begründen. Solche Geschehnisse würden zukünftige Guineafahrer vom Auslaufen abhalten, und die Sklaven würden folglich lange hinter den Palisaden bleiben müssen, eine ewige und zunehmend hungrige Bürde für die Häuptlinge …

Humbert von der *Marquis of Lothian* wandte zwar ein,

daß eine weitere Verzögerung die Preise sinken lassen würde, doch Makepeace überhäufte ihn mit Spott über »so einen primitiven schottischen Gedankengang«. Er argumentierte damit, daß die geschwächten und schlecht ernährten Schwarzen den Mittelschlag nach Westindien oder Brasilien nicht überleben würden, daher würde das, was man beim Einkauf gespart hatte, durch die erhöhte Sterblichkeitsrate während der Reise wieder draufgehen. Außerdem, so argumentierte Makepeace, waren ihre Schiffe schon mit dem tödlichen Gelbfieber befallen, aber wie jeder Master wußte, würde die Krankheit höchstwahrscheinlich verschwinden, wenn sie umgehend ausliefen. Diejenigen, die bisher nicht angesteckt waren, würden folglich mit dem Leben davonkommen.

»Sobald sich die Krankheit fest eingenistet hat, werden wir nach Besatzungsmitgliedern rufen und nicht nach Ladung! Aye, und darüber hinaus könnte es sein, daß der klägliche Rest, der von der Mannschaft übrig ist, nach Nautikern schreit.«

Makepeace schloß seine logischen Ausführungen und blickte sich um. Humbert drehte schließlich seine Handflächen nach oben und zuckte mit den Schultern. Die Meinungsverschiedenheit war bereinigt, die Kapitäne einigten sich darauf, Lorimoor ihren Entschluß mitzuteilen und ostentativ mit Vorbereitungen zum Auslaufen zu beginnen.

In der Zwischenzeit hatte man den Lanchados die Hüte mit der silbernen Litze gezeigt, und die List funktionierte. Am nächsten Tag ließ Lorimoor ihnen die Nachricht zukommen, daß die Häuptlinge schon morgen die ersten Kanus schicken würden. Daraufhin bereitete sich die *Enterprize* zusammen mit den anderen Sklavenhändlern darauf vor, ihre Ladung an Bord zu nehmen.

5
Die Ladung

Am nächsten Morgen wurde die Mannschaft an Deck gerufen, als die ersten Kanus in Sicht kamen, die sich der *Enterprize* stromabwärts nährten. Sofort drängten sich die Männer an den Verschanzungen aller versammelten Guineafahrer wie aufgeregte Kinder, da sich ihnen vermeintlich das Glück und die Chance auf ansehnlichen Gewinn, tatsächlich aber Menschen mit der Aussicht auf Elend und Entwürdigung näherten. Kite bemerkte sofort, als er an Deck kam, welche Veränderungen auf dem Schiff vorgegangen waren. Eine der 6-Pfünder-Lafetten der *Enterprize* war bereits binnenbords gerollt, nach mittschiffs verbracht und herumgedreht worden. Dann hatte man das Bodenstück mit dem Richtkeil angehoben, so daß die Mündung durch die Reling nach unten in die Kuhl zeigte – als abschreckende Maßnahme gegen einen möglichen Aufstand. Alle Matrosen, die als »Seesoldaten« eingeteilt waren, nahmen unter dem Kommando von Molloy Aufstellung, der mit zwei Pistolen im Gürtel wie ein Pirat aussah, dazu hatte er sich einen Säbel um die Hüfte geschnallt. Weiter achtern lehnten Makepeace und Gerard an der Reling und waren ähnlich bewaffnet, einige der Seeleute hielten Peitschen oder Stöcke in den Händen.

Während Kite noch abwartete und die Vorgänge beobachtete, ließ plötzlich der Gestank seinen Magen revoltieren. Obwohl nur ein Dutzend Sklaven als erste Lieferung – also nur ein kleiner Teil aus den rund zwanzig Kanus, die sich auf der Reede verteilten – bereits an Bord der *Enterprize* kletterte, wurde klar, daß die Baracken an Land wenig besser als überfüllte Schweineställe sein konnten. Da Kite feststellte, daß an den Beinen und Hosen der Sklaven ihre eigenen Exkremente klebten, trat er augenblicklich an Gerard heran und verlangte, daß sie abgespült wurden, nachdem sie an Deck gekommen waren. Auch sollte ihnen erlaubt werden, ihre verdreckte Kleidung zu waschen.

»Sie sind doch wohl kein salbadernder Quäker oder doch, Mister Kite?« erkundigte sich der gutgelaunte Gerard mit einem spöttischen Grinsen.

»Nein, das bin ich nicht, Mister Gerard, aber Sie würden nicht einmal ein Pferd in einem derartig verschmutzten Zustand in den Stall stellen.« Kite erinnerte sich daran, daß sein Vater immer die Auffassung vertreten hatte, Schmutz sei die Ursache vieler Krankheiten, eine Theorie, die hauptsächlich auf der Beobachtung basierte, daß eitrige Infektionen und Unsauberkeit nicht selten enge Nachbarn waren. Deshalb fügte er noch hinzu: »Wir haben doch erst kürzlich unsere Bordkameraden beerdigt und wären verdammt dämlich, eine weitere Fieberepidemie auf dem Schiff zu riskieren.«

»Ts, ts, Kite, diese Hitze hat Ihnen so schlimm empfindlich gemacht«, äffte Gerard die Sprache der Quäker nach und wandte sich mit einem Grinsen Makepeace zu, der aber überraschenderweise William recht gab.

»Ich pflichte Ihnen bei. Unsere Männer sollen den Dreck gründlich abspülen. Das wird die Schwarzen beruhigen, bevor wir sie nach unten bringen.« Makepeace richtete sich auf und brüllte über das Deck hinüber zum Bootsmann, einem Mann namens Kerr, der auf der Reling stand: »Mister Kerr, wo zum Teufel ist mein Übersetzer? Fragen Sie einen von diesen verdammten Gromettos, ob er wie besprochen ebenfalls stromabwärts gekommen ist.«

Ein großer Mulatte, der eine verblüffende Ähnlichkeit mit den Eingeborenen auf den Bildern aufwies, die Kite von Sir Francis Drake gesehen hatte, so notierte er es später in seinem Tagebuch, kam auf die Beschwerde von Makepeace hin über die Verschanzung geklettert und schlenderte unbekümmert nach achtern. Der Mann trug einen altertümlichen, roten Samtrock, ausgefranste Kniebundhosen und Seidenstrümpfe, deren Füße er abgeschnitten hatte, was bedeutete, daß er praktisch barfuß war. In seinem Gürtel steckte wie ein altmodisches Rapier eine Peitsche mit einem langen Handgriff, deren Schnur sauber um den Griff herum aufgeschossen war. Als er sich Kapitän Makepeace näherte, schwenkte er seinen neuen, mit Silberlitze geschmückten Dreispitz, fegte mit ihm über das Deck und legte einen eleganten Kratzfuß hin. »Kapitän, mein Name ist Golden-Opportunity Plantagenet, zu Ihren Diensten. Ich bringe Ihnen in Übereinstimmung mit Mister Lorimoors Anweisungen zweiundvierzig beste schwarze Männer.«

Makepeace neigte gnädig den Kopf und erwiderte in einem ironischen Tonfall: »Ich fühle mich sehr geehrt, Mister Plantagenet, wirklich hochgeehrt. Ich wünsche, daß Sie diesen zweiundvierzig guten Schwarzen übermitteln, daß mein Arzt sie nicht untersuchen wird, bevor sie nicht ihre Ärsche und Hosen gewaschen haben. Mein Arzt ist, wie Sie verstehen werden, Mister Plantagenet, ein Gentleman von feiner Lebensart.« Mit diesen Worten wandte sich Makepeace an Kite und fuhr fort: »Sie können mit ihm zusammen die Sache angehen, Mister Kite, er wird als Übersetzer für Sie tätig sein.«

Plantagenet verbeugte sich vor Kite, der in seiner Verwirrung kaum unterscheiden konnte, bis zu welchem Maße Makepeace ihn, den Übersetzer oder beide veralberte. Linkisch folgte er dem Mulatten nach vorne. Als die ersten Sklaven an Bord standen, die Augen vor Angst weit aufgerissen, so daß sie fast nur aus dem Weiß der Augäpfel zu bestehen schienen, begann eine Pantomime, ergänzt mit Gebrüll und vielen Mißverständnissen. Pützen voller Wasser wurden geschwungen, Stöhnen und Schreien über die Demütigung und den Schock erklangen, bis nach einigen Minuten die Seeleute genug davon hatten, ihren Opfern diese – milde – Brutalität zuzufügen, und die verängstigten Sklaven verstanden hatten, was man von ihnen erwartete.

Ich bin überrascht, wie bereitwillig sie akzeptieren, so behandelt zu werden, schrieb Kite später nieder, nachdem eine zweite Bootsladung Sklaven angekommen war. *Solange man sie an Deck sitzen ließ, bis ihre Sachen in der heißen Sonne getrocknet waren, schien ihrer Lage nichts besonders Schreckliches anzuhaften, obwohl Molloy und seine bewaffneten Seesoldaten in ständiger Bereitschaft standen. Aber dann, gegen Mittag, kamen weitere Kanus an, und die erste Gruppe wurde unter Deck geschafft und gesichert, indem jedem ein Platz zugewiesen wurde, auf dem er sich niederlegen mußte. Dann schlossen sich die Fußfesseln um die Knöchel, dabei erklangen so schreckliche und klägliche Schreie, daß sie einem das Herz in der Brust zerreißen konnten. Doch bei meinen Schiffskameraden erregte das kein Mitleid, und trotzdem halte ich es für eine ziemlich bedauerliche Begleiterscheinung dieses Handels.*

Der Lanchado, der die unglücklichen Schwarzen den Sherbro von den Baracken herunterbringt, tritt unter einem äußerst extravaganten Namen auf. Mister Gerard hat mich aufgeklärt, daß der Name sich zu einem Teil auf das Schiff bezieht, auf dem sein Vater wahrscheinlich gedient hat. Daher heißt er mit Vornamen Golden-Opportunity. Sein Nachname lautet Plantagenet, obwohl seine Mutter keine Ahnung von den Plantagenets gehabt haben kann. Gerard sagt, die Lanchados nehmen oft einen Namen an, von dem sie hoffen, daß er auf blaues Blut schließen läßt. Diese Namen werden ihnen von den Händlern und den Kapitänen der Schiffe vorgeschlagen, die sich einen Mordsspaß daraus machen, einem Halbblut zu einem derart prätentiösen Namen zu verhelfen. Auf diese Weise haben wir einen Mister Duke, der die Lutwidge *betreut, und sogar einen Mister Emperor an Bord der* Nancy. *Solche Anmaßungen, welche die Kapitäne und Offiziere der Schiffe gewaltig amüsieren, werden in allen Belangen des Anstands aber sehr ernst genommen. Ich habe herausgefunden, daß der Händler Mister Lorimoor hier mit dem Titel eines Knights ausgezeichnet ist.* Kite hielt inne und überdachte seinen eigenen Part, den er an diesem Tag gespielt hatte. Dann schrieb er weiter: *Ich hoffe, daß meine Untersuchung den Sklaven keine zu große Angst eingejagt hat, und freue mich, feststellen zu können, daß alle in körperlich guter Verfassung sind und keine Infektionskrankheiten haben.* Er hörte mit dem Schreiben auf, unsicher, ob er seine persönlichen Gefühle dem Papier anvertrauen sollte oder nicht, aber dann beugte er sich nach einem Schulterzucken wieder über die von der Lampe beleuchtete Seite. *Zuerst hatte ich den Eindruck, daß die Schwarzen alle gleich aussehen, ihre Gesichter weisen alle übereinstimmend eine flache Nase und dicke Wulstlippen auf, ihre Köpfe sind von dichtem Kraushaar bedeckt. Die tiefbraune Farbe ihrer Haut erlaubt keine Differenzierung, anders als bei dem bleichen Teint der Europäer, der individuelle Farbabweichungen möglich macht. Das Weiß der Augen scheint auf einen Mangel an Intelligenz hinzuweisen, während die Zähne deutlich das Alter verraten, wie das auch andere klare Unterschiede tun. Die Übereinstimmung verschwindet jedoch schnell, denn man kann Unterschiede in den individuellen Erscheinungen und Hinweise auf den Charakter erkennen. Das ist fast so wie bei Unsereinem. Bei manchen stellte ich sofort einen rebellischen und widerspenstigen Geist fest, was in dieser Situation nicht sonderlich erstaunlich sein dürfte, während andere Schwarze alle Anzeichen von Ergebung in ihr Schicksal zeigten. Zum größten Teil waren sie in einem guten Zustand, wenn auch hungrig und müde, und selbst die kühnsten waren nicht wenig verängstigt.*

Heute nacht ist es sehr heiß, und wie es scheint, ist unsere angenehme Zeit vorbei, denn das Stöhnen der Sklaven in den Unterkünften im Zwischendeck ist schrecklich, besonders da es ständig vom Klirren der Ketten begleitet wird.

Während fünf schrecklicher Tage, in denen die heiße Sonne vom wolkenlosen Himmel auf die Schiffe herabbrannte, die vor York Island ankerten, kamen die Sklaven in Kanus unter dem Geleit von Mister Plantagenet und seinen Kollegen den Fluß herunter. Es handelte sich um ein grausiges Geschäft, doch Kite gewöhnte sich schon nach kurzer Zeit daran. Nur einmal hörte er, daß jemand kritisch über die Behandlung der Eingeborenen nachdachte, als nämlich Mister Kerr bemerkte, es wäre eben eine »brutale Notwendigkeit«. Kerrs Bemerkung wurde untermauert von Erklärungen, die Kite schon zuvor gehört hatte, Behauptungen, die darauf hinausliefen, daß die Mohren von den weißen Herren in Westindien oder Brasilien weit besser behandelt werden würden als von ihren einheimischen Häuptlingen. Diese Äußerungen wurden vor allem dadurch provoziert, daß die ersten Frauen während des dritten Ladetages ankamen. In der Rückschau klangen die Bemerkungen wie vorweggenommene Entschuldigungen für alle zukünftigen Grausamkeiten, die nur den unerfahrenen Kite erstaunen konnten. Vielleicht setzte Kites Mitleid für das Schicksal der Schwarzen genau in dem Augenblick ein, als die Frauen gesichtet wurden. Denn die Nachricht verbreitete sich unter den wartenden Seeleuten wie ein Windstoß in dürrem Gras, und es entging ihm nicht, welch wollüstiges Prickeln gespannter Erwartungen diese Neuigkeit hervorrief.

Genau wie die Männer waren auch die Frauen alle jung und kräftig, zumindest aber noch im gebärfähigen Alter. Sie kletterten ziemlich flink an Deck, drängten sich dort sofort in einer Gruppe umeinander und steckten die Köpfe zusammen, obwohl sie sich dann gelegentlich, wohl in Erwartung einiger Schikanen, umdrehten. Sie mußten auch nicht lange warten, denn Mister Plantagenet stolzierte mit seiner langen Peitsche in der Hand zwischen sie, löste die Gruppe auf und brüllte ihnen zu, daß sie die weiten, bunt gefärbten, jetzt aber verschmutzten Baumwolltücher ablegen sollten. Hier und da gab er einen hilfreichen Hinweis auf seinen Wunsch, indem er einfach einer Frau das Kleidungsstück herunterriß und ihren Rücken entblößte. Die Frauen kreischten, die Seeleute jubelten, und von unten aus dem Laderaum erklang das Geheul aus Schmerz und Wut ihrer gefesselten Männer.

Eingeschüchtert durch die Musketen der Seesoldaten standen die Frauen da und rangen nach Luft, während die verbleibenden Seeleute ihre Pützen schwangen. Das Sonnenlicht glitzerte in den Kaskaden des Wassers, hastig wuschen sich die Gequälten sofort ab, ein Anblick, der auch bei Kite ein fast übermächtiges Lustgefühl hervorrief. Brüste und Schenkel, der Schimmer des Lichts auf der nassen Haut und die weichen Umrisse der Vulven unter den Hinterbacken der Frauen erregten ihn am meisten, als die Frauen sich in den Wassergang hinhockten, um ihre beschmutzte Kleidung zu reinigen. Es traf ihn wie ein Schock, daß trotz oder auch gerade wegen ihrer Demütigung ihre braune Haut eine sexuelle Anziehungskraft ausstrahlte, die dem weißen Fleisch der Liverpooler Huren fehlte. In seiner Erregung vergaß er sogar alle Erinnerungen an die arme, verblutende Susan Hebblewhite. Trotzdem konnte er diese schwarzen Frauen nicht als Schönheiten bewundern, da seine Vernunft außer Kraft gesetzt und seine Lust mit dem selbstquälerischen Vorwurf verbunden war, daß er es niemals in Erwägung ziehen könnte, mit einem Wesen zu kopulieren, das er trotz seines natürlichen Mitleids nicht als vollgültigen Menschen anerkennen konnte. Das und seine natürliche Reserviertheit hielten ihn von jeder überstürzten Handlung zurück, die von rohen Instinkten geleitet wurde. Mit dieser Haltung stand er aber fast allein auf weiter Flur.

Nachdem die ersten zwei Bootsladungen Frauen ihre Waschungen beendet und ihre Kleidung im Rigg zum Trocknen aufgehängt hatten, hockten sie sich eng aneinandergedrängt hin, weinten und wischten sich mit den Handflächen die Tränen aus dem Gesicht, dabei blickten sie sich angstvoll um. Die Seeleute betrachteten sie, die Scherze waren verstummt, der Kreis wurde enger, doch die Matrosen schienen noch vor einem Akt der Gewalt zurückzuschrecken. Dann war der Zauber des Augenblicks verflogen. Mister Plantagenets Peitsche knallte in der Luft, und er brüllte etwas in der Eingeborenensprache. Unsicher standen die Frauen auf.

Vom Achterdeck erklang laut Makepeace' Stimme: »Die Untersuchung bitte, Mister Kite, und beeilen Sie sich gefälligst, Sir!«

Die Ungeduld wurde durch zustimmendes Gemurmel der Seeleute noch betont, und instinktiv wichen die Frauen zurück. Kite stand plötzlich dem ersten Opfer gegenüber, ohne daß er sich bewußt geworden war, daß er das Deck überquert hatte. Er wies die Frau an, stillzustehen, und ließ seinen Blick über sie wandern. Der Schweiß brach ihm aus, sein Glied lag halberschlafft in seiner Hose, seine Hand beschrieb einen Kreis, und nach einem scharfen Kommando von Plantagenet drehte sich die Frau um und öffnete folgsam ihren Mund. Kite prüfte ihre Zähne, schaute ihr in die Augen und berührte sie nur, um das untere Augenlid herunterzuziehen.

Er wollte ihr gerade auf die Schulter tippen und sich der nächsten Frau zuwenden, als Makepeace dicht hinter ihm befahl: »Schauen Sie sich ihre Höhle an, Mister Kite. Wir wollen keinen Ärger aus dieser Quelle.«

Kite drehte sich um, sein Gesicht war bleich geworden unter der Sonnenbräune, doch Makepeace stand direkt neben ihm. Sein Gesicht war hochrot, Kite konnte sogar seinen sauren Atem riechen. Er atmete heftig.

Kite mußte an den »Ärger« denken, den die Kabelgattförster den Frauen bringen würden. »Kapitän Makepeace«, begann er.

Aber Makepeace schnitt ihm das Wort ab. »Machen Sie, was ich Ihnen befohlen habe, Mister Kite«, knurrte er, seine Stimme war so scharf wie eine Degenklinge.

Fassungslos schaute Kite die Frau an, deren Blicke zwischen ihm und Plantagenet hin und her huschten. Der Mulatte sagte etwas zu ihr, worauf sie scharf die Luft einzog und wieder Kite anstarrte. Er fühlte den Haß, der sich in dem leichten, aber deutlich sichtbaren Zusammenziehen der Pupillen äußerte, sah, wie die Muskeln an ihrem Unterkiefer sich spannten, dann zogen ihre Hände seine Aufmerksamkeit nach unten. Sie öffnete sich ihm, und er beugte sich vor, um in sie hineinzuschauen.

»Richtig, Mann, richtig!« kommandierte Makepeace. »Das ist eine Untersuchung, um Himmels willen, und kein verdammtes Beschnuppern!«

Kite zögerte, dann spürte er, wie er von Makepeace zur

Seite geschoben wurde. Makepeace beugte sich schnell nach unten, befühlte die Frau mit seinen aufdringlichen Fingern, öffnete die rote Vulva mit einem groben Griff, richtete sich wieder auf, gab ihr einen Klaps auf den Hintern und wandte sich der nächsten zu, bei der er die demütigende Prozedur wiederholte. Die erste Frau hockte sich schnell hin und preßte ihre Schenkel so fest zusammen, daß die Muskeln verkrampften. Tränen liefen über ihr Gesicht, während sie am ganzen Körper zu zittern begann.

Nachdem er die zweite Frau auf diese Weise untersucht hatte, richtete sich Makepeace auf und herrschte Kite an: »So geht das, Mister Kite, ich beabsichtige nicht, mir einen Hund zu halten, um das Bellen dann trotzdem selbst zu erledigen. Genauso haben Sie die Untersuchung durchzuführen. Achten Sie auf Ausfluß oder Wunden!«

»Jawohl, Sir, ich habe verstanden«, knarzte Kite heiser und schüttelte sich, zu einem Teil aus Wut, zum anderen wegen der erlittenen Demütigung, aber seine Worte gingen völlig im begeisterten Geschrei der Matrosen unter. Er trat wie in Trance auf die nächste Frau zu, sie drehte sich um, und er berührte sie kurz mit den Fingerspitzen, versuchte, ihr seine natürliche Freundlichkeit zu signalisieren, erschrak aber vor dem Haß in den Augen der Frau, der sich gegen ihn richtete. Dann bückte er sich, so wie es ihm sein Kommandant gezeigt hatte.

Während er sich die lange Schlange hinunterarbeitete, hörte er Makepeace knurren: »Sortieren Sie alle aus, die ihre Regel haben, Mister Kite.«

Gehorsam ließ Kite mehrere Frauen auf einer Seite zusammentreiben. Als er fertig war, verspürte er nichts mehr von der Lust, die zu Anfang seiner entsetzlichen Aufgabe von ihm Besitz ergriffen hatte, sondern fühlte sich nur noch schmutzig, erhitzt und besudelt. Irgendwie schien er durch die Garstigkeit von Makepeace und die hinter ihm liegende Erfahrung abgestumpft zu sein. Er verachtete sich dafür, nicht gegen die Befehle protestiert zu haben. Das mindeste, was er für die armen Kreaturen hätte durchsetzen müssen, wäre gewesen, die

Untersuchung hinter eine Persenning zu verlegen. Aber das war ihm erst eingefallen, als er schon fast mit der Arbeit fertig gewesen war. Ein anderes Mal vielleicht, dachte er. Doch Gott mochte verhüten, daß es ein nächstes Mal gab.

Was als nächstes passiert war, schrieb er in der Nacht nieder, als er nicht einschlafen konnte und aus den Sklavendecks die Geräusche der Qual hörte, die ihre Ursache in Sadismus und Horror und Demütigung hatten.

Als ich meine Untersuchungen abgeschlossen hatte, wurden die Frauen, die gerade ihre Regel hatten, nach unten gebracht, die Seeleute behandelten sie mit spürbarer Abscheu. Dann trat unser Kapitän vor und packte zwei Frauen, die er sich offensichtlich schon während der Untersuchung ausgesucht hatte, und zog sich mit ihnen in die Privatsphäre seiner Kabine zurück. Auf dieses Signal hin nahm sich jeder Mann, der Lust darauf verspürte, eine Frau. Alles ging streng nach dem Dienstrang. Diejenigen Männer, die zur Wache eingeteilt waren, was für die Hälfte der Seesoldaten zutraf, manifestierten ihren Anspruch auf eine bestimmte Frau, indem sie ihre Hand auf sie legten und dann wieder ihren Aufgaben an Deck nachgingen, bis die Männer, die ihre Befriedigung bereits beim Kopulieren gefunden hatten, sie ablösten.

Ich stellte fest, daß nur wenige Männer ihre Chance nicht nutzten und der Verführung nicht nachgaben, aus welchen Gründen auch immer. Molloy hielt sich zurück, was mich sehr überraschte, aber auch freute, doch Gerard suchte sich Frauen aus, nachdem sich Kapitän Makepeace unter Deck zurückgezogen hatte.

Seit diesem Vorfall kann ich keine Sympathie mehr für Kapitän Makepeace empfinden. Während mich das Verhalten der Seeleute nicht erstaunt, hat mich das von Kapitän Makepeace ganz gewiß schockiert, denn er spricht oft von seiner Frau und den drei Kindern in Liverpool. Sein Selbstverständnis als Gentleman scheint mir mit diesem unaussprechlichen Ausbruch von Fleischeslust unvereinbar …

Ein Heulen durchschnitt die heiße, feuchte Luft, die über dem Schiff lag. Es war kein Schrei, sondern ein trauriges Jammern voller Verzweiflung, das irgendwie schwerer zu ertragen war als der schrille Protest der Opfer. Aber es war die letzte Störung des Tages. Über das Schiff senkte sich endlich Ruhe, die meisten Menschen an Bord schliefen – Schänder und Geschändete vereinte der Schlaf der Verdammten.

Nur Kite konnte nicht schlafen. Leise schlich er an Deck und registrierte den kriechenden Gestank, der sich schon jetzt im Inneren des Schiffes ausbreitete. Auf Deck sah er die fahlen Umrisse der Wachen im Licht der Sterne. Molloy war Wachhabender, und Kite fragte sich, ob er sich nur von den Vergewaltigungen zurückgehalten hatte, weil er wußte, daß er später durch ein teuflisches Arrangement in diesem gut organisierten Handel unter angenehmeren Umständen an der Reihe sein würde.

»Na, können Sie nicht schlafen, Billyboy?« fragte Molloy müde.

»Nein, das kann ich nicht!« erwiderte Kite mit einer Vehemenz, die ihn selbst überraschte.

»Pst, pst, Sie sind wohl zu dünnhäutig. Gerard hat mir erzählt, daß Sie ausgesehen hätten, als ob Sie unseren galanten Kommandanten ermorden wollten. Die Frauen haben Sie durcheinandergebracht, nicht wahr? Nun, wenn es ein Trost für Sie ist, es ist immer dasselbe. Als Sie noch ein kleiner Junge drüben in England waren, haben die Engländer es hier schon so wie heute getrieben. Und wenn es keine Engländer waren, dann waren es Dagos, Portugiesen, Froschfresser, Dänen oder dickköpfige Holländer.«

»Aber keine Iren, wie ich vermute«, schnaubte Kite mit vernichtendem Sarkasmus.

»O ja, Iren, Schotten, Waliser«, entgegnete Molloy schnell, »was für einen Unterschied macht das schon?«

»Unterschied?« stotterte Kite. »Nun, behandeln wir vielleicht unsere Frauen auch so?« Aber er wußte, daß sein Protest heuchlerisch war, denn sein inneres Auge hatte bereits wieder das Bild der toten Susie und der verletzten Hure heraufbeschworen.

»Mein Gott, Billy, Sie sind ein verdammt empfindlicher kleiner Teufel. Sicher, wir verschleiern die Sache zu Hause mit ein paar Schmeicheleien oder einer finanziellen Übereinkunft, aber im Grunde geht es um dasselbe. Und bedenken Sie, der Mann ist ein Abbild Gottes, vergessen Sie das nicht, er wird nun einmal von der unbeherrschbaren Lust gesteuert, sobald er sich extremen Reizen ausgesetzt sieht. Überlegen Sie, wie lange es her ist, daß wir eine Frau gesehen haben! Sicherlich kann man uns diese kurzen Momente der Erholung zugestehen ...«

»Sie haben sich nicht verleiten lassen«, fiel ihm Kite schnell ins Wort, »oder halten Sie sich für morgen in Bereitschaft?«

Molloy kicherte unterdrückt. »Nun, Billy, entweder ist es das, oder Sie werden das Schlimmste von mir denken.«

Ein schrecklicher Gedanke schoß Kite durch den Kopf, und er starrte auf die schattenhafte Gestalt neben sich. Molloy aber schien unbeeindruckt von den Gefühlen, die er in dem leicht beeinflußbaren jungen Mann neben sich verursacht hatte. Kite flüsterte: »Ich hoffe doch sehr, daß ich nicht das Schlimmste von Ihnen denken muß ...«

»Lassen Sie mich Ihnen einen Rat geben«, sagte Molloy freundlich und drehte sich zu ihm um, »und merken Sie sich meine Worte gut, Billy. Sie werden während der nächsten Wochen ständig der Qual der Versuchung ausgesetzt sein. Ob Sie das wilde Tier in sich bezähmen oder nicht, wird abzuwarten sein, aber legen Sie sich deshalb nicht, ich bitte Sie inständig, mit Kapitän Makepeace an. Diese Schwarzen mögen in Ihren Augen bedauernswert sein, und wahrscheinlich sind sie es nach unseren Maßstäben auch tatsächlich, aber fragen Sie sich selbst: Welche Umstände haben sie hierhergebracht? Nun, der Krieg, nur der Krieg zwischen ihren eigenen Häuptlingen und den Mandingos oder den Ashanti oder den Wolofs. Das sind lauter mächtige Stämme, die das Strandgut ihrer Siege zum Verkauf an die Küste bringen, und zwar von Sierra Leone die ganze verrückte, verfluchte Küste entlang bis in die Bucht von Benin. Obwohl die gefangenen Schwarzen kein Nutzvieh sind, so werden sie doch wie Vieh behandelt, aber auch nicht schlechter als andere an anderen Orten. Die Guineaküste ist jetzt nicht schlimmer als die irische Küste vor einem Jahrhundert und vielleicht sogar die englische Küste, bevor sie von diesem normannischen Herzog erobert worden ist.« Molloy hielt inne und blies die Luft aus seinen aufgeplusterten Wangen. »Puh, ich höre mich an wie ein verdammter Schulmeister, nicht wahr, Billy? Aber wirklich, es liegt alles in Gottes Hand, Billy, es ist alles vorbestimmt und wird von Seiner Hand gelenkt.«

»Sie sind ein Katholik?« erkundigte sich Kite.

Molloy gluckste. »Überrascht Sie die Vorstellung, daß es katholische Seeoffiziere gibt?«

»Nein, nein, ich habe bisher nur noch keinen kennengelernt.«

»Sie haben noch nie einen Katholiken getroffen? Oh, oh. Ich möchte Sie nicht bekehren. Wenn es Ihnen gefällt, daß Gottes Hand die Geschicke lenkt, dann sei es so. Sehen Sie, Billy, ich befinde mich im Einklang mit den meisten meiner Mitmenschen, wenn ich sage, daß Francis Molloy nicht in der Lage ist, viele Geheimnisse zu lüften, das steht fest, doch folgen Sie mir in einem Punkt: Tun Sie Ihre Pflicht bei Kapitän Makepeace, Billy. Aber daran zweifle ich nicht, und nach einer kurzen Zeit werden Sie Ihr Geld verdienen und ein ruhiges Gewissen haben.«

Kite hörte eine Spur Freundlichkeit in Molloys Worten. Er hatte aus einer so ungewöhnlichen Ecke kein Mitgefühl erwartet und murmelte ein paar Dankesworte, wenn auch nicht überzeugt. Dann drehte er sich um und ging nach unten.

Die am nächsten Tag eintreffenden Sklaven gehörten beiden Geschlechtern an, ganz offensichtlich handelte es sich um die Überbleibsel der sich leerenden Baracken, denn jetzt waren sogar ein paar ältere Männer und Frauen darunter, und man konnte nur spekulieren, wie lange sie schon gefangengehalten worden waren, bevor man sie zur Verschiffung brachte. An diesem Nachmittag kamen auch große Elefantenstoßzähne und kleinere *skrivelloes* an, außerdem ein Floß, das aus Sandelbaumstämmen bestand. Es wurde von einem halben Dutzend Gromettos längsseits manövriert, die sich dabei langer Riemen bedienten und geschickt die Strömung des Flusses nutzten. Weitere Kanus kamen heran, vollbeladen mit geflochtenen Körben, die Maniok enthielten, das als Essen für die Sklaven während des Mittelschlags gedacht war. Kite sah sich gezwungen, Molloys Bemerkung zuzustimmen: Der Handel war in der Tat gut organisiert. Die enervierende Hitze, der Schlafmangel, die Quälerei durch die Insekten und das unablässige Stöhnen und Jammern der Sklaven, das Geklapper ihrer Fesseln und der Gestank im Zwischendeck, der sich trotz der Lüftungsklappen, die vorsorglich in die Bordwand geschnitten worden waren, über das Schiff legten – all das trug zu Kites Desensibilisierung bei, und seine Arbeit wurde zu einer – widerlichen – Routine. Sein ständiger Kontakt mit den schwarzen Leibern der Sklaven verscheuchte jeden Gedanken an einen sexuellen Kontakt, während er ängstlich oder haßerfüllt angestarrt wurde. Dieses markante und alles bestimmende Merkmal ihrer Verzweiflung ließ seine persönliche Sympathie schwinden.

Unter den Sklaven stellte er Fälle von Medorrhoea sowohl bei Männern als auch Frauen fest, diese wurden mit weißer Bleisalbe behandelt und von den anderen getrennt. Ansonsten schienen die Sklaven gesund zu sein und, soweit er das beurteilen konnte, auch arbeitsfähig.

Als er seinen Untersuchungen am vierten Tag nachging, war er sich bewußt, daß sich Makepeace an Deck aufhielt, und am Ende der letzten Partie Sklaven rief ihn der Kommandant nach achtern.

»Nun, Mister Kite, Sie scheinen sich in sehr lobenswerter Weise an Ihre Arbeit gewöhnt zu haben.« Makepeace sagte es ohne Sarkasmus. Es fiel Kite schwer, dem Kapitän in die Augen zu schauen, aber er bemühte sich, und dabei hustete er linkisch. »Ich stehe Ihren Gefühlen nicht gleichgültig gegenüber, Mister Kite, möchte Sie aber warnen. Brechen Sie den Stab nicht vorschnell über andere. Ich verlange von Ihnen keinen Respekt, sondern nur Gehorsam. Sie sind jung und zweifellos sehr korrekt, aber ich habe Sie auch nie gefragt, warum Sie sich wie ein Fisch auf dem Trocknen in dieser dreckigen Taverne in Liverpool herumgetrieben haben. Suchen Sie nicht nach dem Splitter in den Augen der anderen, Mister Kite, während in dem Ihren ein Balken steckt. Die Augen eines Mannes sind das Fenster zu seiner Seele. Überzeugen Sie sich, daß nicht ein oder zwei Spanthölzer Ihren klaren Blick trüben.«

Der unüberhörbare Sarkasmus der Worte bestand darin, daß Makepeace wie ein Quäker argumentierte, und damit Kite deutlich zu verstehen gab, daß es mit der Freundlichkeit vorbei war.

Später schrieb Kite: *Alarmiert von Molloys freundlicher Warnung, führte ich Kapitän Makepeaces verändertes Verhalten auf den Wechsel unseres Vorhabens zurück, weil wir jetzt die Sklaven für den Reiseabschnitt an Bord nehmen, den wir den Mittelschlag nennen.*

Während er noch darauf wartete, daß die Tinte trocknete, las er den Satz durch, den er gerade geschrieben hatte, dabei entging es Kite, daß er ein sehr signifikantes Personalpronomen benutzt hatte. Er hatte geschrieben »den *wir* … nennen«, was zeigte, daß er zumindest unterbewußt seine Integration in den gut organisierten Handel akzeptiert hatte.

Die bedrückenden Bedingungen an Bord der *Enterprize* während dieser vier Tage hatten Kite völlig verändert. Er hielt sich zwar weiter von der moralischen Verworfenheit des größten Teils seiner Bordkameraden fern, aber er war drauf und dran, ihnen trotzdem in den Schatten der Verdammnis zu folgen und würde am Ende von ihnen nicht mehr zu unterscheiden sein. Doch am letzten Ladetag, als die Zahl der eingeschifften Sklaven sich der avisierten Summe von zweihundertachtundvierzig näherte, stellte Kite plötzlich überrascht fest, daß er in ein Gesicht starrte, das seinen Blick mit schockierender Intensität auf sich zog.

Der seltsame asexuelle Zustand, den seine Arbeit mit sich brachte, schien plötzlich sein Ende gefunden zu haben. Kite hatte bisher festgestellt, daß es ihm unmöglich war, das Alter der Schwarzen anzugeben, er führte die Menschen in seinem Ordner lediglich in den Kategorien »ungefähr 20 Jahre« oder »ungefähr 25 Jahre«, gelegentlich fügte er eine zusätzliche Bemerkung hinzu, zum Beispiel »viele Narben, wahrscheinlich Krieger« oder in drei Fällen »Frau mit Kind«. In sieben Fällen schrieb er bei Frauen »mit Säuglingen«. Diese Mütter wurden anders als ihre menstruierenden Schwestern, die mit leichtem Abscheu behandelt wurden, von den Seeleuten fast sanft angefaßt.

Ein derartig paradoxes Verhalten, notierte Kite in sein Tagebuch und milderte sein Urteil über seine Kameraden mit offensichtlicher Erleichterung ab, *beweist den Einfluß einer höheren Zivilisation unter den gemeinen Seeleuten, denn hier konnte man eine Anwandlung echter Barmherzigkeit sehen.*

Aber seine eigene Haltung erschien ihm weniger einfach. Gewiß hatte er festgestellt, daß einige der Frauen eine größere Anziehungskraft als die anderen ausstrahlten, so wie auch bei den Männern einige attraktiver und besser gebaut waren oder eine stolze Haltung zeigten. Ein oder zwei dieser Männer hatten sich durch ihren Stolz in sein Gedächtnis eingeprägt. Wenn er jetzt durch das Dunkel des schrecklichen Sklavendecks schritt, das in einen Frauen- und einen Männerbereich aufgeteilt war, dann trafen sich ihre Augen mit einem schnellen Funkeln des Wiedererkennens. Es war leichter, den Haß dieser jungen Krieger zu akzeptieren, als die Schönheit ihrer Frauen anzuerkennen. Der Haß war eine direkte Konsequenz der schlimmen Konfrontation im Zuge der Untersuchung, der Gedanke an die Schönheit war ein Widerspruch zu dieser Intimität, ein Resultat luxuriöser Kontemplationen, und ebendiese waren ihm durch den Druck und den Umfang seiner Pflichten verwehrt worden.

Aber am späten Nachmittag, als sie auf das letzte Kanu warteten, spürte Kite Erleichterung über das absehbare Ende seiner erniedrigenden Arbeit und die Aussicht, wieder auf die See zurückzukehren, von dem grünen, feuchten Sherbro frei zu kommen, dieser Hölle mit ihrer mit Insekten gesättigten Luft zu entfliehen. Vielleicht war auch er ein wenig blasiert geworden, jedenfalls saß er schwitzend und unbequem auf der Lafette einer der Breitseitenkanonen, als die letzte Meute über die Schiffsreling kletterte und ihren Bestimmungsort ängstlich musterte. Ihm wurde klar, daß die *Enterprize* den Schwarzen als eine höchst seltsame Konstruktion erscheinen mußte, etwas, was völlig außerhalb ihrer Vorstellung lag. In diesem Augenblick entdeckte er die junge Frau.

Sie war groß und schlank und blickte auf eine Art um sich, die zwar nicht ohne Angst war, der aber jeder Anschein von Unterwerfung fehlte. Es war eher diese Tatsache als ihre körperliche Schönheit, die Kite ermattetes Interesse zuerst zum Blühen brachte. Während Plantagenet wieder seine Befehle zu brüllen begann, sprang Kite impulsiv auf die Füße.

»In Ordnung, in Ordnung, Mister Plantagenet«, bellte Kite in einem für ihn völlig uncharakteristischen Ausbruch, so daß die gelangweilten Männer an Deck aufblickten und einander anstießen, denn bis dahin hatten sie die letzte Bootsladung Sklaven mit abgestumpfter Indifferenz betrachtet. Der Übersetzer drehte sich um und funkelte ihn wütend an. »Sagen Sie es ihnen leise, es besteht kein Grund, hier so herumzubrüllen, und«, fügte Kite scharf hinzu, »stecken Sie diese verdammte Peitsche weg!«

»Mister Kite«, protestierte Plantagenet und tippte an seine

Brust, »ich trage die Verantwortung dafür, daß diese Mohren an Bord kommen ...«

»Und ich bin der verantwortliche Offizier dafür, daß sie in einem erstklassigen Zustand sind. Machen Sie ihnen jetzt ruhig klar, was wir von ihnen erwarten.« Er sah das Mädchen an, und die junge Frau schaute ihn an, so daß er sich gewaltsam dazu zwingen mußte, seinen Blick nicht nach unten zu senken, um auf ihre nackten Brüste zu starren. Dann wandte sie ihren Blick ab, und die winzige Andeutung eines erleichterten Lächelns spielte nervös um ihre Mundwinkel. Es war ein Ausdruck einer höchst subtilen Süße, ohne jede Spur von Koketterie. Kite spürte, wie ihm die Knie zitterten, und seine Eingeweide rührten sich unter dem mächtigen Sinneseindruck einer ihn überflutenden Begehrlichkeit. Kite schluckte schwer und nickte Plantagenet zu, der ihn haßerfüllt anstarrte, weil der Arzt für seinen Gesichtsverlust verantwortlich war.

Kite seufzte, riß sich zusammen. »Sagen Sie es ihnen *sanft*, Mister Plantagenet, so wie es ein *Gentleman* machen würde.«

Plantagenet nahm diese Anweisung in einer Art verstörter Einsicht zur Kenntnis. Die Anspielung auf Sanftheit in diesem Zusammenhang war ihm bisher nicht untergekommen, geschweige denn, daß er sie selbst erwogen hätte. Seine kuriose gesellschaftliche Anmaßung veranlaßte ihn zu einer lächerlichen, übertriebenen Übernahme dessen, was Kite gefordert hatte. Unter allen anderen Umständen wäre er aufsässig geworden, aber Plantagenets Verlangen nach einem Status, den er nicht begriff, sondern der nur in seiner Vorstellung existierte, ließ ihn das Modell einer Mäßigung vorführen, welches den herumstehenden Seeleuten vor Erstaunen die Mäuler offenstehen ließ.

»Wollen Sie bitte Ihre Kleidungsstücke ablegen und sich selbst waschen, während Wasser über Ihre Köpfe ausgeschüttet wird«, teilt er den Schwarzen in ihrer Sprache mit. »Danach müssen Sie Ihre schönen Kleider waschen, bis sie alle sauber sind.«

Die Frauen führten die Waschungen durch, und Kite untersuchte sie medizinisch. Zum größten Teil war diese Frauengruppe auf der *Enterprize* unbehelligt geblieben. Die Schiffsbesatzung hatte ihren sexuellen Appetit, hervorgerufen durch die Entbehrungen der Reise, bereits gestillt und sich, wie Kite inzwischen erfahren hatte, von ihren Intimpartnerinnen mit einem Gefühl des Widerwillens getrennt, das sich nur zum Teil gegen die Sklaven richtete. Während die Zahl der Sklaven immer noch wuchs und damit auch die Gefahr eines Aufruhrs, machten die Pflichten der Seeleute beim Sichern und Versorgen dieser Ladung die Schwarzen nicht länger zu Objekten lang unterdrückten, sexuellen Verlangens, sondern zu schlichter Fracht, um die man sich nach genauen Regeln zu kümmern hatte. Diese anstrengende Verpflichtung war schnell zu einer ermüdenden Anstrengung geworden, welche die weißen Matrosen zu den Ereignissen der letzten Stunden auf Distanz gehen ließ.

»Wie konnte ich nur so etwas bumsen?« hörte Kite Thomas voller Selbstekel sagen, und diese Empfindung wurde durch eine beleidigende Geste in Richtung auf einen benachbarten männlichen Sklaven unterstrichen, der den Durchgang im Sklavendeck versperrte, um die Frau zu beschützen, auf die sich die Bemerkung bezog. Die Benutzung des neutralen Wörtchens »so etwas« machte die Verachtung deutlich, weil es der geschändeten Frau das Geschlecht raubte. Das schokkierte Kite, der dabei war, sich seinen Weg nach unten zu bahnen, während er den letzten Sklaven unter Deck folgte, wo Kerr und seine Truppe sie in dem beengten Raum an den vorgesehenen Stellen anschäkelten.

Der Gestank war jetzt schon schlimm. In den fünf Tagen seit Beginn der Übernahme dieser menschlichen Ladung waren die Sklavenquartiere kaum gesäubert worden, und ohne die Möglichkeit sich frei zu bewegen, dem Verbot des Lüftens und Aufenthalts an Deck, bis die *Enterprize* wieder auf See war, hatte man die Sklaven angewiesen, Pützen zu benutzen, um ihre Notdurft zu verrichten. Doch deren Anzahl war begrenzt, außerdem wurden sie nicht regelmäßig genug geleert, und trotz des primitiven Versuchs von Kerr, eine gewisse sanitäre Ordnung aufrechtzuerhalten, lastete der scharfe Gestank von Urin und stärkeren Ausdünstungen des menschlichen Kots schwer in der Luft. Kite hatte von Molloy und Kerr erfahren, daß zwar ein striktes, aber nicht rücksichtsloses Regime eingeführt werden würde, sobald die *Enterprize* frei von der Sherbro-Barre war. In der Zwischenzeit machten die Einschränkungen das Sklavendeck zu einem Ort des Schreckens.

Kite sah, wie das Mädchen seine Hand vor den Mund hob, als sie aus dem gleißenden Sonnenschein an Deck hinab in die Düsternis stieg. Das Mitleid, das er für alle Schwarzen empfand, dem er aber in seiner vollkommenen Machtlosigkeit auf keine praktische Weise Ausdruck verleihen konnte, brachte ihn auf die Idee, wenigstens dieser einen Frau zu helfen. Nur wie? Jede Auswahl einer Frau würde als klarer Beweis seines Begehrens angesehen werden – und Kite mißtraute sogar selbst seinen Motiven, denn die starken Gefühle, welche die junge Frau in ihm erweckt hatte, waren eindeutig männlich und besitzergreifend.

Kapitän Makepeace, der bereits zwei weibliche Sklaven zur Zierde seines Bettes gefunden hatte, hatte sie auch schon so weit seinen Zwecken gefügig gemacht, daß man sie gelegentlich in schäbigen Kleidern, die er ihnen zur Verfügung gestellt hatte, an Deck bewundern konnte. Die Vergewaltigungsflut war abgeebbt, und die Verhältnisse zwischen den meisten Seemännern und ihren ausgewählten Sklavinnen würden sich während des Mittelschlags in eher unspektakulären Bahnen bewegen.

Der Handel war nicht nur gut organisiert, dachte Kite bitter, er verlief sogar bemerkenswert demokratisch. Und er war – so wollte er es in seinem Tagebuch notieren, konnte sich aber nicht dazu durchringen – erstaunlich offen für alle Spielarten der menschlichen Lust, denn er war tatsächlich auf einen der Vollmatrosen gestoßen, als dieser gerade einen jungen Schwarzen nahm.

Anläßlich der Abreise gab Makepeace in seiner Kabine ein Dinner. Links und rechts von ihm saßen seine schwarzen Mätressen, linkisch in ihren ungewohnten Kleidern, nicht daran gewöhnt, auf Stühlen zu sitzen. Sie aßen mit den Händen und waren schon halb betrunken, gaben einen bizarren Anblick in ihrer flitterhaften Aufmachung ab und kicherten neugierig und ungehemmt.

»Ich habe zwei genommen, Mister Kite«, erklärte Makepeace, als er das Unbehagen auf dem schwitzenden, roten Gesicht seines Schiffsarztes bemerkte, »weil sie sich dann gegenseitig Gesellschaft leisten können.«

Gerard und die beiden anderen Offiziere am Tisch schwitzten auch und stanken in der Hitze, schlugen nach den summenden Insekten, tranken unmäßig und lachten pflichtgemäß. Kite hatte versucht, der Einladung fernzubleiben und freiwillig die Ankerwache zu übernehmen, aber Gerard hatte ihm mitgeteilt, daß seine Anwesenheit unbedingt erforderlich war. Molloy wollte selbst die Wache mit seinen »Seesoldaten« gehen.

Obwohl auch Gerard seinen Spaß mit den Frauen gehabt hatte, hatte er doch keine exklusiv für sich beansprucht, und so war es nur der Kapitän, der völlig schamlos sein Privileg ausnutzte, es mit seinen Dirnen zu treiben. Der Rest der Seeleute war gehalten, ihre ausgewählten Opfer angekettet zu lassen, außer wenn sie für sinnliche Zwecke kurz abgeschäkelt wurden. Frühere Erfahrungen mit Sklaven, die Messer der Matrosen in die Hände bekommen hatten, hatten gezeigt, daß es dann gefährlich wurde. Nur wenn man die Freiheit der Sklaven stark einschränkte, wurden sie – aus vielerlei Gründen – gefügig. Das galt sogar für die Frauen. Während des Mittelschlags, so hatte Molloy Kite vorhergesagt, würde er überrascht sein, wie viele der schwarzen Frauen sich auf ihre Lebensumstände einrichten würden. Er würde sie sogar dabei beobachten können, wie sie, an Deck hockend, fleißig die Wäsche ihrer neuen Herren in Pützen mit See- oder Regenwasser wuschen.

»Natürlich«, hatte Molloy erklärt und Einzelheiten zu diesem Bild der Häuslichkeit hinzugefügt, »lassen wir sie nie ohne Fußfesseln an Deck.«

Das Dinner, das aus delikatem gebackenem Schwein bestand, schien in einem Aufruhr enden zu wollen, aber Makepeace war, trotz des gegenteiligen Anscheins, weit davon entfernt, ein Mann in den Fängen ungezügelter Wollust zu sein. Nach ungefähr zwei Stunden, als die Teller leer waren und die Gesellschaft in eine liebenswürdige Nachlässigkeit verfiel, befahl er Gerard, Kite und dem Stückmeister namens Mitchell ihre Gläser zu füllen. Pflichtgemäß brachten alle den Toast auf Seine Majestät König Georg aus und auf den Krieg: »Verdammt mögen alle Feinde des Königs sein.« Als das erledigt war, weckte Makepeace seine schläfrigen Mätressen und gab Gerard einen Wink. Der verstand sofort und erhob sich schwerfällig, die anderen Offiziere taten es ihm nach und zogen sich geräuschvoll zurück.

»Bis zur Morgendämmerung, Gentlemen«, rief ihnen Makepeace hinterher, »dann werden wir den Anker hieven. Ich wünsche Ihnen eine gute Nacht.«

Kite ging nicht direkt in seine Kabine, sondern kletterte, wie es seine Gewohnheit war, vorher noch an Deck. Molloy war jedoch in dieser Nacht nicht der freundliche Kerl, der er sonst zu sein schien. Pikiert darüber, daß er sich nicht an den Tafelfreuden in der Kabine hatte schadlos halten können, und wohl auch gequält von seinen verwirrten Gefühlen, war der Zweite Leutnant jetzt in aufbrausender Laune und dazu auch noch leicht betrunken.

»So, dann haben Sie sich also prächtig amüsiert, nicht wahr? Sie haben sich mit unserem galanten Kommandanten und seinen schwarzen Huren getummelt? Und jetzt wollen Sie Ihr zartes Gewissen beim alten Frank Molloy erleichtern, dem zuverlässigen irischen Dummkopf, der Wache hält, während Sie sich im Dreck gewälzt haben?«

»Das ist weder wahr noch gerecht ...«

»Sprechen Sie hier an Bord nicht von Gerechtigkeit«, zischte Molloy.

»Sie wissen, ich habe mich freiwillig angeboten, die Wache zu übernehmen.«

»Ach, gehen Sie zum Teufel, verdammt sollen Sie sein, Kite.«

Kite starrte den Freund an. »Zum Teufel«, erwiderte er dann ruhig, »aye, da unten ist ganz gewiß die Hölle.«

»Ach, um Gottes willen hören Sie mit dem Gequatsche auf, Sie frömmelnder Bastard!« Molloy wandte sich ab und rief mit lauter Stimme: »Wachen melden!«

Kite war schon auf dem Weg zum Niedergang, als die Wachen aus der Dunkelheit antworteten.

»Auf der Back ist alles wohl!«

»Im vorderen Zwischendeck ist alles wohl!«

»Im achteren Zwischendeck ist alles wohl!«

Er nickte Thomas zu, der an der Gräting Wache hatte, dann wartete er ab, bis der Posten aufgeschlossen und das hölzerne Lattenwerk angehoben hatte, und stieg in die noch tiefere Dunkelheit des überfüllten Sklavendecks. Es wurde vom schwachen Schein der Laternen erleuchtet, die in regelmäßigen Abständen an den Decksstützen angebracht waren, aber diese flackerten nur unruhig in der verpesteten Luft und schafften es nicht, die Dunkelheit zu durchdringen. Die Atmosphäre war mit dem Stöhnen, Schnarchen und elenden Wimmern der Sklaven erfüllt. Gelegentlich klapperte eine Fußfessel, wenn sich einer in seinem unruhigen Schlummer bewegte.

Kite blieb stehen, um seine Augen langsam an die Lichtverhältnisse zu gewöhnen. Das schwache Licht der Lampen fiel auf schweißnasse Schultern, Schenkel, Brüste und Hintern, was bei ihm den Eindruck erweckte, er würde in einer dunklen Nacht über die fast ruhige, schwarze See blicken. Die gelegentlichen Bewegungen der Sklaven verstärkten diese Illusion noch. Alles wirkte wie die langsamen Bewegungen auf der Oberfläche der nächtlichen Tide. Der Ruf der Wachen »Alles wohl!« hallte ironisch in seinen Ohren nach. Wie um Gottes willen konnte in diesem Höllenloch etwas »wohl« sein?

Er ging langsam weiter, die Dunkelheit zog ihn an. Also ist nach den Maßstäben der Zeit, in der wir leben, dachte er, alles in diesem gut organisierten Handel wohlauf. Gott helfe ihnen allen. Daß er selbst für diese ganze Höllenbrut verantwortlich war, entsetzte ihn. Der Ärger über ihren entwürdigten Status drohte ihn zu überwältigen und mischte sich mit dem Schuldgefühl, unter dem er nach dem Dinner gelitten hatte. Warum bin ich hergekommen, fragte er sich. Um nach meinen Schutzbefohlenen zu schauen? Um meine Sinne für zukünftige Gefahren zu schärfen? Oder war es nur der Einfall eines Betrunkenen? Plötzlich fühlte er sich völlig deprimiert und wünschte sich nichts sehnlicher, als den Gestank dieses Decks hinter sich zu lassen. Er fand sich nur wenige Schritte vom Fuß der Leiter wieder und wandte sich um, gierig auf die frische Luft oben an Deck. Zwei tiefe Decksbalken zwangen ihn, sich zu bücken, als er zu der kurzen Leiter zurückeilte. Dort hielt er kurz inne, bevor er die Faust hob, um an die Unterseite der Gräting zu klopfen. Er blickte noch einmal zurück auf diese schwarze See aus Gliedern und Leibern.

Da spürte er, daß ihn jemand am Fuß berührte. Es war ein ganz schwacher Sinneseindruck, der keinerlei Bedrohung enthielt, so kurz und so leicht, daß es ein Insektenstich hätte sein können. Als er nach unten schaute, glaubte er, das Gesicht des Mädchens zu sehen, das zu ihm aufblickte – aber er war sich nicht sicher.

II

Eisen

6
Der Mittelschlag

Während der fünf Tage, in denen sie die Sklaven an Bord nahmen, war Kite durch seine Pflichten ständig beschäftigt gewesen, und obwohl seine sogenannten medizinischen Untersuchungen nur oberflächlich und ungeschickt ausfielen, verankerten sie ihn doch fester in der Rolle des Schiffsarztes der *Enterprize*. Als Ergänzung zu seinen Behandlungen der Kabelgattförster hatte er sich nun eine ausreichende Glaubwürdigkeit in seinem »Beruf« erarbeitet. Nur Kapitän Makepeace kannte die Wahrheit. Zwar offenbarte Makepeace jetzt eine Seite seines Charakters, die Kite mißbilligte, aber das hatte keine Feindseligkeit zwischen ihnen hervorgerufen. Es war richtig, daß der Kapitän gegenüber Kite eine versteckte Drohung geäußert hatte, aber Kite stellte fest, daß Makepeace danach wieder zu seiner glatten Herzlichkeit zurückfand und das sogar, wenn er sich in Begleitung einer seiner schwarzen Gespielinnen befand. Das jeweilige Gespann bot allerdings stets einen etwas seltsamen Anblick auf dem Achterdeck.

Kite verstand die Drohung als Verweis, der wie jeder andere Tadel vom Kommandanten eines Schiffes verteilt wurde, um seine Autorität zu verteidigen und seinen Willen den Untergebenen aufzuzwingen. Falls es irgendeine Veränderung in ihrer Beziehung gegeben hatte, überlegte Kite unglücklich, dann ging diese von seiner Seite aus. Mehrere beiläufige Bemerkungen von Gerard und Molloy hatten ihn darauf aufmerksam gemacht, daß sich sein eigenes Auftreten deutlich verändert hatte, und sein Spitzname »Quäker« war ihm bereits sicher.

Seltsamerweise machte Kite das nichts aus. In gewisser Weise freute es ihn sogar, daß man ihm Vorbehalte gegen den Sklavenhandel unterstellte, wie es sich auch für einen echter Quäker geziemte. Die Auffassungen der Quäker waren im Land der Seen, wo Kite aufgewachsen war, nicht unbekannt, denn die Wurzeln dieser Lebenshaltung lagen im angrenzenden Lancashire. Kites Vater hatte immer voller Hochachtung von diesen Menschen gesprochen. Aber Kite hielt sich jetzt keinesfalls für moralisch überlegen, denn er zog seine Mißbilligung weniger aus dem allgemeinen Mitleid für die unglücklichen Schwarzen, sondern mehr aus einem ganz besonderen Mitgefühl für eine ganz besondere junge Frau.

Während der ersten Tage auf dem Mittelschlag war Kite damit beschäftigt, ein paar Regeln einzuführen und zu kontrollieren, die von Makepeace für die Sklaven erdacht worden waren, und zwischen dem Gestank aus Erbrochenem und dem Stöhnen der chronisch Seekranken begann diese aufgezwungene Routine langsam so etwas wie Sauberkeit zu etablieren.

Jeder Tag begann, indem die Frauen, die Konkubinen von Matrosen geworden waren und denen man daher bis zu einem gewissen Grad vertrauen konnte, in die Kombüse gingen und die Töpfe mit Maniok und Reis in das Sklavendeck hinunterbrachten, wo das Essen dann unter den wachsamen Augen von Mister Kerr und seinen Maaten verteilt wurde. Danach wurde das Deck gewaschen, anschließend wurden die Lüftungsklappen geöffnet, sofern die Wetterbedingungen es zuließen. Während dieses Programm ablief, wurde die erste Gruppe der Sklaven von ihren Plätzen losgemacht und in Fußfesseln an Deck geführt. Dort gingen sie im Kreis um die Kuhl, das heißt, sie trotteten um die Boote, die mittschiffs auf den Knacken lagen. Von der Back schepperten sie über den Laufgang an Backbord nach achtern, überquerten den vorderen Teil des Achterschiffs, passierten die Kanone, deren Lauf hinab in ihr Quartier gerichtet war, und schleppten sich dann auf dem Steuerbordlaufgang wieder nach vorne.

Da die *Enterprize* speziell für den Transport von Sklaven umgebaut worden war, hatte sie ein leicht erhöhtes Achterdeck. Es verlief mit einem leichten Sprung nach achtern und wurde vorne durch eine querschiffs gesetzte massive Verschanzung abgeschlossen, auf der zwei Drehbassen montiert waren. Dadurch war der Rundgang der Sklaven klar vorgezeichnet; falls es einen Aufruhr geben sollte, lag dahinter eine gute Verteidigungsposition für die Schiffsbesatzung. Wenn Makepeace am vorderen Ende des erhöhten Achterdecks stand, stützte er gewöhnlich seine beiden Hände schwer auf die Reling und konnte aus dieser vorzüglichen Position den Zustand seiner Ladung kontrollieren. Makepeace nahm diese Pflicht sehr ernst und duldete dabei die Anwesenheit seiner beiden Huren nicht an Deck. Statt dessen postierte er sich neben seinen Schiffsarzt und den wachhabenden Leutnant, während die Seesoldaten mit geladenen Musketen, die Geschützmannschaften an den Drehbassen und der Kanone standen und die Deckswache eine geeignete Position einnahm, um den Überblick zu behalten. Diese Machtdemonstration diente der Einschüchterung, und Kites pflichtgemäße Anwesenheit bei diesen Inspektionen füllte jeden Vormittag aus, den die *Enterprize* weiter nach Westen segelte, unter sich die blaue See und über sich einen hellen Himmel, über den weiße, flauschige Schönwetterwolken zogen.

Jede Gruppe der Sklaven schlurfte mit zum Boden gerichteten Blicken viermal im Kreis herum, bevor sie über den achteren Niedergang wieder nach unten gebracht wurde, während schon die nächste Gruppe auf der Back erschien. Von Zeit zu Zeit hielt Makepeace aber die Prozession an und zog einen Sklaven aus der Linie, über dessen Gesundheitszustand er besorgt war. Für gewöhnlich widmete er seine Fürsorge einem Mann, der sich an seiner Fußfessel so lange gescheuert hatte, bis die Knöchel zu bluten anfingen. Makepeace richtete dann Kites Aufmerksamkeit auf den Fall. Außerdem war ein Seemann namens Wilson zum Sanitätsmaaten ernannt worden, dessen Pflicht es war, die rechte Schulter so eines Sklavens mit weißer Bleipaste zu markieren. Sobald die letzte Gruppe dann wieder nach unten verschwunden war, folgten Kite und Wilson den Gefangenen und behandelten die wunden Knöchel der Gezeichneten mit Talg.

Nach dieser zeitraubenden Routine rückte meist bereits der astronomische Mittag heran, der Zeitpunkt, zu dem die Breite festgestellt wurde. Auf Vorschlag von Makepeace hatte es Kite akzeptiert, den jeweiligen Leutnant zu vertreten, der unten auf Freiwache war, und zusammen mit Makepeace und dem Wachoffizier an diesem navigatorischen Ritual teilzunehmen. Die *Enterprize* war bestens ausgerüstet, und so standen nicht weniger als vier Quadranten zur Verfügung, denn die Reeder verlangten von den Offizieren, daß sie ihren eigenen Quadranten mitbrachten. Kite wurde leihweise ein Instrument überlassen, das einem früheren – lange verstorbenen – Leutnant gehört hatte. Der Mann hatte keine Angehörigen gehabt, so daß man seine Effekten nicht zu Gunsten seiner Witwe versteigern mußte, statt dessen waren sie im Tauschhandel mit den Lanchados veräußert worden, die immer scharf auf Kleinigkeiten und Verzierungen für ihre Kleidung waren, mit der sie ihre Person aus der Menge herausheben konnten. Nur der Quadrant war wegen seines Wertes auf Befehl von Makepeace an Bord verblieben.

Am vierten Morgen der Überfahrt stand Kite wieder neben Makepeace, während die Sklaven trostlos das Deck umkreisten. Es war ein schöner Tag, das Schiff lief sieben Knoten, und Makepeace war in bester Stimmung.

»Nun, Mister Kite«, meinte er und holte mit seinem rechten Arm in weitem Bogen aus, so daß es Kite vorkam, als wolle der Teufel die Schwarzen segnen, »ich denke, daß Ihnen eine erhebliche Anerkennung für den Zustand der Schwarzen zusteht.«

»Danke, Sir«, erwiderte Kite in einem gedämpften Tonfall, der Makepeace veranlaßte, sich umzudrehen und ihn anzuschauen.

»Aber, Sir, Sie blasen doch nicht etwa immer noch Trübsal

über die Bedingungen des Sklavenhandels? Ich höre, daß Sie ihn für unmoralisch halten.«

Kite schwieg. Die junge Frau war gerade vorne aufgetaucht, er hatte schon die ganze Zeit auf sie gewartet und spürte, wie sein Herz schneller schlug, als sie in den Sonnenschein blinzelte und ihn dann direkt anblickte. Obwohl sich viele Sklaven verstohlen umblickten, wenn sie an Deck in die Sonne kamen, waren es doch nur wenige, die einen direkten Blickkontakt mit den weißen Männern wagten. In ihrer eigenen Sprache bezeichneten sie ihre Wächter als »Geier«, und sie hatten gelernt, sich so zu bewegen, daß sie möglichst wenig Aufmerksamkeit erregten.

Makepeace, der damit beschäftigt war, die an Deck kommenden Frauen zu beobachten, bemerkte Kites Geistesabwesenheit nicht und interpretierte sein Benehmen als Ablehnung. Daher seufzte er so laut, daß es sogar über das Klirren der Fesseln der langsam dahintrottenden Sklaven und das Ächzen des Windes im Rigg zu hören war, und fragte: »Sie wissen doch, daß diese Schwarzen bereits Gefangene waren, bevor wir sie gekauft haben?«

Die junge Frau hatte sich in Richtung des Achterdecks gewandt und näherte sich jetzt über den Backbordlaufsteg. Kite konnte ihre Brüste nicht sehen, denn sie waren von den Schultern der älteren Frau verdeckt, die vor ihr ging, aber er glaubte zu sehen, daß ein Ring an ihrem linken Ohr fehlte.

»Ihr Zustand war elendig, bevor wir sie an Bord nahmen, und bedenken Sie auch: Den Frauen wurde von den Männern der schwarzen Stämme, die sie gefangengenommen haben, kein Schrecken erspart. Bei uns erhalten sie aber ein Maß an Fürsorge, das sie sich nicht haben vorstellen können, als sie noch hinter den Palisaden des Königs von Bulum geschmachtet haben. Mister Kite, schauen Sie sich die Schwarzen nur an, in gewisser Weise haben sie mit uns das große Los gezogen!«

Kite überhörte den geschmacklosen Scherz, denn gerade in diesem Augenblick schwenkte die junge Frau herum und überquerte das Deck. Endlich konnte Kite die glatte, nach oben gerichtete Linie ihrer Brüste bewundern und den leicht verführerischen Hüftschwung beim Gehen. Die Frau hatte die ganze Zeit seinem Blick standgehalten, und erst als sie ihn passierte, schlug sie ihren Blick im sicheren Wissen nieder, daß er sie beobachtete. Ihre langen, feingliedrigen Arme hingen seitlich am Körper herab, und als sie den Kopf senkte, sah er den graziösen Hals. Tatsächlich hatte sie wohl in ihrem linken Ohrläppchen einen Ring getragen, und der war entfernt worden.

Während er noch auf sie hinunterstarrte, bemerkte er die blutige Schramme an ihrem Knöchel und unterbrach Makepeace: »Entschuldigen Sie, Sir. Wilson, markieren Sie diese Frau.« Makepeace betrachtete das Objekt von Kites Fürsorge und sagte dann: »Sehen Sie, das ist genau, was ich meine: Unsere Behandlung dieser Weiber ist human und anständig.«

Schnell markierte Wilson die Schulter der Frau, und sie ging weiter. Ihre Hüften bewegten sich aufreizend unter dem Baumwollrock, die Biegung ihres Rückens und der Schwung ihrer Hüften ließen Kite heftig schlucken.

»Verdammt, die wird einen guten Preis bringen«, bemerkte Makepeace noch beiläufig, bevor er mit seinem Vortrag fortfuhr: »Diese scheinheiligen Quäker haben keine Ahnung von den Realitäten des Lebens. Sie suchen nach einer perfekten Welt, wo das Essen wie Manna vom Himmel fällt, wo jeder Mensch anständig mit seinem Nachbarn umgeht, wo die Liebe in einem friedlichen Königreich regiert. Pah! Das sind lauter heuchlerische Phantasien. Können Sie sich eine Welt vorstellen, in der niemand einen Wutausbruch bekommt oder das Eigentum eines anderen begehrt? Wo Leidenschaft nur durch den Gottesdienst erzeugt wird? Wo man niemals ohne den Segen des Allmächtigen einer Frau beiliegt? Hu! Ich wollte, daß die Welt so wäre! Aber was überliefert uns die Bibel in den ersten Kapiteln, he? Eine Geschichte des Ungehorsams, gefolgt von einem Mord! Es ist nur ein kurzer, schneller Weg vom Diebstahl zum Kapitalverbrechen! Bemerkenswert bald verfällt die Menschheit dann jeder Form des Lasters, nicht einmal beeinträchtigt durch die Sintflut, Erdbeben, Feuer und Seuchen! Du lieber Himmel, Mister Kite«, Makepeace brüllte jetzt beinahe, »erfüllt Sie das nicht mit einem gewissen Stolz für die Menschheit, daß sie dem Allmächtigen trotzen kann?« Dann senkte er ironisch seine Stimme: »Nun, Sir, es ist beeindruckend!«

Nach diesem philosophischen Schnörkel drehte sich Makepeace um, um zu sehen, welchen Eindruck seine Rede auf den jungen Mann gemacht hatte, aber Kite hatte weiterhin nur Augen für die junge Frau, die ihren zweiten Rundgang über das Deck machte.

»Also da liegt der Hase im Pfeffer«, murmelte Makepeace vor sich hin, und ein schlaues Grinsen umspielte seine Mundwinkel.

Nervös wegen des bevorstehenden Zusammentreffens, ließ sich Kite mit der Behandlung der jungen Frau Zeit. Trotz seines steigenden Verlangens zögerte er, sich festzulegen, und er scheute den Kontakt, weil er wußte, daß er sie unwiderstehlich finden würde. So viel Erfahrung hatte er bei seinen Zusammenkünften mit Susie über sich selbst gesammelt. Aber die junge Frau war bereits markiert, und so war er verpflichtet, sich ihr mit dem Topf voll ranzigem Talg in der Hand zu nähern, nachdem er es Wilson überlassen hatte, sich um den männlichen Sklaven zu kümmern, den sie ebenfalls am Morgen herausgepickt hatten.

Die junge Frau hatte genug von der Routine gesehen, um zu wissen, was sie erwartete. Ruhig saß sie inmitten ihrer Mitgefangenen und sah zu, wie Kite ihre schweren Fußfesseln lockerte, um die schmierige Masse aufzutragen. Ihre Knöchel waren schlank und die Waden gut geformt. Ihre junge Haut fühlte sich weich und kühl an, außer an den Stellen, wo die harten Kanten das Fleisch verletzt und aufgescheuert hatten. Während er den Talg einmassierte, blickte Kite auf und sah ihr ein wenig ängstlich in die Augen, entdeckte dort aber keinen Haß, nur den Anflug eines scheuen Lächelns, als sie zur Seite blickte. Ihre Nachbarin stieß einen grunzenden Laut aus und lenkte so Kite ab, der nun die ältere Frau anstarrte, von der er wußte, daß sie schwanger war.

»Geht es dir gut?« fragte er schließlich, obwohl er genau wußte, daß die Frau ihn nicht verstand. Doch was sollte er sonst sagen?

»Aw rye, aw rye, aw rye!« stieß die Schwangere hervor und nickte mit dem Kopf, Tränen liefen aus ihren Augen, und sie hielt ihren angeschwollenen Bauch.

Kite wandte seinen Blick wieder seiner Patientin zu. Ihr Kopf war ein klein wenig zur Seite gedreht, so daß das Licht auf ihr linkes Ohr fiel. Der goldene Ring war herausgerissen worden! Kite streckte seine Hand aus, und obwohl die Frau zurückzuckte, ließ sie es zu, daß seine Fingerspitzen das zerrissene Ohrläppchen berührten. Die Wunde war nur halb verschorft, es sickerte noch immer Blut heraus.

»Schon gut«, sagte er mit gedämpfter, beruhigender Stimme. Dann drehte er sich um und rief: »Mister Kerr?« Seine Hand war noch immer ausgestreckt.

Einer von Kerrs Maaten, Jonas Ritchie, trat heran. »Mister Kerr ist an Deck, was wollen Sie?«

»Ich will wissen, wer das gewesen ist!«

»Was? Wer diesen Niggerohrring genommen hat?«

Kite blickte in das blöd grinsende Gesicht. Viele der Frauen trugen Ringe in den Ohren, dünne, goldene Ringe, die kaum einen Wert hatten. Kite nahm an, daß sie eine gewisse Rolle bei der Stammeszugehörigkeit spielten, denn sogar die schwarzen Sieger hatten diesen armseligen Schmuck nicht angerührt, obwohl klar war, daß sie ihren Opfern ansonsten jeden persönlichen Besitz abgenommen hatten.

»Ja.«

»Woher soll ich das wissen?«

Kite starrte Ritchie düster an. Der Mann war nicht aufsässig, nur desinteressiert.

Kite wandte sich wieder der Frau zu und versuchte, in ihr nur ein Handelsobjekt aus Fleisch und Blut zu sehen, vergleichbar einem Stück Vieh, das man zum Markt schaffte. Tatsächlich aber sah er eine schöne junge Frau, die während der Anwesenheit von Ritchie zu zittern begonnen hatte und deren Atem ihre großen, geweiteten Nasenflügel beben ließ, als ob der Körpergeruch des Bootsmannsmaaten sie beleidigen würde.

»Alles ist gut«, wiederholte Kite, strich ihr über den schorfigen Kopf und blickte ihr wieder in die Augen. Er wollte Dankbarkeit über seine Anteilnahme darin finden, für das soziale Wohlwollen, das ihr von der europäischen Kultur entgegengebracht wurde. Aber natürlich ahnte sie nichts von seinen Gefühlen, verzog nur nervös den Mund und schaute zu Ritchie empor, der sich über sie beugte. Kite spürte plötzlich, daß er nichts anderes tun konnte, um sie vor der zukünftigen Knechtschaft zu retten, als Makepeace' Beispiel zu folgen und sexuelle Rechte an ihr geltend zu machen. Konnte sie eine seiner ihm zustehenden Sklavinnen werden? Konnte er sie kaufen und ihr die Freiheit schenken? Dieser Plan war auf den ersten Blick bestechend, aber er spürte, wie sich seinc Kehle im Gedanken an die bevorstehenden Schwierigkeiten zusammenzog. Er wandte sich ab und nahm eine geeignete Haltung ein, um Ritchie gegenüberzutreten.

»Seien Sie bitte so freundlich, Ihren Kameraden mitzuteilen, daß diese Frauen«, schnarrte Kite, und seine Stimme war eisig, als er auf die Gestalten deutete, die auf dem Deck lagen, »nicht auf diese Art und Weise belästigt werden.«

Eigentlich war es jetzt an Ritchie, aufsässig zu werden und sich gegen die Einmischung des jungen Mannes in seine Pflichten zu verwahren, die allein seine Sache und die seiner Kameraden waren. »Schon gut, Mister Kite«, sagte er gedehnt, seine Worte klangen sarkastisch, »ich werde darauf achten, daß die Frauen nur auf die übliche Art belästigt werden.«

Einen Augenblick lang starrten sie sich wütend an, dann knurrte Kite: »Treten Sie bitte zur Seite!«

Er ging in Richtung des Niedergangs und sah deshalb nicht, daß sich Ritchie mit einem Tritt von der jungen Frau verabschiedete, denn in diesem Augenblick ertönte ein lauter Schrei an Deck, und er begann zu rennen.

»Segel in Sicht! Querab in Luv, Sir!«

Seit einiger Zeit hatten alle an Bord immer wieder darüber debattiert, wie wahrscheinlich die Anwesenheit von französischen Fregatten vor der Küste Guineas war, aber nirgendwo war ein feindlicher Kreuzer aufgetaucht. Mit Beginn des Mittelschlags waren alle in der Weite des Ozeans verschwunden, und Makepeace hatte die Meinung vertreten, daß das größte Risiko auf sie wartete, sobald sie sich den Kleinen Antillen und den französischen Besitzungen Martinique und Guadeloupe näherten. Vor diesen Inseln würden jede Menge französische Marinekreuzer und irreguläre Freibeuter lauern und auf die einkommenden Sklavenschiffe warten, die zu den britischen Besitzungen auf den Inseln über dem Wind unterwegs waren. Aber ein kleines Risiko blieb natürlich auch auf der Hohen See. Möglicherweise überwachte ein feindliches Kriegsschiff einfach auf gut Glück den wahrscheinlichen Kurs der Sklavenschiffe nach Westindien, oder es war auf dem Weg nach Süden, um im Indischen Ozean nach Beute unter den britischen Ostindienfahrern zu suchen.

Solche Gedanken leiteten Makepeace, als er den Befehl gab, die *Enterprize* klar zum Gefecht zu machen. Er setzte sein Fernrohr an das Auge und studierte den Fremden in der Ferne. Sobald Kite den Befehl hörte, alles für ein Gefecht vorzubereiten, drehte er sich mit klopfendem Herzen um, denn sein Posten war unten. Zuerst hatte er darauf zu achten, daß die Sklaven alle angekettet waren, damit der Angreifer keine Unterstützung durch rebellierende Schwarze bekam. Ritchie brüllte bereits lauthals, daß die Sklaven sich alle flach hinlegen sollten, und unterstrich das, indem er einen großen Neger, der sich aufgesetzt hatte, wieder auf den Rücken auf die Planken zwang. Vorn und achtern wurden von Kerrs Männern zusätzliche Ketten durch die Fußfesseln gezogen, gleichzeitig stolperten zwei Matrosen über die liegenden Gestalten weg, um die Lüftungsöffnungen in der Bordwand des Schiffes zu schließen. Dadurch wurde auch das letzte bißchen Helligkeit verhindert, und es hatte den Anschein, als ob man die Sklaven in einen versiegelten Raum einschloß, der ihr Massengrab werden würde.

Es war Kites Pflicht, weiter nach unten auf das Orlopdeck hinabzusteigen, nachdem er sich davon überzeugt hatte, daß die Sklaven gesichert waren. Dort mußte er seine Instrumente für die chirurgischen Eingriffe vorbereiten, die an den Verwundeten vorzunehmen sein würden. Makepeace hatte ihm eine kleine Abhandlung zu diesem Thema gehalten, aber er hatte ihr wenig Aufmerksamkeit geschenkt. Als er nun in den Orlop hinabstieg, hörte er die Befehle an Deck und das Rumpeln der Geschützlafetten, während sie durch die Geschützpforten ausgerannt wurden, um dem Feind Paroli zu bieten, und im Halbdunkel des Orlops gleich über dem Laderaum, das von ein paar funzeligen Lampen erleuchtet wurde, traf er auf Wilson.

Der Sanitätsmaat war ein Mann in den mittleren Jahren, den Makepeace auf diesen Posten befördert hatte, kurz bevor die *Enterprize* den Sherbro erreichte. Wilson war in dieser Eigenschaft schon auf früheren Reisen mit der Behandlung der Sklaven vertraut gemacht worden, was nicht nur Kites Arbeitsbelastung erheblich verringerte, sondern auch sein Gewissen erleichterte. Jetzt setzten sich beide schweigend nieder und warteten auf das Gebrüll der Kanonen und das Eintreffen der ersten Verwundeten, die ihnen das Gefecht unter ihre Messer und Sägen liefern würde.

Doch der Befehl und die darauf folgenden Vorbereitungen stellten sich als unnötig heraus. Die »feindliche« Fregatte, die auf sie zuhielt, erwies sich als das Vollschiff *Marquis of Lothian*, ihr ehemaliger Nachbar auf der Reede vor York Island. Erleichtert kehrte die Besatzung der *Enterprize* an ihre Routinearbeit zurück und beobachtete dabei das andere Schiff, das auf sie zuhielt, die britische Flagge an der Gaffel.

Das Zusammentreffen entbehrte schließlich trotzdem nicht jeder Gefahr, als sich die *Marquis of Lothian* eine Stunde vor Sonnenuntergang in unmittelbarer Rufweite befand und Kommandant Kapitän Ross auf der Verschanzung erschien. Mit der einen Hand hielt er sich am Besanbackstag fest, mit der anderen hob er ein Sprachrohr an den Mund.

»*Enterprize*, ahoi«, rief er. »Kapitän Makepeace, verstehen Sie mich?«

Die von Gerard offerierte Flüstertüte ignorierend, hievte sich Makepeace in dieselbe Position. »Aye, ich höre Sie, Kapitän Ross.«

»Haben Sie Kranke an Bord?«

»Nein, Sir, meine Sklaven sind alle wohlauf.«

»Ich habe nicht Ihre Sklaven gemeint, Sir. Ich meine unter Ihrer Besatzung.«

»Meine Männer erfreuen sich bester Gesundheit, Sir. Was macht Sie so besorgt?«

»Seien Sie auf der Hut, Käpt'n Makepeace, wir haben das gelbe Fieber an Bord.«

»Arme Teufel«, brummte Molloy, der dicht neben Kite stand.

Alle Männer an Deck hatten dem Wortwechsel gelauscht und blickten zu dem auf Parallelkurs laufenden Schiff hinüber, als ob sich die Erkrankten jeden Augenblick in einer Reihe von Gerippen an der Reling zeigen würden.

»Es tut mir leid, das zu hören«, brüllte Makepeace. Er wandte sich an Gerard, der die Wache hatte: »Halten Sie etwas ab, Mister Gerard, kommen Sie nicht unter sein Lee.«

Gerard befahl eine kleine Kursänderung, die verhinderte, daß die *Enterprize* zu dicht an das infizierte Schiff herankam.

»Nun, dann haben Sie vielleicht Glück gehabt, aber es hat auf der *Lutwidge* vor dem Verlassen des Sherbro vier weitere Tote gegeben«, fuhr Ross fort.

»Wie viele Abgänge haben Sie zu beklagen, Sir?« erkundigte sich Makepeace, während die beiden Schiffe weiter auf

Parallelkurs dahinschnaubten und ihre ineinanderlaufenden Heckwellen sich zu einem weiß schäumenden Wasserstrudel vereinigten.

»Zwei Männer gestern, einen Mann heute morgen. Ich habe außerdem sieben Männer, die mit dem verdammten Fieber in der Koje liegen, und einer befindet sich jetzt, während wir hier reden, schon im eisigen Würgegriff der Ewigkeit, Kapitän Makepeace.«

»Was wollen Sie?«

»Ich wäre Ihnen sehr verbunden, wenn Sie bei mir bleiben würden. Sie werden sicherlich Verständnis für mein Anliegen haben.«

Makepeace fluchte, dann hob er eine Hand und formte mit deutlichem Widerwillen vor seinem Mund einen Trichter. »Ich kann Ihre Bitte kaum ablehnen, Kapitän Ross, und stimme unter der Bedingung zu, daß Sie sich jederzeit gut frei von mir eine Meile an Backbord aufhalten.«

»In Ordnung, Käpt'n Makepeace. Ich werde diese Position einhalten, es sei denn, wir werden in ein Gefecht verwickelt. Werden Sie eine Laterne setzen?«

»Aye, Sir, das sollten wir beide machen.«

Ross winkte bestätigend mit dem Arm und sprang von seinem auffälligen Standplatz auf der Reling, während auch Makepeace wieder hinunter auf das Achterdeck seines Schiffes kletterte. »Hölle und Verdammnis!« fluchte er, dann blickte er Kite scharf an. »Wir wollen diese verfluchte Seuche nicht an Bord haben. Haben Sie irgendwelche Anzeichen des Fiebers bemerkt, Kite?«

»Nein, Sir, nicht daß ich wüßte, Sir, aber ich werde die Augen offenhalten.«

»Aye«, nickte Makepeace, er bezog Gerard und Molloy in seine Bemerkungen ein, als er hinzufügte: »Geben Sie bekannt, daß jeder, der das geringste Symptom von Übelkeit oder Fieber verspürt, das sofort zu melden hat! Der alte Ross befürchtet, daß er die Hälfte der Menschen auf seinem Schiff verlieren könnte, wenn nicht mehr.«

»Meinen Sie seine Sklaven, Sir?« fragte Kite, seine Stimme troff von Ironie.

»Nein, ich meine nicht seine Sklaven, Kite«, erwiderte Makepeace scharf. Dann fuhr er in einem versöhnlicheren Tonfall fort: »Aus irgendwelchen Gründen ereilt diese Seuche die Schwarzen nicht so leicht wie die weißen Männer. Man sagt, daß das Fieber von den Affen kommt. Ich vermute, weil die Neger mit den Affen verwandt sind, haben sich ihre Körper daran angepaßt. Wie dem auch sei, jedenfalls scheint das Fieber sie nicht zu töten, wie es bei uns Weißen der Fall ist.«

Der Vergleich mit den Affen schien Kite irgendwie nicht logisch, aber er dachte darüber nach, wie er den Ausbruch des Guineasumpffiebers, das auch Gelbfieber genannt wurde, verhindern könnte. Auf einem so überfüllten Schiff wie der *Enterprize* gab es nur unzureichend Platz, die Kranken zu separieren. Gott mochte ihnen allen beistehen, falls es zu einer Epidemie kommen sollte! Den Weißen bei der Krankheit, den Schwarzen im Falle des Todes aller Weißen, denn wenn niemand mehr an Deck arbeitete, würde das Schiff mit den elenden Sklaven, angekettet im Zwischendeck, einfach auf dem Meer herumtreiben, bis sie alle verhungert und verdurstet waren.

Der erste Krankheitsfall trat bereits zwei Tage später auf. Kurz vor Einbruch der Dunkelheit wurden zwei Matrosen fast gleichzeitig von heftigen Fieberanfällen geschüttelt, und Kite ließ ihre Hängematten vorne anschlagen. Gegen Mitternacht erbrachen beide Männer sich heftig und stöhnten im Delirium. Makepeace zog sich sofort in seine Kabine zurück und untersagte Kite den Zutritt. Er befahl ihm, dafür zu sorgen, daß alles Nötige getan wurde, und am folgenden Morgen lief Makepeace aus seiner Luvposition an die *Marquis of Lothian* heran und informierte Ross über den Ausbruch der Krankheit.

Ich befinde mich in einer ernsten Verlegenheit, notierte Kite in seinem Tagebuch. *Die Krankheit könnte uns alle töten, und ich, da ich sehr engen Kontakt mit den infizierten Männern habe, scheine kaum eine Chance zu haben, eine Ansteckung zu vermeiden*. Er machte eine Pause und starrte in die düstere Ecke seiner kleinen Kabine. Dann, in einem dieser seltenen Momente, die einem Menschen gelegentlich gewährt werden, wenn er eine flüchtige Vorahnung auf seine große Bestimmung zu erhaschen vermag, deren Sinn er gerade noch eben begreifen kann, und wenn die Aussöhnung mit dem Schicksal etwas ist, das er begrüßt und nicht fürchtet, begann Kite plötzlich in energischen Federstrichen mit dem kratzenden Federkiel zu schreiben: *Ich gebe nicht vor, die göttliche Fügung in diesen Vorkommnissen zu sehen. Vielleicht ist dieses Fieber eine Vergeltung am weißen Mann zu Gunsten der Schwarzen, aber es scheint mir eher so zu sein, daß dieses Fieber, wie alle anderen Seuchen und Krankheiten, zu den Übeln gehört, die die Menschheit selbst hervorbringt, um diese Welt zu einem einzigen großen Glücksspiel zu machen, in dem viele verlieren, aber nur wenige gewinnen. Darum wurde ich durch den Zufall ausgewählt, um unter diesen grausamen und schicksalhaften Umständen meines Daseins an dieser einzigartigen Position tätig zu werden.* Er hielt kurz inne, dann tauchte er erneut den Federkiel ein und fuhr fort: *Und falls ich daran zweifeln sollte, daß ich nicht mehr als ein Bauer bin, der von der Laune des Schicksals auf dem Schachbrett hin und her geschoben wird, dann gibt es noch eine private Angelegenheit, die mich zu weiteren Torheiten zwingt. Kapitän Makepeace, den ich nicht für einen Gentleman halte, könnte in einer Welt, in der ein Gentleman nichts gilt, etwas sehr Wichtiges gesagt haben, als er ausführte, daß die Bedeutung eines Mannes darin liegt, sein Schicksal herauszufordern. Sollte daher der Tod bald mein Los sein, so wie er es ganz gewiß eines Tages sein wird, warum sollte ich mir nicht vorher noch ein wenig Freude gönnen?*

Die Vorsehung ...

Aber die Vorsehung lag unzugänglich außerhalb seiner Reichweite. Kite zappelte unsicher im Netz des Schicksals. Unentschlossen. Der Augenblick der Hellsichtigkeit war verflogen, und er wußte nur noch, daß er hundemüde war. Sein Kopf fiel nach vorne, und der Schlaf ließ ihn wegdriften. Er war der Anstrengung nicht mehr gewachsen, aufzustehen und aus seinen Kleidungsstücken zu schlüpfen, bevor er in die sanft schaukelnde Koje kletterte. Statt dessen fiel sein Kopf auf das Papier mit der trocknenden Tinte. Doch plötzlich zerriß ein gellender Schrei die Luft, dann folgte ein weiterer, gleich darauf folgte wütendes Gebrüll. Kite kam wieder auf die Füße und rannte aus der Kabine. Er wußte nicht, was er befürchtete. Die unterdrückte, aber immer präsente Angst vor den Schrecken eines Sklavenaufstands beschleunigte seinen Herzschlag, doch seine Wahrnehmung war noch immer von der Erschöpfung getrübt.

Als er aus der Offiziersmesse schoß, wäre er beinahe über die beiden auf dem Deck herumzappelnden Weiber des Kapitäns gestolpert, die von den Matrosen den Spitznamen »Makepeaces Bettpfannen« bekommen hatten. Er blickte auf ein kreischendes Durcheinander aus schmutzigen Unterröcken, wild herumdreschende Arme und gebleckte Zähne. Makepeace war hinter der Tür seiner Kabine verschwunden, durch die er seine Frauen hinausgescheucht hatte.

In der Tür, die der von Kite gegenüberlag, stand Molloy und gähnte. Gleichmütig blickte er auf die beiden, die miteinander kämpften, bis sie in die Stühle krachten, die am Eßtisch der Offiziere aufgereiht standen.

»Mit Zähnen und Fingernägeln, Billy«, meinte er müde, »aber Zähne und Nägel – das ist eine Sache für den Chirurgen und nicht meine. Sorgen Sie für Ordnung«, mit diesen Worten zog sich Molloy hinter seine Tür zurück.

Kite blickte düster auf das Gewühl aus nackten Beinen und Pobacken, als eines der Weiber das andere überlegte und einige kräftige Hiebe auf die schwarze Haut prasseln ließ. Während er immer noch wie gelähmt dastand, öffnete sich die Tür der Kapitänskabine und ein offensichtlich angetrunkener Makepeace, der nur hastig in seine Hosen geschlüpft war, brüllte nach Ruhe. Als er Kite erblickte, grinste er. »Akzeptieren Sie jetzt, wie weise es ist, sie Fußfesseln tragen zu lassen, Mister Kite? Seien Sie ein guter Junge und rufen Sie den Posten der Seesoldaten.«

Die beiden Frauen trennten sich, schlossen offensichtlich Waffenstillstand und starrten Makepeace an. Es war klar, daß sie beide gleichzeitig erwogen, ihren Herrn und Meister anzuflehen, der sie seinerseits jedoch einfach übersah. Kite stieg über das Durcheinander, eilte nach vorne, öffnete die Tür und rief nach dem Posten. Der Seesoldat betrat die Offiziersmesse, blieb stehen und sah auf die Frauen zu seinen Füßen hinab.

Makepeace rief: »Bringen Sie die beiden nach vorne, Mason, legen Sie Ihnen Fußfesseln an und schaffen Sie sie aus meinem Blickfeld. Helfen Sie ihm dabei, Kite.« Der Kapitän lehnte sich an den Türrahmen, balancierte die leichten Rollbewegungen des Schiffes aus, was auch bei den Gleichgewichtsstörungen half, die der genossene Wein verursacht hatte.

Während Mason sich eine der Frauen schnappte, beugte sich Kite vor, um die andere am Arm zu packen, aber plötzlich fühlte er einen Schlag quer über sein Gesicht, als die Frau sich losriß und mit einem Schwall wüster Beschimpfungen auf Makepeace losstürzte.

Dieser richtete sich auf, blitzschnell schoß seine rechte Hand vor, und er packte die Kehle der Frau mit einem so brutalen Griff, daß ihr die Augen aus den Höhlen quollen. Dann hob Makepeace sie an, bis ihre Zehenspitzen auf dem Deck tanzten. »Bringen Sie Ihre Hure zuerst nach vorne«, befahl Makepeace ruhig Mason, »dann kommen Sie zurück und holen diese hier ab.« Er schaute Kite an. »Ist bei Ihnen alles in Ordnung, Mister Kite? Es ist nicht immer amüsant, von einer starken schwarzen Frau geschlagen zu werden.«

Kite rieb sich das Gesicht. »Keine Sache, Sir. Dürfte ich Ihnen empfehlen, die Kehle loszulassen, Sir?«

»Sie können empfehlen, was Sie wollen, Kite, aber lassen Sie diese Teufel ein einziges Mal glauben, daß sie einen weißen Mann ungestraft schlagen können, und Sie werden Probleme ohne Ende bekommen.«

Makepeace betrachtete jetzt gleichmütig sein Opfer. Die Frau hatte aufgehört zu zappeln und versuchte nur noch, ihr Gewicht auf den Zehenspitzen auszubalancieren. Später erinnerte sich Kite daran, daß er trotz des Dämmerlichts in der Messe meinte gesehen zu haben, wie ihr Gesicht ungeachtet der dunklen Hautfarbe rot angelaufen war.

Auch Makepeace sah es und ließ sie los. Sie fiel wie ein nasser Sack auf das Deck, dort blieb sie bewegungslos und völlig still liegen. Dann begann sich ihre Brust zu heben, gierig zog sie die Luft in ihre Lungen, Kite konstatierte, daß sie also nicht tot war. Makepeace grunzte, stieg über sie hinweg und ging nach vorne, er folgte Mason in die Dunkelheit des Zwischendecks hinter der Tür. Kite blickte auf die keuchende Frau, dann kniete er sich seufzend neben sie, legte seine Hand auf ihren Rücken und spürte, wie sich ihre Lungen bewegten. Instinktiv klammerte sie sich an ihr Leben, das im Griff von Makepeace an einem seidenen Faden gehangen hatte.

So blieb Kite über die Frau gebeugt, bis ihr Atem wieder normal ging. Automatisch massierte er ihr dabei den Rücken und wartete darauf, daß Mason zurückkam, um sie nach vorne zu bringen. Er fragte sich, ob sie in der Lage sein würde, auf ihren eigenen Füßen zu gehen.

»Binden Sie sie für den Rest der Nacht an den Tisch!« Die Stimme des Kapitäns unterbrach Kites Gedanken, und er sah auf. Makepeace hatte wieder die Messe betreten und schob jetzt die junge Frau, an der Kite Gefallen gefunden hatte, vor sich her. Seine Absichten waren klar, Mason folgte ihm. »Ach ja, bringen Sie *die* weg, Mason«, befahl Makepeace und deutete mit dem Kopf auf Kites Patientin. »Macht mit der Hure, was ihr wollt, aber schont das Kleid.«

Doch Kite hörte ihm nicht zu, sondern starrte in die vor

Entsetzen weit aufgerissenen Augen der jungen Frau. Ihm war klar, daß ihre Bitte nicht deutlicher hätte sein können, wenn sie sie in perfektem Englisch geäußert hätte. Was sie von den Vorgängen hielt, die sich in der Offiziersmesse abgespielt hatten, konnte er nur vermuten, doch seine eigene Mittäterschaft schien offensichtlich, weil er schließlich seine Hände auf die gequälte, zitternde Frau gedrückt hatte, über die sich jetzt Mason bückte. Kite erhob sich, und Mason zog seine Last wie einen Sack über die bemalte Persenning. Es kümmerte ihn nicht, daß ihr Kopf und ihre Schultern beim Passieren gegen die Stuhlbeine schlugen.

Kite blickte von der jungen Frau zum grinsenden Makepeace, dann folgte er einem unwiderstehlichen Impuls, den Kapitän davon abzuhalten, sie zu vergewaltigen. Er blockierte den engen Durchgang zwischen Tisch und Schott, den der Kapitän mit seiner Gefangenen passieren mußte, um in die Privatsphäre seiner Kabine zu gelangen. »Nicht sie, Sir!« knurrte er, den Kopf hoch erhoben, die Schultern gestrafft. Er wartete auf den Faustschlag, denn er kannte jetzt die Kraft, die in den Händen des Kapitäns steckte, von denen eine den Nacken der jungen Frau gepackt hielt.

Makepeace schaute Kite an. Langsam drehte er den Kopf seines Opfers herum und betrachtete es. »Und warum nicht, Mister Kite? Wollen Sie das Mädchen für sich selbst? Sind Sie doch endlich auf den Geschmack gekommen? Sind Ihnen die Skrupel des Quäkers beim Jucken Ihres Schwanzes verlustig gegangen?«

Makepeace kicherte, dann stieß er die junge Frau so heftig vorwärts, daß sie wuchtig mit Kite zusammenprallte, der sie auffing. Kite starrte seinerseits Makepeace noch immer ungläubig an, dem er, wie ihm schlagartig klar wurde, meuterisch getrotzt hatte.

»Ich habe gesehen, wie Sie sie angestarrt haben«, brummte Makepeace uninteressiert. »Haben Sie Ihren Spaß mit ihr. Dafür sind Frauen da, Mister Kite. Für das und das gefährliche Geschäft des Kinderkriegens.« Dann drängte sich Makepeace irgendwie zwischen ihnen hindurch, und das Knallen seiner Kabinentür markierte seinen Abgang.

Kite blickte die junge Frau an. Ihr Gesicht war nur wenige Zentimeter von dem seinen entfernt, ihre Miene schien in einer Grimasse der Angst erstarrt.

»Es ist alles in Ordnung«, flüsterte er eindringlich, ohne sich daran zu erinnern, daß er diese Worte auch benutzt hatte, während er ihre Knöchel behandelte. »Alles ist in Ordnung«, wiederholte er, dann hob er die Hände und streichelte ihr Gesicht. Er zog sie sanft in seine Kabine und schloß die Tür. »Pssst.« Er ließ sie los, legte den Finger an seine Lippen, blickte sich schnell um. Eilig schloß er sein Tagebuch und verstaute es zusammen mit dem Tintenfaß und der Gänsefeder.

Die junge Frau zog sich vor ihm zurück und kauerte sich in die vordere Ecke der Kabine, von dort aus starrte sie Kite an, ihre schönen brauen Augen waren vor Besorgnis rund. So machte sie einen unglaublich verletzlichen Eindruck, und eine Welle heftigen Begehrens schlug über Kite zusammen.

7
Die schwarze Frau

Der Ausdruck plötzlicher Wildheit in Kites Gesicht fachte den Schrecken bei der zitternden, zusammengekauerten Frau an. Fest schloß sie die Augen, verschloß sie vor dem unmittelbar drohenden Angriff, und das war der einzige Widerstand, den sie leisten konnte.

Doch der Anblick ließ Kite zurückzucken. Er spürte sein Schuldgefühl wie einen Schlag in den Magen. Ja, er begehrte die Frau, so wie ein junger Mann eben nach einer Frau verlangte. Aber der Wunsch sollte sich nicht auf diese unwürdige Weise erfüllen! Also setzte er sich neben sie auf das Deck und legte ihr seinen Arm um die Schultern, in einer Geste fast brüderlichen Mitgefühls. Er spürte, wie sie erschauderte, so wie auch die Gefährtin des Kapitäns gezittert hatte, und Kite wagte sich nicht weiter vor, weil er wußte, daß sein Abwarten sie schneller beruhigen würde. Nach einer Weile fühlte er, daß das Zittern nachließ. Er beugte sich vor und küßte sie auf den Kopf. Sie sah ihn an, und er zog sich langsam zurück, lehnte sich entspannt gegen das nahe Schott, legte die Fingerspitzen beider Hände auf seine Brust und flüsterte: »Kite, ich bin Kite. Kite.«

Sie versuchte, das Wort nachzusprechen, aber ihr Mund war trocken, und sie mußte schlucken, bevor sie unsicher seinen Namen aussprechen konnte. »Kite«, sagte sie vorsichtig.

Er lächelte und nickte. Dann streckte er seine Hand aus, und ohne nachzudenken, immer noch in ihre Augen blickend, berührte er ihre Brust, zog seine Augenbrauen fragend in die Höhe und tat so, als ob er ein Wort formulieren wollte.

Sie runzelte die Stirn und wiederholte: »Kite.«

Kite lächelte wieder und schüttelte den Kopf, berührte seine Brust, wiederholte seinen Namen, dann tippte er auf ihre Schulter. Sie sagte etwas, was er nicht verstand, er legte schnell eine Hand hinter das Ohr und beugte sich vor. Sie wiederholte das Wort, das er aber, falls es ihr Name war, nicht verstand. Statt dessen lehnte er sich wieder zurück und murmelte nachdenklich: »Ich werde dich Puella nennen, das ist die lateinische Bezeichnung für Mädchen.« Er wiederholte den Namen langsam: »Puella.«

Da er ihren richtigen Namen nicht herausfinden konnte, kam es ihm als zusätzliche Belastung vor, ihr einen künstlichen, englischen Namen beizuordnen. Dagegen schien ihm die lateinische Bezeichnung kein unpassender Ersatz zu sein, und außerdem handelte es sich, so hoffte er zumindest, lediglich um einen vorübergehenden Notbehelf.

Er stand auf, schlüpfte aus der Kabine und kehrte mit einer Handvoll Schiffszwieback und etwas Wasser aus der Offiziersmesse zurück, bot ihr seine Gaben an. Hastig griff sie nach der Karaffe mit dem Wasser und leerte sie mit gierigen Zügen. Dann deutete sie auf die Fußeisen und sagte etwas, was er als Aufforderung verstand, sie davon zu befreien.

Er hob die Schultern und schüttelte den Kopf. »Das darf ich nicht«, erklärte er. Er überlegte sich, daß sie, wenn er mehr zu diesem Thema ausführte, vielleicht zumindest daraus schließen könnte, daß die Angelegenheit kompliziert war, daher fuhr er fort: »Glaub mir, Puella, ich würde dir nur zu gerne, falls es denn in meiner Macht liegen würde, diese verfluchten Eisen abnehmen, aber die können frühestens morgen geöffnet werden.«

Er sah die Enttäuschung in ihren Augen. Plötzlich wurde Kite klar, daß er wie jeder andere Mann an Bord wußte, welches Schicksal auf die Schwarzen wartete, daß diese selbst aber keine Ahnung hatten, was die Zukunft für sie in petto hielt. So mochte seine Freundlichkeit bei ihr den Eindruck hervorrufen, daß es sich nicht nur um eine zeitweise Verbesserung ihrer Gefangenschaft handelte, sondern um die Beendigung derselben. Auch er wünschte sich leidenschaftlich, daß es so wäre, aber er wußte, daß er am Morgen mit neuen

Problemen konfrontiert werden würde, und fragte sich, was er tun konnte, um die Angst dieser armen Kreatur zu lindern. Wie konnte er ihr zeigen, daß er ihr nichts Übles antun wollte, obwohl sie gefesselt bleiben mußte? Impulsiv hob er sie plötzlich hoch, legte sie in seine Koje und deckte sie mit dem Bettuch zu. Er berührte sie leicht an der Wange, dann wünschte er ihr eine gute Nacht, breitete eine Decke auf dem Boden aus und legte sich darauf zum Schlafen nieder.

Als er erwachte, war es noch früh am Morgen. Das schwache Klirren der Ketten erinnerte ihn an die Anwesenheit Puellas in seiner Koje und zeigte ihm an, wenn sie sich unruhig im Schlaf bewegte. Er seufzte, denn ihm war klar, daß er wenig tun konnte, um sie zu schützen, fürchtete aber ihre Reaktion, wenn man sie in den Frauenraum auf dem Sklavendeck zurückbringen wollte. Er wünschte sich, daß jemand an Bord wäre, der zwischen ihnen als Übersetzer fungieren und zum Ausdruck bringen könnte, daß er alles unternehmen würde, um ihr zu helfen. Aber Golden-Opportunity Plantagenet war auf York Island zurückgeblieben. Kite erwog, das Mädchen zu kaufen. Diese Überlegung hatte viel für sich, weil sie niemanden beleidigte. Schlimmstenfalls würden ihn die anderen Männer für einen verdammten Narren halten, aber damit konnte er leben. Doch er nahm an, daß er mit dieser Absicht warten mußte, bis die Sklaven zum Kauf angeboten wurden, wo immer und wann immer sie in den Hafen einliefen. Deshalb kam ihm noch eine andere Idee. Um das Mädchen nicht aufzuwecken, schlüpfte er leise in seine Schuhe und ging an Deck. Es war noch dunkel, einen Augenblick lang stand er in der kühlen Nachtluft und blickte zu den ersten Streifen der Dämmerung im Osten hinüber.

Gerard war Wachhabender und ragte wie ein Geist vor ihm auf. »Nun, Mister Kite, was für eine Überraschung. Wie ich gehört habe, bestehen auch Sie letztendlich nur aus dem Lehm aller Sterblichen.«

Kite öffnete schon den Mund, um seine Unschuld zu beteuern, überlegte es sich dann aber. Ihm wurde klar, daß seine sexuelle Enthaltsamkeit mißverstanden werden würde, so wie auch er Molloys Zurückhaltung anfänglich falsch interpretiert hatte. Es war besser, die Probleme auf einem Niveau zu besprechen, welches die anderen Männer nachvollziehen konnten.

»Ich habe eine Frau genommen, ja. Ist das so bemerkenswert?«

Gerard gluckste leise vor sich hin. »In Ihrem Fall ist es in der Tat bemerkenswert, ja. War sie gut?«

»Ich hatte schon bessere«, prahlte Kite, erfreut über seine Schlagfertigkeit.

»Hatten Sie? So, so. Und ich habe Sie für einen jungfräulichen Gockel gehalten.«

»Wir machen alle Fehler, Mister Gerard. Würden Sie mir jetzt bitte eine Frage beantworten. Wie schaffe ich es, daß sie meine Dienerin werden kann, so wie es andere Männer an Bord mit ihren Frauen gemacht haben? Sie würde für mich und Wilson eine gute Assistentin abgeben.«

»Nun …« Gerard schien die Angelegenheit gründlich zu bedenken.

»Sehen Sie, ich habe gehört, daß ich das Anrecht auf den Kaufpreis von ein oder zwei Sklaven habe. Warum kann ich nicht diese haben …«

»Anstelle des Bargelds?«

»Wenn es nicht anders geht.«

Gerard lachte. »Sind Sie närrisch? Haben Sie eine Vorstellung, was für ein Riesenpaket an Problemen Sie sich damit aufhalsen?«

»Dann kann ich sie immer noch weiterverkaufen«, schnarrte Kite mit überzeugender Brutalität.

»Kapitän Makepeace mag es nicht …«

»Der Kapitän hat sie mir gestern nacht in die Arme geworfen.« Als Kite diesen Satz sagte, kam ihm plötzlich ein Verdacht, den er auch sofort äußerte: »Um ehrlich zu sein, bin ich mir nicht sicher, ob er mich damit nicht einfach korrumpieren und sich überzeugen wollte, daß ich auch nur ein Mann bin.«

Gerard kicherte. »Nun, wie es scheint, hat er damit bis zu einem gewissen Umfang Erfolg gehabt. Sie tragen nun das Brandmal der Konvertiten, Mister Kite. Erst gestern haben sie noch Trübsal geblasen, waren absolut gegen den Handel, und jetzt stehen Sie hier vor mir – noch bevor die Sonne aufgegangen ist – und wollen wissen, wie man eine schwarze Hure kauft.«

Kite biß sich bei dieser Beleidigung auf die Lippe, dann antwortete er:. »Ich dachte, Sie würden es gutheißen. Es würde die Bürde auf …«

»Verzeihung, Sir!«

»Was gibt es?« Gerard drehte sich um, da sich ihnen ein Mann aus der Dunkelheit näherte. »Sie sind Holmes, nicht wahr?« Gerard blickte die Gestalt an, die barfuß war und deren Hemdzipfel im Wind flatterten. »Was machen Sie an Deck?«

»Es gibt unten Ärger, Sir.«

»Was, bei den Sklaven?« unterbrach ihn Gerard schnell, plötzlich angespannt.

»Nein, nein, Sir, nicht bei denen. Das hier ist Mister Kite, nicht wahr? Das Fieber hat sich ausgebreitet, Sir. Johnny Good zittert in seiner Hängematte, Sir, er hat mich beinahe rausgeworfen, und er fängt an, nach seiner Mutter zu rufen.«

»Gütiger Gott!«

»Ich gehe nach unten, Mister Gerard«, seufzte Kite. »Bringen Sie mich hin, Holmes.«

Während der nächsten zwei Tage packte die Krankheit weitere acht Männer, darunter auch den Stückmeister Mitchell. Er war der erste Offizier auf der *Enterprize*, der infiziert wurde. Das Gelbfieber, das in den Männern sozusagen geschlafen hatte, brach jetzt, nach Ablauf der Inkubationszeit, aus und schlug ebenso wahllos wie gnadenlos zu. Am Ende der Woche war ein Drittel der Schiffsbesatzung erkrankt, einige Männer befanden sich im Vorstadium, andere litten unter unkontrollierbarem Schüttelfrost, wurden von entsetzlichen Schmerzen im Kopf, den Gliedern und der Wirbelsäule geplagt, wieder andere hatten schon das zweite Stadium erreicht, in dem ein Nachlassen der Symptome den falschen Eindruck einer Erholung erweckte, bevor das Ende durch die Gelbfärbung der Haut und der Augen eingeläutet wurde. Es war nur ein kurzes Zwischenspiel, denn das heftige blutige Erbrechen, das dann folgte, war der Auftakt zur letztlich tödlichen Unterkühlung.

Wie auch auf ihrem Begleiter, der *Marquis of Lothian*, an Bord die Seuche weiter wütete, litt die Arbeit auf der *Enterprize* unter den Ausfällen. Der morgendliche Rundgang der Sklaven wurde abgekürzt, dann ganz eingestellt, denn es gab kaum mehr genügend einsatzfähige Seeleute, um das Schiff zu handhaben. Statt dessen wurde Tag für Tag ein Seebegräbnis abgehalten. Makepeace, der sich stets ein parfümiertes Taschentuch vor das Gesicht hielt, murmelte eilig die protestantischen Riten über den toten Körpern, die man in ihre Hängematten eingenäht hatte und dann mit einer Kanonenkugel zu ihren Füßen auf den Meeresgrund schickte.

Für Kite blieb der Ausbruch des Fiebers nicht ohne eine ironische Konsequenz, denn er konnte Makepeace erfolgreich überzeugen, daß Puella und ein paar anderen Frauen die Fußfesseln abgenommen wurden. Die Schwarzen halfen bei der Pflege der Todgeweihten mit sanftem Mitgefühl, was den Kommandanten zu der Bemerkung veranlaßte: »So etwas erscheint kaum möglich, und das wäre es wohl auch nicht, wenn sie wüßten, daß sie in eine lebenslange Sklaverei verkauft werden.«

Aber genau das, so schien es Kite, war zunehmend unwahrscheinlich, denn die Mortalität unter der Besatzung bedrohte ein glückliches Ende der Reise, und am Ende des zwanzigsten Tages der Passage gerieten sich Makepeace und Ross brüllend in die Haare. Obwohl der Kurs der Schiffe im Bereich des Nordostpassats verlief, der weiter stetig wehte und wenig

Segeltrimm bei Tag und Nacht erforderte, beeinträchtigte der Verlust an Matrosen die Arbeit an den Sklaven.

An diesem Morgen hatte es Molloy und Kerr erwischt. Nachdem er den furchtbaren Zustand seiner Mannschaft mit dem Elend bei Kapitän Ross verglichen hatte, kletterte Makepeace von der Reling herunter, wo Gerard und Kite warteten. Kite hatte ihm gerade die Einsatzunfähigkeit von Molloy gemeldet, dessen großer Körper in der Enge seiner Koje zitterte.

»Wissen Sie, was ich erwäge, falls die Situation sich weiter verschlechtert?«

»Ja, Sir?« Kite blickte fragend von einem zum anderen, aber es war klar, daß man die Bedeutung der düsteren Worte vor ihm verbergen wollte.

»Wie viele Schwarze sind heute erkrankt?« fragte Makepeace stirnrunzelnd, und sein Gesichtsausdruck wirkte verzweifelt und angsterfüllt, als er Kite anblickte.

»Nur fünf, Sir«, meldete Kite, »genauso viele wie gestern.«

»Es sind Geschöpfe einer niederen Lebensform«, stellte Gerard fest, »ihre Immunität beweist das.«

»Aye, das könnte wahr sein«, stimmte ihm Makepeace zu, »aber Kite hat sich bis jetzt auch nicht angesteckt, und er ist in ständigem Kontakt mit den Kranken gewesen.«

»Vielleicht bin ich auch Angehöriger einer minderwertigen Lebensform«, bemerkte Kite. Schwarzer Humor war, das hatte er festgestellt, ein gutes Mittel, mit dem die Seeleute auf die Bedrohung ihrer Lebensumstände reagierten.

Makepeace grinste dünn. »Ich halte das für sehr wahrscheinlich, Kite.« Er blickte hinauf in das Vorbramsegel. »Falls der Wind durchsteht, sollten wir das Land innerhalb der nächsten Woche sichten. Es bleibt offen, ob wir dieses Rennen gewinnen und genug Männer arbeitsfähig erhalten, um das Schiff in den Hafen manövrieren zu können.«

»Sollten wir auf ein Kriegsschiff treffen ...« Gerard ließ den Satz unvollendet.

Aber Makepeace zuckte nur mit den Schultern. »Dann lassen Sie uns hoffen«, seufzte er, »daß wir noch einen Mann übrig haben, der die Flagge streicht.

»Das wird Kite besorgen«, meinte Gerard mit einem schiefen Mund.

Ich verspüre wenig Neigung, diese Zeilen zu schreiben. Kite tauchte die Feder in die Tinte und blickte sich in seiner Kabine um, sein Blick fiel auf seine zerwühlte Koje. *Jetzt ist bereits die Hälfte der Besatzung am Gelbfieber erkrankt. Ich bin tief verwirrt, weil ich keine Ahnung habe, wo diese Ansteckung herkommt. Daß sie an der Küste Guineas vorkommt, ist klar, denn die Neger haben sich offensichtlich daran angepaßt und werden davon kaum betroffen, aber auf welche Weise oder durch welches Medium die Infektion verbreitet wird, bleibt ein großes Geheimnis.*

Er machte wieder eine Pause, rief sich den Sherbro und den dichten Dschungel, der an seinen Ufern wucherte, ins Gedächtnis zurück, wie er das graugrüne Wasser säumte und in seinem Strom die Schwebestoffe des endlosen Kreislaufs aus Leben und Tod mit sich führte. Enthielt das mit Schlamm beladene Wasser Organismen, die diese tödliche Seuche übertrugen? Sie verlief nicht unähnlich jener Erkrankung, die in England unter dem Namen Sumpffieber bekannt war, und sie war, wie Kite wußte, örtlich begrenzt auf tiefgelegene, sumpfige, stinkende Landstriche. Obwohl der tiefe und strömende Sherbro auf den ersten Blick wenig Ähnlichkeit mit den Marschgebieten hatte, die sich in den Mündungsgebieten vieler englischer Flüsse erstreckten, erinnerte Kite sich an den strengen Gestank, der stets über dem Fluß wie dicker, wallender Nebel aufstieg. War es diese alles durchdringende Feuchtigkeit, die durch die geöffneten Grätings und Niedergänge der Kuhl geströmt war und das tödliche Fieber auf die *Enterprize* gebracht hatte? War es das Flußwasser oder der feuchte Dunst über dem Strom – oder etwa beides?

Dann erinnerte sich Kite an etwas, das ihn schuldbewußt zusammenfahren ließ. Er selbst hatte darauf bestanden, daß die Sklaven mit Wasser aus dem Sherbro abgespült wurden. War diese sanitäre Maßnahme etwa für die Einschleppung des Fiebers ursächlich gewesen? »O Gott«, stöhnte er und vergrub das Gesicht in den Händen. Sein Körper wurde von einem heftigen, abgrundtiefen Schluchzen geschüttelt, das von seiner Unwissenheit und den verhängnisvollen Ereignissen kündete, die zu dieser Tragödie geführt hatten.

»Kite … Kite?«

Er blickte auf, wischte sich die Tränen aus den Augen. Puella hatte die Kabine betreten, barfuß und geräuschlos. Sie trug eine Schale mit dampfendem Reis. Er realisierte, daß er seit Stunden nichts mehr gegessen hatte, nickte und drückte seinen Dank aus, dann nahm er ihr die dargebotene Schüssel aus der Hand. Sie zog sich zurück, um sich in der Ecke der Kabine hinzuhocken, schlang die Arme um ihre Knie und blickte zu ihm auf.

Nachdem er einen Mundvoll Reis hinuntergeschluckt hatte, krächzte er: »Du bist gut zu mir, Puella, ich danke dir.« Er steckte den Löffel in die Schüssel, streckte seine rechte Hand aus und wiederholte: »Danke.« Sie ergriff seine Hand. Es war ihre erste gemeinsame Berührung, und beide lächelten. »Kite könnte sterben, Puella«, fuhr er fort, »und Gott allein weiß, was dann aus dir werden wird. Aber wenn ich überleben sollte, werde ich dich nicht aufgeben.« Er räusperte sich, schüttelte den Kopf, dann fügte er mit fester Stimme hinzu: »Nein, das werde ich nicht, bei meiner Ehre.«

Er wußte, daß sie keine Ahnung von dem hatte, was er gesagt hatte, als er seinen Pakt mit der Vorsehung schloß, aber er spürte, daß der Klang seiner Stimme sie zu beruhigen schien, denn sie lächelte wieder, und er war fasziniert vom Schwung ihrer vollen Lippen und der Art, wie ihr Lächeln ihre großen, aber anmutigen Nasenflügel erzittern ließ.

Er leerte die Schüssel voller Reis, dann stellte er sie auf den Tisch, daraufhin stand sie auf und räumte ab. Sie hielt sich dicht neben ihm, schwankte im Takt mit den Schiffsbewegungen und blickte auf ihn herab, ihre Brüste ragten hervor, unbeschreiblich reizend und anfeuernd. Als sie die Schüssel an sich nahm, berührte sie sanft seine Wange. Er widerstand dem Impuls, seinen Arm um sie zu legen, im gleichen Augenblick strich sie ihm mit der Hand über den Kopf und zog sein Gesicht zu sich heran. Er spürte die weiche Festigkeit ihrer Brust, ihre steifen Brustwarzen an seiner Wange, die sanfte Berührung ihrer Lippen auf seinem Kopf.

»Kite«, summte sie leise.

Dann war sie verschwunden, ließ ihn wie einen Tölpel sitzen, der auf die geschlossene Tür seiner Kabine starrte. Er seufzte, war tief gerührt und packte wieder seine Schreibfeder.

Die Negerinnen haben mir großartig bei der Pflege der Kranken geholfen. Darunter befindet sich eine junge Frau, die wir Puella nennen, an der ich Gefallen gefunden habe und die ich mit großer Zuneigung betrachte.

Was spielte es für eine Rolle, was er jetzt zu Papier brachte? Wer würde sein Tagebuch nach seinem Tod lesen? Er strich das unpassende *wir nennen* aus und ersetzte es durch *ich nenne*.

Am nächsten Nachmittag wurde Gerard krank, mit ihm drei weitere Männer. Während Kite anfänglich fast stündlich damit rechnete, daß auch ihn der Schüttelfrost anfallen würde, blieb er seltsamerweise davon verschont. Als er vom Ausfall des Ersten Leutnants hörte, zog sich Makepeace in seine Räume zurück und betrank sich hemmungslos. Es war Ritchie, der die beiden Nachrichten überbrachte: die erste, daß Gerard zuckend vom Achterdeck in die Koje geschleppt worden war, und die zweite, daß sich Makepeace der Flasche ergeben hatte. Kite befand sich zu diesem Zeitpunkt im Zwischendeck und band gerade ein Tuch um den herunterklappenden Kiefer ihres letzten Abgangs, Francis Molloy.

Kite runzelte die Stirn, führte seine Arbeit weiter durch, dann fragte er über die Schulter: »Wer hat die Wache an Deck? Da Molloy tot ist, ist es nicht richtig von Kapitän Makepeace, sich zu betrinken.«

»Der Steward meint, daß Makepeace das Schiff schon dem Teufel verschrieben hat, Mister Kite.«

Kite richtete sich auf und blickte Ritchie an. »Ich vermute, er befürchtet, daß er der nächste Tote ist.«

Ritchie hob die Achseln. »Dieses Risiko haben wir alle«, stellte er mit kühler Folgerichtigkeit fest und blickte auf den bleichen Körper Molloys. Dann konfrontierte er Kite mit einem weiteren Beispiel eiskalter Logik. »Falls der Käpt'n über den Jordan geht, sind Sie der letzte überlebende Offizier. Es kommt mir so vor, als ob Sie eine mächtige Glückssträhne haben, Mister Kite. Ich habe so etwas schon früher erlebt. Makepeace selbst hatte seit Jahren Glück, und vielleicht hat es ihn noch immer nicht im Stich gelassen – wir werden sehen –, aber Sie sind auf der Gewinnerstraße, Sir, und da Mister Kerr abgängig ist ... Nun, Sir, es sieht ganz so aus, als ob Sie und Jacob Ritchie einen großen Schritt nach oben machen werden, falls Sie verstehen, was ich meine ...«

Kite legte die Stirn in Falten, dann fiel bei ihm der Groschen. »Sie meinen, Sie sind zur Zeit der dienstälteste Mann?«

Ritchie nickte. »Zur Zeit, Mister Kite, ist es eine Sache zwischen Kapitän Makepeace, Ihnen und mir.« Ritchie machte eine ausholende Handbewegung in Richtung von Puella und den anderen Frauen, welche die kranken Seeleute pflegten. »Zusammen mit dem ganzen schönen schwarzen Elfenbein.«

Kite verstand, worauf Ritchies Gedankengang zielte. Das System der Anteile, auf dem die Bezahlung der Reise basierte, brachte es mit sich, daß die Anteile bei den Überlebenden aufliefen, die am Ende der Reise eine bestimmte Dienststellung inne hatten. »Ja«, stimmte er schnell zu, »ich verstehe Sie.«

»Ich freue mich, daß Sie das auch so sehen, Mister Kite.

Sie und ich waren nicht immer einer Meinung, aber wir sollten Vergangenes vergangen sein lassen, nicht wahr? Ich kann die seemännischen Arbeiten auf der alten *Enterprize* durchführen, Sir, aber Sie müssen die Navigation übernehmen.«

Kite nickte. Die zusätzliche Belastung entsetzte ihn. »Ich werde besser trotzdem nochmals zu Kapitän Makepeace gehen und es mit ihm besprechen. Wir wären ohne ihn entsetzlich unterbesetzt.«

Ritchie trat zur Seite. »Oh, ja, Sir, machen Sie das, aber sagen Sie ihm, daß Ritchie jetzt sein Erster Leutnant ist, Sir.«

Kite ließ den lachenden Ritchie hinter sich und eilte zum Niedergang, Ritchie sah ihm hinterher, dann kniff er immer noch lächelnd der nächststehenden Helferin in den Hintern.

»Ich bin die Frau von Mister Thomas«, protestierte sie, wie dieser es ihr beigebracht hatte.

»Sicher bist du das, Schwester, genauso lange, wie Mister Thomas aufstehen und pissen gehen kann.«

Kite ging nach achtern und klopfte an die Kabinentür von Makepeace.

»Gehen Sie zum Teufel, wer auch immer Sie sein mögen!«

»Ich bin es, Kite, Sir. Bitte lassen Sie mich ein.«

»Zur Hölle mit Ihnen, Kite.«

Kite zögerte nur einen Moment, bevor er die dünne Tür aufbrach.

Makepeace sprang auf die Füße. »Verdammt sollen Sie sein!« begann er, aber Kite, der die Anzahl der Flaschen abschätzte, die in dem offenen Stauraum unter dem Sofa entlang der Heckfenster standen, schnitt ihm das Wort ab.

»Kapitän Makepeace, um Gottes willen, kommen Sie wieder zu sich. Sie sind nicht krank, und das Schiff braucht Sie. Falls Sie sich weiter dieser zügellosen Ausschweifung hingeben – halten Sie mich etwa dann für befähigt, die *Enterprize* in den Hafen zu bringen?«

»Ich bin in Quarantäne, Mister Kite«, begann Makepeace mit unheilvoller Stimme, »um mich für genau diesen Fall, nämlich das Schiff in den Hafen zu bringen, bereitzuhalten.«

»Und wer soll das Schiff in der Zwischenzeit führen, Sir? Ist Ihnen bewußt, daß gegenwärtig – da Mister Gerard wahrscheinlich sterben wird – Jacob Ritchie Ihr Erster Leutnant ist?«

Makepeace starrte Kite an, runzelte die Stirn, dann wischte er Kites Bemerkung mit einer Handbewegung zur Seite. »Nun, Sie sind ein Offizier. Haben wir Ihnen nicht beigebracht, die Mittagsbreite zu nehmen?«

»Ich kann nicht die Kranken pflegen und ...«

»Dann hören Sie auf mit der Krankenpflege! Die Kranken werden sterben! Das Fieber ist tödlich! Werfen Sie sich mit Enthusiasmus auf Ihre neue Aufgabe, Kite. Sie könnte nicht lange in Ihren Händen liegen.«

Kite war empört, er war weder Chirurg noch ein Navigator, aber die Bemerkung von Makepeace gab ihm einen kleinen Hinweis darauf, daß der Kommandant noch nicht völlig betrunken war.

»Falls Sie das Schiff sicher in einen Hafen bringen wollen, Sir, dann bin ich gerne bereit, Wache um Wache mit Ihnen zu gehen! Es kann nur noch wenige Tage dauern, bis wir Land in Sicht bekommen.«

Makepeace blickte ihn aus glasigen Augen an und füllte sich dann wieder das Glas. »Ich werde mir Ihren Vorschlag überlegen«, beschied er Kite, der sofort wußte, daß er diese Auseinandersetzung verloren hatte. Mit einem Blick voller Abscheu auf Makepeace verließ er die Kabine. Eine Flasche folgte ihm durch die Luft und krachte gegen die Tür, die Kite hinter sich zuwarf.

Wieder an Deck ließ Kite Ritchie rufen, den er für die Wache bis Mitternacht einteilte. Er würde danach übernehmen.

Ritchie grinste und zwinkerte ihm zu. »Ich habe es Ihnen ja gesagt, Mister Kite.«

Kite wandte sich ab, er brauchte unbedingt etwas Schlaf. Die Vorstellung von zwei oder drei Stunden ohne diesen Gestank nach Erbrochenem, Blut und den letzten Fürzen der Sterbenden kam ihm vor wie ein Blick ins Paradies.

Nichts war jetzt noch wichtig. Der fatale Schatten der Verdammnis, der in Hebblewhites Scheune auf sein Leben gefallen war und gegen den er solange angekämpft hatte, war nicht länger zu bannen. Kite fand sich mit seinem baldigen Tod ab. Früher oder später war er fällig, und unter diesen Umständen erschien Kite ein »früher« erstrebenswert, denn er verspürte keine Kraft mehr in sich, um gegen das Unvermeidliche anzukämpfen. Makepeace war weder ein Narr noch ein Feigling, aber Kite wurde klar, daß auch der Kapitän schon kapituliert hatte. Makepeace hatte immer um die enormen Risiken gewußt, die er bei seinem besonderen Handel einging. Vielleicht milderten diese Risiken seine Grausamkeit, und die Sterblichkeitsrate unter den Besatzungen der Guineafahrer entsprach zum Teil der Zahl der versklavten Schwarzen, und vielleicht war es diese ständige Gegenwart des Todes, welche die Männer zu Hochmut und wilden Leidenschaften provozierte? So wie Kapitän Makepeace sich mit schwarzen Frauen vergnügte, solange er noch atmen konnte.

Mit diesen düsteren Gedanken betrat Kite seine Kabine, um sich etwas Schlaf zu gönnen. Puella kauerte in ihrer Ecke. Sie war vor Ritchie fortgelaufen, der sie aber nicht verfolgt hatte, weil er nicht mit Kite aneinander geraten wollte, und danach war er auf dem Achterdeck beschäftigt gewesen.

»Puella«, begann Kite und schwankte vor Erschöpfung.

Rasch sprang sie auf und packte ihn an den Oberarmen. »Kite …«

Zögernd legte er seine Hände um ihre schlanke Hüfte und ließ sie über ihren kecken Hintern gleiten, dabei zog er ihr Hüfttuch herunter. Er spürte den Gegendruck ihrer Schenkel an den seinen, sie sahen einander an, Puella lächelte ein wenig ängstlich, als er sich herunterbeugte und sie küßte, und plötzlich stürzte er in einen Abgrund bebender Leidenschaft. Ihre Brüste drückten sich gegen ihn, während er an seinen Hosen riß, und dann lag das Mädchen auf den gescheuerten Planken vor ihm, die Knie angezogen und die weiche und liebliche Wölbung ihres Bauches schützend. Als er sein zukkendes, bereites Glied herausholte, öffnete sie ihre Beine. Er kniete sich dazwischen, preßte seine Lenden gegen ihr schwarzes Dreieck aus krausem Schamhaar.

Herausgerissen aus einem tiefen Schlaf, befreite sich Kite aus Puellas köstlicher Umarmung und kletterte mühsam den Niedergang zum Achterdeck empor. In seinem Kopf tobte ein Durcheinander aus einander widersprechenden Gedanken. Liebe und Verlangen vermischten sich mit Selbstverachtung und Verzweiflung. Hoffnung durchströmte ihn, doch diese wurde durch die Realität konterkariert. Zusammenhanglose, verrückte Ideen, die darin gipfelten, dem Schicksal ein Schnippchen zu schlagen und gegen alle Wahrscheinlichkeit zu überleben, wurden auf Meereshöhe reduziert, während eine Wolke kalten Spritzwassers gerade in dem Moment über die Reling der Brigg flog, als er das Deck erreichte.

Die letzten Nebel des Schlafs verflogen, und er blickte sich um, dann kontrollierte er den Kurs. Der Mann am Ruder sagte nichts. Das Massensterben an Bord der *Enterprize* hatte alles auf der Brigg verändert, also war es auch nichts Ungewöhnliches mehr, daß der Chirurg als Wachoffizier fungierte. Kite blickte nach Lee, wo er etwas achterlicher als querab die *Marquis of Lothian* deutlich im Licht der Sterne ausmachen konnte. Sie glich eher einem fahlen Gespenst als einem Schiff, ihre Wasserlinie wurde von einer dünnen Spur grünlich leuchtenden Schaums markiert.

Doch die Schönheit dieses Anblicks nahm Kite fast den Atem, verstärkt durch den sentimentalen Effekt, den diese Wahrnehmung bei ihm auslöste: hier auf diesem stinkenden Schiff mit seiner Mannschaft aus Toten und Dahinsiechenden. Die seltsamen, miteinander im Widerspruch stehenden

Gedanken erschütterten ihn, es war fast wie eine Verlängerung des alles beherrschenden Orgasmus, den er gerade mit Puella erlebt hatte. Er spürte etwas von dem Triumph, den Makepeace angesprochen hatte, als er seine Theorie vom göttlichen Trotz des Menschen entwickelte; er spürte auch kurz eine Verbindung zwischen dem Wunder der Schöpfung und dem schrecklichen, blutigen Tod seines Freundes Molloy und zog daraus neue Lebenskräfte für sich und Puella.

Durch einen kurzen Protest des Rudergängers wurde er aus seinen Selbstbetrachtungen herausgerissen. Er wandte sich um und sah Puella neben sich stehen.

»Was tust du hier?« fuhr er sie an, hielt aber sofort inne, als ihm klar wurde, daß sie ihn nicht verstand und auch nicht begreifen konnte, daß es für sie ungehörig war, sich auf dem Achterdeck aufzuhalten. Puella reichte ihm ein zusammengeknotetes Stoffstück, das etwas Kleines und Hartes enthielt. Er nahm das winzige Bündel, der Inhalt fühlte sich an wie unregelmäßig geformte Musketenkugeln.

»Kola«, sagte sie und deutete auf ihren Mund. »Gut.« Sie zögerte kurz, deutete dann auf seinen Mund und fügte hinzu: »Kite … gut … essen.«

Er öffnete das Tuch, noch staunend über ihre langsame, aber richtige Anwendung der englischen Worte. Das Wort »essen« hatte sie vielleicht aus den kurzen Kommandos von Ritchie und seinen Männern gepickt, als diese die seekranken Sklaven zum Verzehr ihrer täglichen Rationen aus Reis und Maniok angehalten hatten. Kite erkannte die Nüsse, er hatte gesehen, wie mehrere Sklaven sie gegessen hatten. Makepeace hatte ihm erklärt, daß sie das Hungergefühl linderten und sogar die Müdigkeit vertreiben konnten. Es wurde sogar behauptet, daß sie Symptome der Trunkenheit abbauen und Wasser reinigen konnten. Die Schwarzen mußten sie schon seit ihrer Gefangenschaft in den Baracken in ihren Kleidern versteckt gehalten haben. Inzwischen konnten nur noch sehr wenige an Bord vorhanden sein, und er vermutete, daß Puella einigen Ärger auf sich genommen hatte, um sie für ihn zu sichern. Er war von ihrer Fürsorge gerührt, und dankbar berührte er ihre Wange.

Der Mann am Ruder zog mißbilligend die Luft durch die Zähne.

»Danke«, flüsterte Kite ihr zu, und sie, die gespürt haben mußte, daß er für die Ausübung seiner Pflichten alleine sein wollte, verschwand nach unten. Der Mann am Ruder murmelte etwas, und Kite ranzte ihn an: »Halten Sie Ihren Mund!«

Der Mann schniefte, aber Kite ließ ihm diese Aufsässigkeit durchgehen, nahm eine von Puellas Kolanüssen, steckte sie in den Mund und begann zu kauen.

Im Laufe der Morgendämmerung ging Kite nach unten, wo er eine weitere Kolanuß mit dem Stößel seines Mörsers zerkleinerte, den Puder in einen Becher kippte und Wasser aus dem Faß hinzufügte. Dann suchte er Makepeace in seiner Kabine auf. Der Kapitän steckte in einer derart tiefen, trunkenen Bewußtlosigkeit, daß es Kite nicht möglich war, ihn aufzuwecken. Da er dank der anregenden Wirkung der Kolanuß aber nicht mehr müde war, blieb er als Wachhabender an Deck, ließ den Steward des Kapitäns zu sich kommen und instruierte ihn, dem Kapitän die wäßrige Mischung so bald wie möglich zu verabreichen.

Doch Makepeace erschien während des ganzen Vormittags nicht an Deck, und Kite, der jetzt über eine eigenartige Vitalität und geistige Frische verfügte, blieb auf sich allein gestellt. Er befahl, daß alle Männer zur Mittagszeit zu einer Musterung antreten sollten, wenn der nächste Wachwechsel anstand. Dann gab er nervös die notwendigen Kommandos am Ruder und brachte die *Enterprize* dicht an die *Marquis of Lothian* heran. Schließlich preite er Kapitän Ross an, aber es war nur Ross' Steuermann, der auf der Reling erschien.

»Schlechte Nachrichten, *Enterprize*! Kapitän Ross hat sich auch das verdammte Fieber eingefangen! Wo ist Kapitän Makepeace?«

»Ebenfalls unwohl, Sir«, erwiderte Kite, unwillig, die genaue Ursache des Zustands von Makepeace näher zu erklären.

»Unser Glück scheint den Bach runterzugehen, Sir. Unsere einzige Hoffnung ist, daß wir Land sichten. Bis morgen!«

»Bis morgen!« entgegnete Kite.

Zur Mittagsstunde versammelten sich die Männer vor dem Achterdeck, es waren sechzehn.

»Mister Ritchie, würden Sie bitte neben mir Aufstellung nehmen.«

Ritchie schwang sich nach oben auf das Achterdeck und stellte sich neben Kite, der seine Aufmerksamkeit wieder den Matrosen zuwandte.

»Gibt es unter euch jemanden, der sich unwohl fühlt?«

Die Männer scharrten linkisch mit den Füßen und blickten einander an, aber dann begann ein allgemeines verneinendes Gemurmel, und Kite, der hinter der vorderen massiven Verschanzung des Achterdecks stand, nickte und räusperte sich.

»Sehr schön. Wir sind in einer ziemlich verzweifelten Lage, da Mister Gerard krank und Mister Molloy tot ist. Aber wir sind nicht völlig aufgeschmissen. Kapitän Makepeace fühlt sich zwar unwohl, aber nicht auf Grund des Fiebers ...«

Der Seitenhieb ließ die Männer auflachen, und einer rief: »Also keine Anzeichen der Frambösie, Mister Kite?«

Kite hatte keine Ahnung, was es mit der Frambösie auf sich hatte, daher lächelte er nur wissend, bevor er mit seiner Ansprache fortfuhr: »Als Schiffsarzt und einziger Offizier, der noch gesund genug für den Dienst ist, übernehme ich das Kommando. Mister Ritchie wird mich unterstützen.« Ritchie grinste breit seine Kameraden an. »Ich ordne an, daß wir vom Beginn der nächsten Wache bei acht Glasen die Wachen neu einteilen, jede Wache zu acht Männern.« Kite räusperte sich und fügte hinzu: »Während der nächsten vier Stunden will ich, daß die Sklaven an die Luft gebracht werden und ihr Deck ausgemistet wird.« Er sah die Männer bei der Verwendung dieses landwirtschaftlichen Begriffes grinsen. »Auf geht's! Packen wir's an!«

Bei Sonnenuntergang war Makepeace nüchtern und noch immer frei von jedem Anzeichen des Fiebers, allerdings machte er einen zerknirschten Eindruck. Als er Ritchie an Deck bemerkte, verlangte er mit Kite zu sprechen, der ihn über die Vorkommnisse des Tages unterrichtete.

»Da gibt es noch etwas, Sir«, sagte Kite, nachdem er mit der Zusammenfassung fertig war, und betrachtete die auf Ausschweifungen beruhende Blässe seines Kommandanten mit Abscheu.

»Oh?« Makepeace blickte von der Rose im Kompaßhäuschen auf, ganz so, als ob er bemüht wäre, einen Fehler in der Navigation des Schiffes auszumachen, der gewichtiger war als die Vernachlässigung seiner Pflichten. »Bitte sagen Sie, worum es sich handelt.«

»Wir haben seit heute keine neuen Fälle des Gelbfiebers mehr, Sir.«

»Und das ist signifikant?«

»Das ist Ihre Entscheidung«, schnarrte Kite mit kalter Förmlichkeit.«

Makepeace wurde steif und richtete sich auf. »Achten Sie auf Ihre Worte, Mister Kite, Ihre Beförderung sollte Ihnen nicht zu Kopf steigen.«

»Ihre Besorgnis ist sehr rücksichtsvoll, Kapitän Makepeace.«

Makepeace warf Kite einen bitterbösen Blick zu. »Sie können unter Deck gehen, Mister Kite.«

Kite machte einen Kratzfuß und hielt weise seine Zunge im Zaum.

Als später an diesem Tag die Wachen wieder wechselten und Kite erneut an Deck kam, marschierte Makepeace immer noch auf dem Achterdeck auf und ab und sprach ihn mit seinem charmantesten Lächeln an: »Bei mir steht mehr als nur meine Reputation auf dem Spiel, Mister Kite, ich muß meinem Namen Ehre machen.«

»Verzeihung, Sir, aber ich verstehe nicht ganz«, erwiderte Kite stirnrunzelnd und noch ganz benommen vom Schlaf.

»Mein Name, ich muß ihm gerecht werden. Wir sind nicht gut aufeinander zu sprechen, Mister Kite, und ich will Frieden zwischen uns schließen. Ich schulde Ihnen Abbitte. Sie haben ungewöhnlich gute Arbeit geleistet, und mein Wissen, daß Sie kein richtiger Arzt sind, ist gegenstandslos geworden. Wir sind quitt, Mister Kite.«

War es so einfach? Sie waren einfach quitt, alle Meinungsverschiedenheiten waren zur Seite gewischt? Kite erinnerte sich an Ritchies Äußerung, daß man Vergangenes vergangen lassen sein sollte, und sehnte sich danach, daß ihm die Bürde der Verantwortung von den Schultern genommen wurde. Aber das war nicht der Fall.

»Es ist schade um Gerard«, bemerkte Makepeace.

»Ja und um Molloy auch.«

»In der Tat, ja, um Molloy auch, aber Gerard und ich haben uns seit sehr langer Zeit gekannt, und meine Frau ist eine Verwandte von ihm.«

»Ich verstehe, Sir, es tut mir leid.«

»Nun, wir haben keine Zeit, die Toten lange zu beweinen. Oder die Sterbenden ... Wir können sie immer noch in der Hölle wiedertreffen.«

»Das ist wahr, Sir.«

»Aber falls Ihr Glück anhält, werden wir diese Reise vielleicht trotz aller Widrigkeiten erfolgreich beenden.«

Kite grinste kläglich. »Ich glaube, daß Mister Ritchie in dieser Beziehung Blut geleckt hat.«

Makepeace legte die Stirn in Falten. »Ritchie? O ja, ich verstehe, schnelle Beförderung und ein größerer Anteil. Nun, viel wird von Ihnen abhängen.« Kite wollte Einwendungen erheben. »Nein, das ist mein voller Ernst«, bestand Makepeace auf seiner Rede. »Mister Gerard und ich hatten schon einen Plan vorbereitet, falls die Sterblichkeitsrate den weiteren planmäßigen Fortschritt der Reise dieses Schiffes verhindern sollte.«

»Ich habe Sie darüber reden hören«, meinte Kite, »allerdings habe ich den Sinn Ihrer Unterhaltung nicht verstanden.«

»Wir sind noch nicht aus dem Ärger raus, daher ist es nur förderlich, wenn Sie Bescheid wissen, Mister Kite. Es ist nicht ungewöhnlich, daß die Master von Sklavenschiffen im Extremfall ihre Ladung über Bord werfen. Das Risiko eines Aufstands steigt mit jedem Toten unter der Besatzung – und diese Maßnahme könnte sich immer noch als notwendig erweisen.«

»Ich verstehe nicht, Sir. Was meinen Sie mit Ladung über Bord werfen? Umfaßt das die Stoßzähne und das Sandelholz? Sie können doch ganz gewiß nicht ...«

»Natürlich meine ich die Sklaven, Mister Kite.« Makepeace blickte den jungen Mann an seiner Seite an, dessen Erstaunen sich in nacktes Entsetzen verwandelte. »Alle, ohne jede Ausnahme«, fügte er hinzu, »einschließlich Ihres Liebchens.« Dann fuhr ihn Makepeace plötzlich an: »Wie alle intelligenten jungen Männer verurteilen Sie Ihren Vorgesetzten. Sie haben meine Herumhurerei und meine Sauferei mißbilligt, aber wenn Sie selbst einmal das Gelbfieber überlebt haben und wenn Sie selbst eine Entscheidung treffen müssen, die über den Tod von beinahe dreihundert Schwarzen befindet, dann werden Sie mich nicht mehr so barsch kritisieren, Mister Kite. Das Leben geht immer Hand in Hand mit dem Tod.«

Kite wog Makepeace' seltsame Beinahe-Entschuldigung und halbe Rechtfertigung ab, dann, nur für eine Sekunde, erinnerte er sich bruchstückhaft an die sentimentalen Gefühle, die ihn an dem Morgen überfallen hatten, als er den leuchtenden Streifen an der Wasserlinie der *Marquis of Lothian* beobachtete.

»Es ist das Schicksal, das uns leitet«, faßte Makepeace zusammen.

Für Kite verlor sich der magische Augenblick, er war wieder der Mörder auf der Flucht, ein Mann, verstrickt in die Überlegung, fast dreihundert Schwarze zu ermorden. »Damit kenne ich mich nur zu gut aus, Kapitän Makepeace.«

»Aye, Sir«, erwiderte Makepeace mit leiser Stimme. »Sie stecken schon zu tief mit drinnen, Mister Kite.«

Fünf Tage verstrichen, ohne daß weitere Infektionen auftraten. Vorsichtig schöpfte Kite Hoffnung, daß das Gelbfieber genauso geheimnisvoll verschwinden könnte, wie es gekommen war.

Ich kann nur den Schluß ziehen, schrieb er in sein Tagebuch, während Puella in ihrer Ecke hockte und ihn beobachtete, *daß der mysteriöse Verursacher der Krankheit nur eine genau definierte Lebenszeit hat und daß diese nun beendet ist. Ich glaube jetzt, daß die Ansteckung durch die Schwarzen an Bord eingeschleppt wurde. Die ersten Infektionen wurden wahrscheinlich durch den direkten Kontakt mit Schwarzen auf dem Sherbro ausgelöst. Für den späteren Ausbruch nach dem Auslaufen sind vermutlich die an Bord befindlichen Sklaven verantwortlich.*

Er las seine Worte nochmals durch und fragte sich, ob er den richtigen Übertragungsweg herausgefunden hatte, auf dem das Fieber die weißen Männer infizierte. Einer oder zwei der Matrosen, denen er während seiner Arbeit zugehört hatte, hatten vermutet, daß man sich das Fieber von den Moskitos holte, weil die Moskitos auch in den Salzsümpfen der Themsemündung lebten, wo das Sumpf- und das Denguefieber weit verbreitet waren. Aber obwohl ein Mann behauptete, daß in Essex viele Frauen von diesen Seuchen dahingerafft wurden, deutete doch die folgende Beschreibung der Symptome dann auf eine andere Krankheit hin. Sie glich eher dem Quotidianfieber, von dem Mister Lorimoor befallen war, als dem Gelbfieber. Vor allem konnte sich Kite beim besten Willen nicht vorstellen, wie so ein kleines Insekt eine Krankheit übertragen sollte, die gefährlich genug war, um Menschen so schnell zu töten.

Der Rückgang des Fiebers, der mit Kites Initiative zur Etablierung der Routine an Bord der *Enterprize* einherging, gab den Überlebenden der Schiffsbesatzung neuen Lebensmut. Dies wiederum half ihnen, ihre reduzierte Zahl an Männern beim Sklavendienst auszugleichen. Der erfahrene Ritchie führte ein hartes, repressives System gegenüber den zunehmend aufsässiger werdenden männlichen Sklaven durch, wobei die Frauen die Männer drängten zu rebellieren, weil sich die Reise dem Ende zuneigte und sie sich mehr und mehr Sorgen über ihre Zukunft machten. Viele unter ihnen waren nicht so unwissend, wie Kite angenommen hatte. Sie waren über die gewaltige Ausdehnung des Ozeans informiert und auch darüber, daß ihre Reise nach Westen ging, wo die schrecklichen Verwandten der weißen Männer lebten, die wie große Könige über die Erde wandelten.

Mit solchen Geschichten hatten die Lanchados ihre Gefangenen terrorisiert, während sie sie von den Palisadenlagern und Baracken den Sherbro hinunter zu den wartenden Guineafahrern brachten.

8
Der Kaufmann

Sie erreichten vier Tage später Antigua und warfen im Hafen von St. John's an der Nordwestküste Anker. Hier erfuhren sie, daß die Gerüchte über den Kriegsausbruch, die an der Guineaküste kursierten, nicht den tatsächlichen Gegebenheiten entsprachen. Sie waren nach einem Angriff eines britischen Geschwaders unter Vizeadmiral Boscawen auf einige französische Kriegsschiffe auf den Grand Banks entstanden, der mit der Eroberung der *Lys* und der *Alcide* geendet hatte, und alle Welt hatte angenommen, daß das zur Kriegserklärung in Paris führen würde. Nebel hatte die französische Flotte zerstreut, und Boscawen wollte eine erhebliche Verstärkung der Franzosen durch die Truppen verhindern, die sich unter dem Geleit des Comte de la Motte auf dem Weg nach Kanada befanden. Boscawen konnte aber weder vereiteln, daß der neue Gouverneur von Kanada, der Marquis de Vaudreuil, noch daß der Armeebefehlshaber Marquis de Montcalm seinen Bestimmungsort erreichte.

Trotzdem waren die Feindseligkeiten zwischen den beiden Kolonialmächten in Nordamerika – Frankreich in Kanada und Britannien in den dreizehn amerikanischen Kolonien – an der atlantischen Küste nach Süden, entlang der heißen Grenze, für einige Zeit aufgeflammt. Zum ersten Zusammenstoß war es bei Great Meadows am Ohio gekommen, während eine gemischte Streitmacht aus Kolonialtruppen und Indianern unter dem Kommando eines Provinzmajors namens George Washington in Kämpfe mit französischen Streitkräften verwickelt worden war. Im vergangenen Sommer hatten die Briten dann ein Desaster erlebt und waren gedemütigt worden, als eine britische Einheit unter General Braddock an den bewaldeten Ufern des Monongahela in einen Hinterhalt geriet.

Während also die Feindseligkeiten in den Wäldern des Hinterlandes ausgebrochen waren, verfehlte Boscawens provokativer Angriff auf die französischen Kriegsschiffe sein Ziel, König Louis XV. zur offiziellen Kriegserklärung zu zwingen. Statt dessen, so erfuhren jetzt Makepeace und Kite, verwandelte ein diplomatisches Tauziehen zwischen den königlichen Höfen Europas den gesamten Kontinent in zwei sich feindlich gegenüberstehende Militärlager. Die Feindseligkeiten, so wurde es allgemein vorhergesagt, würden früher oder später auf breiter Front ausbrechen.

Doch in Westindien drehten sich die unbarmherzigen Mühlsteine des Menschenhandels unbeeindruckt von solchen Überlegungen weiter. Makepeace brachte seine Sklaven an Land, wo sie einen durchschnittlichen Preis von neun Pfund Sterling erzielten. Das war ein Preis, der dem Kommandanten der *Enterprize* und seiner reduzierten Mannschaft einen stattlichen Gewinn einbrachte, und unter den elenden und verängstigten Schwarzen wurde nun auch dem letzten seine Zukunft klar. Die Eisen an ihren Knöcheln wurden nicht entfernt, sondern die Ware erhielt von ihren neuen Eigentümern grausame zusätzliche Brandzeichen und verschwand im Landesinneren oder wurde auf andere Inseln Westindiens verschifft. Über einhundert Schwarze wurden an einen Händler aus Havanna auf Kuba verkauft.

Makepeace war es zufrieden, da seine unterbemannte Brigg nicht in der Lage war, ihre Ladung über Antigua hinaus zu transportieren. Er mußte dringend sein Schiff überholen lassen, neue Männer aus dem menschlichen Strandgut, das im Hafenviertel von St. John's angespült worden war, für die Rückreise anheuern und Ladung für Liverpool akquirieren, bevor der Krieg die Meere mit der Pest französischer Freibeuter verseuchte.

Im Durcheinander beim Anlanden der Sklaven, die in einem langen, elenden Zug zur *mastaba* auf dem Markt zogen, wo sie vor dem Kauf von den Plantagenbesitzern herumgezerrt und brutal gestoßen wurden, veränderten sich Kites

Lebensumstände ganz erheblich. Als die *Enterprize* in St. John's angekommen war, war Kite Makepeace gegenübergetreten und hatte ihm klargemacht, daß er Puella retten wollte, indem er sie kaufte. Der Kapitän hatte ihm für dieses Privileg zynisch den exorbitant hohen Preis von fünfzehn Pfund abverlangt. An dem Morgen, als die Sklaven für den Transport zum Markt vorbereitet wurden, hatte Puella überraschend Kites Kabine verlassen, und er hatte sie neben einem Jungen kauernd und angsterfüllt wiedergefunden. Sie hatte den Kleinen schützend in die Arme genommen, und der Schnitt seiner Gesichtszüge legte nahe, daß es sich um einen nahen Verwandten von Puella handelte. Kite erkannte schließlich in ihm das Opfer der Vergewaltigung durch den Matrosen wieder, deren Zeuge er am Beginn der Reise geworden war. Seufzend hatte er genickt und Ritchie befohlen, die Fußeisen des Jungen zu lösen, dann hatte er ihn in Puellas Obhut zurückgelassen, während er den Kapitän aufsuchte.

»Ich habe zu tun, Mister Kite«, brummte Makepeace mit abwehrender Handbewegung, während er in einem Stapel Papiere auf seinem Schreibtisch herumwühlte. »Sie haben Ihre schwarze Hure, jetzt lassen Sie mich bitte in Ruhe und gehen Sie. Ich muß dem Agenten einen Besuch abstatten und meine Ladung für die Heimreise zusammenbekommen.«

»Vergeben Sie mir, Kapitän Makepeace, ich bin entschlossen, die *Enterprize* zu verlassen, Sir. Ich bezweifle, daß Sie auf der Heimreise einen Schiffsarzt benötigen werden.«

»Aber ich brauche Offiziere. Sie können den Job von Molloy haben, Mister Kite.«

»Den will ich nicht, Sir. Außerdem möchte ich einen Jungen kaufen. Er ist, wie ich vermute, Puellas Bruder oder zumindest ein Cousin oder Neffe.«

Makepeace blickte auf. »Sie sind ein noch größerer Narr, als ich es für möglich gehalten habe.« Er legte den Bogen Papier nieder, sah Kite direkt an, und seine Miene war hart und kompromißlos. »Sie können zum Teufel gehen, Kite. Sie werden der Frau überdrüssig werden, und der Junge wird Ihnen nur Ungelegenheiten bereiten, es sei denn, Sie verprügeln ihn regelmäßig. Verkaufen Sie beide …«

»Nein, Sir, das kann ich nicht. Ich habe vor, den beiden die Freiheit zu schenken.«

»Wie? Was? Damit sie verhungern oder sich im Hafenviertel prostituieren müssen?« Makepeace schüttelte den Kopf über Kites Unverstand.

»Nein, damit sie unter meinem Schutz leben können.«

Makepeace schüttelte den Kopf. »Ich werde Ihnen den Jungen nicht verkaufen. Ich werde Sie vor Ihrer eigenen Dummheit bewahren.«

»Ich habe Anspruch auf zwei Sklaven«, hielt ihm Kite starrköpfig entgegen, »und bin fest entschlossen. Notfalls werde ich ihn auf dem Markt kaufen. Ganz sicher können Sie einen höheren Profit machen, wenn Sie ihn mir direkt überlassen, ohne dem Auktionator eine Gebühr bezahlen zu müssen.«

Makepeace schüttelte den Kopf und sah Kite mit neu erwachtem Interesse an. Dieser junge Mann, der vor langer Zeit den Hintern einer Hure in Liverpool zusammengeflickt hatte, hatte mittlerweile einen starken Charakter entwickelt. Er war zu einem Mann gereift, mit dem man nicht herumstreiten konnte, weil er genau wußte, was er wollte. Und es war seltsam: Die Affäre mit der schwarzen Frau hatte diese Entwicklung sogar noch irgendwie verstärkt. Es war genau das Gegenteil von dem eingetreten, was Makepeace bezweckt hatte, als er sie vor Kite verlockend zur Schau stellte.

»Sie sind unbelehrbar.« Das attraktive Gesicht von Makepeace nahm jetzt einen barschen Ausdruck an. »Mister Kite, ich hatte, als ich Sie an Bord geholt habe, nichts anderes im Sinn als meinen eigenen Vorteil. Ich konnte nicht ahnen, daß Sie das Schiff aus den Klauen des Gelbfiebers retten würden, aber genau das – das muß ich zugeben – war der Fall. Ich, nein, alle Überlebenden der Schiffsbesatzung stehen in Ihrer Schuld. Aber ich muß Sie warnen, daß in jedem Menschen das Saatkorn zu seiner eigenen Zerstörung liegt. Sie haben auf meine eigenen charakterlichen Schwächen angespielt, die

Ihren sind Verbohrtheit und übertriebenes Mitleid. Mitleid ist im britischen Seedienst keine weit verbreitete Untugend, Gott sei Dank. Wir setzen unser Können gegen eine erbarmungslose See ein, gegen ein unbarmherziges Klima und gegen grimmige Krankheiten und das alles in einem Handel, der genauso gnadenlos ist.«

»Das ist der Grund, warum ich nicht bei Ihnen bleiben kann, Kapitän Makepeace.«

Schweigen breitete sich zwischen den beiden Männern aus.

Es wurde schließlich von Kapitän Makepeace gebrochen, der die Luft aus gespitzten Lippen entweichen ließ und den Kopf schüttelte. »Das geht über mein Verständnis, Kite, das ist zu hoch für mich. Ich weiß nicht, was Sie in Liverpool an Bord der *Enterprize* gebracht hat. Aber Sie können natürlich auch hier auf Antigua Arbeit finden. Falls Sie wollen, kann ich mit Mister Mulgrave, unserem Agenten, reden. Er ist ein geachteter Kaufmann mit einem großen Unternehmen in Westindien.«

»Dafür wäre ich Ihnen sehr verbunden und äußerst dankbar.« Kite schwieg einen Moment lang. »Ich, äh, ich meine, Sie werden doch Mister Mulgrave davon in Kenntnis setzen, daß ich, äh, einen Haushalt habe.«

Makepeace, der schon wieder mit seinen Papieren beschäftigt war, schaute auf und hob die Augenbrauen. »Einen Haushalt? Mein Wort darauf, Mister Kite, Sie haben mehr als das, Sie haben einen Anfall von Größenwahn!« Makepeace lachte und nickte dann. »Ja, ich werde in diesem Sinne mit Mister Mulgrave reden. Es trifft sich, daß ich zufällig weiß, daß er einen Angestellten sucht.«

»Das ist sehr freundlich von Ihnen, Sir.«

»Wir sind dann quitt.«

»Gewiß, Sir.«

Makepeace streckte ihm plötzlich seine Hand entgegen. »Ich kann mir nicht vorstellen, daß das Schicksal Sie vom Gelbfieber verschont hat, damit Sie Ihr Leben als Schreiberling verschwenden, aber wenn es das ist, was Sie wollen … Sie können den Jungen für den Preis eines Mannes haben, neun Pfund.«

»Ich stimme zu.«

»In diesem Fall beschämen Sie mich. Sie können ihn für sieben haben.«

»Ich werde Ihnen neun Pfund bezahlen, Mister Makepeace, und mich als der glücklichere Mann fühlen.«

Makepeace verzog das Gesicht. »Beim Jupiter, Kite, Sie haben die scharfe Zunge eines Priesters. Auf jeden Fall werden Sie genug Geld aus dem Gewinn der Reise ziehen, um für eine gewisse Zeit finanziell unabhängig zu sein.« Makepeace machte eine Pause, dann fügte er hinzu: »Falls Sie das Mädchen kurzhalten.«

Kite verließ Makepeace im Bewußtsein, daß eine ungewisse Zukunft auf ihn wartete. Die Verantwortlichkeit für Puella und den Jungen hatte endgültig seine Gedanken von den Problemen der Vergangenheit abgelenkt und den langen Schatten, die sie auf sein Leben geworfen hatten. Aber das Vermächtnis seiner Reise auf der *Enterprize* und sein Kampf mit Tod und Krankheit würden ihn sein Leben lang begleiten, und als er den Guineafahrer auf Antigua verließ, tat er es mit dem Ruf, ein außergewöhnlicher, ehrlicher, wenn auch ziemlich exzentrischer junger Mann zu sein.

William Kite hatte das Glück, daß ihn Joseph Mulgrave einstellte, der zu jener Zeit der einflußreichste Kaufmann auf Antigua war. Mulgrave war ein großer, leichenhaft blasser Mann, dessen Haut nicht von der tropischen Sonne verbrannt worden war, obwohl er sich seit dreißig Jahren in Westindien aufhielt. Mulgrave vermied es, sich dem Tageslicht auszusetzen, wann immer das möglich war. Statt dessen saß er an seinem Schreibtisch in einem schwarzen Anzug, der besser in die verräucherte Atmosphäre von London gepaßt hätte, und ging nur im Dunklen aus. Dann konnte man seine hochgewachsene Gestalt durch die Stadt schlendern sehen, dabei schaute er weder nach links noch nach rechts und grüßte niemanden, denn er war ein ungeselliger und, soweit es die respektable weiße Bevölkerung anging, einsamer Junggeselle. Mulgraves einzige Leidenschaften waren der Handel und die Anhäufung von Kapital. Unnahbar, leidenschaftslos und anscheinend ohne jede menschliche Regung, so schilderte man ihn in den Häfen der Antillen. Niemand wußte Genaueres über seinen Reichtum, aber den Gerüchten nach schien er enorm zu sein. Seine gute geschäftliche Reputation war leichter zu erklären, denn sie leitete sich aus seiner absolut verläßlichen Ehrlichkeit bei allen geschäftlichen Transaktionen her.

Bei ihrem ersten Zusammentreffen kam Kite der Verdacht, daß man ihn in die Hände eines furchteinflößenden Mannes mit starren Prinzipien und strengen Sitten ausgeliefert hätte, der seinen Umgang mit Puella und dem Jungen mißbilligen würde. Aber Mulgrave hatte ihm nur kühl einige Fragen gestellt. Dabei wurde klar, daß er von Makepeace schon über den schwierigen Charakter des jungen Mannes aufgeklärt worden war.

»Unter Ihrem Schutz leben zwei Schwarze, habe ich gehört, Mister Kite«, stellte Mulgrave ausdruckslos mit seinem tiefen Baß fest.

»Das ist richtig, Sir.«

»Beabsichtigen Sie mit der jungen Frau in enger Intimität zusammenzuleben?«

»Wenn Sie das nicht verletzen würde, Sir«, antwortete Kite vorsichtig, ja sogar etwas verlegen, und wurde rot.

Die Andeutung eines Lächelns huschte für einen Moment über Mulgraves Gesicht, und Kite entdeckte eine horizontale Narbe, die vom linken Wangenknochen bis zum Ohr verlief; das Ohrläppchen war abgekappt worden. Das verstärkte den bedrohlichen Eindruck, den Mulgrave vermittelte, als er seine Antwort formulierte.

»Keineswegs, aber es wäre dann das Beste, wenn Sie unter meinem Dach wohnen würden. Ich verfüge über geeignete

Unterbringungsmöglichkeiten, und wir können außerdem besser dafür Sorge tragen, daß die beiden ein für unsere Bedürfnisse ausreichendes Englisch lernen.«

»Das ist sehr umsichtig von Ihnen, Sir.« Kite war nur halb erleichtert, denn ein Leben unter einem Dach mit Mister Mulgrave schien ihm eigentlich nur wenig verlockend.

»Ist Ihnen klar, daß das Zusammenleben mit Schwarzen Sie in den Augen vieler Ihrer Landsleute auf Antigua zu einem Verfemten stempelt? Die Tatsache, daß diese Philister selbst Unzucht treiben und sich eifrig der Rassenvermischung widmen, ist ein peinlicher Maßstab ihrer Heuchelei, verhindert oder vermindert aber nicht die Art und Weise, mit der sie auf eine offene Liaison reagieren, so wie Sie sich Ihre Zukunft offensichtlich vorstellen. Ihre Jugend und Auffassungen verhalten sich konträr zu dem, was man hier für akzeptabel hält. Neu Angekommene werden ohnehin wie Leprakranke behandelt, folglich werden Sie sich keines großen Interesses aus dem Government House erfreuen können – oder von sonst wo.«

»Ich glaube nicht, daß mich das sehr stören wird, Sir.«

»Nun, das werden wir schon bald herausfinden. Aber falls Sie beabsichtigen, das Mädchen zu behalten, verbrennen Sie damit alle Boote hinsichtlich einer Aufnahme in die bessere Gesellschaft hinter sich. Haben Sie das verstanden?«

Kite nickte, die Aussicht, Puella an diesem bewegten, unsicheren Punkt seines Lebens aufzugeben, war für ihn der größere Schrecken.

»Nun denn«, fuhr Mulgrave fort, »bitte nennen Sie mir den Namen der jungen Frau.«

»Ich habe sie Puella genannt, Sir.«

Mulgrave zog eine Augenbraue in die Höhe. »Und der Junge?«

»Dem habe ich noch keinen Namen gegeben.«

»Mmmm. Ich mag lateinische Namen … Puella klingt einfach viel besser als Puer, aber wir sollten beim Stabreim bleiben. Lassen Sie uns den Knaben Pompey nennen.« Wieder huschte ein schattenhaftes Lächeln über Mulgraves Gesicht. »Die beiden werden ihre Fußfesseln so lange weiter tragen, bis sie ausreichend Englisch gelernt haben, um ihre Lebensumstände einschätzen zu können. Ihre Schwarzen mögen das ziemlich hart finden, aber es ist zu ihrem eigenen Besten. Falls sie jetzt fortlaufen und draußen im wilden Land in der Nähe einer Plantage aufgegriffen würden, würden sie wahrscheinlich ausgepeitscht, erschossen oder von Hunden zerfleischt, lange bevor sie ihre Identität erklären könnten.«

»Ich verstehe, Sir.«

»Sie verstehen nichts, Mister Kite«, beschied ihn Mulgrave mit kalter Stimme, »aber in Kürze werden Sie es tun. Manchmal muß man grausam erscheinen, um freundlich sein zu können. In St. John's leben viele farbige freie Männer und Frauen. Es wird schwierig für Puella und Pompey werden, aber mit der Zeit werden sie ihre Lage richtig beurteilen. Sobald sie genug Englisch sprechen, können wir sie von ihren Fesseln befreien. Vielleicht werden Sie bis dahin schon in Ihrer eigenen Wohnung leben. Solange Sie aber unter meinem Dach sind, Mister Kite, tut es mir leid, Sie darüber informieren zu müssen, daß Sie sich selbst um eventuelle Gesellschaft kümmern müssen, denn ich bin kein umgänglicher Mensch, und ich esse alleine. Sie können wählen, ob Sie es auch so halten oder Puella Tischmanieren beibringen wollen, das ist Ihre Sache. Ich hoffe, daß Sie gerne lesen, denn ich verfüge über eine gut bestückte Bibliothek, und Sie sind eingeladen, sich ihrer zu bedienen. Jetzt zum Geschäft. Mein Erster Sekretär ist ein Mister Wentworth. Sein Assistent hat sich kürzlich auf der *King George* mit der Absicht eingeschifft, nach England zurückzukehren. Seine Stelle ist es, die Sie durch eine Fügung des Schicksals einnehmen können. Zusätzlich zur Unterbringung kann ich Ihnen Ihre laufenden Kosten für den Lebensunterhalt bezahlen und Ihnen ein adäquates Salär anbieten. In Kürze könnten sich andere Möglichkeiten ergeben, aber das wird weitgehend von Ihren eigenen Anstrengungen abhängen.« Mulgraves Augen fixierten weiter Kite, der seinem Blick ruhig standhielt. »Als Gegenleistung, Mister Kite, erwarte ich von Ihnen absolute Loyalität, vollständige Rechtschaffenheit und für zwölf Stunden am Tag ihre volle Aufmerksamkeit. Kann ich davon ausgehen, daß Sie mein Angebot immer noch annehmen wollen?«

»Das können Sie, Sir.«

Und so kam Kite in das große weitläufige Haus, das Joseph Mulgrave für sich inmitten von dichtem Unterholz aus dornigem Gestrüpp auf der Spitze eines Hügels hatte errichten lassen und von dem aus man einen guten Ausblick über St. John's hatte. Hier begannen Puella und Pompey Englisch zu lernen, während sie unter der Anleitung von Mulgraves formidabler Haushälterin arbeiteten, die eine große, gut gebaute, schöne Mulattin war und Mistress Dorothea genannt wurde. Obwohl er mit den Konventionen der Gesellschaft in den Kolonien Westindiens nicht vertraut war, faszinierten ihn deren vielfältige Erscheinungsformen bei dem bunten Handel und Wandel im Hafen durchaus. Das rege Hin und Her an der Wasserfront, die sich unmittelbar vor den Türen von Mulgraves Verwaltungsgebäude entlang des Kais erstreckte, trug mit seinem Anschauungsunterricht dazu bei, daß sich Kite schnell in die Routine einarbeitete. Zum ersten Mal, seit er in Hebblewhites Scheune gestolpert war, erfüllte ihn ein fast schon vergessenes Gefühl von Zufriedenheit, denn es lag wieder so etwas wie eine erfolgreiche Zukunft vor ihm.

Mister Wentworth war rotgesichtig, verschwitzt, übergewichtig und außerdem unordentlich gekleidet, aber hinter diesen Äußerlichkeiten verbargen sich ein scharfer Verstand und beachtliche Energie. Sein Aufzug hatte immer etwas Geckenhaftes an sich, denn er gehörte stets zu den Märtyrern der Mode unter der tropischen Sonne und stürzte sich auf jeden Neuankömmling mit der Eile eines Schiffes unter vollen Segeln. Wie Kite schnell mitbekam, war er ein unverbesserlicher

Schwätzer, außerdem war Wentworth von dem Zwang besessen, gesellschaftlich aufsteigen zu wollen. Seine Herkunft war einfach, denn sein Vater war ein Zwangsarbeiter gewesen, den man als Kriminellen von England hierher deportiert hatte, damit er in den Plantagen schuftete. Die Herkunft der Mutter wurde niemals erwähnt, weshalb Kite annahm, daß es sich um eine Prostituierte handelte. Wentworth war Mulgrave einst aufgefallen, weil er als Knabe inmitten der Kinder freier Schwarzer, Mulatten und Quadronen gespielt hatte. Damals war Mulgrave ein junger Mann gewesen, der gerade in Antigua angekommen war, eine blauweiße Narbe hatte seine Wange geziert, und er hatte den Ruf eines guten Pistolenschützen, der sich auch bald bestätigte, was auf eine dunkle und zumindest in den Augen der Inseldamen auch romantische Vergangenheit schließen ließ. Mulgrave nahm den Jungen bei sich auf und bildete ihn zu seinem Leibdiener aus, bevor er sich in ein etabliertes Unternehmen einkaufte und sich so in St. John's Geschäftswelt etablierte. Inzwischen freute er sich über die scharfsinnige Intelligenz seines jugendlichen Dieners.

»Eines schönen Morgens und zu meiner vollkommenen Überraschung«, erläuterte Wentworth mit seinem kuriosen Akzent, »befahl mir Mister Mulgrave, ihn zu begleiten. Er ging mit mir zu einem Schneider, der damals in St. John's ansässig war, und stattete mich mit allem Zubehör eines Gentleman aus. Ich konnte bereits lesen und schreiben, und so wurde ich direkt in die Verwaltung gesetzt. Natürlich«, fuhr Wentworth mit einem deutlichen Mangel an Bescheidenheit fort, der, wie es Kite erschien, in einem geradezu grotesken Widerspruch zu der absoluten Integrität seines Wohltäters stand, »dauerte es nicht lange, bis klar war, daß ich zu mehr befähigt war, als nur Eintragungen in den Büchern vorzunehmen.«

Diese Abwertung von Kites Aufgabe war durchaus nicht als Beleidigung gemeint. In Wentworth' Wesen lag ein gewisser Grad an Herzlichkeit, die immer wieder unbeabsichtigte

Ironie hervorrief, und Kite brauchte einige Zeit, bis ihm klar wurde, daß Wentworth' eigenwillige Wortwahl davon herrührte, daß er sich angestrengt bemühte, Mulgraves kühlen Akzent zu kopieren, den er für den elitären Dialekt der englischen Aristokratie hielt. Wentworth war sich dessen wohl bewußt, hatte er sich doch nach diesem Gesichtspunkt seinen Nachnamen ausgesucht, der zu einer der alten Familien Englands gehörte. Wie schon gesagt, sein Ziel war der Aufstieg auf der sozialen Leiter. Eines Tages machte er das ganz deutlich, als er ausführte, sobald er sein eigenes Vermögen gemacht oder das von Mulgrave geerbt hätte, würde er nach England zurückkehren und sein Debüt in der, wie er es nannte, »gehobenen Gesellschaft« geben. In der Zwischenzeit bot die weitaus kürzere Leiter zur Plattform des kolonialen weißen Establishments Mister Wentworth genügend Herausforderungen.

In den ersten paar Tagen ihrer Bekanntschaft bombardiete Wentworth Kite mit Informationen über die Männer und Frauen auf jeder Stufe der Inselhierarchie. Angefangen beim Gouverneur und seinem Stab, über die Armeeoffiziere, Plantagenbesitzer, Kaufleute, Rechtsanwälte, Schiffseigner bis hin zu den Sklavenhändlern und Aufsehern lieferte er bereitwillig die subtilen sozialen Differenzierungen und Anmaßungen innerhalb der Rangordnung der weißen Bevölkerung. Er wurde sogar grob anzüglich, sobald er über die Ehefrauen dieser Männer sprach, deutete die sexuellen Vorlieben von Mrs X und Mrs Y an, gab zu verstehen, daß Mrs Soundso wegen ihres Geldes und nicht wegen ihres Aussehens geheiratet worden war. Kite sollte nur keine Schritte in dieser Hinsicht unternehmen, bevor er ihn nicht konsultiert hätte.

»Falls Sie sich daran halten, Kite, werden Sie es nicht bereuen«, schloß Wentworth seine Einführung mit einem Lächeln, das Kite amüsierte. »Ach ja«, fügte er dann noch ernst hinzu, »ich vergaß, Sie leben ja öffentlich im Konkubinat zusammen.«

Trotz dieser Aufsteigermentalität mochte Kite den Mann.

Hätte er selbst ein ernsthaftes Interesse an einer Integration in das Leben Antiguas gehabt, hätte er die Einmischung von Wentworth – milde gesagt – irritierend gefunden, aber so nahm er das Ganze lediglich als eine Warnung von Wentworth an einen neuen Angestellten: Kite sollte nicht durch die Vorgärten trampeln, die Wentworth als sein Jagdrevier betrachtete.

»Ich vermute«, äußerte Wentworth mit einer leichten Spur von Abscheu, »daß Sie nicht die Absicht haben, auf Ihre Mohren zu verzichten.«

»Das sehen Sie ganz richtig.«

»Ich werde Ihnen das nicht verübeln, Kite. Mister Mulgrave selbst ist uns ein gutes Beispiel dafür, daß man so etwas nicht einfach als Liederlichkeit bezeichnen darf, denn das ist es, mein Wort darauf, in seinem Fall nicht. Was Liederlichkeit angeht, da müssen Sie sich das Konkubinat von Mister Lomax von der Crown Plantation anschauen! Mein Wort drauf, Sir, jawohl! Und mir tut seine arme Frau leid, die so ein nettes Geschöpf ist. Oder da gibt es noch den Fall von George Radley aus Willoughby, mein Wort, das sind Hedonisten reinsten Wassers, dagegen ist Mister Mulgrave ein perfekter und wunderbarer Gentleman.«

»Ich bin froh, das zu hören«, erwiderte Kite trocken.

Ließ man diesen obsessiven Wortschwall über gesellschaftliche Anmaßung außer acht, beherrschte Wentworth meisterhaft alle kaufmännischen Aktivitäten und das nicht nur für Antigua, sondern darüber hinaus für die gesamte Region. Er erläuterte Kite die komplizierten Beziehungen zwischen Antigua und Guadeloupe, der angrenzenden französischen Besitzung, ebenso wie die Abwicklung des Sklavenhandels mit Kuba oder den Export von Zuckermelasse, Zucker, Sirup und Rum nach Liverpool, Bristol oder London. Dann ließ er sich über den Transithandel mit den dreizehn Kolonien in Nordamerika aus, und nach diesen, in groben Umrissen geschilderten, blühenden Handelsaktivitäten kam Wentworth noch auf die notwendigen monetären

Transaktionen zu sprechen, auf die zunehmende Wichtigkeit der Banken und des Kreditwesens, die es erst ermöglichten, jede Gelegenheit beim Schopfe zu packen, hier einen Coup zu landen, dort rechtzeitig einen Kredit aufzunehmen oder das eilige Laden und das schnelle Sichern von günstigen Frachtraten durch das House of Mulgrave abzusichern. Viele Geschäftspartner, aber nicht alle, das gab Wentworth zu, waren völlig abhängig von seinem Scharfsinn, denn Mulgrave übernahm bei den Investitionen und bei den Schiffen, bei denen er eine Part hielt, immer nur einen Teil, aber niemals das gesamte Risiko. »Nur einem Narr gehören vierundsechzig von vierundsechzig Parten eines Schiffes, Kite, nur einem verdammten Dummkopf, das können Sie mir glauben, mein Lieber«, kicherte Wentworth und betonte dadurch noch diese geschäftliche Cleverness.

Er glaubte genau wie sein viel bewunderter Mulgrave nur an drei Prinzipien des Handels. Erstens: Halte immer dein Wort. Das zweite Prinzip lag in der ständigen bohrenden Suche nach neuen Möglichkeiten. Das dritte hieß: Lege nie zu viele Eier in einen Korb.

Es dauerte drei Monate, während Kite viel Zeit über den langweiligen Büchern verbrachte, bis er die Komplexität seines neuen Berufes wirklich begriff. Er schrieb und kopierte Briefe, klebte sie in die Bücher, er lernte es, Warenwertpapiere einzuziehen, wurde vertraut mit Begriffen wie *Bestimmt nach Gottes Willen* und *Abgeliefert in demselben guten Zustand* und *Im guten Zustand in dem vorhergenannten Hafen, die Gefahren der See und Sterblichkeit sind ausgenommen …* Daß mit Hilfe derartiger Dokumente Tausende von Afrikanern in die harte Arbeit der Zuckerrohrfelder Westindiens und die Plantagen der Carolinas geschickt wurden, verblaßte mehr und mehr in seinem Bewußtsein, und zwar um so mehr, je länger der Mittelschlag auf der *Enterprize* hinter ihm lag und zu einem schlechten Traum verkam.

Wentworth unterstützte ihn, besonders seitdem er herausgefunden hatte, daß Kite aus einfachen Verhältnissen stammte, und freute sich, daß der Name Kite nicht neben Wentworth oder Mulgrave bestehen konnte. Kite fiel es leicht, damit zu leben. Nach den langen schrecklichen Wochen auf der *Enterprize* schenkten ihm die gleichförmige Arbeit und sein Leben im House of Mulgrave einen tiefen inneren Frieden. Er hatte nicht länger das Gefühl, auf der Flucht zu sein, sondern fühlte, wie die Ereignisse der Vergangenheit verblaßten, und wenn nicht vergessen, so doch vergeben waren. Er war – natürlich – hingerissen von Puella, seine Beziehung zu ihr entwickelte sich wunderbar. Die Selbstsicherheit der jungen Frau wuchs mit jedem Tag, seit Puellas Englisch immer besser wurde, denn Mistress Dorothea entpuppte sich als freundliche und tolerante Lehrerin. Kite erfuhr, daß ihre Lage, obwohl sie auf Antigua geboren war, der von Puella durchaus ähnelte. Fast wie Wentworth war sie erst von der Straße aufgelesen und dann öffentlich zu Mulgraves Mätresse erklärt worden. Da Mulgrave von der weißen Gesellschaft der Insel für diese unheilige Zurschaustellung des offensichtlichen Konkubinats geschnitten wurde, hatte der von Natur aus einzelgängerisch veranlagte Kaufmann seine beachtlichen Fähigkeiten einfach auf die Gewinnspannen konzentriert, die der Handel bot, und war so zu einer Institution geworden. Doch nie hatte er, trotz seiner Abneigung gegen Konventionen, seine romantische Aura verloren, jedenfalls soweit es die weißen Damen der Insel betraf. Die Männer, von denen viele ihre Besitzungen mit Halbblutbastarden überschwemmten, rissen ihre Scherze über Mulgraves Versagen, seiner schwarzen Mätresse zu kleinen Abkömmlingen zu verhelfen. Dieses Manko schien das Vorurteil gegenüber denjenigen zu bestätigen, die nur mit »Gütern« handelten, obwohl es unter den Spöttern keinen Mann gab, der nicht bereitwillig in das Bett der schönen Dorothea gesprungen wäre, wenn sich ihm nur eine Gelegenheit eröffnet hätte. Ihre eigenen schmallippigen, weißhäutigen Ehefrauen, die in der Hitze verwelkten oder während der heftigen Regenfälle unter Schwächeattacken litten, waren eifersüchtig auf Dorotheas unbestreitbare Schönheit, staunten aber heimlich über ihre straff aufgerichtete Haltung und ihre schwellende Figur.

In der Zeit, die Kite benötigt hatte, um sich in seine neuen Aufgaben einzuarbeiten, hatte Puella genügend Vokabeln gelernt, um mit ihm mehr als nur kurze Gespräche über die täglichen Vorkommnisse führen zu können. Sie war glücklich, als Kite feststellte, daß Dorotheas Mutter zum selben Stamm gehörte wie Puella, doch es dauerte ein paar Tage, bis Dorothea sich wieder an so viele Wörter aus ihrer Kindheit erinnert hatte, daß die beiden fließend miteinander schwatzen konnten. Danach lief der Unterricht für Puella schnell und konzentriert, denn die gemeinsame Abstammung knüpfte ein festes Band zwischen den beiden Frauen. Trotz aller Höflichkeit, die Mulgrave ihr gegenüber an den Tag legte, fühlte Dorothea sich nicht einmal als Ehefrau zur linken Hand des verschlossenen und in sich zurückgezogenen Kaufmanns. Für ihn waren Intimitäten nur in seinem Schlafzimmer vorstellbar, ansonsten trat er der Welt ganz allein gegenüber, und obwohl ihn Dorothea besser als jede andere lebende Person kannte und wußte, daß er ein durch und durch freundlicher und scheuer Mensch war, der sich um sie gekümmert und für sie gesorgt hatte, lange bevor er sie in sein Bett nahm, waren niemals Kinder entstanden. Ihrer Ansicht nach – die im krassen Gegensatz zu der der weißen Pflanzer stand – war dies ein Maßstab für seine Macht. Da er ein Aufgehen seines Samens zu verhindern wußte, festigte sich in ihr die Überzeugung, daß sie von einem weißen Geist geliebt wurde, der zu mächtig war, um als schlichter Mensch angesehen zu werden. Nur so konnte Dorothea sich seinen immensen Reichtum erklären und den Respekt, den man ihm entgegenbrachte. Daraus zog auch sie eine heimliche Macht, denn sie wußte genau, daß sie in ihrer Position von vielen beneidet wurde, besonders von den weißen Frauen.

Obwohl Puella und ihr Cousin sie nicht für die fehlenden

eigenen Kinder entschädigen konnten, war Dorothea doch außer sich vor Freude, sie in Mulgraves riesigem, düsterem Haus um sich zu haben. Sie schätzte auch Kite, über den sie, dank Puella, eine ganze Menge wußte. Er war das glatte Gegenteil des schwitzenden Wentworth', der Dorothea stets mit einer seltsamen Mischung aus Faszination und Angst behandelte.

Die sich schnell entwickelnde Freundschaft zwischen den beiden Frauen führte bald dazu, daß Puella die verhaßten Fußfesseln los wurde. Auch Pompey wurde befreit, aber er befand sich in einer weniger glücklichen Situation. Vielleicht hatte ihn der Mißbrauch, dem er an Bord der *Enterprize* ausgesetzt gewesen war oder auch schon früher in den Baracken am Sherbro, so verschreckt, jedenfalls erwies sich der Junge als sehr schlichter Geist. Man konnte ihn höchstens als Hausknecht einsetzen, und so wechselte er bald in den Besitz von Wentworth, als Kite ihn für den nominellen Betrag von einer Guinee an seinen neuen Bekannten verkaufte. Wentworth war darüber sehr erfreut, und es dauerte nicht lange, und Pompey erschien in St. John's in einer Livree, die, wie Wentworth stolz behauptete, von Mrs Robinson entworfen worden war. Sie war die Ehefrau eines der Offiziere der Garnison, den Wentworth gerne als einen »besonderen Freund« bezeichnete. So ausgestattet, wurde Pompey überall dort gesehen, wohin sein Herr ging, er hielt geduldig Wentworth' Hut und Stock, bis dieser seine Schokolade mit der Gastgeberin getrunken hatte, und Mulgraves Menschenfeindlichkeit ermutigte Wentworth, schließlich alle geschäftlichen Besuche zu übernehmen, die zwischen dem House of Mulgrave und den Kunden anstanden. Bei Wentworth' Talent für Schmeicheleien und Komplimente verstand er es gewöhnlich, die Kontakte zu seinem persönlichen Erfolg auszunutzen, was Mulgrave nicht beanstandete. Wentworth, der sich einen Großteil seines Benehmens von seinem Wohltäter abgeschaut hatte, überschritt nie die Grenzen der Schicklichkeit, aber sein angeborenes gesellschaftliches Talent, eine nicht ganz ungekünstelte Unterwürfigkeit und sein flinker Verstand, wenn es um geschäftliche Angelegenheiten ging, machten ihn zu einem gerngesehenen Gast. Da sich seine Ratschläge als gewinnbringend herausstellten, stiegen seine Chancen, und er agierte sogar als Geschäftsberater, was Mulgrave nicht verborgen blieb.

Kites Arbeit war monoton, doch seine Anwesenheit und Kompetenz erlaubten es Wentworth, sich in einem größeren Umfang selbst geschäftlich zu engagieren. Eines Nachmittags, nachdem Kite schon über sechs Monate hinter dem Schreibtisch seine Arbeit getan hatte und das Jahr sich seinem Ende zuneigte – die Gesellschaft von St. John's bereitete sich darauf vor, das Weihnachtsfest in dieser unerträglichen Hitze zu feiern –, wurde er zu Mulgrave gerufen.

Dieser las in der Zeitung, die das Postschiff an diesem Tag gebracht hatte, ließ dann raschelnd das Blatt sinken und betrachtete Kite, wobei er das Kinn auf die gefalteten Hände stützte. Das war ein Zeichen, hatte Kite gelernt, daß sich Mulgrave in einer unbeugsamen Stimmung befand.

»Ich möchte, daß Sie heute abend mit mir dinieren, Mister Kite. Ist Ihnen eine Stunde nach Sonnenuntergang recht?«

»Ganz wie Sie wünschen, Sir.« Kite verbeugte sich und zog sich zurück.

Kurz darauf kehrte Wentworth von seinem täglichen Besuch im Hafen und auf den Schiffen heim, deren Interessen von Mulgrave and Company wahrgenommen wurden oder an denen Mulgrave beteiligt war. Auch er wurde schleunigst einbestellt und eingeladen.

»Ich werde heute abend mit Mister Mulgrave das Dinner einnehmen«, sagte Wentworth, als er aus dem privaten Büro von Mulgrave zurückkam, und ein zufriedenes Lächeln lag auf seinen Zügen.

»Ich ebenfalls«, konterte Kite. Amüsiert stellte er fest, daß diese Neuigkeit Wentworth überraschte.

»Das ist seltsam«, überlegte Wentworth mit gerunzelter Stirn, dann fügte er hinzu: »Ich bin während der ganzen Zeit erst einmal von ihm zu einem Essen eingeladen worden.«

Wentworth nickte vor sich hin. »Das war der Abend, an dem er Cornford – das war Ihr Vorgänger – mitgeteilt hat, daß er ein Erbe antreten könne, das ihm dreitausend Pfund pro Jahr einbringen würde. Angesichts dieser Tatsache könne es weder in Cornfords Interesse liegen noch in dem von Mulgrave and Company, weiter im Dienst der Gesellschaft zu arbeiten.«

»Ich verstehe. Dann wußte Mulgrave es schon vor dem Nutznießer«, bemerkte Kite.

»Ja, das ist so seine Art«, stellte Wentworth fest, als wäre das eine ausreichende Erklärung für Mulgraves offensichtliche Hellsichtigkeit.

»Nun, Mister Wentworth«, sagte Kite trocken die Form wahrend, auf die Wentworth so großen Wert legte, »ich bin ganz sicher, daß man *mir* nicht mitteilen wird, daß ich dreitausend Pfund im Jahr bekommen werde.«

»Ich auch, verdammt!«

»Vielleicht wird uns unser Herr und Meister eröffnen, wieviel Sie schon auf Ihrem eigenen Konto angesammelt haben«, neckte ihn Kite.

»Wenn das wahr wäre …«, murmelte Wentworth unbeholfen.

Kite lachte. »Sie werden ja rot, Sir. Ich habe gehört, daß es wahr ist.«

»Wer hat Ihnen davon erzählt?« schnappte Wentworth gierig nach dem Köder.

»Miss Cunningham.«

»Sie kennen doch Miss Cunningham nicht persönlich, nicht wahr?«

Kite schüttelte den Kopf. »Nein, Sir, in der Tat, ich kenne sie nicht.«

»Also haben Sie mich geneckt?«

»Ich fürchte, das habe ich. Werden Sie mich nun herausfordern?« grinste Kite, glitt von seinem Stuhl und hob die Fäuste. »Los, kämpfen Sie mit mir, Mister Wentworth, es ist heute so verdammt langweilig hier.«

Wentworth winkte ab. »Machen Sie mit Ihrer Arbeit weiter, Kite, Geld zu verdienen ist niemals langweilig, wenn Sie Ihren Verstand gebrauchen.«

Kite seufzte. »Da haben Sie recht, Mister Wentworth.«

»Ich sehe Sie beim Dinner, Kite.«

Als er das Haus erreichte, zog sich Kite sofort in den Flügel zurück, der ihm großzügigerweise als Unterkunft zur Verfügung gestellt worden war. Überrascht von seiner Ankunft, lief Puella eilig herbei. Sie trug ein einfaches Kleid aus roter Baumwolle, so wie es auch die Ehefrau eines angesehenen Kaufmanns in Cockermouth hätte tragen können, küßte Kite, und nachdem er sich auf einen Stuhl hatte fallen lassen, kniete sie sich hin und zog ihm die Schuhe aus.

»Puella, du bist wunderbar.«

»Möchtest du ein Glas Limonade?«

Er nickte, und sie rannte fort. Gleich darauf erschien sie wieder mit einem Glas, er nahm es und lehnte sich zurück. Sie kniete zu seinen Füßen. Geistesabwesend strich er über ihr Haar, während er das Glas leerte, dann leckte er sich über die Lippen, sie nahm ihm das Glas aus der Hand und stellte es auf den Tisch in der Nähe, bevor sie sich auf seinen Schoß setzte.

Nachdem sie sich geküßt hatten, murmelte er leise: »Puella, ich werde heute abend nicht mit dir essen können.«

»Oh, Kite, ich kann essen mit dir nicht.«

»Ohne dich«, korrigierte Kite sie.

»Ohne dich. Was ißt du heute abend?«

Kite zuckte mit den Schultern. »Ich weiß nicht, was wir essen werden, Puella, aber mit wem ich esse, das weiß ich, was auch immer man uns vorsetzen wird.«

Sie klopfte ihm auf die Spitze seiner Nase, die sie als merkwürdig fremdartigen und kecken Rüssel empfand. Es war ihre Art zu antworten, wenn er sie neckte. »Kite, du bist schrecklich.«

Kite lächelte und erklärte ihr dann ernsthaft: »Ich werde mit Mister Mulgrave essen, Puella, und ich denke, daß er mir etwas Wichtiges mitzuteilen hat – und auch Mister Wentworth.« Er legte die Stirn in Falten. »Hat Dorothea irgend etwas verlauten lassen, daß er sich unwohl fühlt?« Er fügte schnell hinzu: »Ich meine, ist er krank?«

Puella schüttelte den Kopf und schlug die Augen nieder. »Nein, Kite. Dorothea erzählte mir, daß Mister Mulgrave noch immer gut zu ihr wäre.« Sie zog den Saum ihres Kleides hoch und rieb sich kichernd daran.

Kite runzelte die Stirn. »Puella, das darfst du nicht machen. Das würde eine Lady niemals tun.«

Puella rutschte von seinem Schoß und baute sich vor ihm auf, die Hände in die Hüften gestützt. »Puella ist keine Lady, Puella ist eine schwarze Hure.«

Kite sprang sofort auf die Füße, er legte ihr einen Arm um die Hüfte, mit der Hand verschloß er ihr den Mund. Er war entsetzt. »Puella! Dieses Wort darfst du nie wieder benutzen! Niemals!«

Puella lächelte ihn triumphierend an. »Dann komm, Kite, du bist gut für Puella.«

Eine Stunde später ging Kite die lange Veranda entlang, unter seinen Schritten knarrten die Bretter, die warme Nachtluft war erfüllt mit dem Zirpen von Myriaden von Zikaden. Er traf Mulgrave alleine in einem Korbsessel sitzend an, genüßlich an einer Limonade schlürfend.

»Nehmen Sie Platz, Mister Kite.«

Ein schwarzer Diener tauchte aus dem Schatten auf und stellte ein Glas neben Kite ab, der sich in eine von Mulgraves opulenten Korbchaiselongues niederließ. Sie hatten einander kaum zugeprostet, als auch Wentworth erschien. Er schnaufte gefährlich und war deutlich verunsichert darüber, daß sein Untergebener es sich schon mit dem Gastgeber gemütlich gemacht hatte.

Wentworth wohnte über den Büros und fand Kites Unterbringung in Mulgraves privatem Haus ein wenig unpassend. Er hatte sich Veränderungen hinsichtlich seiner Reputation davon versprochen, so vermutete jedenfalls Kite, daß er den schwarzen Diener Pompey gekauft hatte, doch seine Befürchtungen, daß Kite ihn bei Mulgraves Plänen ausstechen könnte, schienen in den letzten Wochen neue Nahrung bekommen zu haben.

Vielleicht ahnte Wentworth etwas von dem, was an diesem Abend erörtert werden sollte. Nachdem sie sich ein paar Minuten über die Tagesgeschäfte unterhalten hatten, gingen sie zum Essen ins Haus. Das Mahl war eher kärglich, der Wein gut, aber knapp bemessen, und eine Konversation fand nicht statt. Mulgrave schien das nicht zu stören, aber auf Wentworth und Kite lastete eine unerträgliche Spannung. Während die Diener die Tafel abräumten und Mulgrave umständlich eine Zigarre aus einem Humidor auswählte, deutete er an, daß sie ihm beim Rauchen Gesellschaft leisten oder sich aus einer Karaffe mit Rum bedienen sollten. Wentworth tat beides, Kite verzichtete. Mulgrave hob eine Augenbraue und schickte dann die Diener mit einer Handbewegung hinaus. Nachdem er seine Zigarre in Brand gesetzt und eine blaue Federwolke über den Tisch geblasen hatte, so daß die Kerzenflammen unruhig tanzten, stützte er sich auf seinen Ellenbogen und lehnte sich nach vorne. Kite, der zu seiner Linken saß, beobachtete, wie das Kerzenlicht Mulgraves Gesichtszüge beleuchtete. Der Mann war ansehnlich, wenn man diesen langgesichtigen, melancholischen Typ mochte. Sein graues Haar war straff nach hinten gekämmt und im Nakken zu einem festen Zopf geflochten, der von einem strengen Band zusammengehalten wurde, das so schwarz war wie der Anzug, den er für gewöhnlich trug. Die zackige Schramme von der Narbe, die sein Gesicht zerfurchte, untermauerte das weitverbreitete Gerücht, daß Mulgrave einmal ein Duell ausgetragen hätte. Angeblich hatte die Kugel seines Gegners Mulgraves Gesicht verunstaltet, doch seine eigene, so wurde erzählt, hätte ein weit lohnenderes Ziel gefunden.

»Nun, Gentlemen«, begann Mulgrave in seinem leisen Baß, mit dem er sich die ungeteilte Aufmerksamkeit seiner

Angestellten sicherte, »Sie werden sich gefragt haben, warum wir uns hier zu dieser freudlosen Geselligkeit zusammengefunden haben.« Er blickte die beiden jungen Männer an, und Kite war der Meinung, daß er in den dunklen Augen einen sardonischen Funken aufblitzen sah. »Von Zeit zu Zeit gibt es im Leben eines Mannes Momente, in denen sich die Dinge ändern. Ein solcher Zeitpunkt ist jetzt für mich gekommen und damit auch für Sie!« Er wandte sich Wentworth mit einem leichten Lächeln zu. »Sie, Wentworth, habe ich immer als eine Art Protegé betrachtet. Es ist richtig, daß Sie einer dieser hemdsärmeligen Typen sind, die immer rennen und schnaufen, aber Sie sind stets ein treuer Angestellter gewesen, und obwohl ich weiß, daß Sie von Zeit zu Zeit etwas auf eigene Rechnung erledigt haben, so haben Sie mich dabei niemals betrogen.«

Kite sah, wie Wentworth unter dieser nüchternen Einschätzung litt, die offensichtlich nur allzu richtig war. Das ließ Wentworth' früheren Protest im Hinblick auf seine Kapitalanhäufung ziemlich lächerlich aussehen. Kite dachte weiter nach, denn weder kannte er Mister Mulgrave so lange wie Wentworth noch war für ihn sein Job mehr als eine recht erträgliche Einkommensquelle gewesen.

»Daher, Wentworth, ist es meine Absicht, Ihnen meine gesamten Geschäfte zu übertragen, nachdem ich das Kapital herausgezogen habe, das mir persönlich zusteht.«

Wentworth riß seine Augen auf und hätte sich beinahe verschluckt, ehe er den Gesichtsausdruck eines Mannes zeigte, der in brüllendes, freudiges Gelächter ausbricht oder sich beim Erhalt einer traurigen Nachricht vor Lachen krümmt. Mit unterdrücktem Schluchzen vergrub er sein Gesicht in den Händen, seine Schultern zuckten unkontrolliert, so daß man nicht entscheiden konnte, ob ihn übergroße Freude oder abgrundtiefe Trauer schüttelte.

Mulgrave betrachtete ihn kurz, dann fuhr er gelassen fort – so wie ein Schiff eine Welle zur Seite schiebt, dachte Kite, obwohl der Vergleich eher unzutreffend war: »Niemand lebt ewig, und ich habe noch eine Rechnung in einer privaten Angelegenheit offen, die ich bald ausgleichen möchte.«

Diese wenigen Worte waren alles, das war Kite sofort klar, was er ihnen als Erklärung je zukommen lassen würde, doch sein Gedankengang wurde abrupt unterbrochen, da Kite bemerkte, daß Mulgrave mittlerweile von ihm sprach.

»Was Sie angeht, Kite, so hat mir Kapitän Makepeace berichtet, daß Sie ein ungewöhnlicher junger Mann sind, ein begnadeter Schiffsarzt und überaus talentiert. Trotzdem stellen Sie für mich ein Dilemma dar. Sie haben keine Aktivitäten in diesem Metier unternommen, ja noch nicht einmal angedeutet, daß Sie ein Arzt sind. Ich finde das seltsam, es sei denn, Sie haben gute Gründe, diese Tatsache zu vertuschen.«

Kite lehnte sich vor, um die Sache aufzuklären. Doch Mulgrave hob einfach eine Hand, und Kite schwieg.

»Was immer der Grund für Ihr seltsames Verhalten in dieser Sache sein mag, ich habe festgestellt, daß Sie in der Tat der Mann mit Prinzipien sind, als den Makepeace Sie beschrieben hat. Ich kenne Kapitän Makepeace seit vielen Jahren. Obwohl er sich Alkoholexzessen hingibt – was nichts Außergewöhnliches ist –, so ist er doch ein fähiger Seeoffizier und war, als er noch das Kommando auf einem Freibeuter führte, ein erfolgreicher Kaperkapitän. Als Sklavenhändler verhält er sich sehr klug, und er kümmert sich gut um seine Schützlinge. Er ist ein Mann, der sein Glück macht. Daher schätze ich sein Urteil, und da ich mich entschieden habe, nicht über Gebühr lange damit zu warten, meine privaten Angelegenheiten zu regeln, werde ich seinem Rat folgen. Kurz gesagt, Mister Kite, nach meinen Erfahrungen mit Ihnen werde ich mein Vertrauen in Sie setzen.«

Kite murmelte seine Dankesworte, obwohl er jetzt ernstlich besorgt war, denn was immer Mulgrave ihm vorschlagen würde, würde die Ruhe seines bisherigen Lebenswandels stören.

»In sechs Monaten, in etwa, beabsichtige ich, nach England zurückzukehren. Der Krieg scheint unvermeidlich, und meine Abreise sollte eher erfolgen, aber ich kann die Brokken nicht einfach hinwerfen. In der Zwischenzeit werden Sie, Wentworth, die Angelegenheiten hier als mein Nachfolger und Agent regeln. Es ist meine Absicht, derweil nach Carolina und anschließend nach Philadelphia und New York zu reisen. Ich persönlich werde auf alle meine Anteile an meinen Schiffen auf den Antillen zu Ihren Gunsten, Wentworth, verzichten. Im übrigen denke ich gar nicht daran, meine Person in so unsicheren Zeiten einem Risiko auszusetzen, ich werde also keinesfalls auf einem Schiff in See gehen, zu dem ich nicht vollstes Vertrauen habe.« Mulgrave wandte sich an Kite. »Ich möchte daher einen bewaffneten Schoner auf Ihren Namen kaufen, Mister Kite, und werde das Schiff unter Ihre geschäftliche Leitung stellen, falls Sie sich als nicht kompetent genug erachten, das nautische Kommando zu übernehmen. Mein Wunsch ist, daß Sie es bis Ende Januar fertig zum Auslaufen haben. Sobald der Vertrag unterschrieben ist, wird es nicht nur Ihr Eigentum sein, sondern Ihnen auch als Zuhause dienen. Weitere Einzelheiten werden wir in den folgenden Tagen besprechen, ich werde Ihnen genug Zeit widmen, um alle Details mit Ihnen abzustimmen.« Mulgrave machte eine Pause, damit seine Worte verdaut werden konnten.

Wentworth war von seinem neuen Reichtum überwältigt und überlegte schon, auf welche Weise er ihn in Antigua ganz allgemein und bei Miss Cunningham im besonderen bekannt machen konnte. Auf seinem breiten Gesicht lag ein Ausdruck tiefer Fassungslosigkeit, der das heftige Rotieren seiner Gedanken Lügen strafte.

Kites Leben würde sich weniger spektakulär, allerdings grundlegender verändern. Daß der Schoner sein Eigentum werden sollte, war klar, und das, so dachte Kite, entsprach irgendwie der Art, wie Mulgrave seine Angelegenheiten handhabte. Genau wie Dorothea fand Kite sich auf eine Art an Mulgrave gefesselt, die eine Form moralischer Versklavung darstellte. Obwohl Kite dieses Vertrauensverhältnis jederzeit aus einer Laune heraus beenden konnte, sogar ohne großen ökonomischen Schaden zu riskieren. Aber er argwöhnte, daß Mulgrave seine Bande mit den Menschen, die er als Empfänger seiner Wohltaten ausgewählt hatte, nie ohne Hintergedanken knüpfte …

Als Kite in dieser Nacht zu Puella zurückkehrte, war er durch die Neuigkeiten sowohl euphorisch als auch verstört. Er hatte natürlich gewußt, daß sein idyllisches Leben nicht ewig dauern würde, aber er machte sich stets über Puellas Schicksal Sorgen, so wie ihn das seines Vaters und seiner Schwester an den fernen Seen in den Hochmooren Cumbrias belastete. Von Natur aus kein Nomade, fühlte er sich nicht zu der Art Leben hingezogen, das Makepeace und andere als Weg zu einem fernen und ungewissen Ende akzeptierten. Trotzdem sorgte das Schicksal bei ihm wieder für Bewegung, und diese Bewegung war unausweichlich nach England gerichtet, wo man ihn immer noch für einen Mörder hielt.

Puella schlief bald erschöpft von dem vorangegangenen Liebesakt, doch Kite war durch die Ereignisse des Abends zu aufgewühlt, um ruhig neben ihr liegen zu können. Also kehrte er in das Nebenzimmer zurück, wo er, nachdem er sein lange vernachlässigtes Tagebuch wiedergefunden hatte, eine Kerze entzündete und Feder und Tinte bereitstellte. Als er das Buch öffnete, fiel sein Blick auf ein loses Blatt Papier, einen halbfertigen Brief an seine Schwester Helen, vor vielen Wochen datiert.

Was mich betrifft, so geht es mir gut, was ich auch von Dir und Vater hoffe. Diese Zeilen werden Dir zeigen, daß ich mich in Westindien befinde, wo mich das Gerede über einen baldigen Krieg mit allen seinen Ungewißheiten dazu getrieben hat, zur Feder zu greifen. Es würde mich freuen, wenn Du mir an die Adresse Mulgrave & Company, St. John's, Antigua antworten und mir Deinen Gesundheitszustand und auch den unseres Vaters mitteilen würdest. Ich werde …

Aber er hatte den Brief nie beendet, denn er war sich unsicher gewesen, was er schreiben sollte und ob der Brief den Adressaten überhaupt je erreichen würde. Mit einem Seufzen nahm er ihn jetzt in die Hand, hielt ihn an die Kerzenflamme, und das Papier krümmte sich zusammen. Dann ging es in Flammen auf, übrig blieben schließlich nur schwarze Asche und ein paar verkohlte Reste. Er pustete sie auf den Fußboden, dann ergriff er die Gänsefeder, tauchte sie in das Tintenfaß und hielt sie über das Papier.

»Kite …« Puella stand im Türrahmen. Sie war nackt, und das Kerzenlicht fiel auf die ihm wohlbekannten Kurven ihres schönen braunen Körpers. »Ich glaube, ich werde bald ein Kindchen bekommen.«

9
Der Abschied

In den folgenden Wochen erinnerte Wentworth Kite ein wenig an den tumben Bauernsohn aus dem Märchen, der durch seine eigenen Anstrengungen und mit ein wenig Hilfe eines Zauberers erfolgreich die Königstochter und das halbe Königreich errungen hat. Nicht daß Wentworth schon freie Auswahl für eine Eheschließung gehabt hätte, aber seine Aussichten waren sehr gut, schließlich hatte er nicht nur das halbe, sondern beinahe das ganze Königreich geerbt. Mulgraves Kapitalentnahmen ließen für Wentworth eine erhebliche Summe übrig, trotz der Tatsache, daß der alte Mann beabsichtigte, einen Anteil am Geschäft zu behalten. Die Geschäftsführung sollte allerdings vollständig auf Wentworth übergehen. Mulgrave hatte das mit einer einzigen Bemerkung festgeklopft: Der neue Eigentümer täte gut daran, sich nicht dem Trunk zu ergeben.

Wenige Tage nach Mulgraves Ankündigung hatte Kite seinen Schreibtisch verlassen und sein Stubenhockerleben aufgegeben, um sich mit den Schiffen vertraut zu machen. Mulgrave schickte ihn deshalb zu einem Seemann namens Da Silva, einem Portugiesen, der als Vollmatrose auf einem britischen Westindienfahrer als Stückmeister, bei Kapitän Makepeace auf dem Freibeuter *Firedrake* und als Bootsmann auf einem Sklavenhändler gefahren hatte. Auf seinem letzten Schiff, dem Guineafahrer, hatte Da Silva Reisen zwischen der Bucht von Benin und Kuba, von Ngola und Ouidah nach Brasilien sowie von Guinea nach Jamaika und den Carolinas gemacht, und es gab kaum etwas, was er über Seemannschaft nicht wußte.

Auf Mulgraves Vorschlag hin sollte Kite den Titel und die Würde eines Kapitäns führen, während Da Silva als Segelmeister tituliert wurde. Diese Lösung trug Kites mangelnder Erfahrung Rechnung, während er nicht auf die Vorteile verzichten mußte, die Da Silvas Kenntnisse ihm brachten. Da Silva akzeptierte alles mit augenscheinlicher Befriedigung, unzweifelhaft handelte es sich bei ihm um eine weitere Person, deren Lebensweg Mulgrave beeinflußt hatte. Von dem Sklavenschiff war er mit leeren Händen abgemustert worden, denn der Master und Eigner hatte die Mannschaft betrogen und war mit dem Geld verschwunden. Nachdem er von dieser Infamie gehört hatte, nahm Mulgrave die gesamte an Land gesetzte Mannschaft auf und besorgte für sie Kojen auf anderen Schiffen. Das war zwar nur ein kleiner Gefallen, der vielleicht mehr aus der Überlegung geboren worden war, die Bürger von St. John's vor den Gewalttaten von vierzig verzweifelten und enttäuschten Männern zu bewahren, aber dennoch war ihm Da Silva verpflichtet. Kite mochte den Mann sofort, der doppelt so alt war wie er und nur halb so groß, dafür aber Schultern von ungewöhnlicher Breite, einen mächtigen Brustkasten und starke Arme besaß. Da Silvas Beine waren von der Rachitis verkrümmt, seine Zähne waren abgebrochen und voller Löcher, doch sein Raubvogelgesicht zierte ein sorgfältig gepflegter Schnurrbart, der sich in die Breite zog, wenn er grinste, und seine Augen funkelten voll unablässiger Fröhlichkeit. Goldene Ohrringe und ein Kopftuch verliehen ihm das Aussehen eines Piraten.

Schnell verbreitete sich in St. John's die Nachricht, daß dieses ungleiche Paar auf der Suche nach einem Schiff war, und Da Silva erschien am zweiten Tag ihrer Bekanntschaft mit zwei Mulis, einem Weinschlauch und dem Vorschlag bei Kite, daß sie nach Willoughby reiten sollten, wo ein Schoner lag, der für seine Schnelligkeit berühmt und mit einem Dutzend Kanonen bestückt war.

Kite freute sich über die Ablenkung. Sie schien dem sich beschleunigenden Lebensrhythmus auf Antigua angemessen, denn jedes Schiff, das aus England ankam, brachte immer noch schlechtere Nachrichten mit. Der Ausbruch des Krieges mit Frankreich galt als unausweichlich, und überall in Westindien wurden entsprechende Vorkehrungen getroffen. Die Neuigkeiten verdoppelten Mulgraves Wunsch nach baldiger Abreise, und zum ersten Mal zeigte sich ein Wesenszug seines Charakters, der im Widerspruch zu seiner bis dahin so gelassenen Sinnesart stand. Er verfiel in jähzornige Ungeduld, und Kite erkannte den Charakter eines Mannes, den man provoziert hatte, ein Duell auszukämpfen, und der seinen Opponenten kaltblütig erschoß. Dieser Gedanke erinnerte ihn erneut an die Anschuldigungen, die gegen ihn selbst vorlagen. Die Vergangenheit schien ihn einzuholen, und zwar desto schneller, je näher der Zeitpunkt seiner eigenen Abreise rückte.

Nur einen Tag später sah sich Kite im Custom House als Eigner für alle vierundsechzig Parten des in Kuba gebauten, bewaffneten Schoners *Cacafuego* registriert. Nachdem ihm Da Silva die Bedeutung des Namens übersetzt hatte, benannte Kite ihn in *Spitfire* um, und als er das Schiff in Besitz nahm und die beiden Männer alle Vorbereitungen trafen, es nach St. John's zu verholen, fiel ihm die Bemerkung von Wentworth wieder ein, daß es dumm wäre, alle Anteile an einem Schiff zu besitzen. Nun, Mulgrave würde für den Unterhalt des Schiffes verantwortlich sein, daher hielt Kite seine Eigenschaft als Eigner für kaum mehr als ein juristisches Detail. Von größerer rechtlicher Bedeutung schien ihm eine Urkunde, um deren Aufsetzung er Mulgrave gebeten hatte, denn er wollte Puella die Freiheit schenken, sobald er mit der *Spitfire* nach St. John's zurückgekehrt war.

Eine Woche bevor Kite und Da Silva die *Spitfire* endlich bereit zum Auslaufen erachteten, wurde Puella dann tatsächlich die Freiheit verliehen. Kite bat Dorothea, ihr die Bedeutung des Wortes Freiheit zu erklären und Puella klarzumachen, daß sie jetzt ihren zukünftigen Lebensweg frei wählen konnte. An dem großen Tag trug Puella ihr neues englisches Kleid aus blaßblauer Seide, Dorothea hatte einen breitkrempigen Federhut hinzugefügt, der wie ein faszinierender Heiligenschein über Puellas Gesicht schwebte und ihr schönes Gesicht recht hoheitsvoll erscheinen ließ.

Sie bewegte sich mit dieser natürlichen Eleganz, die von Anfang an Kites Aufmerksamkeit erregte, und er führte sie von Mulgraves Kutsche, die die beiden schwarzen Frauen in die Stadt gebracht hatte, durch die Büroräume und dann die Stufen zu Mulgraves düsterem privatem Büro empor, in dem dieser mit einem Mister Garvey, seinem Anwalt, und Wentworth wartete. Die Urkunde für die Unterschriften der Hauptakteure und der Zeugen war vorbereitet.

Dorothea hatte Puella heimlich Unterricht erteilt, so daß sie, als Garvey auf die Stelle zeigte, an der sie ihr Zeichen machen sollte, mit geübter flüssiger Handschrift schrieb: *Puella Kite-Mulgrave*. Kite konnte kaum seine Überraschung darüber verbergen, daß Puella schreiben gelernt und welchen Nachnamen sie sich ausgesucht hatte. Mulgraves gelassene Reaktion auf diese Neuigkeit aber war ein klarer Beweis dafür, daß er mit den beiden gemeinsame Sache gemacht hatte. Nachdem Kite und Puella unterschrieben, Mulgrave und Wentworth als Zeugen gegengezeichnet hatten, siegelte Garvey schließlich das Dokument, und Kite überreichte Puella die Bestätigung ihrer Freilassung.

»Damit erlösen wir dich von der letzten Fessel, Puella.«

Puella machte einen Knicks, wie man es sie gelehrt hatte, und flüsterte: »Ich danke dir.«

Kite, der sich erst über ihre Hand gebeugt hatte, drückte ihr nun einen Kuß auf die Wange. Immer noch Puellas Hand haltend, wandte er sich an Mulgrave. »Sir, ich hatte schon seit langem die Absicht, Puella die Freiheit zu geben und kann mir nicht vorstellen, daß es mir ohne Ihre Hilfe gelungen wäre. Wir sind Ihnen beide sehr dankbar.«

Mulgrave lächelte und schüttelte abwehrend den Kopf. »Mister Garvey hatte die Last zu tragen«, meinte er, trat vor und nahm Puellas Hand. Seine dunklen Augen funkelten vor Freude, als er sie küßte. Auf Mulgrave folgten Wentworth und Garvey, und Dorothea umarmte ihre Stammesschwester.

Dann führte Mulgrave die Gesellschaft zu einem Tisch, auf dem Wein und Süßigkeiten bereitstanden. Später, als Kite Dorothea, Puella und Mulgrave in die Kutsche folgte, um nach Hause zurückzukehren, drückte ihm Garvey noch ein zweites Stück Papier mit den Worten in die Hand: »Mister Mulgrave ist ein großer Wohltäter, Sir. Ein großer Wohltäter.«

Kite setzte sich in der Kutsche zurecht, lächelte Puella zu, dann brach er die Oblate auf, die als Siegel diente. Der schwarze Kutscher knallte mit der Peitsche, die Pferde setzten sich in Bewegung, und nachdem Kite den kurzen Brief gelesen hatte, blickte er Mulgrave an, der ihm an der Seite von Dorothea gegenübersaß. Mulgrave aber starrte aus dem Fenster, und Kite spürte die große innere Bewegung in den ernsten Zügen dieses seltsamen, unnahbaren Mannes.

Er hatte eine jährliche Apanage von zweihundert Pfund zu Gunsten von Puella bestellt.

Die Abfahrt der *Spitfire* verzögerte sich immer wieder, doch schließlich wurde sie auf den Neujahrstag 1756 festgelegt. Zu dieser Zeit beeinträchtigte die Bedrohung durch den Krieg schon zunehmend den Handel in Westindien, wo auch die Royal Navy immer deutlicher in Erscheinung trat und die Passage von Sloops und Fregatten in und aus English Harbour im Gegensatz zur jüngsten Vergangenheit immer häufiger zu beobachten war. Schon wurden die Faulenzer in den Hafenvierteln von St. John's, Falmouth, Willoughby und Parham durch brutale Preßgangs zusammengefegt und in Booten der Royal Navy nach English Harbour gebracht, wo sie sich gezwungenermaßen im Dienst des kleinen Geschwaders der Leeward Islands wiederfanden.

Aus dem Fenster des Büros von Mulgrave and Company beobachteten Kite und Mulgrave eines Morgens eine Marinesloop, die mit backgesetztem Großmarssegel vor St. John's beigedreht lag, um auf das Dutzend Schnaus, Briggs und Schoner zu warten, die sie eskortieren sollte. Die Schiffe slippten gerade nach und nach ihre Leinen und verwarpten sich nach draußen, und Mulgrave bemerkte trocken: »Jetzt werden wir sehen, wie fleißig unsere Jungs von der Royal Navy sind, Kite, denn sie müssen sich zwischen der lukrativen Verfolgung von Prisen und der ermüdenden, nüchternen Routinearbeit des Geleitschutzes entscheiden.« Er blickte Kite an. »Ich habe nicht die Absicht, in einem Konvoi zu segeln, Kite, und ich weiß, daß Da Silva Pulver und Kugeln an Bord genommen hat.«

»Das hat er in der Tat, Sir. Aber er macht sich Sorgen, ob sich nicht die, äh, Marinejungs die besten Qualitäten gesichert und für uns nur minderwertiges Pulver übriggelassen haben. Sogar davon ist übrigens ziemlich wenig vorhanden. Ich hatte gehofft, mehr zu laden.«

Mulgrave grinste. »Wir haben hier im Haus einen Vorrat und auch einige Handfeuerwaffen, die Sie an Bord nehmen können. Auf einer Insel mit so vielen Plantagen gab es schon immer eine rege Nachfrage nach Pulver und Kugeln, gelegentlich sogar nach Musketen.«

Am folgenden Morgen machten sich Kite und Da Silva mit einem Dutzend Männer ihrer Besatzung – freien Schwarzen, Mulatten und weißen Drückebergern, bei denen der portugiesische Segelmeister den übereifrigen jungen Midshipmen der Royal Navy und ihren Gangs zuvorgekommen war – auf den Weg. Sie folgten einem fast zugewachsenen Pfad hinter Mulgraves Haus den Hügel hinauf bis zu einem beschußsicheren Lager aus Ziegelbauten, das verborgen im Gestrüpp lag. Die offene Tür gab den Zugang zu einem kleinen Arsenal frei, und sechzig Fässer mit feingemahlenem Schwarzpulver wurden noch an diesem Tag vorsichtig auf die *Spitfire* transferiert. Der Schoner lag jetzt im Hafen, und außer der Uniform der Offiziere und dem fehlenden Kommandowimpel im Großtopp gab es wenig, was die *Spitfire* von einem Marineschoner unterschied. Das stehende Gut war straff durchgesetzt, die Bordwände glänzten von einem neuen Anstrich aus Terpentin und Harz, an den Spieren wartete sauber aufgetucht neue

Leinwand. Dem Pulver folgten vierzig Musketen, ein Dutzend Bündel Entermesser und Piken an Bord.

Am Neujahrstag, dem für die Finanzen entscheidenden Datum, an dem die Formalitäten abgeschlossen wurden, die aus Mulgrave and Company die Firma *Mulgrave, Wentworth and Company* machten, lag die *Spitfire* bereit zum Auslaufen. Dem Pulver, den Kugeln und Waffen waren Packkisten, Koffer und die persönlichen Effekten von Mulgrave, Dorothea, Puella und Kite gefolgt. Am späten Nachmittag begrüßte Kite, der den anderen vorausgegangen war, Mulgrave und Dorothea an Bord, und der Kai war bevölkert von wohlwollenden Bekannten und Leuten, die einfach nur neugierig waren. Die grellen Farben, die von den freien schwarzen Frauen getragen wurden, standen im starken Gegensatz zu den schwarzen Kutschen der Oberschicht der Insel, die sich am Ufer aufreihten und in deren Mitte Wentworth ungeduldig Hof hielt. Major Robertson hatte eine Patrouille zu Fuß aus den Soldaten der Garnison entsandt, die eine Ehrenwache bildeten, als Mulgrave, der lange eine wichtige Persönlichkeit auf Antigua gewesen war, höflich seinen schwarzen Dreispitz lüftete und an Bord der *Spitfire* ging. Entlang der Wasserfront brandeten sogar Hochrufe auf.

Die Sonne ging unter, während der Schoner über die Reede in Richtung der offenen See gewarpt wurde, der Himmel färbte sich im Westen blutrot, als die Falle bemannt wurden und die Segel, vom Abendlicht rosa angeleuchtet, an den Masten in die Höhe stiegen. Als die *Spitfire* frei von den letzten Ausläufern von St. John's kam, brüllte an ihrem Bug eine blind geladene Kanone auf, der Donner rollte über die Bucht und wurde mit langsam abnehmender Lautstärke wieder und wieder zurückgeworfen. Aber das war noch nicht Joseph Mulgraves letzter Abschiedsgruß für den Ort, an dem er sich einen Namen und ein Vermögen gemacht hatte, er hatte für Antigua noch eine weitere Überraschung in petto.

Inmitten des Echos des Kanonenschusses blieb eine kleinere Explosion unbemerkt, bis die ersten Flammenzungen von der Pier aus zu sehen waren, was ein Aufstöhnen der Menge zur Folge hatte. Zunächst nur undeutlich im Dämmerlicht am Abhang des Hügels zu sehen, begann Mulgraves Haus zu brennen. So verwehrte er Wentworth diesen Teil seines Besitzes, obwohl er seine Haussklaven alle an seinen Nachfolger verkauft hatte. In diesem Moment hatten sie den letzten Befehl ihres alten Herrn ausgeführt.

Als die *Spitfire* in die offene See hinaushielt, füllten sich ihre Segel mit dem leichten *terral*, Mulgrave stand aufrecht an der Heckreling, die Hände hinter dem Rücken verschränkt. Er starrte achteraus auf das lodernde Feuer, bis er sonst nichts mehr von der Insel ausmachen konnte, auf der er den größten Teil seines Lebens verbracht hatte. Der hölzerne Bau hatte schnell Feuer gefangen, und lange bevor die *Spitfire* hinter dem Horizont verschwunden war, war das Haus bis auf die Grundmauern niedergebrannt. Während die letzten Funken verloschen, wandte sich Mulgrave nach vorne und ging unter Deck.

»Gute Nacht, Kapitän Kite«, sagte er ruhig, und Kite, der neben Da Silva am Fuß des Großmasts stand, entging die Schärfe in der Stimme des alten Mannes nicht.

»Gute Nacht, Sir.«

Da Silva hüstelte in der Dunkelheit. »Der Herr ist müde«, meinte er leise.

III

Krieg

10
Der Schoner

Während der nächsten anderthalb Jahre genoß Kite auf der *Spitfire* ein abwechslungsreiches Leben. Im ersten Viertel dieser Periode diente der Schoner als Mulgraves Yacht, mit der er langsam die Küste in Richtung New York hinaufsegelte. Wochen vergingen mit Besuchen bei Geschäftsfreunden und Bekannten unter den Kaufleuten und Handelshäusern in Savannah, Charleston, Norfolk, Williamsburg, Annapolis und Philadelphia. Vor der Ankunft am Savannah River hatte die *Spitfire* die Bastionen des Moro Castle passiert und war in Havanna eingelaufen, danach hatten sie noch in den Gewässern von Jamaika vor Kingston Anker geworfen. Aber die Aufenthalte in diesen Häfen waren nur kurz gewesen, denn Mulgrave war von einem Fieber gepackt worden, einer Erkrankung, die ihn schwitzen und zittern ließ, dazu trat ein Delirium auf, das Kite und Puella an die schreckliche Seuche auf der *Enterprize* erinnerte.

Die beengten Verhältnisse an Bord der *Spitfire*, wo man die Heckkabine korrekt, aber nicht geschickt geteilt hatte, um Wohnmöglichkeiten für Mulgrave und Kite zu schaffen, brachten zwangsläufig eine größere Vertraulichkeit zwischen den beiden Männern mit sich. Kite erfuhr, daß Mulgrave ebenso wie Lorimoor schon lange unter diesen Schweißausbrüchen litt, denn es war nicht das verdammte Gelbfieber, das ihn niedergestreckt hatte. Sein Leiden war einer der Gründe, warum er in St. John's ein so zurückgezogenes Leben geführt hatte, und da es nicht heilbar war, hatte er sich im jetzigen Stadium entschlossen, Wentworth zu seinem Erben zu machen. Die Angst vor Krankheiten erklärte nun seine offensichtliche Knauserigkeit als Gastgeber, seine Enthaltsamkeit und seine Scheu vor der Sonne, sobald er den Eindruck hatte, er könnte wieder einen Fieberanfall erleiden. All die Jahre über hatte er daran geglaubt, die Krankheit nach seiner Rückkehr nach England überwinden zu können, weil er davon ausging, wie er zu Kites größtem Erstaunen erklärte, daß sie sich durch die Stiche der Moskitos verbreitete.

»Wenn diese kleinen Dämonen mich und Sie stechen, dann stechen sie auch jeden verseuchten Halunken in St. John's«, keuchte Mulgrave während einer seiner klaren Momente, als Kite ihn eines Morgens besuchte. »Gott allein weiß, was für Geißeln sie uns bringen.« Er deutete auf das Netz, das über seinem Bett hing, und auch über Kites Bett hatte er eines aufhängen lassen, was Kite als freundliche Geste gedeutet hatte, die ihm einen von den lästigen Insekten freien Schlaf bescheren sollte, gleichgültig ob es sich um Moskitos oder Ameisen handelte. Das gleiche galt für Bekanntschaften mit Schlangen oder Echsen. »Sie müssen sich stets mit einem solchen Netzzelt schützen, Kite, solange Sie sich in diesen warmen und feuchten Breiten aufhalten«, hatte er nachdrücklich gefordert.

Kite starrte achteraus durch die Fenster in das strahlende Sonnenlicht, das auf der blauen See tanzte. Der Schoner hob sich leicht über die Wellen, und die Küste Kubas verblaßte im Dunst der flimmernden Hitze. Er sah, daß sich ein Vogel in das Heckwasser stürzte, das als dünne, zeitweilige Trübung im aufgewühlten Wasser den Weg der *Spitfire* markierte, um dann nach und nach wieder zu verschwinden, sobald die größere Kraft der Windseen den zeitweiligen Einfluß des Schoners überwand. Ganz gewiß konnte man das als Allegorie auf ihr eigenes unbedeutendes Leben verstehen, dachte Kite, als Mulgrave wieder die Augen schloß.

Dorothea pflegte Mulgrave hingebungsvoll, sie bereitete ein Gebräu für ihn zu, das das Fieber zumindest schnell zur Klimax bringen und abklingen lassen würde, wenn es die Krankheit schon nicht vertreiben konnte. »Sie ist klug«, flüsterte Puella, beinahe als hätte sie Angst vor Dorothea, die sie ansonsten liebte und verehrte. »Sie weiß viel Dinge, und Mister Mulgrave weiß, daß sie sie weiß.«

»*Viele*, Puella, sie weiß viele Dinge …«

Puella wiederholte pflichtbewußt Kites Korrektur. Sie sträubte sich nie dagegen und akzeptierte alle Verbesserungen von Kite, Dorothea oder Mulgrave, und alle drei korrigierten mit Hingabe nicht nur die Grammatik, sondern auch ihren Akzent und die Diktion, so daß sie Mulgraves Anrede als »Mister« mittlerweile so betonte, als wäre Englisch ihre Muttersprache. Nie verfiel sie den rohen Verzerrungen der *lingua franca* der Antillen. Nur ein einziges Mal beschwerte sie sich über die dauernden Belehrungen: als sie das barbarische Englisch hörte, das Da Silva sprach. Puella erkannte die rauhe und schnelle Sprechweise des polyglotten Seemannes nicht als Englisch, dem das Ganze tatsächlich auch kaum ähnelte, aber sie merkte, daß Kite Da Silva auf Englisch ansprach und daß Da Silva unkorrekt antwortete. Er machte die gleichen Fehler wie sie, ohne korrigiert zu werden. Das irritierte sie.

»Warum redest du mit ihm nicht über seine Korrekturen, Kite?«

»Über seine Fehler, meinst du, Puella. Nun, es spielt keine große Rolle, wenn Mister Da Silva kein gutes Englisch spricht. Ich verstehe ihn, genau wie Mister Mulgrave und Dorothea und alle Männer der Besatzung ihn verstehen. Außerdem wird er es jetzt nicht mehr besser lernen, er ist zu alt.«

Puella zog die Stirn kraus. »Du verwirrst mich, Kite.«

»Nicht mehr als du mich, meine Puella«, lachte Kite und streichelte ihren anschwellenden Bauch.

Puella wurde in Charleston von einem Sohn entbunden, daher bekam der Kleine den Namen Charles und dann noch Joseph William, zum einen nach seinem Wohltäter, zum anderen nach seinem Vater. Der Junge hatte die Farbe von Milchkaffee, die dunklen strahlenden Augen seiner Mutter und die gerade Nase von Kite.

»Er könnte glatt als Italiener durchgehen«, murmelte Mulgrave, als er das Baby in seinem Arm betrachtete. Er hatte Puella gebeten, ihn das kleine Bündel halten zu lassen. Das war so ein ausgefallener Wunsch, daß Puella zuerst Kite anblickte, bevor sie zustimmte. »Sie müssen ihn als den Ihren anerkennen, mein Junge«, fügte Mulgrave hinzu und blickte Kite an, der stolz neben ihm stand, und in Mulgraves Augen glitzerten ein paar kaum unterdrückte Tränen.

»Selbstverständlich, Sir.«

»Gut. Lassen Sie sich nicht von diesen blöden Gepflogenheiten beirren, die sich gegen unsere im Lande gezeugten Söhne richten.«

In Savannah waren sie bereits auf gesellschaftliche Ablehnung gestoßen, und dort war Mulgrave sogar aufgefordert worden, eine Versammlung zu verlassen, weil Dorothea an seinem Arm ging. Später merkte Mulgrave spöttisch an, daß die Ansprüche der englischen kolonialen Gesellschaft in den Carolinas in einem seltsamen Widerspruch zu denen des Königs standen, nach dem die Kolonie benannt worden war. Die Tatsache, daß alle Männer, die Mulgrave zum Gehen aufforderten, schwarze Mätressen hatten, die sogar öffentlich in ihren großen Kutschen ausgefahren wurden, verschlechterte nur Mulgraves Laune. Die Scheinheiligkeit Antiguas schien ihm plötzlich weniger ausgeprägt als in Savannah. Anders als in St. John's, wo ein großer Teil der Schwarzen ehemalige Sklaven waren – und obgleich die Entladung der Sklaven von den ankommenden Guineafahrern jeden immer wieder daran erinnerte, daß der Ursprung des größten Teils der schwarzen Bevölkerung aus unfreiwilligen Einwanderern bestand –, schien die Atmosphäre in Savannah ungewöhnlich engherzig.

»Hier«, überlegte Mulgrave, der, je länger die Reise dauerte, immer häufiger ganz offen seine Gedanken äußerte, »sind sogar die Sklaven über Dorotheas Glück verbittert. Dürfen einem Schwarzen denn niemals die Fesseln der Leibeigenschaft abgenommen werden? Kite, Sie und ich wissen, daß die Schwarzen im Prinzip alles können, was wir können. Daß ihre verbrecherischen Häuptlinge und Könige sie an uns verkaufen, sollte uns dazu veranlassen, sie nach einem gewissen Lernprozeß frei zu lassen. Natürlich kann das nicht in einem schnellen, revolutionären Handstreich geschehen, das hätte nur die schlimmsten Repressionen zur Folge. Die Weißen müssen sich zusammen mit den Schwarzen ändern, vielleicht sogar gründlicher, denn sie müssen ihre Privilegien aufgeben und teilen ...« Mulgrave ließ den Satz ausklingen, und plötzlich sah Kite in ihm einen alternden Mann, der durch den letzten Fieberanfall erheblich geschwächt war.

»Haben Sie immer so gedacht?« fragte er.

Mulgrave verzog den Mund zu einem Grinsen, dann schüttelte er den Kopf. »Nein, natürlich nicht, und hätte mich nicht Dorothea aus meinem ersten Fieberanfall gerettet, bezweifle ich, daß ich je zu dieser Einsicht gekommen wäre. Aber ein Mann im Exil, der zu einem schwitzenden Schatten degeneriert ist, hat vieles neu zu entdecken, und während er das tut, findet er heraus, daß viele Dinge nicht so sind, wie er sie sich vorgestellt hat.«

»Sie wurden ... exiliert?« versuchte Kite Mulgrave auszuhorchen, aber der alte Mann erriet seine Absicht.

»Sie wissen, Kite, daß die Neugier eine große Tugend ist, ohne welche die Menschheit keine Fortschritte gemacht hätte, aber die Neugierde in bezug auf das Leben anderer ist oft ein größeres Hindernis des Fortschritts als jedes andere.«

»Ich bitte um Verzeihung, Sir«, entschuldigte sich Kite schnell. »Ich wollte nicht aufdringlich sein.«

»Schon gut, es ist schon gut, das kann ich Ihnen versichern.«

Während der folgenden Monate, als Charlie entwöhnt wurde und begann, von Dorothea und Puella dazu angeregt, auf dem Deck der Kabine herumzukrabbeln, lernte Kite ein Menge. Obwohl der »bessere« Teil der Gesellschaft Savannahs sie schnitt, verschaffte Mulgraves Reichtum und seine wirtschaftliche Macht ihnen sonst überall ein herzliches Willkommen. Kite begleitete Mulgrave gelegentlich bei seinen Terminen, wenn er bei den Leuten vorsprach, mit denen er jahrelang Geschäfte getätigt hatte. Auf diesem Weg hörten die beiden Männer dann auch von den schweren militärischen Niederlagen, welche die britischen Streitkräfte zu Land und zu Wasser erlitten hatten. Im Norden Amerikas entlang der Grenze zu Französisch-Kanada hatten französische Truppen und ihre indianischen Verbündeten, die vom Marquis de Montcalm brillant geführt wurden, die Siedler in den Wäldern überfallen, ausgeplündert und viele Menschen erschossen, die Häuser verbrannt. Die Frauen wurden vergewaltigt, die Männer mit Tomahawks erschlagen, es wurde wahllos skalpiert, die Kinder wurden verschleppt, um die barbarischen und perversen Gelüste der Bewohner der Waldgebiete zu befriedigen. Angst und Abscheu schlich langsam aus den dichten Wäldern des Nordens hinunter in die Sümpfe und unfruchtbaren Kiefernwälder des Südens und verstärkten die natürliche Abneigung der zahlenmäßig unterlegenen Weißen gegen die ihnen numerisch weit überlegenen Eingeborenen. Zwischen roter und schwarzer Haut gab es nur einen graduellen Unterschied, denn was heute ein roter Krieger den Weißen in Oswego oder Fort William Henry antut, wird morgen ein Schwarzer mit den Weißen in den Carolinas tun, glaubten sie.

Die britischen Armeen in Nordamerika erwiesen sich als zu schwach, um sich erfolgreich gegen diesen Ansturm stellen zu können, und schienen dazu verdammt, das Schicksal von General Braddock zu teilen. Wie man hörte, wurden New York, Boston und die kleineren Städte Neu Englands bereits von Siedlern überrannt, die Schutz vor den Schrecken an der Grenze suchten. Die Situation wurde verschärft durch die perverse Dummheit der Abgeordneten der kolonialen Versammlungen[1], die es ablehnten, die Streitmacht durch das Ausheben

1 Gemeint sind parlamentsähnliche Einrichtungen der Selbstverwaltung. (Anm. d. Ü.)

von Truppen zu verstärken oder auf sonst irgendeine Weise zu kooperieren. Mulgrave war der Meinung, sobald die Franzosen in allen britischen Kolonien Fuß gefaßt hätten, würde man in den Kolonialversammlungen vermutlich versuchen, ein Übereinkommen mit dem Feind zu schließen – im völligen Widerspruch zum legitimen Recht des britischen Parlaments in London, über diese Angelegenheiten zu entscheiden. Das totale Versagen der britischen Streitkräfte, die Überfälle der Franzosen und Indianer zu verhindern, so führte Mulgrave weiter aus, würde in den Versammlungen als Vorwand benutzt werden, zu behaupten, daß das Recht des Parlaments in London erloschen sei, sich als übergeordnete Regierungsgewalt der amerikanischen Kolonien aufzuspielen, wenn es nicht einmal seine eigenen langen Grenzen verteidigen konnte.

In Europa lief die Sache ähnlich schlecht. Admiral Byng hatte es versäumt, die britische Garnison auf Menorca zu entsetzen, diese ergab sich daraufhin schändlicherweise den Franzosen, woraufhin Byng der Bosheit des Ministeriums des Herzogs von Newcastle zum Opfer fiel, das ihn erschießen ließ. Die Anklage wegen Feigheit vor dem Feind war nach Meinung der Regierung durch Byngs Bericht ausreichend untermauert, in dem er seine Gründe für den Rückzug dargelegt hatte. Allerdings hatte die Regierung selbst bei der Bekanntmachung des Berichts die Hälfte der Informationen unterdrückt. Die Exekution schockierte jedenfalls die britische Gesellschaft und führte zu einer politischen Krise. Die mittlerweile uralten Zeitungen, die Kite und Mulgrave zu lesen bekamen, berichteten von aufsässigen und vernichtenden verbalen Attacken durch William Pitt im Parlament und brachten später die Nachricht, daß Pitt zugestimmt hätte, die Regierung zu übernehmen, falls man die Kriegsführung in seine Hände legen würde. Daß der König Pitt haßte, schien den beiden fernen Beobachtern in die Hände der Feinde zu spielen, wobei Frankreich den größten Vorteil hatte, obwohl auch Rußland und Österreich im Feld gegen Preußen standen – Britanniens einzigen Alliierten auf dem Kontinent.

Pitts Position war instabil. Während Frankreich König Georgs angestammtes Heimatland Hannover überrannte, erlitt Friedrich II. eine schwere Niederlage in Böhmen bei Kolin. Die hohen Subsidien, die Britannien an den preußischen Monarchen zahlte, schienen nun eine übermäßige Verschwendung zu sein, und die nationale Verschuldung stieg entsprechend an.

Während dieser Zeit lernte Kite, daß der Krieg zwar den Handel stört, aber den Händler reich macht. Die Preise stiegen, und Wentworth' Briefe berichteten seltener von großartigen Möglichkeiten, von profitablen Geschäften desto öfter. Auch Mulgrave und Kite waren dem Profit nicht abgeneigt. Obwohl die Reise der *Spitfire* gemächlich verlief, konsolidierte sie die Position von Mulgrave, Wentworth and Company auf dem Weg nach Norden und beförderte Ladung zwischen den Häfen, die sie anlief. Dabei handelte es sich oft um Wertgut, Hartgeld oder Barren aus Edelmetall, Zahlungsanweisungen auf bei Banken hinterlegte Gelder, die für andere Handelshäuser entlang der Küste bestimmt waren oder an Banken in Philadelphia gingen. Sie waren von Mulgrave unterschrieben und garantiert. Schwer bewaffnet, schnell und stark besetzt wie die *Spitfire* war, war sie für diesen monetären Handel wie geschaffen, denn die Handelshäuser versuchten noch eilig ihre Gewinne abzusichern, bevor die Feindseligkeiten den Freiraum beschnitten. Mulgraves Name als Garantie für Redlichkeit und die angsteinflößende Mannschaft der *Spitfire* ließ ihren guten Ruf zügig wachsen und sehr schnell und diskret die Runde in der Bruderschaft der Kaufleute machen, so daß sie oft beladen wie ein spanisches Schatzschiff war. Keine Verschiffung wurde ohne einen vereinbarten Prozentsatz angenommen, der bei sicherer Ablieferung fällig wurde, zahlbar an den »benannten Kapitän und Eigner und die benannten Beauftragten des Schoners *Spitfire* aus St. John's auf der Insel Antigua«.

Und wenn Mulgrave sich respektvoll von den Männern verabschiedete, die er vorher oft nur durch ihre Unterschriften gekannt hatte, stellte er ihnen den »benannten Kapitän und Eigner« der *Spitfire* vor. Kites Ruf wurde noch durch das ganz besondere Gerücht verstärkt, daß er früher ein ganzes Sklavenschiff vor dem Gelbfieber gerettet hätte, während sein jetziges Schiff noch als furchterregender Freibeuter bekannt gewesen war. Bei dieser Kombination schien die Göttin Fortuna persönlich über die Unternehmungen des hübschen jungen Mannes zu wachen. Eine Auffassung, die durch die Anwesenheit eines so scharfsinnigen und respektierten Mannes, wie Mulgrave einer war, noch größeres Gewicht gewann.

Für Kite hatte die Reise nach Norden einen großen Reiz. Seine Liebe zu Puella, die Geburt seines Sohnes, die ertragbringende Verbindung mit dem sich langsam entspannenden Mulgrave und seine Freundschaft mit Dorothea, die gesamte vertraute Atmosphäre, die an Bord der *Spitfire* durch ihre Maske als private Lustyacht herrschte, bescherte ihm eine Periode nahezu makellosen Glücks. Zu jener Zeit war er sich jedoch nicht klar darüber, daß er während der ausgedehnten Besuche gleichsam nebenbei Kontakte zu Handelshäusern und Kaufleuten anknüpfte, die ihm später von großem Nutzen sein würden. Aber er registrierte sehr wohl, daß sich seine Fähigkeiten als Schiffsmaster erheblich verbessert hatten. Er entdeckte, was Da Silva schon lange wußte, nämlich daß er ein verborgenes Talent besaß, das seine früheren Versuche als Schiffsarzt bei weitem überstieg. Woher dieses Talent kam, konnte er nicht einmal vermuten, denn man hatte ihm nie erzählt, daß seine Mutter von der Insel Man stammte und ihre Familie seit Generationen erfolgreich in der Irischen See gefischt hatte.

Sein grundlegendes Verständnis der Navigation wuchs durch ständige Praxis, und anders als viele Kapitäne, die zwar formal – aber letztlich unzureichend – in ihrer Kunst ausgebildet waren, verlor er niemals die Bereitschaft zur Vorsicht in der Schiffsführung. Bei der Erweiterung seines Fachwissens wurde er nicht nur von Da Silva unterstützt, sondern genoß auch die nicht selbstverständliche Loyalität dieser zusammengewürfelten Crew. Um die *Spitfire* zu bemannen, hatte der portugiesische Segelmeister vierzig Männer zusammengebracht, deren Lebenswege sich nie vorher gekreuzt hatten, außer daß sie Angehörige der nachlässig herumhängenden, arbeitslosen Bruderschaft der Wasserkante waren. Sie waren vorher niemals zusammen gesegelt, noch stammten sie aus demselben Heimatort, was verhinderte, daß sich Cliquen bildeten, die sie durch ihre gemeinsamen Erfahrungen schnell zu einer effektiven Gemeinschaft zusammenschweißte. Da Silva hatte ihnen versichert, daß sie gut bezahlt werden und daß sie in den Häfen ausreichend Freizeit für Landgang bekommen würden, und hatte so ihre Ressentiments gegen Puella und Dorothea zum Schweigen gebracht. Auf der anderen Seite trieb Da Silva sie bei der Arbeit hart an. Im Hafen waren sie mit der Ladung beschäftigt oder führten allgemeine Wartungsarbeiten durch, die Mulgrave bezahlen mußte. Auf See wartete die zermürbende Plackerei des Wachegehens. Es wurde natürlich auch keine Gelegenheit versäumt, ihnen vor Augen zu führen, daß Krieg herrschte und daß ihr augenblicklicher Job sie aus den Klauen der Preßgangs der Royal Navy heraushalten konnte, bis sie ihre offiziellen Freistellungen bekommen hatten.

Bei ihrer Ankunft in New York verließ Mulgrave das Schiff. Er hatte zwar ursprünglich beabsichtigt, den Atlantik an Bord der *Spitfire* zu überqueren, aber in New York beschloß er, diesen Plan zu ändern. Einer der Gründe lag in seiner Freundschaft zu Kite, der sich als vielversprechender junger Mann erwiesen hatte. Nicht nur daß Kite seine Fähigkeiten als Skipper in der Praxis bewies, er zeigte darüber hinaus auch bei ihren Geschäften mit mehreren amerikanischen Partnern, daß er die Prinzipien des kaufmännischen Handelns fest im Griff hatte. Er demonstrierte eine Originalität und Unabhängigkeit des Denkens, die den Schluß zuließen, daß er auch auf sich allein gestellt Erfolg haben würde. So hatte Kite sein eigenes Geld, das ihm vorwiegend noch aus seiner Heuer auf der *Enterprize* zur Verfügung stand, zu einem privaten

Spekulationsgeschäft mit Krokodilhäuten eingesetzt, die er in Philadelphia mit gutem Profit verkaufte. Mulgrave wollte ihn daher nicht der Möglichkeiten berauben, die sich ihm zur Zeit boten, indem er die *Spitfire* nach England beorderte. Allerdings hatte dieser Sinneswandel auch noch einen anderen Grund.

Eines Abends, während ihrer Reise von Annapolis nach Philadelphia, als die *Spitfire* bekalmt in der trägen Dünung rollte, die auf einen heranziehenden Sturm hindeutete, hatten sich die beiden Männer nach dem Dinner dem Genuß einer Zigarre hingegeben. Die Frauen hatten sich zurückgezogen, wie es Sitte war, und spielten mit Charlie, bevor er zu Bett gebracht wurde. Die beiden Männer sprachen über das Ende der Reise und ihre Zukunftspläne.

»Nach der Beendigung unserer Geschäfte in New York«, sondierte Kite, der ein ungutes Gefühl hatte, wenn er an die Rückkehr in sein Heimatland dachte, »ist es Ihre Absicht, nach England zu segeln. Sir, darf ich also fragen, welchen Hafen Sie als den günstigsten erachten?«

»Spielt das eine Rolle?« erkundigte sich Mulgrave geistesabwesend.

Kite zuckte mit den Schultern, ein Desinteresse vorspiegelnd, das keineswegs echt war. »Ich weiß, daß man bei einer Reise nach London seinen Landfall besser im Süden macht, während es bei einer Reise nach Liverpool genau andersherum ist. Da es wahrscheinlich ist, daß französische Schiffe auf der Lauer liegen, nehme ich an, daß diese sich eher in größerer Anzahl zwischen den Casquets und der Insel White tummeln werden als vor Malin Head.«

»Sie haben Ihre Karten studiert, Mister Kite. Woher haben Sie sie?«

»Von einem Händler in Charleston.«

»Rawllings?«

»Nein, Sir, Bigsby. Er ist erst kürzlich aus Bristol herübergekommen, wo der Sklavenhandel sehr zurückgegangen ist.«

»Der Krieg, vermute ich ...«

»Ja, und die harte Konkurrenz der Liverpooler Guineafahrer, die für weniger Geld fahren als die Schiffe aus Bristol.«

»Ich verstehe.« Mulgrave schwieg eine Weile. »Nun, dann empfehlen Sie wohl Liverpool, weil es weniger riskant ist?«

»Das müssen Sie entscheiden, Sir«, erwiderte Kite, dem klar war, daß für ihn viel von Mulgraves Entscheidung abhängen konnte. Er dachte jetzt auch immer öfter an die Zukunft von Puella und Charlie, in England betrachtete man ihn schließlich immer noch als Mörder. »Allerdings möchte ich darauf hinweisen, daß wir trotz unserer schweren Bewaffnung bis jetzt noch keinen scharfen Schuß abgefeuert haben, und ich hoffe, daß es auch nie notwendig sein wird.«

»Amen!« unterbrach ihn Mulgrave. »Aber darauf können wir uns nicht verlassen. Das erinnert mich daran, daß wir uns entweder in Philadelphia oder in New York einen Kaperbrief ausstellen lassen müssen. Ich hatte eigentlich vor, damit zu warten, bis wir in England sind, aber wir brauchen seinen Schutz, um zu verhindern, daß unsere Besatzung von einem verdammt übereifrigen Johnny auf einer unterbemannten Fregatte vor Lizard geshanghait wird.«

»Also wollen Sie nach London?« fragte Kite schnell und sah die Passage den Kanal hinauf vor sich.

»Oder Liverpool«, entgegnete Mulgrave geschwind. Er beugte sich vor und drückte seine Zigarre aus. Als die letzte Rauchspirale von dem Teller aufstieg, sah Mulgrave Kite direkt ins Gesicht. »Ich habe Sie nie gefragt, Kite, denn ich bin nicht neugierig – Sie kennen meine Ansichten bezüglich der persönlichen Neugierde –, aber Sie haben nie mit Begeisterung über England gesprochen. Sogar jetzt entdecke ich keinen großen Eifer bei Ihnen, nach Hause zurückzukehren. Haben Sie eine Vorliebe für einen bestimmten Ankunftsort, sei es London, Liverpool, Bristol oder Falmouth?« Mulgrave hielt einen Moment lang inne, dann fügte er hinzu: »Würden Sie vielleicht lieber hier bleiben, an der amerikanischen Küste oder in den Antillen?«

Kite, dessen Herz raste, antwortete: »Sir, ich kann Ihnen in diesem Augenblick nicht erzählen, was ich Ihnen vielleicht schon vor langer Zeit hätte sagen müssen …«

Mulgrave hob die Hand. »Ich will nichts über persönliche Affären wissen, Kite, das Leben ist zu kurz und gefährlich. Welches Unheil auch immer in der Vergangenheit geschehen ist, ich kenne Sie lange genug, um Ihnen zu vertrauen. Machen Sie mir nur das Vergnügen, mir meine Frage ehrlich zu beantworten.«

»Nun, Sir, ich sollte vielleicht wirklich nach Hause zurückkehren, aber gegenwärtig ist es nicht möglich. Wenn Sie mir jedoch einen kleinen Gefallen erweisen würden, dann möchte ich Sie bitten, einen Brief an meine Schwester zu übermitteln. Die leidige Angelegenheit könnte sich unter Umständen von selbst erledigt haben.«

»Das scheint mir eine äußerst einfache Bitte zu sein, der ich ohne jeden Vorbehalt zustimmen kann.«

»Es würde mein Gewissen erheblich erleichtern, Sir.«

»Sehen Sie es als erledigt an. Allerdings gibt es da auch einen Gefallen, um den ich Sie bitten muß, und der ein weiterer Grund ist, warum ich Sie und den Schoner hier in den beiden Amerikas zurücklassen werde. Der gegenwärtige Krieg macht die Überfahrt nach England sehr gefährlich, und das Segeln mit diesem Schiff, gleichgültig ob nach London oder Liverpool, könnte sich als ein riskantes, möglicherweise sogar tödliches Unternehmen erweisen. Ich habe daher beschlossen, die Passage in einem Konvoi, möglicherweise sogar auf einem Kriegsschiff durchzuführen, falls man in New York eins auftreiben kann. Aber ich kann Dorothea nicht mitnehmen. Ich bin ein alter Mann, und meine Gesundheit läßt nach. Während die englische Luft möglicherweise mein Fieber kurieren kann, wird sie andererseits auf Dorothea einen entgegengesetzten Effekt haben, die schon während der Regenzeit in Antigua leidet und sich jetzt beständig darüber beschwert, daß wir weiter nach Norden segeln. Sie gehört in die Tropen, verstehen Sie, Kite. England wäre für sie, so befürchte ich jedenfalls, tödlich.« Mulgrave schwieg, dann gestand er frei: »Außerdem habe ich in England einen Klotz am Bein: meine Ehefrau. Sie ist noch am Leben, und ich muß sie für ihre alten Tage versorgen. Nicht daß ich es bisher völlig versäumt hätte, ihren Unterhalt zu sichern – trotz ihrer Treulosigkeiten, aber ich zweifle daran, noch lange zu leben. Dorothea allein in England zurückzulassen, wo sie auf das Wohlwollen meiner raffgierigen Verwandten angewiesen und dem gnadenlosen Wetter ausgeliefert wäre, wäre eine Grausamkeit, die ich nicht übers Herz bringe.«

»Was soll ich tun, Sir?« fragte Kite, angerührt von der Beichte und der Erklärung, die die Spekulationen einer ganzen Generation zum Abschluß brächte, wenn sie bekannt werden würde.

»Bleiben Sie immer Ihr eigener Herr und verbünden Sie sich mit keiner Seite. Finden Sie Ihren eigenen Platz im Leben, Kite, und bauen Sie sich ein Haus, von dem aus Sie mit Ihrer Jugend und Ihrem Reichtum Ihr Schicksal selbst steuern können. Nehmen Sie Dorothea unter Ihren Schutz, sie wird Puella eine gute Gesellschafterin sein und ein unstrittiger Aktivposten.« Mulgrave lächelte. »Und Sie erweisen damit einem alten Mann einen großen Gefallen.«

Zwei Monate später und einige Zeit, nachdem sie nach einer überaus stürmischen Reise, die sie lange draußen auf See aufgehalten hatte, in New York angekommen waren, wurde Kite eines Abends durch ein von einem Jungen überbrachtes kurzes Schreiben in die Taverne bestellt, die Mulgrave für dieses Treffen ausgewählt hatte.

Kommen Sie sofort, ohne meinen Namen zu erwähnen, es geht um etwas Geschäftliches, hieß es in dem Brief, *aber falls Sie Ihre Abwesenheit begründen müssen, sagen Sie, daß ich einen Unfall hatte*. Kite kannte Mulgrave gut genug, um zu wissen, daß der Mann nicht wollte, daß Dorothea Wind von der Nachricht bekam, und konnte sich seinen Teil denken. Er hatte recht. Mulgrave saß im Hinterzimmer, war in Reisekleidung, hatte Stiefel an, und ein neuer Mantel lag auf der Bank neben ihm. Auf dem Boden stand sein Handkoffer.

»Wir müssen uns verabschieden, Kite, aber Sie haben noch den Brief zu schreiben, den ich übermitteln soll. Ich wäre Ihnen verbunden, wenn Sie diese Angelegenheit gleich hier und jetzt erledigen würden.« Mulgrave deutete auf Feder, Tinte und Papier auf dem Tisch vor ihm. Sein Ton war so kühl wie bei ihrem ersten Zusammentreffen, und es war in der Tat eine geschäftliche Zusammenkunft, das abrupte Ende ihrer Partnerschaft. Nur Mulgraves Gesicht verriet seine unterdrückten Gefühle.

Unter diesen Umständen fiel es Kite ziemlich schwer, seinen lange aufgeschobenen Brief an seine Schwester Helen zu schreiben. Jetzt, da die Zeit und die Umstände ihn bedrängten, lieferte er kein Meisterstück ab. Schnell stoppelte und faltete er ihn zusammen, fügte noch eine Adresse hinzu und händigte ihn Mulgrave aus, der sofort aufstand.

»Eine Fregatte läuft heute nacht mit Depeschen aus, der Kommandant hat sich freundlicherweise bereit erklärt, mir eine Passage zu gewähren, wenn ich als Freiwilliger Dienst tue. Wie ich zu wissen glaube«, fügte Mulgrave ironisch hinzu, »liegt mein Status irgendwo über dem eines Midshipman und unter dem eines Leutnants. Sagen Sie Dorothea, daß ich ein Schiff im Hafen besucht habe und daß das Boot gekentert ist. Sie wird Ihnen glauben, weil sie immer etwas Derartiges befürchtet hat. Manchmal haben diese Frauen Träume, von denen sie glauben, daß sie ihnen die Zukunft enthüllen.« Mulgrave lächelte sardonisch. »Also lassen Sie in diesem Fall die Prophezeiung wahr werden. Sie wird nicht streiten. Es gibt keinen Leichnam, der begraben und beweint werden muß. Und es tut mir leid, daß ich Ihnen dieses kleine Theaterstück aufbürden muß.«

Kite schüttelte den Kopf. »Es ist das Wenigste, was ich tun kann, allerdings werde ich Ihr Ableben mit Dorothea zusammen betrauern.«

»Sie haben ein dummes, weiches Herz, Kite.« Mulgrave

blickte auf seine Uhr, dann streckte er seine Hand aus. »Sollte dieser Krieg so schlecht ausgehen, wie es zur Zeit aussieht, dann könnte es sein, daß Sie selbst nach Hause kommen müssen. Aber für die Zwischenzeit wünsche ich Ihnen alles Gute.«

In diesem Augenblick trat ein junger Mann in Marineuniform in den Raum, die weißen Aufschläge identifizierten ihn als Midshipman. »Mister Mulgrave?« fragte er und blickte sich um.

»Das bin ich«, meldete sich Mulgrave.

»Henry Hope, zu Ihren Diensten, Sir.« Der Midshipman verbeugte sich ungeschickt. »Ich habe ein Boot zu Ihrer Verfügung, aber ich muß Sie zur Eile drängen, Sir. Kapitän Lasham hat es eilig auszulaufen.«

Mulgrave stand auf und Kite mit ihm.

»Sir, Sie werden uns eine Nachricht schicken, wo Sie sich befinden?« fragte Kite besorgt. »Falls ich nach Hause komme, möchte ich Ihnen gerne meine Aufwartung machen.«

Mulgrave lächelte und nickte. »Natürlich, Kite. Wentworth ist Ihr Mann. Er wird über meinen Aufenthaltsort Bescheid wissen. Denken Sie dran, ich habe immer noch Anteile in der Gesellschaft.«

»Natürlich.« Kite schämte sich wegen der dummen Frage, doch die Ereignisse hatten sich überschlagen. Wie konnte er das alles Dorothea beibringen? Sie würde es extrem schlecht aufnehmen.

»Auf Wiedersehen, Kite.«

Sie schüttelten sich die Hände.

»Auf Wiedersehen, Sir.«

Und schon stand Kite alleine in dem Raum. Mulgrave war dem Midshipman hinaus in die dunkle, windige Nacht gefolgt.

Dorothea war untröstlich, und Kite segelte nach Süden in die Sonne und die Wärme, Ziel waren die Antillen. Die *Spitfire* hatte eine volle Ladung von Manufakturgütern an Bord:

New Yorker Roben, gefertigt »gemäß der letzten Londoner Mode«, Wein – und trotz des Krieges – auch eine kleine Menge Cognac. Der Schoner lag seit einem Monat in St. John's, als Charlie das erste Mal nach seiner Mama rief. Wentworth kaufte die Partie Abendkleider, Da Silva kaufte einen zweiten Schoner, und Kite arbeitete an den Plänen für den Bau eines Hauses. Kite und Wentworth diskutierten die Möglichkeiten, ihren Handel auszuweiten, und kurz darauf, nachdem Kite eine Wohnung für seine Frauen und den Jungen angemietet hatte, unternahm er seine erste von mehreren Reisen zwischen Antigua, Jamaika und den Carolinas. Er weigerte sich aber, eine Reise an die Guineaküste zu unternehmen, teilweise aus Angst, sich mit dem Gelbfieber zu infizieren, zum anderen Teil aus Abscheu vor diesem Handel. Dennoch war er am Umschlag der Sklaven zwischen den Inseln beteiligt und brachte Ladungen aus afrikanischem Maniok und *scrivelloes* in die amerikanischen Kolonien.

Obwohl französische Kriegsschiffe und Freibeuter auf See und zwischen den Inseln aktiv waren, hielt Kites mittlerweile schon legendäres Glück an. Er wurde mehrere Male gejagt, doch der Boden der *Spitfire* war so sauber und das Können des Skippers und seiner Mannschaft so ausgezeichnet, daß der Schoner jedesmal entwischte, ohne einen Schuß zu seiner Verteidigung abgeben zu müssen. Im geheimen aber machte Kite sich Sorgen, wann seine Glückssträhne enden würde, denn er war sicher, daß er irgendwann die Erwartungen seiner Männer nicht mehr würde erfüllen können. Darüber hinaus wurde er von der Angst geplagt, sich im Angesicht des Feindes als Feigling zu erweisen.

Dieses Gefühl wurde noch verstärkt durch den unablässigen Strom von Geschichten über die Erfolge der Franzosen, Geschichten, welche die schleichend um sich greifende Überzeugung einer unvermeidlichen Niederlage unterstrichen. Schiffe, die die *Spitfire* gut kannten, wurden von feindlichen Korsaren geentert und in die französischen Häfen als Prisen der Freibeuter eingebracht, die jetzt südlich von Martinique und Guadeloupe aus operierten. Der Kriegsverlauf sah schlecht für die Briten aus, und der durch eine Handvoll amerikanischer Kolonisten erfolgreich eroberte französische Marinestützpunkt Louisbourg auf Cape Breton Island wurde während des Sommers aufgegeben. Die britische Flotte, die für den St. Lawrence Golf bestimmt gewesen war, war durch widrige Winde aufgehalten worden, und so konnten die Franzosen Verstärkungen über den Atlantik bringen. Das entschuldigte natürlich nicht die Tatsache, daß die Angelegenheit von den Engländern insgesamt verpfuscht wurde, und die *New York Gazette* nannte 1757 »das Jahr der größten Unehre der Krone, in dem der Sache der größte Schaden zugefügt und die Nation am stärksten beschämt wurde«.

Aber die geduldigen Strategien des bemerkenswerten Pitt, der jetzt wieder in der Regierung saß und die Führung des Krieges in seinen fähigen Händen hatte, begannen sich auszuwirken. Die Geschichte von einem Admiral, der Pitt mit der Unmöglichkeit der Ausführung eines Befehls konfrontierte, kursierte auf den Kriegsschiffen, die in English Harbour zur Überholung lagen. Pitt, so wurde lachend erzählt, habe den Admiral fertiggemacht. Er habe sich mühsam erhoben, sich auf seine Krücken gestützt und auf seine bandagierten Füße gewiesen, die von der Gicht dick angeschwollen waren. »Ich *laufe* auf Unmöglichkeiten, Sir«, habe der Premierminister gedröhnt, worauf der beschämte Admiral gegangen sei, um seine Befehle auszuführen. Solche Pointen hoben die Moral der Truppe. Sie stammten von Seeoffizieren, von denen immer mehr auf der Insel auftauchten. Die jungen Leutnants der Royal Navy, die man auf den Gesellschaften in St. John's traf, schienen von den Rückschlägen nicht betroffen zu sein, und auf ebendiesen Gesellschaften bestaunten die örtlichen Zyniker, wie genau Voltaire die Exekution von Byng in einem Satz erfaßt hatte. Alle wiederholten ihn gern für jeden, der ihn hören wollte: »Die Engländer«, so sollte der Franzose gesagt haben, »erschießen von Zeit zu Zeit einen Admiral, um die übrigen Admiräle zu ermutigen.« Was auch immer an diesem geistreichen Wort wahr sein mochte, jedenfalls verstärkten jetzt ständig Kreuzer das Geschwader der Leeward Islands, und die Ansicht begann Fuß zu fassen, daß man die Franzosen nicht länger im Besitz ihrer westindischen Inseln lassen konnte. Da jeder anwesende Mann sein eigener Meister in Strategie und Taktik war, wurden wilde Theorien in die Welt gesetzt, wie man den Feind am besten von Guadeloupe, Martinique, St. Lucia und Marie Galante ins Meer jagen könnte.

»Herr im Himmel«, bemerkte Wentworth und rieb sich am nächsten Morgen die Hände nach einer Diskussion mit ein paar Kumpanen über dieses Thema bei einer Tasse Schokolade an der Wasserkante im Büro von Mulgrave, Wentworth and Company. »Denken Sie nur, Gentlemen, was sich uns für Möglichkeiten eröffnen würden, wenn der französische Handel unterbunden wäre!«

Dann kam ein Schoner aus Barbados, der vor St. Lucia einen Strauß mit den Korsaren ausgefochten hatte, und berichtete, daß auf den Windward Islands eine Flotte aus England eingetroffen wäre. Der Krieg in Westindien war damit keine Angelegenheit auf dem Niveau von Moskitostichen mehr, von feindlichen Korsaren, die britische Schiffe und Frachter aus den Kolonien wegnahmen, oder von britischen Freibeutern, die dadurch konterten, daß sie in dem französischen Schiffsverkehr zwischen den Inseln zuschnappten. Obwohl britische Marinegeschwader auf den Antillen unterhalten wurden, um den Handel zu schützen und Geleitschutz zu geben, war noch nie ein Großkampfverband in der Karibischen See gesehen worden. Auf Antigua verbreitete sich die Nachricht wie ein Buschfeuer.

Kite hörte davon, kurz nachdem der Anker der *Spitfire* in das klare Wasser gefallen war und Warpleinen an das Ufer ausgefahren wurden. Seine Männer hatten eine Jagd von drei Tagen hinter sich, und auch er war hundemüde, wollte nur noch Puella und seinen Sohn sehen, bevor er ins Bett fiel. Dorothea begrüßte ihn, Tränen liefen über ihre Wangen, der erschöpfte Kite nahm zuerst unfreundlich an, daß ihr Leid ein weiterer Ausbruch ihrer Trauer über den Verlust von Mulgrave war. Er hatte gelernt, daß die schwarzen Frauen und Mulattinnen großes Vertrauen zu dem hatten, was er Träume nannte, die sie aber für die unheilvollen Besuche von Geistern hielten. Kite hatte zugeschaut, wie sie in Trance verfallen waren, und wußte von der Geringschätzung vieler Weißer über »derart primitiven Zauber«. Durch seine Vertrautheit mit Dorothea hatte er aber mittlerweile den Eindruck gewonnen, daß sie über die Gabe der Weissagung verfügte, auch wenn das sein rationales Denken überforderte. Müde wie er war und erpicht darauf, Charlie und Puella zu sehen, nahm er an, daß Dorothea einen ihrer spirituellen Trancezustände hatte, und war irritiert, als sie sich plötzlich an ihn klammerte. Kite packte sie an den Schultern und schob sie heftig von sich fort.

»Dorothea, ich bitte dich …«

»Mister Kite, oh, Mister Kite, Charlie ist tot.«

11
Der Angriff

Das Schicksal streckte seine kalte Hand aus und umklammerte mein armes Herz, schrieb Kite nach dem Tod seines Sohnes in sein Tagebuch, bevor er sich wieder den Geschäften zuwenden mußte. Das Heulen und Jammern von Puella und Dorothea war schrecklich gewesen, ihr Elend wegen der christlichen Beerdigung des kleinen Jungen vertiefte nur ihre Trauer. In seinem persönlichen Gefühl des Verlusts durchlebte Kite nochmals die Schrecken, die er früher beim Tod seiner Mutter durchgemacht hatte, und er interpretierte es als Strafe des Schicksals wegen seiner früheren Gleichgültigkeit gegenüber dem Schicksal der Schwarzen an Bord der *Enterprize*. Der Gedanke, wie sehr ihn die Bedingungen an Bord des Guineafahrers verhärtet hatten, und die Scham über die Kälte, die er gegenüber den Schwarzen entwickelt hatte, ließen ihn beinahe zerbrechen, als er während der ersten Tage Puellas Schmerz teilte. Obwohl er nachts weinte, wenn die erschöpfte Puella eingeschlafen war, und die Seiten seines Tagebuchs mit Tränen benetzte, blieben seine Augen in ihrer Anwesenheit trocken, ein Verhalten, das sie nicht verstehen konnte. So kam es zum ersten Bruch zwischen ihnen, denn in der Trauer konnte Kite die Mutter seines toten Kindes nicht überzeugen. Sie hämmerte mit Fäusten auf seine Brust, und ihre Wut brach sich mit übermäßigen Beschimpfungen in ihrem heimischen Dialekt Bahn.

So fand sie eine neue Rolle, unterstützt von Dorothea, die Kite nun mißtrauisch betrachtete, weil er ihrer Meinung nach einen schlechten Einfluß ausübte und nicht der natürliche Erbe von Joseph Mulgrave war. Dorothea hatte Dinge gesehen und wußte Sachen, die die weißen Menschen weder verstehen noch glauben konnten. Daß ihre Visionen und Heimsuchungen nur für sie selbst überzeugend waren, verbreiterte nur noch den Graben, der sich zwischen dem weißen Mann und seiner schwarzen Mätresse auftat. Kite und Puella durften niemals glücklich werden, und der Verlust ihres Sohnes betonte den Unwillen der Geister. Obwohl sie einen weißen Vater hatte, war Dorotheas starker Glaube an die Geister schon in der Kindheit aufgeblüht, als sie unter den schwarzen Sklaven auf einer Plantage gelebt hatte. Dort waren ihr Instinkte eingepflanzt worden, die nur sehr entfernt etwas mit Kites vagen Gedankengängen über die »kalte Hand des Schicksals« zu tun hatten. Beides mochte aus primitiven, urzeitlichen Ängsten entspringen, aber die ersteren waren tatsächlich primitiv, während die zweiten die Existenz einer höheren Macht bestätigten und von der beweisbaren Autorität übermächtiger Kräfte zeugten.

Obwohl sich Dorothea in ihre Rückkehr nach St. John's im Gefolge ihres neuen Beschützers Kapitän William Kite gefügt hatte, so hatte sie doch mit dem Verschwinden von Mulgrave alles verloren. Ihr Status, ihr Haus, ihr Lebensinhalt hatten sich in einer einzigen Nacht verflüchtigt, waren mitgerissen worden unter dem Schatten von Joseph Mulgraves Mantel. Sie hatte den Mantel nur selten an Bord der *Spitfire* gesehen, denn Mulgrave hatte ihn erst in Annapolis gekauft, um sich gegen die kühlere Luft des Nordens zu wappnen, aber seit dem »Todestag« war sie mehrfach diesem Schatten begegnet. Tatsächlich war sie aber überzeugt – nein, sie wußte ganz sicher –, daß Kite ihr nicht die Wahrheit gesagt hatte, obwohl sie ihn keineswegs für einen Lügner hielt. Vielleicht glaubte er selbst, was er ihr erzählt hatte.

Dorothea wußte also – so sicher wie die Jünger des Jesus-Gottes der weißen Männer an seine Auferstehung glaubten, daß ihr Herr und Liebhaber nicht in New York gestorben war, sondern lebte. Jedenfalls hatte sie das bis zu der Nacht geglaubt, in der der kleine Charlie gestorben war. In jener Nacht hatte Kite jeden Fetzen Tuch gesetzt, um einem französischen Korsarenschoner aus Marie Galante wegzulaufen. Dorothea hatte den schwachen, aber erkennbaren Schritt von Mulgrave gehört. Mit einem Freudenschrei war sie aufgesprungen, um sich von ihm umarmen zu lassen, und war so aufgeregt gewesen, so sicher, daß er endlich zu ihr zurückgekehrt war, daß sie schnell in die Halle des gemieteten Hauses gerannt war – um dort den Schatten seines Mantels zu sehen, als er um die Ecke der Treppe bog.

Dorothea hastete hinter ihm her, sah, daß er das Zimmer betrat, in dem das Bettchen des kleinen Charlie stand. Aber es war nicht ihr Mulgrave, den Dorothea geliebt hatte, der sich jetzt umdrehte, sondern es war ein Mulgrave mit den toten weißen Gesichtszügen einer Wasserleiche. Er verschwand vor ihren Augen, mit sich nahm er den letzten Atemzug des kleinen Jungen.

All das hatte Dorothea Puella erzählt, und das alles wurde Kite als Schuld angelastet, denn er war ein mächtiger Mann, und Dorothea war sicher, daß die weißen Männer einander bei ihren Geschäften betrogen. Viele Male hatte ihr Mulgrave mit einem trockenen Lächeln von den verbrecherischen Transaktionen seiner Kollegen auf den Antillen erzählt. Immer hatte er alle erfolgreich ausgetrickst, obwohl sie nie ganz verstand, auf welche Weise er das bewerkstelligte. Nun, so dachte sie, hatte Mulgrave auf irgendeine Art Kite überlistet. Sie hatte sich selbst eingeredet, daß Kite es geschafft hätte, Mulgrave in New York loszuwerden. Vielleicht, erklärte sie der für solchen Unsinn empfänglichen Puella, war es Kite gewesen, der das Haus verbrannt hatte. Es hätte ganz in Mulgraves Charakter gelegen, nichts dazu zu sagen, behauptete sie. Und jetzt war Mulgrave, den man ausgeraubt und ohne Dorotheas Hilfe zurückgelassen hatte, gestorben. Sogar Dorotheas Überzeugung, daß ihr Wohltäter schließlich ertrunken wäre, paßte in dieses hypothetische Szenario. Die Weite des Ozeans und die komplizierte Geographie New Yorks hatten sie überzeugt, daß Ertrinken kein unwahrscheinliches Schicksal für einen Mann war, der sich wegen eines plötzlichen Malariaanfalls im Delirium befand.

Aber derartig eindrucksvolle und überzeugende Beweise

ihrer prophetischen Weissagungen machten auf Puella keinen großen Eindruck.

Für sie war Kite besessen von den verborgenen Lastern aller weißer Männer: der unstillbaren Gier nach Geld und der Gleichgültigkeit gegenüber dem Tod anderer.

Eine Woche lang versuchte Kite alles, um die trauernde Puella zu trösten. Für ihn war der Tod zuerst einmal ein Mysterium, und er verstand Dorotheas zusammengestrickte Anschuldigungen nur bruchstückhaft, registrierte nur, daß ihr lächerlicher Aberglaube so weit ging, daß Mulgrave sich die Seele des kleinen Charlie aus einem mißgeleiteten Wunsch nach Rache geholt habe. Dorotheas Hinweise auf das abgebrannte Haus machten keinen Sinn, und eine gewisse Zeit lang dachte Kite, daß die Mulattin verrückt geworden war. Eingehüllt in seine eigene Verzweiflung verhielt er sich unabsichtlich unfreundlich, doch Dorothea bemerkte seine Geringschätzung, und das war Öl in das Feuer ihrer Mißverständnisse.

Mrs Robertson, deren Versuche Trost zu spenden hauptsächlich durch das Verlangen auf den attraktiven, jungen Kapitän motiviert waren, der in diesem Moment unsicher und verletzlich war, erklärte Kite, daß plötzliches Herz- und Kreislaufversagen bei kleinen Kindern nicht ganz ungewöhnlich sei. Daß sie allerdings hinzufügte, besonders häufig wäre das bei Mischlingskindern, war pure Bosheit. Sie wollte damit das Objekt ihrer skandalösen Lust überzeugen, daß Trost und größere Befriedigung allein in ihrer Umarmung lägen. Doch ihr Besuch verfehlte sein Ziel, Kite mit dem Verlust seines Sohnes zu versöhnen, und schmerzte Puella zusätzlich durch den bösen Verdacht der Untreue, denn während Kite nichts über Mrs Robertson wußte, war Puella nicht so naiv. Mrs Robertson aber nahm für ihre Teestundenschwestern die Neuigkeit mit, daß Kapitän Kite ein äußerst sensibler, junger Mann war, der noch immer unter dem Zauber »dieser Negerhure« stand. Mit dieser Schmähung erkannten die Frauen der Garnison allerdings unbewußt die universelle Schönheit der jungen afrikanischen Frau, und Mrs Robertson landete auf dem Gipfel ihrer persönlichen Enttäuschung.

Puella vernachlässigte sich nun, sie lief halbnackt und ungekämmt durch das Haus, verkroch sich in dunkle Ecken, wie sie es früher in Kites Kabine auf der *Enterprize* getan hatte. Kite versuchte, sie seelisch wieder aufzurichten, aber nach den ersten sanften und tröstenden Umarmungen vergifteten Dorotheas Worte ihr Verhältnis, und Puella ging ihm immer mehr aus dem Weg. Zuerst dachte er, daß ihre Feindseligkeit eine vorübergehende Äußerung der Trauer war, denn sie konnte mit der Diagnose des »frühkindlichen Herzversagens« nichts anfangen. Vielleicht mußte Puella die Ursache für den unerklärlichen Tod im Bereich ihrer bösartigen, heidnischen Geisterwelt suchen, um mit den Begriffen zu sprechen, die sie verstand. Sie würde sich zur gegebenen Zeit wieder beruhigen, da war sich Kite sicher, schließlich lebten die Schwarzen mit dem Tod auf du und du und bekamen Kinder zu Dutzenden.

Aber Puella kam nicht wieder zur Ruhe. Charlie war für sie etwas Wunderbares, etwas Einzigartiges gewesen, das sie mit dem weißen Mann verband, den sie beinahe ebenso vergötterte, wie Dorothea Mulgrave angebetet hatte. Obwohl sie selbst kinderlos war, hatte Dorothea ihr die Bedeutung erklärt, welche die weißen Männer der Geburt eines Sohnes zollten, und auch den Umstand, daß ein Sohn besser war als viele, denn das Einzelkind würde ein reicher und mächtiger Mann werden, da es alles von seinem Vater erbte. Außerdem stand die erste Frau über all den anderen, trotz der bedauerlichen Tatsache, daß die weißen Männer wahllos herumvögelten, so daß diese immer versorgt wurde, auch wenn sie niemals mehr das Bett mit dem Master teilte. Die Stellung der ersten Frau war sicher, sogar wenn sie schwarz war. Diese Behauptung stützte Dorothea auf ihre Beobachtungen auf den Antillen und die Versprechungen von Mulgrave. Sie hatte gehört, daß es in England angeblich nicht so war, aber in England gab es auch keine Sonne, und es war wohl überhaupt ein Ort, der sich sehr von den Inseln unterschied.

Kite tolerierte Puellas Zorn eine Woche, dann fand er sie eines Morgens in einer Ecke des Waschraums kniend vor. Sie schien ruhiger als in der Zeit ihres letzten Zusammenstoßes, verängstigt, verletzt und einsam. Er kniete sich hin, wie er es damals an Bord des Sklavenschiffes getan hatte, und streckte seine Hand aus. Sie biß hinein.

Kite zuckte mit einem Schmerzensschrei und völlig überrascht zurück. Eine Sekunde später war sie über ihm und kratzte und biß, so daß er ihr einen Schlag mit der flachen Hand über die Wange geben mußte. Sie taumelte zurück und wischte sich mit dem Handrücken das Blut ab, das aus ihrer Nase in einem breiten Strom über ihre Lippen lief.

Kite war von Reue überwältigt und schüttelte den Kopf, machte einen Schritt auf sie zu, streckte seine Arme aus und stammelte zärtliche Worte. Aber Puella versteckte sich hinter der verschlossenen Tür. Dort blieb sie zwei Tage lang und nahm nur von Dorothea Essen an, deren vorwurfsvolle Miene Kite wie ein Gespenst anklagte. Als sie sich auch am dritten Tag weigerte, das Zimmer zu verlassen oder mit Kite zu reden, entschloß er sich unverzüglich wieder auf See zu gehen.

Die Nachricht hatte die Runde gemacht, daß drei Schiffe aus Falmouth und eines aus St. John's von französischen Freibeutern genommen worden waren. Dicsc Nachricht veranlaßte mehrere prominente Reeder aus St. John's dazu, den Handel aufzugeben und sich vom Gouverneur Kaperbriefe zu besorgen und ihre Schiffe in Kaperer umzuwandeln, und das entsprach auch ganz Kites Gemütsverfassung. Nachdem er die Angelegenheit mit Wentworth besprochen hatte, brachte er sie mit Hilfe von Rechtsanwalt Garvey, ins Laufen. Noch am selben Tag traf eine Botschaft aus English Harbour ein, die über Land geschickt worden war. Ein gewisser Leutnant Corrie vom gecharterten Kutter *Hawk* war dort aus Guadeloupe kommend eingelaufen, und eine britische Streitmacht, die aus sechstausend Soldaten unter dem Kommando von Generalmajor Thomas Hopson bestand, war vor einiger Zeit eingetroffen. Der Flottenverband, der die Infanteristen begleitet hatte, vereinigte sich mit dem Geschwader von Kommodore Moore in Barbados, gemeinsam hatte das Expeditionskorps Martinique attackiert. Doch der Angriff war fehlgeschlagen, Moore und Hopson hatten sich zurückgezogen und ihre Aufmerksamkeit auf Guadeloupe konzentriert. Die Geschütze der Schiffe und die großen Kaliber der Mörserschiffe hatten Port Royal on Basse Terre beschossen, um die Artillerie zum Schweigen zu bringen, die Garnison ins Binnenland zu treiben und die angrenzende Stadt in Flammen aufgehen zu lassen, wo die eingelagerte Jahresernte an Zucker und Rum für eine gewaltige Feuersbrunst sorgte. Moores Schiffe hatten außerdem Pointe-à-Pitre beschossen und in Brand gesetzt, das war der Hafen auf Grand Terre, der hauptsächlich von den Freibeutern des Feindes angelaufen wurde. Gleichzeitig reduzierten verschiedene Fiebererkrankungen und Hitzschläge die Zahl der nicht akklimatisierten Soldaten gefährlich, und der ältliche und bereits leidende Hopson war verstorben. Der Nachfolger des Generals, Oberst Barrington, forderte jetzt die Kolonisten auf, zu den Fahnen zu eilen.

Für Kite war das eine Chance, die ihm der Himmel selbst geschickt hatte. Im geheimen hatte es ihn immer etwas verdrießlich gestimmt, daß er den französischen Freibeutern einfach weglaufen mußte. Seinem Ruf und dem seines schnellen Schiffes unter den Kaufleuten war das zwar zugute gekommen, da diese ihre wertvollen Ladungen keinesfalls an den Feind verlieren wollten, aber daß er noch keinen scharfen Schuß mit den Franzosen getauscht und seinen Mut nicht im Gefecht bewiesen hatte, ärgerte ihn schon. Doch jetzt war sein Sohn tot, und seine Liebe wurde verschmäht. Da die kalte Hand der Vorsehung sein Herz umklammert hielt, konnte ihm alles gleichgültig sein, und er erinnerte sich an die trotzige Philosophie von Makepeace und verstand sie als Kriegsruf. So war er unter den ersten, die sich freiwillig meldeten.

Aber Leutnant Corrie hatte auch noch andere Neuigkeiten mitgebracht, und den Anflug von Patriotismus nutzend, der die Inselbewohner ergriffen hatte, verlangte er, daß man Vorbereitungen treffen sollte, um sechshundert kranke Soldaten aufzunehmen. Dabei handelte es sich, so ging schnell das Gerücht herum, nur um die schwersten Fälle, insgesamt sollten zweitausend Männer darnieder liegen, das entsprach fast einem Drittel der eingesetzten Truppen. Die Kranken trafen am folgenden Tag auf zwei Transportern in Antigua ein. Kite hatte die Nacht auf der *Spitfire* verbracht und seiner Besatzung Bescheid geben lassen, daß er sie am nächsten Morgen mustern wolle. Da Silvas Schiff lag ebenfalls im Hafen, und er erschien bei seinem ehemaligen Kapitän an Bord: »Solange bis dieses blutige Geschäft vorbei ist«, hatte er geknurrt, Kite die Hand geschüttelt und ihm sein Beileid zum Tod von Charlie ausgesprochen.

An diesem Abend hatten sich mehrere Dutzend Gentlemenfreiwillige in Wentworth' Räumlichkeiten eingefunden, wo auch Garvey erschien und anbot, für alle, die während der Expedition fallen sollten, als Testamentsvollstrecker zu agieren. Obwohl ihr Tod ganz gewiß dem Ruhm des Vaterlandes dienen würde, zogen sich daraufhin einige der jungen Herren zurück, indem sie es ablehnten, ihren letzten Willen unter Garveys Aufsicht zu verfassen.

»Sie ziehen es vor«, bemerkte der Sohn eines reichen Pflanzers mit dem Namen Henry Ranald, »ihr Schwert der Lust in ihren eigenen Besitz zu stecken, statt das stählerne Schwert in den Besitz von König Louis.«

Die verbliebenen Männer lachten über diesen derben Scherz und kamen überein, sich an Bord der *Spitfire* einzuschiffen. Am nächsten Morgen waren sie auf See und segelten in Richtung der beiden Felsenkuppen von Guadeloupe.

Die französische Besitzung Guadeloupe in Westindien bestand aus zwei großen Inseln, die so dicht nebeneinander lagen, daß man den engen Sund zwischen ihnen einfach als »den salzigen« Fluß bezeichnete. Im Nordosten lag Grande

Terre mit Pointe-à-Pitre am südlichen Ende der Einmündung des salzigen Flusses in die große Bucht, die von den bergigen Flanken der beiden Inseln gebildet wurde. Südwestlich davon befand sich die zweite Insel, die durch einen von Nord nach Süd verlaufenden Gebirgskamm in zwei Teile zerschnitten wurde. Auf der östlichen Seite der Berge und gegenüber von Point-à-Pitre lag Cabes Terre, auf der westlichen lag Basse Terre mit der Hauptstadt der Insel gleichen Namens an der südlichen Spitze. Draußen, ein paar Meilen östlich der Stadt Basse Terre, befand sich eine Ansammlung kleiner Inseln mit dem Namen Les Isle des Saintes, hinter denen sich noch weiter im Osten Marie Galante aus der See erhob. Vor der Nordostküste von Grand Terre lag die kleine Insel La Desirade, vor deren schmalem östlichem Kap, dem Pointe des Châteaux, und vor Marie Galante das kleine Inselchen Petite Terre zu finden war.

Die Inseln von Guadeloupe kamen am Morgen des zweiten Tages in Sicht und erhoben sich im ersten Licht des Tages aus der See wie eine fest umrissene Wolke. Als sich die *Spitfire* weiter näherte und die sengende Sonne den Nebel aus den Flußtälern brannte, drängten sich die Gentlemenfreiwilligen am Bug zusammen, um sich das Ziel anzusehen, das bald, da waren alle sicher, in die Hände der Briten übergehen und sich von ihnen, den legitimen Erben, ausbeuten lassen würde. Sie wußten, daß Guadeloupe viel ertragreicher war als Martinique, denn man sprach von einer Insel, von der jährlich Zucker und Rum im Wert von einer Million Pfund Sterling nach Frankreich geschickt wurde. Außerdem arbeiteten dort angeblich einhundertfünfzigtausend Sklaven auf den Plantagen, was für diese jungen und gierigen Männer ein leichter begreifbarer Maßstab war; die Summe von einer Million Pfund lag außerhalb ihrer Vorstellungskraft.

Die Eroberung sollte natürlich einen Teil dieses Reichtums in ihre Richtung umlenken, während die Vernichtung der Piratennester in Pointe-à-Pitre und Marie Galante den Handel von den Restriktionen des Fahrens im Konvoi befreien würde. Obwohl sie Kites Gastfreundschaft auf seinem Schiff in Anspruch nahmen, freuten sich viele bereits hämisch, daß diese Veränderung zu ihren Gunsten den »Erfolgsritt von Kapitän Kite« wohl etwas drosseln würde, da dessen legendäres Glück bei Fahrten außerhalb der Geleite mittlerweile zu hohen Frachtraten für alle Waren geführt hatten, die auf der *Spitfire* befördert wurden. Nicht daß sie das Kite nicht gönnten, doch eine besonders konservative Clique nahm es eben übel, daß er eine Schwarze zur Frau genommen hatte. Dem alten, muffigen Mulgrave konnte man so etwas vielleicht noch durchgehen lassen, für einen jungen Gentleman galten andere Maßstäbe.

Während diese Themen die Runde machten, betrachteten die hoffnungsvollen Eroberer das bergige Land von Guadeloupe mit seiner saftigen tropischen Vegetation in strahlend frischem Grün. Die *Spitfire* rundete Pointe des Châteaux und steuerte an der südlichen Küste von Grande Terre vor einem frischen Wind nach Westen. Voraus ragte die Gebirgskette empor, die Basse Terre und Cabes Terre teilte, und schließlich kroch die *Spitfire* unter die Kanonen des Fort Louis, den Brückenkopf, den Barringtons durch Krankheit stark reduzierte Streitmacht auf der Insel hielt. Dort traf sie auf ein Geschwader von britischen Kriegsschiffen.

»Die Gentlemen kommen also aus Antigua«, schnarrte im Fort Louis Oberst Barrington, der zeitweilige General der Feldtruppen. In seinem roten Uniformrock sah er prächtig aus, das blanke Schild, das seinen Rang auszeichnete, glänzte unter seinem Hals. An einem Tisch sitzend, hatte er seinen Fuß, der durch die Gicht angeschwollen war und merkwürdig zitterte, was einen Schmerzschauer nach dem anderen über Barringtons schwitzendes Gesicht jagte, auf den Stuhl davor gelegt. Immer wieder wischte er sich über den Mund, dabei betrachtete er Kite und Ranald, die abgeordnet worden waren, um auf den Kommandeur der Armee zu warten.

»Verfügen Sie über Kenntnisse bezüglich des Landesinneren?«

»Ja, Sir, ich bin mehrfach hier gewesen.«

»Aber verfügen Sie über Detailkenntnisse über das *Landesinnere*, Mister Ranald? Mich interessiert nicht, wo Sie mit einem französischen Pflanzer in Basse Terre Tee getrunken haben oder hier oder dort.« Barrington tauschte einen Blick mit dem jungen Hauptmann der Infanterie aus, der Kite und Ranald hereingeführt hatte. »Die Ebenen an der Küste, dort wo sie kultiviert sind, sind klar, obwohl sich ein Mann leicht im Zuckerrohr verstecken kann. Aber ansonsten sieht es unfreundlich aus, Sir, die Höhen sind zerklüftet und von Wasserläufen und undurchdringlicher Vegetation überzogen. Jede Marschsäule kann in einer solchen Wildnis leicht in einen Hinterhalt gelockt und vernichtet werden.«

Barrington nickte. »Das haben wir vor ein paar Wochen selbst erlebt«, ergänzte er noch.

»Sie werden große Schwierigkeiten haben, Ihre Artillerie zu bewegen«, fügte Ranald hinzu.

Barrington nickte zustimmend.

»*Das* wiederum haben wir in Martinique festgestellt, nicht wahr, Goodley?«

Hauptmann Goodley stimmte höflich zu.

»Nun, Gentlemen«, fuhr Barrington fort, »ich danke Ihnen. Ich bin sicher, daß wir in der Lage sein werden, eine passende Aufgabe für Sie zu finden, denn ich habe wirklich verzweifelt wenig Männer zur Verfügung, nur die Highlander, die Seesoldaten hier am Ort und die 63er zu Fuß, die in Basse Terre das Fort halten. Unsere Feinde auf der Insel sind zahlreich, und wir können kaum behaupten, daß wir sie geschlagen haben, nur weil wir uns am Rand dieser Inseln einnisten konnten. Wollen Sie zusammen agieren oder als Führer meiner Korpskommandeure?«

»Ich bezweifle, daß wir uns alle als kompetente Führer bezeichnen können«, warf Kite schnell ein, der über Ranalds Frechheit ziemlich erschrocken war.

»Aber wir wünschen, als Offiziere behandelt zu werden«, beharrte Ranald.

Barrington warf Goodley einen schnellen, ironischen Blick zu. »Ja, ich dachte mir schon, daß Sie das so sehen«, sagte er. »Ich möchte aber darauf hinweisen, Gentlemen, daß ich tausend Dinge um die Ohren habe, die meine Aufmerksamkeit erfordern …«

Kite, der sich von der ungeschickten und amateurhaften Art Ranalds distanzieren wollte, versicherte eilig: »Ich habe einen bewaffneten Schoner zu Ihrer unverzüglichen Verfügung, General Barrington. Sie können ganz über mich verfügen.«

Barrington blickte von Ranald zu Kite, dann grinste er. »Nun, bevor Sie so eifrig in unbekannte Gewässer springen, sollten Sie die schlimmste Neuigkeit erfahren. Wir haben eine Nachricht bekommen, daß eine französische Flotte vor Barbados steht. Kommodore Moore hat alle Linienschiffe und Fregatten in die Rupert's Bay von Dominica abgezogen, um uns zu decken, und unglücklicherweise mußten wir wegen der Krankheitsfälle dreihundert Soldaten an Bord abstellen, die bei der Bedienung der Schiffe helfen müssen. Außer den Transportern und ihrem eigenen Schoner, Kapitän … Vergeben Sie mir, ich habe Ihren Namen vergessen …«

»Kite, Sir.«

»Ach, ja. Nun, wir sind praktisch völlig abgeschnitten, Kapitän Kite, denn während wir hier reden, kriechen die Franzosen aus dem Busch und graben sich unter den Wällen dieses Forts ein.« Barrington ergriff eine Krücke und setzte den gichtigen Fuß vorsichtig mit einem Stöhnen auf den Boden. Goodley sprang hinzu, um ihm zu helfen, doch Barrington schüttelte den Kopf. Sein Gesicht verzerrte sich vor Schmerz, während er auf die Füße kam, und glänzte vor Schweiß. Er brauchte einige Zeit, um seinen Atem so weit unter Kontrolle zu bekommen, daß er fortfahren konnte: »Wir werden also nicht herumsitzen und darauf warten, welches Ergebnis uns der Gegner diktiert. Wir müssen die Angelegenheit in unsere Hände nehmen. Sie, Gentlemen, stellen sich bitte darauf ein, mit Ihrer Ausrüstung an Land zu gehen. Haben Sie eigene Lebensmittel?«

»Wir haben Handfeuerwaffen, Pulver und Kugeln«, erwiderte Ranald, »aber wir haben gehofft, daß Sie …«

»Ich bin in der Lage, unsere Gruppe zu verpflegen, Sir«, warf Kite schnell ein, was ihm einen erleichterten Blick von Barrington einbrachte, der sich den Papieren, die vor ihm lagen, zuwandte.

»Sie werden Ihre Pflichten … als geschlossene Gruppe aufnehmen, Gentlemen. Klären Sie vor unserer Vorhut auf. Ich bin sicher, das kommt Ihrer Eigenschaft als, äh, Offizier entgegen.«

»Das ist ausgezeichnet, Sir«, erwiderte Kite und legte eine Hand auf Ranalds Schulter. »Kommen Sie, Harry, der General hat jede Menge zu tun.«

»Wie lange geben Sie ihnen, Goodley?« fragte Barrington den Adjutanten, nachdem dieser die beiden Männer zurück zu ihrem Boot gebracht hatte.

»Oh, sicher gerade lange genug, um das französische Feuer auf sich zu ziehen, Sir«, lachte Goodley, dann fügte er hinzu: »Allerdings scheint der Skipper des Frachters nicht die Allüren seines Freundes zu teilen.«

»Kapitän Kite«, überlegte Barrington, »lassen Sie Brigadier Clavering und Oberst Crump rufen, damit wir hier ausbrechen und die verflixten Franzosen nach unserer Flöte tanzen lassen können.«

Ranalds Tatendrang auf ein schnelles Gefecht wurde enttäuscht. Barrington verbrachte die nächsten vierzehn Tage damit, die Befestigungen von Fort Louis zu verstärken, und die Garnison aus Highlandern und Seesoldaten arbeitete hart. Während Ranald und seine vornehmen Freunde an Deck der *Spitfire* herumlungerten oder eins ihrer beiden Boote dazu benutzten, zwischen den Inseln im Süden des Hafens auf Vogeljagd zu gehen, bereiteten Kite und Da Silva die *Spitfire* auf den Kampf vor.

Dann kam ihr Einsatzbefehl, aber an dem entscheidenden

Tag Ende März 1759 erhielt Kite eine Nachricht von Goodley mit dem Inhalt, Ranald und das Gros der Freiwilligen auf die Transporter zu schicken. Die *Spitfire* sollte vor Anker liegen bleiben, aber jederzeit bereit zum Auslaufen sein. Doch der Befehl dazu kam nicht, und zur allgemeinen Enttäuschung der Männer an Bord blieb sie zurück, während zwei der Transporter Anker hievten, gemeinsam von der Küste frei kreuzten und dann nach Osten steuerten.

Bald darauf verbreitete sich das Gerücht, daß sie abgesegelt wären, um Landungstruppen in St. Anne's und St. François, zwei Städten an der Küste von Basse Terre im Osten, anzulanden. Zwei Tage später kam kurz vor Sonnenuntergang Barrington persönlich in einem Boot zur *Spitfire*. Davor war bereits Goodley erschienen, der mit einer Abteilung Highlander in Kilts von den 42ern zu Fuß in der Stadt angekommen war und sich bei Kite erkundigte, ob er eine Einrichtung hätte, mit der man den General an Bord heben könne. Kite ließ deshalb den Leinwandstuhl bereithalten, den sie im letzten Jahr während der Reise nach Norden dazu benutzt hatten, die Damen an Land zu setzen. Nachdem Barrington an Deck gehievt worden war, hatte er verkündet, daß er die *Spitfire* zu seinem »Flaggschiff« bestimmte, und er bat um einen Stuhl, der an Deck angelascht werden sollte. Als das geschehen war, setzte er sich, machte es seinem gichtigen Fuß bequem und befahl das Auslaufen des Schoners.

»Wohin sind wir bestimmt, Sir?« erkundigte sich Kite.

Goodley trat mit einer Karte vor und deutete auf einen Punkt. »Hierhin, Herr Kapitän, nach Le Gosier gleich hinter Grand Bay. Dort drüben sehen Sie, daß sich die *Elizabeth Bury* und die *Orford Castle* ebenfalls auf den Weg machen. Auf ihnen sind dreihundert Mann untergebracht. Wir werden Le Gosier angreifen.«

»Ich möchte dabei sein, Hauptmann Goodley«, entfuhr es spontan Kite, der ihn unterbrach.

»Aber Ihr Schoner?«

»Mister Da Silva, mein Segelmeister und Stückmeister, wird sich darum kümmern.«

Goodley hob die Schultern. »Ganz wie Sie wünschen, Kapitän Kite, ganz wie Sie wünschen. Aber jetzt sollten wir vom Land abhalten und dann bis zum ersten Tageslicht beiliegen. Wir werden Le Gosier in der Dämmerung angreifen.«

Kite speiste mit Barrington und Goodley in seiner Kabine, die nach der Kreuzfahrt im vergangenen Sommer wieder in einen geräumigen Raum umgewandelt worden war. Dann ging er an Deck und blieb dort für den Rest der mondlosen Nacht in einem Zustand äußerster Anspannung. Er döste in Barringtons verlassenem Stuhl, da der General seine Koje belegt hatte. Die Sterne waren hell genug, um schwache Schatten auf das Deck der *Spitfire* zu zaubern, die beigedreht im leichten Passat lag. Achteraus konnte man die fahlen Segel erkennen, unter denen die Transporter in der flachen Dünung rollten, im Norden beherrschte der massige Mornes Sainte Anne die Insel Grande Terre und hob sich schwarz von dem mit Sternen übersäten Himmel ab. In seiner Phantasie erinnerten die Umrisse der Insel Kite an Puella, wie sie neben ihm schlief. Er fluchte unterdrückt und begann auf dem Deck auf und ab zu wandern, ungeduldig auf die ersten Anzeichen der Morgenröte wartend.

Er mußte, gegen die Heckreling gelehnt, eingeduselt sein, denn das Hüsteln des Rudergängers ließ ihn aufschrecken: »Verzeihung, Käpt'n Kite, aber der Transporter hat seine Großrah angebraßt.«

Kite verscheuchte die Benommenheit und die Schmerzen aus seinem Kopf und sah, daß der Transporter in der unmittelbaren Nähe – er glaubte, daß es sich um die *Orford Castle* handelte – seine Segel getrimmt hatte, und eine kleine weiße Schaumkrone zeigte sich an seinem plumpen Apfelbug. Hinter der *Orford Castle* machte sich der zweite Transporter bereit, ihr umgehend zu folgen.

Kite nickte. »In Ordnung, los die Vorsegelschoten und abfallen!«

Der Rudergänger bestätigte seinen Befehl, und die Deckswache kam in Bewegung. Der Schoner gab die natürliche Balance auf, in die ihn die Kräfte der Segel gezwungen hatten, drehte und nahm wieder Fahrt auf. Ein paar Sekunden später legte sich die *Spitfire* in der Brise über, lief hinter ihren Geleitschiffen her und holte schnell auf.

Durch die östliche Spitze von Grand Bay wurde die kleine Bucht abgegrenzt, an deren Ende Le Gosier lag, und das Vorland von Pointe de Verdure trennte den Ort von der nächsten Bucht. Weiter im Osten wurde der Meeresarm auf der anderen Seite durch viele Felsen und Inselchen begrenzt, an denen sich die Brandung brach, die schäumend auf den Strand donnerte. In der Fahrrinne dazwischen bewegten sich die mit Soldaten beladenen Boote der Transporter vorwärts und wurden von den Kanonen der *Spitfire* gedeckt. Nachdem der Anker gefallen war, wurde schnell eine Leine an der Steuerbordseite von achtern nach vorne gemannt und an der Ankertrosse angesteckt. Als die Spring fest war, wurde das Kabel noch etwas weiter gefiert, dadurch konnte die *Spitfire,* die bisher mit dem Bug im Wind gelegen hatte, mit der Breitseite herumgedreht werden, so daß Da Silva seine Geschütze auf das schlafende Dorf richten konnte, dessen Häuser im ersten Licht der Morgendämmerung sichtbar wurden.

Barrington saß in seinem Stuhl, starrte angestrengt durch sein Fernglas und sah, wie die Boote – graue Umrisse, in denen die Bajonette der Soldaten schwach blinkten – wie Käfer über die trübe, purpurrote See krochen. Sie hatten fast den Strand erreicht, als eine erste kleine Qualmwolke zeigte, daß ein aufgestörter Wachposten seine Muskete abgeschossen hatte. Weitere Wolken aus verschiedenen Richtungen folgten, bevor das Krachen eines Schusses die Beobachter vor der Küste erreichte. Dann liefen die Käfer auf den Strand, und der Lärm von weiteren Musketenschüssen rollte über das Wasser.

»Sie sind gelandet«, stellte Barrington fest und stand auf. »Wie es aussieht, brauchen wir Ihre Kanonen nicht.«

Goodley und Kite halfen ihm in den Bootsmannsstuhl und folgten ihm dann über die Seite. Matrosen der *Spitfire* pullten sie im Kielwasser der Landungsboote ans Ufer, und schon ein paar Minuten später sprang Kite über das Dollbord des Bootes klatschend in das wenige Zoll tiefe Wasser. Er wandte sich um und half Barrington aus dem Boot.

»Vorwärts! Vorwärts!« feuerte Barrington die Bootsbesatzung an und winkte sie weg.

Ein Highlander wurde zusammen mit einem Korporal und zwei Soldaten zurückgelassen, um weiterhin Barrington behilflich zu sein. Goodley, Kite und die anderen Gentlemenfreiwilligen rannten hinter der Abteilung der Highlander her, die bereits aus dem zweiten Boot der *Spitfire* an den Strand taumelten. Sie passierten ein paar einheimische Fischerboote, die man auf den Strand gezogen hatte, und hielten auf einen Weg zu, der steil nach Le Gosier hinaufführte. Von dieser Position aus sah die Lage ganz anders aus. Der Horizont war dicht herangerückt, das weitläufige Panorama, das sie von See aus betrachtet hatten, hatte sich auf einen kleinen Ausschnitt verengt, der vorwiegend Sand und Bäume zeigte. Sichtbar war auch Le Gosier, eine ferne Ansammlung von Dächern mit kleinen Rauchwolken, aus deren Mitte hin und wieder eine kurze, kleine Stichflamme herauszuckte, von einem Jaulen begleitet, sobald eine Musketenkugel durch die Luft flog.

Ein paar hundert Yards weiter oben auf der unebenen Straße konzentrierte sich das Musketenfeuer. Es schien die Hälfte der Highlander festzunageln, die jetzt auf der Erde lagen, ihre Musketen in Stellung brachten und nach Möglichkeiten suchten, das Feuer zu erwidern.

Ein junger Offizier grinste den Adjudanten des Generals an. »Leutnant Macdonald arbeitet sich da rechts herum, Sir.«

»Sehr gut«, Goodley nickte dem Untergebenen zu. »Beschäftigen Sie die Kerle!« Er drehte sich um, duckte sich und winkte seiner Abteilung und den Freiwilligen zu. »Mir nach,

Sergeant!« rief er einem langen Schotten zu, der die hohe Mütze eines Grenadiers trug. Der Mann blickte auf. »Folgen Sie mir mit Ihren Grenadieren!«

Die Abteilung bewegte sich nach links, suchte Deckung erst hinter einem niedrigen Erddamm, dann beim weiteren Vorrücken hinter einem Steinwall. Zuerst kamen die Männer unentdeckt vorwärts, aber dann klatschte eine Kugel gegen einen Stein und pfiff an Kites Ohr vorbei. Goodley schob seinen Hut auf der Spitze seines Degens hoch in die Luft, und ein Kugelregen riß ihn weg. Dann, kaum daß die wilde Salve abgeebbt war, sprang der Adjutant über den niedrigen Wall, die 42er Grenadiere folgten ihm. In der atemlosen Aufregung über die sich überstürzenden Ereignisse kapierte Kite nicht genau, was um ihn herum passierte, schob es aber auf das Schlafdefizit der vergangenen Nacht. Er war mit einem normalen Entermesser und einer Pistole bewaffnet und ihm war klar, daß er als einziger Freiwilliger der Gentlemen von Antigua mit den Soldaten vorwärtsstürmte.

Der Rest der noblen Gentlemen, von denen die meisten mit Musketen bewaffnet waren, die aber keine Bajonette hatten, warf sich hinter den Wall und gab den Soldaten Feuerschutz, indem er wild auf die hölzernen Gebäude feuerte, die hinter den wenigen Bäumen aufragten. Als Kite auf diese Häuser zustolperte, sah er plötzlich ein Gesicht in einem offenen Fenster; es war ein Soldat, der auf ihn zielte. Im Vorwärtsstürmen hob Kite die Pistole, doch der Soldat schoß zuerst. Der Blitz des Mündungsfeuers und der Knall des Abschusses gingen fast ineinander über, als die Kugel dicht an Kite vorbeiflog. Kite feuerte seine Pistole ab und lief los. Im nächsten Augenblick krachte er schwer gegen die Hauswand und blickte sich keuchend um.

Die Köpfe der Gentlemenfreiwilligen von Antigua bewegten sich beim Nachladen ihrer Vorderlader rhythmisch hoch und runter, aber die rote Flut der Infanteristen war bereits weiter vorgestürmt, und Kite schien allein zu sein, wie er da an der fremden Behausung lehnte und heftig nach Luft rang.

Irgendwo in der Ferne erfüllten das Krachen und Rattern der Handfeuerwaffen die Luft, dazu erklangen Rufe und Schreie. Aber sie kamen wie aus weiter Ferne an sein Ohr.

Obwohl er vorübergehend durch das schnelle Abfeuern der französischen Muskete und seiner eigenen Pistole halb taub war, nahm Kite eine Bewegung im Gebäude wahr. Er dachte kurz daran, wie lächerlich es eigentlich war, daß zwei Männer – jeder bereit, den anderen zu töten – jetzt nur durch eine dicke Planke voneinander getrennt waren. Er blickte auf seine Pistole. Was er brauchte, um sie nachzuladen, befand sich in seiner Hosentasche. Aber hatte er genug Zeit? Er sagte sich, daß der Franzose vermutlich ebenfalls mit dem Nachladen seiner Pistole beschäftigt war, und in einem schnellen Entschluß bewegte er sich an der Mauer entlang und bog um die Ecke.

Der Gefechtslärm tobte um ihn herum, das Jaulen und die dumpfen Einschläge der Kugeln wurden von den Rufen der aufgeregten Männer übertönt, einige riefen nach Verstärkung, andere fluchten, wieder andere schrien ihre Befehle in die Menge.

»Achte auf deine Flanke, Douglas!«

»O Gott, mein verdammtes Bein!«

»Merde!«

»Eh bien, François, eh bien!«

Die Tür der Behausung rechts von Kite schwang halb auf, und den Bruchteil einer Sekunde lang erblickte er den Soldaten in seiner weißen Leinenuniform mit den hellgelben Biesen, beobachtete, wie die Überraschung in den Augen des Mannes in Wut umkippte und dessen langläufige Muskete sich auf ihn richtete. Aber sie standen zu nahe beieinander, stolperten beinahe übereinander, als der Soldat feuerte und Kite mit dem schweren Entermesser auf ihn eindrosch. Deutlich spürte er den Biß der Klinge, während er den ausgestreckten linken Arm des französischen Infanteristen halb durchtrennte. Gleichzeitig fummelte dessen rechte Hand am Abzug, der Feuerstein riß einen Funken, und die Waffe entlud sich neben Kites linkem Ohr.

Kite konnte nichts mehr hören, aber er sah, wie sein Gegner tief Luft holte, als er sich seiner Verwundung bewußt wurde. Scheppernd fiel die Muskete des Franzosen zu Boden, und der Mann taumelte zurück in die Dunkelheit. Kite setzte ihm nach, der Schwung des schweren Entermessers zog ihn förmlich in das Haus. Ein Kamerad des Verwundeten, der mit ihm den Raum geteilt hatte und noch immer in Hemdsärmeln war, schwang nun seine Muskete in Richtung des Eindringlings. Es krachte, und die Kugel touchierte Kites Schulter, der noch ein starkes Brennen fühlte, ehe das aufgepflanzte Bajonett auf ihn einstach.

Kite riß eine Hand hoch, ohne zu bemerken, wie die Klinge in seine Finger schnitt. Er war nur von dem Gedanken beherrscht, die schreckliche Spitze von seinem Gesicht wegzuführen und hatte gewaltiges Glück, daß der Ausfall des Soldaten die Muskete mit dem Bajonett an Kites ausgestreckter Hand vorbeiführte und die Stahlspitze nur seine linke Wange ritzte. Kite schlug mit der Hand gegen den Kolben und lenkte den Stoß zur Seite ab. Dann riß er seine rechte Hand bei dem Versuch nach oben, den Feind mit dem Entermesser zu bearbeiten, was mißlang. Statt dessen drang der vordere Teil der Klingenrückseite, deren vordere Zweidrittel scharf geschliffen waren, zwischen den Beinen in den Franzosen ein. Der unglückliche Kerl sog die Luft ein und fiel auf die Knie, woraufhin Kite seine Klinge zurückzog und ihn endgültig durchbohrte. Schwer atmend zog Kite dann das Entermesser wieder heraus und wirbelte herum, weil er eine Bewegung hinter sich spürte. Der Mann, den er verwundet hatte, war auf seinen Hintern gefallen, auf dem er jetzt saß und mit einem Auge seine Wunde untersuchte, während er mit dem anderen den Ausgang des Kampfes verfolgte. Dann packte er plötzlich seine am Boden liegende Muskete und warf sie Kite zwischen die Beine.

Kite stolperte, war aber jetzt verrückt vor Blutdurst und führte einen schnellen Schlag aus dem Handgelenk. Die schwere Klinge traf den Infanteristen unter dem Kinn, trieb den Unterkiefer nach oben. Kite krachte gegen die Wand, als der Kopf des Franzosen schwer nach hinten sackte, und sich an der Wand abstützend, streckte Kite seine Hand nicht mehr als einen Zoll oder zwei aus, und das Entermesser durchbohrte den Nacken des Franzosen. Blut strömte aus der Kehle des Mannes, während er verzweifelt an seiner Luftröhre fummelte. Kite stieg über ihn hinweg und lief hinaus in die frische Luft. Weniger als eine Minute war vergangen, seitdem er die schwachen Bewegungen der Feinde hinter der Mauer bemerkt hatte.

Kite konnte jetzt genau die roten Röcke, die blauschwarzen Kilts und sogar die nackten Knie der vorwärtsstürmenden Highlander sehen; ihre geschwungenen Breitschwerter funkelten, einige Männer schossen mit ihren Musketen mitten in die Häuser entlang der Dorfstraße, um die Verteidiger auszuräuchern. Ein paar Schotten lagen bereits unbeweglich neben den toten oder sterbenden Feinden in den weißen Uniformröcken, die schon lange von ihrem obersten Kriegsherrn König Louis mit dem weißen Leichentuch ihrer Uniformen für den Tod vorbereitet worden waren.

Kite rannte weiter, verdrängte, begierig auf noch mehr Blutvergießen, den Schrecken, den er in dem Haus erzeugt hatte. Hinter einer Ecke gelangte er auf die Hauptstraße von Le Gosier, wo sein Weg von einer Abteilung rotröckiger Highlander blockiert wurde, die mit dem Rücken zu ihm standen – eine Linie drei Glieder tief. Auf der Seite der Front erhaschte Kite einen Blick auf die Gegner in den weißen Röcken und schwarzen Dreispitzen. Während er sich den Highlandern von hinten näherte, hörte er Goodleys Stimme Befehle bellen, dann das fast simultane Kratzen von Stahl auf Feuerstein. Aus der Linie der weißgekleideten Uniformierten löste sich eine Welle aus Feuer und Qualm, die Kugeln klatschten in die Wände, und Lücken taten sich in den Reihen vor ihm auf, als die getroffenen Highlander taumelten. Die Männer dahinter nahmen, von den Spontonen der Unteroffiziere gedrängt, die Plätze der Gefallenen ein, und die Highlander antworteten mit schnellem Salvenfeuer, das die Franzosen niedermähte, bevor sie eine zweite Salve abfeuern konnten. Die Schießleistung der Briten war unglaublich effizient, sie riß die feindliche Linie auseinander, bevor der Sturmangriff begann. Unter anfeuerndem Gebrüll zogen die Schotten ihre Breitschwerter, und zusammen mit den Grenadieren und Linienkompanien fielen sie über die zurückweichenden Franzosen her. Die weißuniformierte Infanterie flüchtete.

Kite stürmte mit den Schotten und schlachtete gemeinsam mit ihnen alles ab, was ihm vor das Entermesser kam. Zusammen jagten sie die letzten Feinde vom Platz und aus den wenigen Häusern, bis sie entweder tot waren, sich irgendwo versteckt oder sich ergeben hatten. Endlich folgte Kite dem Ruf zum Sammeln, als Barrington, auf den Arm eines ihn begleitenden Soldaten gestützt, humpelnd in Sicht kam.

Goodley reichte ihm den Degen des toten Offiziers, der die französische Garnison befehligt hatte. »Le Gosier ist unser, Sir.«

Barrington blickte sich um und nickte. »Sorgen Sie dafür, daß die Verwundeten zu den Schiffen zurückgebracht werden, Mister Goodley. Alle anderen bilden eine Marschkolonne in zwei Zügen als Vorhut unter dem Kommando von Leutnant Macdonald. Ich beabsichtige, die französischen Belagerungslinien vor Fort Louis von hinten anzugreifen. Übrigens, wo ist Kapitän Kite?«

»Hier, Sir.« Kite trat vor.

»Mein Gott, Kapitän!« rief Barrington aus, als er das Blut an Kite bemerkte. »Nach dem Zustand Ihres Fells und der Kleidung zu schließen, haben Sie heute munter mitgemischt. Ihre Kameraden am Wall haben gemeldet, Sie wären weggelaufen! Nun, es ist gut, daß Sie noch bei uns sind. Wenn Sie von den Franzosen gefangengenommen worden wären, dann hätte man sie vielleicht als Spion erschossen.« Barrington lachte, seine Offiziere und die Männer um ihn herum stimmten mit ein. »Bei meiner Seel', das hätten die bestimmt fertiggekriegt!«

12
Die Witwe

Während Kite zusammen mit den Verwundeten, die anschließend auf den ankernden Transportern untergebracht wurden, zur *Spitfire* zurückkehrte, marschierte Barringtons kleine Abteilung über Land nach Fort Louis. Als sie sich der Stadt näherte, um die Belagerer anzugreifen, machte die britische Garnison einen Ausfall, was die Franzosen zwischen zwei Feuer brachte. Nachdem er seine Position in Fort Louis gestärkt hatte – denn er hatte bei dem Unternehmen auch eine Batterie 24-Pfünder erobert –, wartete Barrington auf die Rückkehr von Clavering und Crump nach ihren Überfällen auf St. Anne und St. François. Während dieser Zeit kamen auf der Reede von Guadeloupe auch die letzten Transporter an, die durch den Wind nach Lee verdriftet worden waren, und brachten dem General hochwillkommene Verstärkungen.

Dann hörte Barrington vom Tod des Garnisonkommandeurs in Basse Terre, dem einzigen Brückenkopf auf dem gegenüberliegenden Inselteil von Guadeloupe. Eine unglückliche Explosion in einem Pulvermagazin hatte mehrere Männer getötet, während die belagernden Franzosen drauf und dran waren, eine schwere Batterie zu installieren. Barrington beförderte sofort einen Offizier, um ihn auf den Posten des Garnisonkommandeurs setzen zu können, und um seine Ankunft vor Ort zu beschleunigen, bat er Kite, den Mann an Bord der *Spitfire* hinüberzubringen. Der Schoner hievte Anker und hielt nach Süden auf den Pointe du Vieux Fort zu, nachdem der frisch ernannte Offizier an Bord geklettert war. Sie rundeten das Kap, nach dem Anbrassen der Vorbramrah setzte die *Spitfire* ihren Kurs auf die Rade de Basse Terre ab, und als sie auf die Reede glitt, wechselte sie ein paar Schüsse auf äußerste Distanz mit einer französischen Kanone. Das barg so gut wie keine Gefahr in sich, aber vermittelte sehr viel Selbstbewußtsein. An der Schlacht um Basse Terre nahm Kite jedoch keinen großen Anteil, wenn man davon absah, daß er eine Machtdemonstration vor der feindlichen Batterie veranstaltete, indem er dicht an den feindlichen Kanonen vorbeisegelte und eine rollende Breitseite auf sie abfeuerte. Da Silva und seine Geschützführer redeten noch lange über diesen erfreulichen Augenblick, obgleich nur wenig Schaden entstand, doch es wurden entlang des Strandes große Erdklumpen und Steine durch die Luft geschleudert, ein Fischerboot wurde leck geschossen, und drei Ziegen fanden den Tod. Dieses Ablenkungsmanöver diente der Unterstützung des Ausfalls aus Basse Terre, und obwohl sein taktischer Wert zu vernachlässigen war, vertrieb der Ausbruch der Garnison den Feind aus seinen Linien, seine schwere Artillerie wurde erobert, und die Belagerung wurde aufgehoben.

Kite kehrte nach Pointe-à-Pitre zurück und brachte Barrington die Erfolgsmeldung. Da die Stadt Basse Terre jetzt gesichert war, konnte Barrington in die Offensive gehen. Nachdem die Franzosen die Küste den Briten überlassen hatten, waren die französischen Streitkräfte auf Guadeloupe weit verstreut und in die Defensive gedrängt. Sie konzentrierten sich auf die Stützpunkte, die die Farmen und Plantagen der Kolonisten in abgelegenen Tälern schützten, dazwischen lag unzugängliches Gelände. Barrington hatte noch immer ein paar Mörserschiffe für die Feuerunterstützung zu seiner Verfügung, zudem verfügte er dank der Transporter über eine erhebliche Beweglichkeit. Daher war er in der Lage, ganz nach Belieben seine Truppen anzulanden, ins Landesinnere vorzustoßen und die französischen Stellungen zu zerstören.

Die stärkste Befestigung befand sich über der Mahaut Bay, wo die Franzosen Versorgungsgüter von den Holländern auf der Insel St. Eustatia erhielten. Dreizehnhundert Männer und sechs Geschütze wurden unter dem Kommando von Brigadier Clavering am Ufer der Bucht an Land gesetzt, bahnten sich ihren Weg durch das dichte Unterholz und eroberten Schlag auf Schlag die französischen Stellungen. Die 4ten und 42er zu Fuß verfolgten den Feind, die Highlander schwangen wieder ihre gefürchteten Breitschwerter, als sie ihre Opponenten zum Nahkampf stellten. Clavering gönnte dem Feind keine Minute Erholungspause, sogar nachts sorgte er dafür, daß seine Kanonen die Franzosen beunruhigten, um sie unter ständigem Druck zu halten. Der Feind zog sich zurück, legte Feuer an die Zuckerrohrfelder, brach Brücken in der Absicht ab, Claverings Vormarsch nach Süden über den engen Quasiisthmus zu verzögern, der zwischen den beiden Bergmassiven lag. Mit einer Energieleistung, die durch kein Hindernis zu brechen war, gelang es Claverings Männern, die Franzosen zu überflügeln, die sich auf einen weiteren starken Verteidigungsposten in Petit Bourg zurückzogen.

Hierhin hatte aber Barrington ein Mörserschiff von Point-à-Pitre geschickt. Er hatte darüber hinaus Kite einen Chartervertrag angeboten, falls die *Spitfire* Unterstützung leistete. Kite lehnte das Angebot ab, da er dadurch verpflichtet worden wäre, das Kommando über seinen geliebten Schoner an einen Marineoffizier abzutreten, höchstwahrscheinlich an einen überalterten Leutnant, der von der *Orford Castle* oder einem der anderen Transporter abgestellt worden wäre. Aber er stellte die *Spitfire* freiwillig gegen die Ausfertigung eines neuen Kaperbriefs zur Verfügung, der in der korrekten Form nach der Rückkehr nach Antigua gemäß den schriftlichen Instruktionen des Generals ausgestellt werden sollte. Da Kite die Aufmerksamkeit Barringtons bei Le Gosier erregt hatte, war der General erfreut, so eine günstige ökonomische Lösung gefunden zu haben, und schickte eine Abteilung Seesoldaten auf die *Spitfire*, was sie zu einem Hilfsschiff der Royal Navy machte.

So konnte Kite durch sein Fernglas zuschauen, als die ersten Granaten zwischen den Linien und Redouten von Petit Bourg explodierten. Die riesigen 13-Zoll-Mörser in der Mitte des Spezialschiffs donnerten alle paar Minuten. Er konnte den Flug der Granaten genau verfolgen, die in einem Bogen hoch in den Himmel stiegen und hinter sich einen dünnen Funkenschweif herzogen, der von der sprühenden Lunte stammte. Zuerst explodierten die Granaten stets einen Bruchteil einer Sekunde vor dem Einschlag in der Luft, dann gruben sie sich in den Boden ein, es verstrich ein Wimpernschlag, danach flogen sie auseinander. Nach diesen Schüssen zur Bestimmung der Flugdauer wurden die Lunten auf die korrekte Länge zugeschnitten, was zur Folge hatte, daß die Granaten einschlugen, fast noch im selben Augenblick explodierten und die unglücklichen Franzosen aus ihren Stellungen vertrieben. Unter diesem Fernbeschuß, gegen den sie hilflos waren, gab der Feind die Gräben auf, bevor er seine Kanonen zurückziehen konnte.

Wenig später kam Clavering an und säuberte Petit Bourg von den letzten zähen Verteidigern der kleinen Stadt. Während der nächsten zwei Tage goß es wie aus Kübeln, so daß Clavering seinen Männern Ruhe gönnen konnte. Während des Regens waren Crump und weitere siebenhundert Männer unterwegs gewesen, waren Clavering entlang der Mahaut Bay gefolgt und hatten die Zerstörung des dortigen französischen Depots vollendet, bevor sie sich wieder mit ihm zusammentaten. Während er in Petit Bourg darauf wartete, daß der Regen nachließ, bereitete sich Clavering aber mit seiner Verstärkung darauf vor, entlang der Küste von Cabes Terre weiter nach Süden in Richtung von Sainte Marie vorzustoßen.

Inzwischen hatte sich die gesamte französische Streitmacht auf Guadeloupe bei Sainte Marie versammelt, wo starke Verteidigungsstellungen vorbereitet worden waren. Doch die Franzosen verließen sich zu stark auf die Unpassierbarkeit des Flusses und der schmalen Pfade, die entlang der Innenflanke der Redoute und ihrer Gräben verliefen. Sie hatten unter ständigen Verlusten zu leiden, da es den feindlichen Rotröcken gelang, sich heimlich durch den Urwald in ihren Rücken zu schleichen, um dann ihre vernichtenden rollenden Salven abzufeuern, was die fatalen Folgen durch die Fehleinschätzung der französischen Offiziere offenbarte.

Eine starke Abteilung wurde ausgeschickt, um die französischen Stellungen auszuheben, als die britische Artillerie vorgezogen wurde, um die feindlichen Linien zu beschießen. Die Kanonen hatten erst ein paar Schüsse abgegeben, während die Franzosen schon die Stellungen räumten, weil sich das Gerücht verbreitete, daß die britische Infanterie schon wieder in ihrem Rücken stünde. Dieser Rückzug war weniger überstürzt, als es auf den ersten Blick aussah, denn eine zweite vorbereitete Auffangstellung befand sich auf den Hügeln über dem kleinen Hafen. Sie wurde von Ravelins und dichtem Regenwald flankiert, der Zugang führte durch dichtes Unterholz, dennoch brachten die Briten ihre Kanonen stetig weiter nach vorne, während wieder einmal Truppenteile beide Flanken überflügelten.

Als sie mitbekamen, daß die Briten sie wieder einzukreisen versuchten, bemühten sich die Franzosen, von der auseinandergezogenen Linie Claverings kleiner Streitmacht zu profitieren. Sie verließen den Schutz ihrer Stellungen und rannten im Feuerschutz ihrer Artillerie den Hügel hinunter, um das britische Zentrum anzugreifen, es zu werfen und so dort die Schlacht zu entscheiden. Clavering aber war dieser Krise gewachsen und zog die Reste seiner Truppen zusammen. Diese warf er gegen die Franzosen und trieb so den Feind in Richtung auf seine Gräben zurück, um ihn dann in völliger Auflösung auch dort hinauszujagen.

Am folgenden Tag suchten die einheimischen Plantagenbesitzer, die befürchteten, daß ihre reichen Ländereien in Brand gesetzt werden würden, um einen Waffenstillstand nach. Barrington bot den französischen Bewohnern großzügige Kapitulationsbedingungen an, und die reichste französische Insel Westindiens übertrug ihre Loyalität – für unbestimmte Zeit – auf Großbritannien.

Kaum war die Kapitulationsurkunde unterzeichnet worden, lief ein Kutter in die Bucht ein und brachte die Nachricht mit, daß General Beauharnais und französische Verstärkungen auf

Martinique angekommen wären. Aber das hinderte Barrington nicht, auch noch Marie Galante zu nehmen. Dann sicherte er die neue Kolonie, setzte eine Regierung ein, und schon ein paar Tage später erreichte Fort Louis die Neuigkeit, daß der entmutigte Beauharnais wieder abgesegelt war. Crump wurde zum Gouverneur ernannt, und die Truppen wurden umgruppiert. Drei Bataillone blieben als Garnison zurück, die anderen wurden verteilt, Barrington nahm drei weitere mit sich zurück nach England, und die 42er zu Fuß, die Black Watch, wurden nach Nordamerika geschickt.

Dann liefen Barrington und die Transporter nach England aus und die Highlander schifften sich nach Amerika ein. Kite entschloß sich, nach Antigua zurückzukehren. Es war Ende Mai, und er wollte über sein weiteres Schicksal entschieden haben, bevor die Hurrikansaison voll eingesetzt hatte. Also ließ er die Rahsegel bergen, die Schoten der Schratsegel dichtholen und segelte am Wind zurück nach St. John's. Hinter ihm blieb die Insel Guadeloupe in den Händen der britischen Armee zurück. Die Soldaten würden jedoch erst noch mit ihrem unerbittlichsten Feind konfrontiert werden: In den verbleibenden sieben Monaten des Jahres starben achthundert Mann an Gelbfieber.

Nach der Besetzung von Guadeloupe verbrachte Kite einen Monat auf Antigua. Die Soldaten der 38er zu Fuß waren bei ihrer Rückkehr ohne Major Robertson von Bord gegangen, denn er gehörte zu den elf Offizieren, die bei der Eroberung der Insel gefallen waren, was seiner Witwe Gelegenheit zu einer übertriebenen, affektierten Trauer bot.

Aber auch Kite erwarteten schlechte Neuigkeiten. Dorothea lag im Sterben, und als er sie an ihrem Krankenlager besuchte, war er entsetzt, die früher so schöne, sinnliche und anscheinend alterslose schwarze Frau kaum noch wiederzuerkennen. Dorothea hatte sich in eine verschrumpelte Hülse verwandelt, deren Körper sich kaum von dem sauberen, weißen Leinentuch abhob, das man über sie gebreitet hatte.

Als sie den Besucher erkannte, funkelten ihre Augen erschrocken, und sie streckte instinktiv ihre Hand nach Puella aus. Kite beobachtete die beiden Frauen; die eine stand, die andere lag unbeweglich da, sie waren durch ihre ineinanderverflochtenen Finger innig verbunden. Sein Herz füllte sich mit Mitleid, Traurigkeit und Bedauern.

»Dorothea …«, begann er, aber Puella ließ ihn nicht ans Bett treten.

»Sie mag dich nicht, Kite«, sagte sie hart.

»Was ist los mit ihr?« erkundigte er sich ratlos.

»Sie stirbt, Kite. Sie hat aufgehört zu essen, sie will nicht länger leben, da Mister Mulgrave tot ist.«

»Aber …«, begann Kite, dann faßte er sich wieder. Als Gegenleistung für seine vielfältigen Gefälligkeiten hatte ihm Mulgrave eine schwere Bürde aufgehalst. Er sah, wie Dorothea ihn scharf beobachtete, bemerkte das fiebrige Flackern in ihren Augen und hatte das Gefühl, daß Dorothea alles über Mulgraves Verschwinden wußte. Warum aber haßte sie Kite dann so sehr, wenn doch Mulgrave sie belog, ihr bewunderter Geliebter, dem sie stets völlig vertraute und der sie am Ende getäuscht hatte?

Und dann verstand Kite plötzlich, daß trotz des Schutzes und der vielen Vorteile, die ihnen eine solche Verbindung einbrachte, diese Frauen ihre weißen Männer haßten. Er blickte Puella scharf an.

»Puella«, fragte er ruhig, »haßt auch du mich?«

Puella sah zu Dorothea hinüber, als wollte sie deren Rat einholen, aber die sterbende Frau starrte Kite nur unverwandt an. Puella würde ihm keinen Trost schenken, solange Dorothea am Leben war, das war klar, und Kite fühlte sich unendlich erschöpft.

»Puella«, flüsterte er heiser, »du bist eine freie Frau, du hast ein festes Einkommen, von dem du leben kannst. Du kannst unser Haus auf eigene Rechnung halten, und Wentworth wird dich beschützen.«

Ein rasselnder Ton kam aus Dorotheas Brust, und Puella

beugte sich vor, um zu verstehen, was ihre sterbende Freundin hauchte.

Als sie sich wieder aufrichtete, fragte Kite: »Was hat sie gesagt?«

»Sie hat mir erzählt, daß du bald wegfahren wirst und daß ich bei dir bleiben kann.«

»Du kannst oder du mußt?«

»Kann, Kite.«

»Und wann wirst du dich entscheiden?« fragte er, und seine Stimme kippte vor Verzweiflung um.

Puella zuckte nur mit den Schultern.

Kite schlief an Bord der *Spitfire* und besuchte täglich Wentworth' Geschäftsräume, wo die beiden Männer Pläne für die Zukunft schmiedeten. Abends ging Kite zum Haus, um Dorothea seine Aufwartung zu machen, wechselte aber mit Puella lediglich Förmlichkeiten, so daß die Kluft zwischen ihnen immer tiefer wurde.

An einigen Abenden speiste er nach diesen entmutigenden Besuchen mit Wentworth zu Abend und besuchte sogar ein oder zwei Gesellschaften. Nach der Eroberung von Guadeloupe und nach der Rückkehr der Soldaten der Insel wurde fröhlich gefeiert, und die Veranstaltungen standen nicht nur der weißen Bevölkerung ohne jede Beschränkung offen, sondern schloß auch den größten Teil der wohlhabenden Gesellschaft ein, welcher teilweise aus Mulatten oder Quadronen bestand. Zu ihrem größten Bedauern war Mrs Robertson durch ihren frischen Witwenstatus von diesen Vergnügungen ausgeschlossen, und ihre Verbitterung nahm noch zu, als sie erfuhr, daß der attraktive Kapitän Kite schließlich doch seiner »Niggerhure« den Laufpaß gegeben hatte und sich jetzt in der anständigen Gesellschaft bewegte. Eifrig darauf bedacht, sich einen neuen Beschützer an Land zu ziehen, verfiel Mrs Robertson in eine Art Panik, denn sie wollte den interessanten Junggesellen für sich sichern, bevor irgendeine der anderen Intrigantinnen ihn ihr wegschnappte. So tyrannisierte sie

Wentworth und erreichte, daß sie eines Abends bei ihm war, als auch Kite erwartet wurde. Ihren schwarzen Spitzenschleier hatte sie abgelegt, und ihr schwarzes Kleid war so tief von ihren herrlichen Schultern gerutscht, daß ihr prächtiger Busen unschicklich zur Schau gestellt wurde.

»Kapitän Kite«, plapperte sie sofort los, lächelte ihn an und streckte eine Hand nach ihm aus, »was für eine Freude.«

Er beugte sich höflich über ihre Hand, und sie packte fest die seine, höchst animiert durch seine Nähe. Trotz der Anwesenheit seiner schwarzen Dienstboten argwöhnte der schwitzende, rot anlaufende Wentworth einen höchst unwahrscheinlichen Mangel an Zitronenlimonade und entfernte sich umgehend, um dem vorzubeugen.

Mrs Robertson kam schnell zur Sache.

»Kapitän Kite«, flötete sie und legte frech ihre Hand zwischen seine Schenkel, »Sie sind ein sehr anziehender Mann, und ich bin sehr beeindruckt von Ihnen.«

Ihr Atem strich heiß über sein Gesicht, ihr Duft und die Bewegung ihrer Hand verwirrten ihn. Er spürte, wie die Begierde in ihm aufstieg, und drehte sich weg.

Ihrer Eroberung sicher, lehnte sie sich zurück, spreizte ihre Schenkel und zog raschelnd ihren seidenen Rock in die Höhe, damit die Unterröcke und ihre schlanken Waden sichtbar wurden. »Ich werde alles für dich tun, William, alles.«

»Alles?« flüsterte er und kämpfte dummerweise mit seinem Gewissen, denn es verlangte ihn durchaus danach, sich in ihrem willigen Fleisch zu verlieren und die Verwirrung in seiner Seele wegzuwaschen. Als die zunehmende Lust an ihm zerrte, vermeinte er Makepeace' Schlachtruf zu vernehmen.

»Alles«, wiederholte sie atemlos und zeigte sich nackt bis auf die Strümpfe. Sie blickte auf ihn hinunter, als er sich seiner Hosen entledigte. »O Gott ...«, spürte, wie er zögerte, und versicherte ihm schnell: »Wentworth wird uns nicht stören, dafür habe ich gesorgt.«

Kite aber fragte: »Wie? Was?«

Sie lachte und lehnte sich erwartungsvoll zurück. »Oh,

mein Liebling, mach dir keine Gedanken, komm zu Kitty, hier … hier …«, und langte nach unten, um ihn zu leiten.

»Aber wie«, wollte er wissen, und sie sah ein gefährliches Leuchten in seinen Augen.

»Nun, Dummerchen, einfach wie der hier«, sie klopfte auf seinen pulsierenden Penis.

Er sah sie erschrocken an. Das Ausmaß ihres Plans wurde ihm in dem Moment klar, als er in sie eindrang, und sein Glied wurde vor Ärger und Empörung schlaff.

»Du weist mich zurück?« Kitty Robertson konnte es kaum glauben.

Kite war bereits aufgestanden, stopfte seine Hemdzipfel in die Hose und knöpfte seine Hose zu. »Nein, ich weise Sie nicht zurück«, knurrte er ausweichend. »Ich behandele Sie nur wie eine Hure.«

»Aber du liebst doch Huren!« Erst wirkte sie verzweifelt in ihrer derangierten Verfassung, doch ihre Stimmung schlug schnell um. »Sind wohl nur Niggerhuren nach deinem Geschmack?« knurrte sie gehässig.

Kite schlug nach ihr, aber sie wich dem Schlag mit einem triumphierenden Grinsen aus. Dann sprang sie mit so viel Schwung auf, daß er zurücktaumelte, weil er sich noch darauf konzentriert hatte, seine Kleidung in Ordnung zu bringen. Ihr Rock fiel zu Boden, sie stieß ihren Kopf nach vorne, ihr Gesicht war wutverzerrt.

»Du Nigger liebender Bastard!« fauchte sie.

Er bedauerte seinen Impuls, sie zu schlagen, weil er sie als Opfer dastehen ließ.

»Wenn ich mir vorstelle, daß ich Sie für einen Gentleman gehalten habe! Sie sind nichts weiter als ein …« Funken der Leidenschaft sprühten aus ihrer Rede.

Aber Kite war jetzt auch wütend, und zunehmender Zorn packte ihn. »Seien Sie still!« schnappte er, ehe er sich wieder unter Kontrolle hatte und dafür sorgte, daß die Sache nicht aus dem Ruder lief. »Wir haben uns beide dumm benommen.«

Aber sie schüttelte den Kopf. »O nein, das können Sie nicht

so vom Tisch wischen! Das werde ich nicht dulden! Ich lasse mich nicht von Ihnen zum Narren halten, bei Gott!«

Sie wollte sich nicht beruhigen, sondern war durch und durch entrüstet, wütend, der völlige Gegensatz zu ihrer hingebungsvollen Bereitschaft kurz zuvor. Kite unterdrückte seinen Protest und ließ ihr ihren Willen. Was machte es schon? Solange sie und Wentworth den Mund hielten, würde auch er aus diesem unglückseligen, peinlichen Vorfall kein Kapital schlagen. Er drehte sich plötzlich um und griff nach seinem Hut. Die unerwartete Rückzugsgeste traf sie so überraschend, daß sie in ihrer Suada innehielt.

»Um Gottes willen, Madam, machen Sie lieber Wentworth glücklich!« empfahl ihr Kite. »Er ist unendlich viel reicher als Ihr verstorbener Gatte und fühlt sich im Augenblick wahrscheinlich ganz miserabel vor Enttäuschung, daß Sie ihn nicht befriedigen wollen, sondern sich mir anbieten.«

In der kurzen kalkulierten Pause, die folgte, eilte Kite aus dem Zimmer und polterte die Treppe hinunter, wo er auf Wentworth traf und ihm riet: »Gehen Sie zu ihr, um Himmels willen, und erfreuen Sie sich an ihr. Ich liebe Puella und habe kein Verlangen nach dieser Frau. Aber sie ist so scharf wie eine streunende, rollige Katze.«

Der bedauerliche Zwischenfall mit Mrs Robertson beendete Kites Phase der Unentschlossenheit. Bei seinen Geschäften mit Wentworth war er nur halbherzig und unentschlossen bei der Sache gewesen, unsicher seiner Ziele und auch seiner Motive. Nachdem er sich – was er selbst heimlich als einen vorsätzlichen Mordrausch bezeichnete – in das Abenteuer bei Le Gosier gestürzt hatte, wirkte dieser weitere beunruhigende Beweis seiner Schwäche auf ihn wie eine laut zufallende Tür. Und als Dorothea zehn Tage später starb und Puella zustimmte, ihm überallhin zu folgen, wohin er auch gehen würde, wurde ihm klar, daß ihre Ergebenheit das einzige war, was ihn interessierte. Außer den Geschäften hielt ihn nichts auf Antigua, und auch dieses Interesse ließ nach, als Wentworth ihn wissen ließ, daß Mrs Robertson seinen Heiratsantrag angenommen hatte. Zum Glück verlangte es der Anstand, daß die Hochzeit erst nach einem Trauerjahr vollzogen werden konnte, doch Mrs Robertson konnte ihre Befriedigung nicht ganz verbergen, daß sie eine der reichsten Frauen der Antillen werden würde. Soweit es Kite betraf, gönnte er ihr den Triumph aus ganzem Herzen.

»Das ist eine ganz schlechte Frau für dich, Kite«, bemerkte Puella eines Abends, als sie während eines Spaziergangs an der Wasserfront Mrs Robertsons Kutsche passierten.

Kite blickte Puella scharf an. Er hatte diese abendlichen Spaziergänge eingeführt, um wieder mehr Kontakt zu ihr zu bekommen, obwohl er noch immer nicht zum Schlafen in sein Haus zurückgekehrt war. Er war erfreut gewesen, daß sie diese Vorgehensweise akzeptierte, denn er wollte sie nicht vor der gesamten Einwohnerschaft St. John's nach dem Tod von Dorothea bloßstellen. Die Ausrede, daß sie die leidende Mulattin pflegen mußte, war schließlich weggefallen. Der Hinweis auf Mrs Robertson war ihre erste Bemerkung, die zeigte, daß sie sich wieder zunehmend für ihn interessierte.

»Warum sagst du so etwas?« fragte er.

»Weil sie dich haben wollte. Nachdem der Major gefallen war, dachte sie, daß du deine schwarze Frau wegwerfen und sie heiraten würdest.«

»Woher weißt du das?«

Puella zuckte mit den Schultern. »Ich weiß es.«

»Aber ich war ihr nicht zugetan, und jetzt wird sie Mister Wentworth heiraten.«

»Er wird sie reich machen und sie ihn elend.«

»So wie ich dich elend gemacht habe?« fragte er sie zärtlich.

Puella ging weiter und schwieg.

»Sag mir, Puella«, fuhr Kite fort, »warum hat mich Dorothea so verabscheut? Hat sie das Verschwinden von Mister Mulgrave mir angelastet?«

»Natürlich. Sie glaubte, daß du ihn ausgetrickst hast und daß er deshalb nach England zurückkehren mußte.«

»Ich verstehe. Aber das ist nicht wahr. Mister Mulgrave hat von mir verlangt, Dorothea zu erzählen, er sei ertrunken. Er hat mir von ihren Visionen erzählt, die diese Todesart vorhersahen, und hielt es für das Beste, sie in diesem Glauben zu lassen.« Puella schwieg, und so fuhr er fort: »Versteh bitte, Mister Mulgrave mußte zurück nach England, um sein Fieber zu lindern – außerdem hat er eine Ehefrau dort. Wußte Dorothea das?«

Puella hob wieder die Schultern. »Vielleicht, ich weiß es nicht.«

»Traurig und dumm an der Sache ist nur, daß Mister Mulgrave noch am Leben ist.«

»Nein!« Puella schüttelte den Kopf. »Nein, Mister Mulgrave ist tot«, stellte sie energisch fest, »er starb im Wasser.«

Kite schwieg. Was spielte es für eine Rolle? Tot oder lebendig, Puella würde glauben, was ihr Dorothea erzählt hatte, so groß war die Macht der Mulattin über ihre junge Freundin. Kite nahm traurig zur Kenntnis, daß es ohne Bedeutung war, wie viele Vorteile diese Afrikaner aus der Zivilisation ziehen konnten, um ihre Lebensverhältnisse zu verbessern. Sie blieben eben immer das, was sie waren: Afrikaner.

»Ich will dir etwas Wichtiges sagen, Kite«, unterbrach Puella seine arroganten Gedankengänge.

Er spürte, wie sie sich enger an ihn herandrängte und ihn in Richtung des Hauses leitete. Es war fast schon dunkel, nur der letzte rosige Streifen des Sonnenuntergangs verblaßte am westlichen Himmel, und in der Luft lag bereits die erfrischende Kühle der Nacht.

»Es freut mich, daß du mir anvertraut hast, was mit Mister Mulgrave passiert ist. Es ist traurig, daß Dorothea zurückbleiben mußte. Aber jetzt hat Puella gesagt, daß sie mit dir nach England gehen wird.«

»Und falls ich nach Amerika gehe?«

»Dann eben Amerika, nur du mußt Puella mitnehmen.«

»Liebst du mich, Puella?« fragte er sie leise und beugte sich über sie, so daß ein vorbeigehendes Paar auf ihre innige Entrücktheit aufmerksam wurde.

»Du mußt heute nacht zu mir kommen, Kite, denn da gibt es noch etwas Wichtiges, was ich dir sagen muß.«

Kites Herz vollführte wilde Sprünge, doch er sagte: »Nichts ist so wichtig wie das, was du mir schon gesagt hast.«

»Doch, etwas ist wichtiger. Du mußt dich vor Mrs Robertson vorsehen. Sie wird Mister Wentworth schlecht beeinflussen, besonders nachdem du weg bist. Sie wird versuchen, dein Geschäft zu ruinieren.«

»Glaubst du, daß sie so rachsüchtig ist?«

»Ich weiß nicht was ›rachsüchtig‹ bedeutet, aber ich weiß, daß sie deine Feindin ist.«

Puellas Warnung ließ Kites Pläne schnell reifen, und am folgenden Tag suchte er Wentworth auf und kündigte an, daß er sein gesamtes Kapital zu realisieren gedenke, da er die Absicht habe, noch vor Mitte des Monats Juli die Insel zu verlassen. Wentworth fragte nach den Gründen, woraufhin Kite ihm erklärte, daß es keine gäbe.

»Ich bin entschlossen, die Antillen zu verlassen, mein lieber Freund, und ich werde niemals zurückkehren. An diesem Ort kleben zu viele schlechte Erinnerungen.«

Wentworth dachte, daß Kite auf seinen verstorbenen Sohn anspielte, und stimmte ihm zu. »Es wird meinen Spielraum verringern, Kredit zu geben, aber …«

»Akkreditive reichen mir aus, obwohl ein gewisser Teil an gemünztem Geld und Barren unverzichtbar ist, um die laufenden Kosten zu decken.«

Wentworth nickte. »Ich verfüge über portugiesische Goldmünzen, geprägtes Geld und ein paar Barren, über die ich kurzfristig verfügen kann«, erläuterte er.

Kite lächelte, die »paar« Barren amüsierten ihn. »Es wird reichen. Den Rest in Akkreditiven.«

»Zu ziehen bei Coutts in London?«

»Nein, bei Verhagen in New York.«

Wentworth schüttelte den Kopf. »Das ist unmöglich. Ich habe meine Kreditlinie bei Cornelis ausgeschöpft, bis die nächste Zuckerrohrernte eingebracht ist. Er hat mir drei große Ladungen mit Wein, Bauholz, Flachs, Nähzeug und andere modische Artikel geschickt. Die Frachtraten waren ruinös und die Prämien der Versicherer exorbitant. Ich habe jetzt noch damit zu tun, das Zeug aus meinem Lagerhaus raus zu bekommen. Es tut mir leid, es muß London sein. Ist das ein Problem?«

Bedächtig schüttelte Kite den Kopf. Also holte ihn das Schicksal auf diesem Weg ein. Es war fast komisch, daß der letzte entscheidende Schlag aus einer Ecke kam, aus der Kite ihn am wenigsten erwartet hatte. Irgendwie erinnerte ihn das an Julius Cäsar und den tödlichen Stich von Brutus. Er blickte Wentworth an; er war, im Gegensatz zu Brutus, schuldlos.

Wentworth war kein Freund, der sich in einen politischen Mörder verwandelt hatte, er war nur ein Geschäftsmann, der Kapital auf einem gefährlichen Markt einsetzte. Das Risiko ließ Wentworth schwitzen, stellte Kite fest, während sich sein Partner die Stirn abwischte.

Kite fragte sich, ob er schon Schatten sah, wie sie Dorothea überfallen hatten. War es eine üble Laune des Schicksals, daß zu diesem besonderen Zeitpunkt Wentworth keinen Kredit bei dem holländischen Bankier in New York hatte? Kite schüttelte nochmals den Kopf. »Nein, ich wollte eigentlich nach New York segeln, aber ich kann meine Pläne leicht ändern.«

»Sie können so viele *moidores* haben, wie Sie wollen, William. Ich habe nicht vor, Ihnen Ungelegenheiten zu machen.«

»Sie bereiten mir keine Ungelegenheiten«, versicherte Kite lächelnd und stand auf. »Dann bis morgen. Und Garvey soll kommen, mit einem Kaufvertrag für meine Anteile an Da Silvas Schoner. Ich möchte sie ihm anbieten.«

»Nein, lassen Sie Sie mich Ihnen alles abkaufen, von dem Portugiesen werden Sie nichts bekommen.«

»In Gold?«

»Ja«, nickte Wentworth, »in Gold. Sovereigns, wenn Sie möchten.«

»Ganz wie es Ihnen beliebt.« Kite nahm seinen Hut und verließ das Büro.

IV

Wind

13
Der Hurrikan

Am Vorabend des geplanten Abfahrtstages nach Nordamerika traf Kite unvermutet auf Kapitän Makepeace. Er lud seinen ehemaligen Kommandanten in das gemietete Haus ein und sagte ihm zu, eine Ladung von zwanzig Sklaven an Bord zu nehmen, die auf der *Enterprize* frisch aus Benin eingetroffen waren. Die Sklaven waren für Kingston, Jamaika, bestimmt, doch Kapitän Makepeace hatte weder Lust auf diesen Umweg noch darauf, die Beladung mit Melasse und Rum für England auf einen späteren Zeitpunkt zu schieben, denn er machte sich Sorgen. Es war schon spät in der Saison, und er wollte nicht auf einen Hurrikan stoßen, bevor er klar von den Inseln war.

»Wenn Sie ohnehin nach der Küste von Nordamerika bestimmt sind, dann wäre ich Ihnen sehr verbunden, wenn Sie sich meinem Angebot geneigt zeigen würden«, bat Makepeace, während sie in dem kleinen Hof hinter der hohen Mauer saßen, die sie vor dem geschäftigen Treiben am Kai von St. John's abschirmte. Die Sonne neigte sich dem Horizont zu, und der Himmel war in prächtiges, pfirsichfarbenes Licht getaucht. Kite war guter Laune und stimmte lachend zu, während beide ihre Gläser mit Palmwein leerten.

»Sie haben sich gut herausgemacht, so wie ich das vorhergesehen habe«, stellte Makepeace fest und blickte auf Puella, die still neben ihnen saß. »Und Sie, Puella, sind schöner, als ich mir das jemals habe vorstellen können.«

Puella schlug die Augen nieder und schwieg weiter. In der Gesellschaft von Makepeace fühlte sie sich unbehaglich, denn sie konnte die Veränderungen seiner Beziehung sowohl zu Kite als auch zu ihr nicht auf die Reihe bringen. Außerdem gefiel es ihr nicht, daß Kite Sklaven auf der *Spitfire* transportierte. Der Schoner war bereits voll mit braunem Muscovadozucker und Rum beladen, ein Teil davon war nach Savannah bestimmt, wo Kite den freiwerdenden Platz in der Luke mit Baumwolle füllen wollte. Der Gewinn war zwar nur bescheiden, aber da er keine persönlichen geschäftlichen Kontakte in Britannien hatte, wollte er kein Risiko mit einer Ladung eingehen, die vielleicht schwierig zu verkaufen war. Trotz seiner Befürchtungen stimmte er aber nun zu, eine Partie schwarzes Elfenbein von Makepeace zu kaufen.

»Wie ich hörte, sind Sie jetzt ein Mann mit einigem Vermögen«, meinte Makepeace, nachdem sie ihre geschäftlichen Abschlüsse unter Dach und Fach hatten.

»Ich bezweifle stark, daß ich auch nur annäherungsweise an Ihr Vermögen herankomme, Kapitän, aber Sie haben mir einen großen Gefallen getan, als Sie mich Mister Mulgrave vorgestellt haben. Er war zu mir und seinem vormaligen Protegé sehr großzügig. Obwohl ich dem nicht würdig war.«

»Ich darf voraussagen, daß Sie noch weiter von seiner Freigebigkeit profitieren werden«, bemerkte Makepeace und goß sich Palmenwein aus dem Krug nach.

Kite runzelte die Stirn. »Oh, in welcher Weise?«

»Haben Sie denn noch nicht gehört, daß Mulgrave tot ist? Ich hätte gedacht, daß sein Anwalt, wie war doch gleich sein Name …?«

»Garvey«, warf Puella ein und zeigte plötzlich mehr als nur flüchtiges Interesse.

»Genau der, Garvey. Ich war sicher, daß er Sie bereits informiert hätte. Nun, es spielt ja keine Rolle, denn Mulgrave ist schon seit geraumer Zeit tot. Garvey wird die Einzelheiten kennen. Ich bin überrascht, daß Sie nichts darüber gehört haben.«

Kite blickte Puella mit zerknirschtem Gesichtsausdruck an. Zwischen ihnen mußten keine Worte gewechselt werden: Dorothea hatte recht gehabt. »Wissen Sie, wie er ums Leben gekommen ist?« fragte er.

»Ja, er hatte sich auf einer Wherry eingebootet, und die

wurde von einer heftigen Böe, welche über die Themse fegte, umgeworfen.«

»Dann ist er ertrunken«, stellte Kite fest, und Makepeace nickte bestätigend und schlürfte nachdenklich an seinem Mimbo. »Ich will verdammt sein«, murmelte Kite, und Puella zog sich schweigend zurück.

Die Sonne war untergegangen, und die tropische Nacht senkte sich schnell herab. Puella ging gewöhnlich früh zu Bett, besonders wenn Kite noch geschäftlich zu tun hatte.

Kite sah ihr nach, als sie sich wie immer sehr gerade hielt und mit dieser besonderen Grazie lief, die auf königliche Vorfahren hindeutete. Er spürte ihre Einsamkeit, und sein Herz flog ihr zu. Schon suchte er nach einer Entschuldigung, um Makepeace durch die Blume zu verstehen zu geben, daß es an der Zeit wäre zu gehen, als sich der Kapitän ungerührt ein weiteres Glas Mimbo eingoß und im Hof umblickte, während die Kühle der Nacht die Belastung linderte, die die Tageshitze den weißen Männern brachte.

»Kite, ich werde alt, und ich spiele mit dem Gedanken, mich bald zur Ruhe zu setzen. Ich habe ein Haus in Liverpool, und es fällt mir zunehmend schwerer, nicht dort zu leben. Bis jetzt habe ich die meisten Pestilenzen in Guinea, Benin und auf den verseuchten Inseln überstanden, aber ein Mann kann nicht ewig vor dem Schicksal weglaufen. Wie ich der Frambösie entkommen bin – keine Ahnung, das muß ich ehrlich gestehen –, aber der Teufel kümmert sich um die Seinen, sagt man. Mir gehören jetzt drei Schiffe, abgesehen von Parten an der *Enterprize*, denn ich habe kürzlich die *Adventure*, die *Endeavour* und die *Ambition* gekauft. Das erste ist ein schönes, wie eine Fregatte gebautes Schiff, das zweite eine Brigg und das dritte einen Schnau. Alle wurden sie für Bristol gebaut, doch Liverpool hat diesen Hafen inzwischen völlig aus dem Geschäft gedrängt, so konnte ich sie billig erwerben. Sie sind in einem guten Zustand, laufen im Linienverkehr nach Liverpool und bringen satten Gewinn. Ich habe mir heute übrigens Ihren Schoner angeschaut, er würde in der Tat einen guten kleinen Gunineafahrer abgeben, aber er ist gewiß ein noch besserer Freibeuter. Wie ich hörte, haben Sie schon einen Kaperbrief für Ihr Schiff.«

Kite nickte, unsicher, wohin diese schmeichlerische Rede führen sollte. Er wurde nicht lange auf die Folter gespannt, Makepeace goß sein Glas voll.

»Nun denn, Kite, ich habe Ihnen einen Vorschlag zu machen. Mit Ihrem Schoner und für einen Teil Ihres Kapitals würde ich Ihnen den Anteil einer vollen Hälfte an meiner kleinen Flotte einräumen. Für mich selbst könnte das Kapital meinen Lebensabend im Schoße der Familie sichern, daneben hätte ich die beruhigende Gewißheit, daß Sie, da Sie weit jünger als ich sind, die Geschäfte zu unserem beiderseitigen Nutzen weiterführen würden. Natürlich lege ich großen Wert darauf, daß das Erbteil meiner Kinder abgesichert wird, aber darin vertraue ich Ihnen vollständig. Für Sie wäre es eine einzigartige geschäftliche Gelegenheit ...« Makepeace machte eine Pause. »Nun, was sagen Sie dazu?« Er ergriff sein Glas und nahm einen langen Zug, während er Kites Reaktion beobachtete.

Kite nickte langsam. Die Nachricht von Mulgraves Tod, so traurig sie sein mochte, schien keinerlei Auswirkungen auf sein Leben zu haben. Falls Garvey davon wußte, dann ganz gewiß auch Wentworth, und warum Wentworth sich nicht gemeldet hatte, war Kite zwar ein Rätsel, aber keines, das es ihm wert gewesen wäre, sich zu dieser späten Stunde ernsthaft den Kopf zu zerbrechen. Wer weiß, wie lange Kitty Robertson mit Wentworth bereits ihre Intrigen gesponnen hatte, jedenfalls vermutete er mehr oder weniger, daß sie etwas mit der Angelegenheit zu tun hatte. Es war gut vorstellbar, daß sie den jüngeren Mann schon eine Zeitlang vor ihrer Verlobung manipuliert hatte, denn Wentworth war nun einmal nicht der schönste unter den potentiellen Liebhabern auf der Insel. Aber er war mit Sicherheit der diskreteste und verfügte über das größte flüssige Vermögen, das man auf Antigua ausplündern konnte. Kite schob diesen Gedanken wieder zur Seite, denn trotz aller Risiken, die anderswo auf ihn warten würden, war er St. John's müde. Er spürte, wie es ihn nach England zog, zu den regengepeitschten Hügeln seiner Heimat Cumbria. Einen Augenblick lang dachte er sogar an seinen Vater und Helen und daran, daß der Brief, den er seiner Schwester geschrieben hatte, vermutlich nie angekommen war, denn er hatte keine Antwort bekommen, obwohl er als Adresse Cornelis Verhagen in New York angegeben hatte, mit dem Wentworth regelmäßig korrespondierte. Noch immer lag also ein Schatten über der Rückkehr nach Cumbria.

»Nun?« drängte ihn Makepeace.

»Ich finde Ihr Angebot sehr attraktiv«, hob Kite an und fragte sich, wie weit er Makepeace trauen konnte, dessen schlimme Exzesse er früher miterlebt hatte.

»Weiter! Irgend etwas liegt Ihnen doch auf der Seele. Vertrauen Sie mir nicht? Ich biete Ihnen eine Partnerschaft an, Kite, eine Partnerschaft. Ich lade Sie ein, der Vertraute meines Hauses zu werden im vollen Bewußtsein, daß Sie Vorbehalte gegen mich haben, sogar Zeuge meiner Fehltritte waren, die, sollten sie an bestimmten Orten bekannt werden, mein Leben zerstören könnten – oder jedenfalls das, was davon noch übrig ist.« Makepeace rutschte auf seinem Stuhl hin und her und richtete sich dann auf. Er war bereits ein klein wenig betrunken, aber seine Gedanken waren klar, und er lallte nur geringfügig beim Sprechen. »Sehen Sie, Kite, ich vertraue Ihnen, auf mein Wort, so ist es.« Makepeace schwieg und ließ die Bedeutung der Worte wirken, dann seufzte er und fügte hinzu: »Also müssen auch Sie mir vertrauen und mir erzählen, was Sie bei Ihrer Rückkehr nach England zu befürchten haben. Sie haben diese Sache ja früher mal angesprochen, erinnern Sie sich?«

Kite riß sich zusammen. »Nun ja, ich bräuchte ein Haus in Liverpool, und was mich am meisten bedrückt, ist die Frage, wie Puella dort aufgenommen werden würde.«

Makepeace wischte die Probleme mit einer Handbewegung zur Seite. »Ich kann dafür sorgen, daß Sie ein Domizil bekommen, das Ihrem Stand als Kapitän und Kaufmann würdig ist. Was Puella angeht – solange Sie kein kompletter Narr sind und das Mädchen heiraten, können Sie sie als Mätresse auf Ihrem Wohnsitz in Liverpool behalten. Sie haben keine Kinder, daher kann die Angelegenheit geregelt werden, und da Puella frei ist, wird man Ihnen keine Schwierigkeiten bereiten. Für London kann ich nicht sprechen, aber Liverpool ist ein aufstrebender Ort, und ein Mann mit Geld und Verbindungen wird dort nicht unter Druck gesetzt, solange er diskret bleibt und keine Skandale anzettelt.« Makepeace lächelte. »Und ich habe Sie noch nie dabei ertappt, daß Sie sich skandalös benommen hätten. Was haben Sie also sonst noch auf dem Herzen?«

»Noch eine Kleinigkeit ... Da ist noch die Sache von ...«

»Was bedrückt Sie? Heraus damit!« drängte ihn Makepeace.

»Ein Mord.«

»Ahhh, ich verstehe«, Makepeace nickte. Aber er verstand natürlich nichts. »Würde es Ihnen etwas ausmachen, umfassender zu beichten?«

Kite schilderte die unvergeßlichen Momente jenes fernen Nachmittags. Er ließ lediglich seinen Abscheu vor dem Baby mit dem monströsen Kopf unerwähnt, das zwischen Susies zuckenden Schenkeln gelegen hatte, und alles schien so weit, so unendlich weit zurückzuliegen, und er war nicht mehr der langbeinige Junge, der voller Entsetzen aus der Scheune der Hebblewhites bis unter den samtschwarzen, mit Sternen übersäten tropischen Himmel geflüchtet war.

Schließlich fragte Makepeace: »Aber Sie sind völlig unschuldig?«

Kite nickte. »Oh, ja, obwohl ich manchmal träume – in der letzten Zeit nicht mehr so häufig, doch von Zeit zu Zeit immer wieder –, daß ich das Mädchen tatsächlich getötet habe.«

»Das sind doch reine Wahnvorstellungen.«

»Ja«, stimmte Kite zu, »natürlich.«

»Dann haben Sie nichts zu befürchten.«

»Weshalb nicht?«

»Nun, erstens sind Sie unschuldig, und sollte der unwahrscheinliche Fall eintreten, daß man Sie erkennt oder die besagten Brüder von Ihrer Anwesenheit in Liverpool erfahren, dann sind Sie zweitens jetzt ein Mann mit hinreichenden Möglichkeiten, sich zu verteidigen.«

Kite durchdachte die Sache. »Aber wollen Sie nach diesem Geständnis nicht ihr Angebot zurückziehen?«

Makepeace schüttelte grinsend den Kopf. »Ich kenne kaum einen Menschen, dem ich einen Mord weniger zutrauen würde als Ihnen, Kite. Ihr Geständnis, wie Sie es nennen, ändert an meinem Vorschlag keinen Deut.«

Kite seufzte, denn Makepeace hatte ihn nicht die französischen Soldaten bei Le Gosier abschlachten sehen. »Nun gut. Aber ich muß klarstellen, daß ich kein Doppelleben im Verborgenen führen kann. Wenn mein Name mit dem Ihren verbunden werden soll, dann muß ich alle Anstrengungen unternehmen, um den Krieg in das Lager des Feindes zu tragen. Ich muß meinen Vater besuchen, falls er noch lebt.«

»Natürlich, natürlich. Also können wir im Prinzip unsere Partnerschaft beschließen.« Makepeace streckte ihm den Krug entgegen, um Kites Glas aufzufüllen. »*Makepeace and Kite*, das klingt irgendwie gut, finden Sie nicht auch?«

Kite lächelte, während der dunkle Mimbo in sein Glas floß. »Lassen Sie mich zunächst nachforschen, wie die Lage in Cumbria ist, bevor wir das Firmenschild in Liverpool anschrauben«, wiegelte er ab.

»Ganz wie Sie wollen, mein lieber Freund. Jetzt zu den Einzelheiten der Summe, die ich fordere …«

Kite rief nach weiteren Kerzen, und sie diskutierten bis spät in die Nacht über die Zahlen, doch als Makepeace schwankend in der Nacht verschwand, hatten sie sich die Hände geschüttelt und einander ihre Zufriedenheit über die neue Zusammenarbeit ausgedrückt.

Als Kite spät am nächsten Morgen erwachte, war Puella schon seit einiger Zeit auf. Sein Kopf brummte von dem genossenen Alkohol, und die Sonne brannte erbarmungslos durch das Fenster in das Zimmer. Langsam tauchten die Ereignisse des vergangenen Abends wieder aus seinem Gedächtnis auf: die Nachricht von Mulgraves Tod; die Tatsache, daß man sie vor ihm verheimlicht hatte; der überraschende Vorschlag von Makepeace; sein eigenes Mordgeständnis und seine Zustimmung zu der geplanten Partnerschaft; zum Schluß die Übereinkunft über die Zahlung, mit der das Geschäft abgeschlossen werden sollte. Mit plötzlichem Erschrecken wurde ihm aber auch klar, daß heute der Tag war, an dem die *Spitfire* auslaufen sollte. Es gab viel zu erledigen, und vor dem Ablegen würde er noch Garvey besuchen müssen.

»Verdammt!« er sprang aus dem Bett.

Gerade als er die letzten Kleidungsstücke in einen Reisesack warf, trat Puella geräuschlos in das Zimmer. Schnell erledigten sie zusammen noch alles Notwendige, um das gemietete Haus verlassen zu können.

»Kite«, sagte Puella und streckte ihm ein Blatt entgegen, ihr Gesicht glich einer Maske.

»Was ist das?« fragte er, aber sie wedelte nur ungeduldig mit dem Papier. Diese kurz angebundene, einsilbige Art der Kommunikation erinnerte ihn an die Entfremdung, die sie trennte. Er packte die zusammengefaltete Note und las, was von einer ihm vage bekannten Handschrift niedergeschrieben worden war. Er schaute auf das Datum.

»Woher hast du das?«

»Mister Garvey.«

Natürlich, jetzt erkannte er die Handschrift des Anwalts. »Du hast Garvey heute früh besucht?«

»Es ist nicht früh«, antwortete sie ausweichend und wartete darauf, daß er die Bedeutung des Datums erkannte.

Kite schaute auf den Bogen, dann blickte er Puella an. »An diesem Tag«, er spürte einen Kloß im Hals, »an diesem Datum ist … Charlie …«

Puella nickte, ihre schwarzen Augen füllten sich mit Tränen. »Es ist auch der Tag, an dem Mister Mulgrave gestorben ist.«

Kite erinnerte sich an Dorotheas dunkles Gemurmel. »Verdammt will ich sein!«

Von Jamaika segelte die *Spitfire* nach Savannah, wo sie einen Teil ihrer Ladung löschte und dafür Baumwollballen lud. Es war der Höhepunkt der Hurrikansaison, doch Kite war der Meinung, daß er schon weit genug im Norden stand, um das Schlimmste vermeiden zu können, und segelte ab, sobald der Schoner seeklar war.

Als sie frei vom Mündungsgebiet waren, drehte er nach Nordosten. Die *Spitfire* glitt leicht durch das blaue Wasser. Fliegende Fische schossen vor ihrem herannahenden Schatten davon, der über die sich sanft hebende Oberfläche der See stürmte. Delphinschulen tobten unter dem Bugspriet herum und ritten auf der unsichtbaren Druckwelle, die sich vor dem Schiffsrumpf aufbaute.

Kite kam nach der Morgenwache nach unten, um zu frühstücken. Er fand Puella vor, die sich übergab. »Oh, Puella, du warst die ganze Reise nach Savannah nicht seekrank, ist der Atlantik zu viel für dich, meine Liebste?«

Ihre braune Haut glänzte schweißnaß. Puella blickte von der hölzernen Pütz auf und schüttelte den Kopf. »Ich bin schwanger«, keuchte sie.

Am dritten Tag nach dem Auslaufen legte die stetige Brise am frühen Vormittag zu. Der Schoner lief mit Wind und Welle von Steuerbord querab, der Himmel war klar, aber ein unangenehmer Schwell begann sich aufzubauen, der aus Süden heranlief und die *Spitfire* gieren ließ, während sie weiter vorwärts preschte. Sorgenvolle Ahnungen belasteten Kite, der wenig für sich fürchtete, denn das Schiff und die Crew waren belastbar, aber Puellas Zustand beunruhigte ihn. Sie hatte Charlie heiter und ohne Schwierigkeiten ausgetragen, doch die jetzige Schwangerschaft schien komplizierter zu verlaufen. Es kam ihm wie eine Ewigkeit vor, seit er sich als Schiffsarzt ausgegeben hatte, und er fürchtete jetzt, seine geliebte Puella könnte in die Lage kommen, wirklich fachkundige Hilfe zu benötigen, die er ihr nicht bieten konnte. Außerdem war sie die einzige Frau an Bord, und ohne Dorothea litt sie unter ihrer Einsamkeit und Angst. Bald verschlechterte sich auch noch das Wetter, und der Verschlußzustand des Schoners verstärkte zusätzlich die schlechte Luft unter Deck, hielt den Geruch von Erbrochenem fest, so daß sich beide, sowohl Kite als auch Puella, an das Sklavendeck der *Enterprize* erinnert fühlten. Kite machte es Puella so bequem wie möglich, dennoch erhöhten die Schiffsbewegungen und die verpestete Luft das Leiden der unglücklichen Frau. Bald darauf wurde Kite an Deck gerufen und war gezwungen, Puella allein zu lassen.

Der Steuermann der *Spitfire*, ein großer, kräftiger Mulatte namens Christopher Jones, lenkte Kites Aufmerksamkeit auf die Tatsache, daß der Wind an Stärke zunahm und daß die schnelle Verdüsterung des Himmels mehr als nur einen gewöhnlichen Sturm verhieß. »Ein Hurrikan zieht da auf, Käpt'n«, warnt er Kite, »wir sollten alle Segel wegnehmen und vor dem Wind ablaufen.«

Kite trat einen Schritt vor und schaute erst auf den Verklicker an der Luvseite, der die Windrichtung anzeigte, und dann auf die wild hin und her schwingende Kompaßkarte im Kessel. Während er unten bei Puella gewesen war, hatte der Wind zu drehen begonnen, und so waren sie jetzt schon zwei Strich von ihrem beabsichtigten Kurs abgewichen. Kite beugte sich dem Unvermeidlichen, zumindest gab es hier genug freien Seeraum. Er nickte Jones zu. Der Steuermann hatte bereits schreien müssen, um sich trotz des ständigen Jaulens des Sturmes im Rigg verständlich zu machen. Der Wind war zwar noch nicht so stark, daß sie wirklich alle Segel bergen mußten, aber die Vorsicht gebot, den Schoner sturmfest zu haben, ehe das Schlimmste über sie hereinbrach.

»Lassen Sie vorne ein Taschentuch stehen«, schrie Kite in das Ohr von Jones, »das Schothorn des Vortoppstagsegels sollte genügen! Wir luven dann an und rufen alle Mann an Deck!«

Jones bestätigte: »Aye, aye, Sir.«

Kite nahm seinen Platz neben der Pinne ein, als Jones die Wache unten aus dem Zwischendeck pfiff. Die Mannschaft der *Spitfire* bestand aus weniger Männern als während der Kampagne gegen Guadeloupe, aber alle waren gewillt, ihr Glück auf diesem langen Schlag über den Atlantik zu versuchen. Die Aussicht auf Prisengeld, die mit dem Kaperbrief verbunden war und der die *Spitfire* in einen Freibeuter verwandelt hatte, hatte ausgereicht, um sowohl die Nichtsnutze als auch die Ehrgeizigen anzulocken, die bisher ihr faules Leben an der Wasserkante von St. John's, Falmouth oder Willoughby gefristet hatten. Die Faulenzer hatten natürlich die Ankunft der Kutter und Barkassen der Royal Navy gefürchtet, die von English Harbour ausgeschickt wurden, um nach wohlfeilem Kanonenfutter zu suchen. Außer der Tatsache, daß die Heuer auf den privaten Schiffen bei weitem besser war, waren auch die Risiken und Gefahren geringer als auf einem Kriegsschiff, von der unzuverlässigen Auszahlung der Heuer auf den Schiffen Seiner Britannischen Majestät ganz zu schweigen. Nachdenklich beobachtete Kite diese verlauste Bande, die sich an Deck unter dem Kommando von Jones versammelte. Der Steuermann blickte nach achtern und nickte.

»Anluven!« befahl Kite, gleichzeitig half er mit seinem Gewicht dem Rudergänger, die Pinne zu legen.

Die *Spitfire* drehte in den Wind, sie vollführte wilde Bocksprünge, und ihr Klüverbaum zeigte einen Moment hoch in den Himmel, um im nächsten auf die graue Wand der heranrollenden Welle zu deuten, die auf sie zustürmte. Jedesmal wenn sie sich über einen Wellenberg schob, schossen die sich brechenden Kämme gurgelnd und donnernd in sich überschlagender Unordnung an ihr vorbei. Sie war der vollen

Kraft des Windes ausgesetzt, der mit harten Fäusten an ihr riß, und im stehenden Gut mit einem bösartigen Kreischen röhrte. Als die Segel killten, schüttelten die schwingenden Bäume und Gaffeln, während sie gefiert wurden, so sehr, daß das gesamte Schiff erzitterte. Kite hörte einen schwachen Aufschrei von der verängstigten Puella, die unten lag und der es so vorkommen mußte, als ob das Schiff in Stücke flöge. Spritzwasserwolken rasten über das Vorschiff, wurden in weißen Streifen nach achtern geweht, so daß die bis dahin halbtrockenen Decks in kürzester Zeit völlig naß waren und Wasser von jedem Tampen und jeder Spiere herabtroff. Als die erste Wasserkaskade über ihn hereinbrach, hatte Kite das Gefühl, von einer Peitsche getroffen zu werden. Instinktiv wandte er sich ab.

Vorne kümmerte sich jede Wache um einen Mast, die Gaffelbäume kamen herunter, und die schlagenden Segel wurden von den Männern nur langsam mit Bändseln gezähmt. Die Rahtoppsegel und die äußeren Vorsegel waren schon vorher weggenommen worden, und nach ein paar Minuten begann der Schoner vom Wind abzufallen, dabei holte er weit auf die Steuerbordseite über. Dann packte der Wind das gereffte Stagvorsegel und fügte seine gewaltige Kraft zum drehenden Moment der Pinne hinzu. Die *Spitfire* krachte wie ein lebendiges, triumphierendes Lebewesen über den Wellenberg und lief plötzlich mit der See. Sie rannte von dem Ort fort, an dem ihr Herr sie notwendigerweise ein paar Minuten festgehalten hatte. Jetzt, mit nur einem klitzekleinen Fetzen Leinwand über dem Vorsteven, lief der Schoner vor dem Wind ab. Kite schrie nach einem zweiten Mann, der ständig zusätzlich an der Pinne, die wild unter seiner Hand ausschlug, stationiert werden sollte.

»Du lieber Himmel, Mister Jones, das Schiff läuft schneller als jedes Pferd!«

»Das tut es in der Tat!« erwiderte Jones mit einem breiten Grinsen. »Viel schneller!«

Inzwischen hatte sich der Himmel vollständig bezogen, die

fliegenden Wolken legten sich wie ein dunkler Mantel über das Meer und zogen sich um die *Spitfire* zusammen, um sie von der übrigen Welt zu isolieren. Der Einfluß eines entgegengesetzten, störenden Schwells, auf den die *Spitfire* ansprach, machte sich bemerkbar.

Verschiedenartige Seen rollten kreuz und quer unter ihr hindurch, und ein Ruck, ein unrhythmisches und oft abruptes Rollen, das die nachfolgenden Seen veranlaßte, sich aufzusteilen und mit einem Hammerschlag gegen das Heck zu knallen, schüttelte den Rumpf vom Heck bis zum Bug durch. Einmal, als eine solche Woge über die Reling kochte, wurden zwei Männer von dem Wasserschwall von den Füßen gerissen und bis nach vorne gespült, so daß sie sich an der Reling beim Vormast in einem tosenden Wasserstrudel wiederfanden.

Eine halbe Stunde, nachdem die *Spitfire* vor dem Sturm abgefallen war – gerade als sich Kite entschlossen hatte, das Deck wieder Jones zu überlassen, um Puella zu pflegen –, drehte der Wind plötzlich und begann in einer tieferen Tonlage zu röhren. Der Wechsel kam ganz abrupt, die Zunahme der Windstärke war unbestreitbar. Kite hatte so ein Geräusch noch nie gehört, sogar damals vor zwei Jahren nicht, als er auf Antigua erlebt hatte, wie ein Hurrikan südlich an der Insel vorbeigetobt war und die Zuckerrohrfelder auf dem fernen Martinique völlig verwüstet hatte. Aber das hier war anders, das ohrenbetäubende Brüllen schien von einer unvorstellbaren Kraft zu kommen, gegen die das vorhergehende schrille Heulen nur ein anregendes Vorspiel gewesen war.

Jones blickte Kite an, er war nicht länger munter und aufgedreht, das Gesicht des Mulatten hatte Farbe verloren, ein deutliches Zeichen seiner Angst. Er zog sich nach achtern, wo Kite sich an den Großmastwanten festklammerte.

»Schlecht!« brüllte er. »Starker, starker Wind, Käpt'n.«

»Aye«, bellte Kite zurück.

»Schlimmer Hurrikan, Käpt'n! Ich werde die Rudergänger mit Leinen sichern lassen!«

Kite nickte und rutschte über das Deck, um sich dann wieder am Kompaßhäuschen festzuhalten. Er brauchte ein paar Minuten, um die Lage der Kompaßkarte zum Steuerstrich zu erkennen, aber es war ganz offensichtlich, daß sie jetzt nach Norden steuerten. Noch so eine Winddrehung und sie würden Nordnordwest anliegen.

Darüber dachte er ein paar Sekunden verwundert nach, während Jones die Rudergänger sicherte, konnte sich aber keinen Reim darauf machen. Vielleicht würde der Wind im nächsten Moment wieder rechtdrehen, doch irgend etwas sagte ihm, daß das nicht der Fall sein würde. Glücklicherweise hatten sie Seeraum, und vorausgesetzt, es befanden sich keine anderen Schiffe in der Nähe, mit denen sie kollidieren konnten, erwartete sie eine zwar ungemütliche, aber keineswegs lebensbedrohliche Erfahrung.

In der nächsten Viertelstunde drehte der Wind einen weiteren Strich zurück. Inzwischen hatte das brüllende Tosen die Männer wie betäubt. Jones schickte sie an die Pumpen, um sie zu beschäftigen, nur Kite konnte sich als Kapitän keiner ablenkenden Beschäftigung hingeben. Er versuchte inmitten des schrecklichen Tumults einen klaren Gedanken zu fassen und stellte fest, daß sich langsam ein unterschwelliger Wechsel vollzog. Als die Windstärke zunahm, hatten sich die wilden Bewegungen des Schiffes abgeschwächt. Kite brauchte einige Zeit, um hinter dieses Rätsel zu kommen, bis ihm klar wurde, daß seine Sicht von den Wassermassen in der Luft fast vollständig getrübt wurde. Es handelte sich um eine Art Nebelwand, deren Teilchen sich mit der Geschwindigkeit und der Größe von Vogelschrot bewegten, eine fast greifbare Manifestation der Kraft des Sturms. Irgendwann realisierte er, daß der Wind zunächst eine schwere See aufgebaut, jetzt aber so eine Gewalt erreicht hatte, daß eine weitere Zunahme der Wellenhöhe kaum noch möglich war. Der Sturm hobelte die Oberfläche der See einfach ab, hob die *Spitfire* an und trieb sie nach Lee. Die Luft war halb flüssig geworden, salzig, erfüllt mit einer fast greifbaren, dichten Masse.

Zuerst dachte Kite, daß das die Kräfte, die an der *Spitfire* angriffen, mindern könnte, denn die Schiffsbewegungen waren bei weitem nicht mehr so gewaltig. Aber in dieser Erwartung sah er sich enttäuscht. Es dauerte einen Augenblick, bis er es registrierte, und schon legte sich das Schiff unter dem konstanten Druck auf die Seite, und die Kräfte, die nun auf die *Spitfire* wirkten, resultierten nicht mehr aus reiner Luft, sondern aus einer Luft, die stark mit Wasser angereichert war. Sogar als der Schoner sich bemühte, davor abzulaufen, wollten die Kräfte, die ihn antrieben, ihn nur noch zerstören. Sie zerrten an den Millionen verschiedenen Bauteilen, den Hunderten von Verbindungen, den Verstärkungen, den gedoppelten Flächen, den Belegklampen, den Zapfen und Knien, die von den Tausenden Dübeln, eisernen Bolzen und Kupferbändern verbunden und bis an die Grenze ihrer jeweiligen Belastbarkeit zusammengehalten wurden.

An Deck drängten sich die Männer unglücklich zusammen, und Kite mußte sich selbst an der Luvreling festlaschen. Das dünne Gut der Flaggenleine schnitt in sein Fleisch, während der Wind versuchte, ihn von seinem Posten wegzureißen. Sogar das Atmen wurde zur harten Arbeit, so gesättigt war die Luft mit Salzwasser, so stark der Druck des Windes auf seinen Körper. Kites Verstand versuchte, sich einen Weg durch das Chaos zu suchen, und er fand heraus, daß er sich wie ein lebender Widerspruch verhielt, denn sein Instinkt riet ihm, sich auf das Deck zu legen und sich wie eine verwundete Katze zusammenzurollen, sich selbst so klein und unbedeutend wie nur irgend möglich zu machen. Am einfachsten wäre es, den starken Sturm über sich wegtoben zu lassen und zu hoffen, daß alle überlebten. Dagegen stand der Wunsch, planvoll zu handeln, denn das Überleben hing davon ab, daß die *Spitfire* unbeschädigt blieb. Nur auf ihr konnten sie sich auf der Oberfläche dieser flach gepeitschten, schäumenden, geschundenen See halten. Also durfte Kite sie nicht einfach laufen lassen, denn das Schiff bedurfte der Pflege, man mußte ihm in seinem Martyrium beistehen, damit es den Menschen dienen konnte.

Kite war hungrig und durstig, nervlich zerrüttet von dem unaufhörlichen Lärm, von der Feuchtigkeit völlig durchweicht, geschlagen und zusammengestaucht vom gewalttätigen Ansturm des Windes. Als Stunde auf Stunde verrann, folgte er dem Beispiel der Mannschaft und ließ sich in diesen halbbewußtlosen Zustand sinken, in dem man das Unvermeidliche akzeptiert. Er verlor das Interesse am Kompaßkurs, denn die ganze Welt hatte sich in einen kleinen Kreis zusammengezogen, der aus weiß schäumendem Wildwasser bestand, über dem sich der ehemals weite, unendliche Himmel auf eine eng begrenzte, trübe Wasserwolke reduziert hatte, so dick wie Nebel. Kites Verstand schien nur noch in der Lage, eine einzige Frage zu stellen: Was machte es schon? Was *machte* es schon?

Kite war natürlich keineswegs der einzige auf dem Deck der *Spitfire*, dem es so erging. Die beiden Männer an der Pinne, die sich nicht in Lee eines massiven, schutzbietenden Bauteils zusammengekauert und festgelascht hatten, kämpften darum, die *Spitfire* vor dem Wind zu halten, und ermüdeten jetzt zunehmend. Die Kompaßrose war nur schlecht abzulesen, also steuerten sie nach den Verklickern. Doch ihre Konzentration ließ nach, ihre Arme schmerzten, und niemand kam, um sie abzulösen. Dann krachte eine See gegen das Heck und drückte die Fenster im Spiegel ein, das Deck legte sich weit auf die Seite, so daß einer der Rudergänger seinen ohnehin unsicheren Halt verlor. Die *Spitfire* drehte mit schwerer Backbordschlagseite nach Steuerbord weg. Davon erholte sie sich nicht mehr, bis sie querschlug.

Puella kreischte, als Tonnen von Wasser durch die zerbrochenen Heckfenster hereinströmten, die schützenden Holzläden zerschmetterten und die Kabine plötzlich mit einer kalten Flut überschwemmten. Vielleicht war es Puellas Schreckenschrei, aber vielleicht war es auch die dünne Flaggenleine, die in seine Hüfte einschnitt, was Kite wieder zu Bewußtsein brachte. Er tauchte aus seiner Erstarrung auf, weil ihm die Gefährlichkeit der Lage klar wurde. Schon seit einiger

Zeit hatte er das Klappern der Pumpen nicht mehr gehört, und dann protestierte die *Spitfire* nochmals. Das Rigg, an das Kite sich angelascht hatte, zuckte plötzlich stark, und trotz des Heulens des Sturms war das Krachen oben laut genug, um jeden dösenden Mann zu alarmieren. Die Großmaststenge brach, knickte einfach über dem Eselshaupt ab. Die Spiere hing herunter, schwang hin und her und zerrte an den Leinen, die sie noch immer festhielten. Diese wiederum wurden aufs äußerste belastet, während sich der Schoner weiter nach Backbord überlegte. Von vorne ertönte ein Krachen so laut wie der Abschuß einer Kanone, und das gereffte Stückchen Leinwand am Vorstag wehte davon.

Irgend jemand schrie, als die *Spitfire* querschlug und das Deck sich alarmierend weit überlegte. Und Kite verlor das Gleichgewicht und hing an der Luvreling wie ein Kartoffelsack. Die Katastrophe stand unmittelbar bevor.

Kite hatte weder die Erfahrung noch genug Wissen, um die gewaltigen Naturkräfte, die dem kleinen Schoner zusetzten, zu beherrschen. Er begriff auch nicht, daß sein Ablaufen vor dem Wind ihre Notlage verschuldet hatte. Auch Jones fehlte trotz seiner Kompetenz als Steuermann in der Inselfahrt jegliche Kenntnis über die Beschaffenheit eines Hurrikans. Dennoch kannten beide Männer und mehrere Matrosen das Heilmittel gegen ihre augenblickliche Zwangslage. Jones massiger Rumpf beugte sich gleich darauf über die Luvreling – ein grauer Umriß gegen den Himmel voraus – und hielt sich mit einer Hand fest, mit der anderen sägte er an einer Want, um das nackte Leben zu retten.

Das Messer schien eine Ewigkeit zu brauchen, um die erste Want durchzutrennen, danach wurde die zweite in Angriff angenommen. In der Zwischenzeit hatte jemand eine Axt gefunden, hatte sich zwischen den Belegnägelbänken am Großmast festgeklemmt und begann von dort auf den Fuß des Großmasts einzuhacken. Kite riß sein Messer heraus und wandte sich den geteerten Tauen zu, die hart wie Eisenstangen unter dem Druck des Sturms nach oben führten. Und die ganze Zeit erzitterte und schüttelte sich jede Faser des stehenden Gutes, während die lose Großmaststenge mit wilden Schwüngen auf die Bocksprünge des Schoners reagierte.

Aber der Rumpf richtete sich jetzt viel langsamer auf, die Bewegungen waren durch den Wassereinbruch träge geworden, unter dem Winddruck legte sich das Schiff so weit über, daß seine klug ausgedachten Linien nur noch wenig zu seinem Überleben beitragen konnten. Der schöne und vitale Schoner verwandelte sich in eine abgewrackte Hulk. Mehrere bange Minuten lang hackten und sägten die Männer, das Schicksal der *Spitfire* schwebte wörtlich genommen in der Balance. Dann ging der Großmast mit einer gewaltigen Erschütterung und einem heftigen Satz nach Luv über Bord, der den Seemann an seinem Mastfuß fast das Leben gekostet hätte; der größte Teil des Fockmasts und der gesamte Klüverbaum folgten ihm. Der Krach wurde vom Wind verweht, doch das Deck war mit einem Spinnwebennetz aus heruntergekommenen und verknoteten Tauen bedeckt, die die Spieren und Hölzer an das Schiff fesselten. Daß sich keiner der Männer darin verfing, glich einem Wunder.

Langsam richtete sich die *Spitfire* auf die neue Situation ein, suchte nach einem Gleichgewicht zwischen der Windkraft und ihren eigenen exponierten Oberflächen. Der Widerstand der Wrackteile beeinflußte die Abdrift nach Lee, und langsam, als eine Leine nach der anderen von der schuftenden Mannschaft durchgeschnitten wurde, drehte sich die *Spitfire* herum, so daß sie sich schließlich mit Wind schräg von vorne auf den Backbordbug stabilisierte. Die Masse der Spieren und des gekappten Tauwerks lag in Luv in der See und wurde nur noch von ein paar nicht durchgetrennten Backbordwanten gehalten.

Erleichtert brüllte Kite: »Ausscheiden da! Laßt das Gerümpel treiben.«

Nichts schlug mehr gegen den Rumpf, und das Zeug hielt den Kopf des Schoners gegen den Wind, wodurch das beschädigte, gefährdete Heck in Lee blieb. In kürzester Zeit hatte Jones alle Männer zusammengeholt und an die Pumpen getrieben. Die Peilung des Zimmermanns ergab vier Fuß Wasser in der Bilge. Kite fluchte, es war unmöglich, daß so ein Wassereinbruch den größten Teil ihrer verderblichen Ladung nicht beschädigt hatte.

Als ob er die Männer für ihre harte Arbeit belohnen wollte, begann der Wind schnell nachzulassen, die Wolkendekke riß auf, die Sonne schien und trocknete das Deck ab. Die plötzliche Helligkeit weckte die Lebensgeister, und auf dem Deck sah man erleichtert grinsende Gesichter. Kite ging nach unten, um den Koch anzuweisen, an alle eine Ration Rum auszugeben, dann wollte er Puella trösten. Er fand sie völlig durchnäßt und zusammengekauert in einer Ecke der Kabine, über deren Planken das Wasser schwappte. Inmitten des hin- und herlaufenden Wassers lagen ihre persönlichen Habseligkeiten herum, ein Paar Schuhe, ein modischer Hut und ein Strumpf gehörten Puella, einige Papiere, ein Gänsekiel und ein Hemd waren Kites Eigentum. Holz, das zersplittert aus den Fensterblenden gerissen worden war, vervollständigte das Durcheinander.

Obwohl das Wasser um sie herumgurgelte, schlief Puella tief, denn Angst und Erschöpfung hatten bei ihr bewirkt, was ihnen bei Kite nicht gelungen war. Er stabilisierte sich gegen die Bewegungen des Schoners, nahm die Geliebte vorsichtig in die Arme und legte sie – naß, wie sie war – in die trockene Koje, die über dem Tohuwabohu in der Kabine schwang. Langsam verlief sich das Wasser, dadurch tauchten auch die großen Scherben der zersplitterten Fensterscheiben auf. Durch die Fensteröffnungen fiel jetzt helles Sonnenlicht.

Er küßte Puella auf das Haar und blickte beim Hinausgehen nach achtern aus den kaputten Fenstern. Ihm war bewußt, daß der Schoner jetzt wieder heftig stampfte, daher eilte er zurück auf das Deck, wo er feststellte, daß die Meeresoberfläche kochte. Müde flatternde, erschöpfte Seevögel fielen an Bord, was der Szenerie einen zusätzlich makabren Anstrich verlieh. Kite bemerkte sofort, daß der Wind fast völlig abgeflaut war, und ahnte den Grund für den chaotischen Zustand der See. Befreit von der tyrannischen Herrschaft des Sturmes lief sie jetzt zuerst in die eine Richtung und dann in eine andere. Erschrocken begriff er, daß jede ankommende Welle das Überbleibsel einer gewaltigen Windkraft war, und wenn die Wellen aus allen Richtungen kamen, dann mußte auch der Wind, der sie erzeugt hatte, aus allen Richtungen kommen.

Wie konnte das sein? Besonders da jetzt so gut wie gar kein Wind zu spüren war? Er eilte nach achtern, das Deck machte verrückte Bocksprünge, und in einem gewissen Sinne waren diese wilden, unvorhersehbaren Bewegungen schlimmer als der gewaltige Druck des Sturmes. Achtern stellte Kite sich an die Reling, und was er von dort aus sah, schien ihm wie ein Stück aus einem Alptraum: Die Wellen liefen ineinander, warfen sich manchmal hoch in die Luft, und um die *Spitfire* tobten verhexte Wellenberge und tiefe Tröge. Das Schiff tanzte wie ein Korken in einem Mahlstrom.

Der kleine Hauch eines regelmäßigen Windstoßes blies ihm sein zerzaustes Haar aus dem Gesicht. Eine Wolke schob sich vor die Sonne. Der ziehende Schatten raste über die Oberfläche der See, die im Sonnenlicht die graue Farbe verloren hatte und wieder wie gewöhnlich blau funkelte. Aber er spürte keine Freude, die kurze Warnung hatte ihm gezeigt, daß die Windrichtung jetzt vollständig entgegengesetzt war. Halbwegs verstand er dieses Phänomen, und in seinem Kopf läuteten alle Alarmglocken. Nach vorne taumelnd, beugte er sich über den Kompaß und blickte auf die schwingende Kompaßrose, die ihm die Richtigkeit seiner Überlegungen bestätigte. Wieder fegte eine Windbö über das Deck, schnell schaute er auf, aber der Verklicker war mit dem Mast verschwunden. Dann, als wollte er ihm seine Beständigkeit beweisen, frischte der Wind auf und blies kontinuierlich aus einer Richtung. Spritzwasser fegte wieder über die Reling, klatschte an Deck und zeichnete nasse Streifen auf die Planken, wie um die Richtung zu bestätigen.

»Bei Gott«, murmelte Kite vor sich hin, »hier kommt die nächste Ladung!«

Innerhalb einer Stunde hatte sich der Himmel wieder vollständig bezogen, und Regen strömte in Sturzbächen herab, flog eiskalt über das Deck, was in einem scharfen und unangenehmen Kontrast zu der vorangegangenen warmen, mit Salz angereicherten Luft stand. Als die Nacht nahte, hatten die Männer den ganzen Tag über nichts gegessen, der Wind nahm weiter zu, und das Tageslicht war noch nicht völlig hinter der herabsinkenden Wolkendecke verschwunden, als das schrille Kreischen zu dem tiefen Röhren der heranziehenden Orkanmauer wechselte.

Die ganze Nacht über stöhnten die Pumpen, während die *Spitfire* sich endlos herumwälzte, ihr Bug wurde vom Rest der treibenden Takelage im Wind gehalten, allerdings rissen sich während der Dunkelheit viele Teile los. Gegen Ende der Nacht ließ der Wind nach, unmerklich zuerst, so daß es einige Zeit dauerte, bis der erschöpfte Kite definitiv glaubte, daß ihre Leidenszeit dem Ende entgegenging und der Hurrikan endlich über sie hinweggezogen war.

Die Morgendämmerung fand die *Spitfire* ihrem Schicksal überlassen, mit Wasser im Bauch in den Wellenbergen rollend vor. Auf ihren Decks herrschte keinerlei Disziplin mehr. Die Männer waren nach der Schufterei an den Pumpen zu Boden gesunken, wo sie liegenblieben, froh, endlich schlafen zu dürfen, gleichgültig, ob das Schiff unter ihnen rollte oder stampfte.

14
Die Reparatur

Es war bereits wieder dunkel, bis alle gegessen hatten, sich an das Aufklaren des Decks machten und an Bord zurückholten, was noch brauchbar war, um ein Notrigg aufzutakeln. Die *Spitfire* war lenz gepumpt worden, und obwohl sie noch immer Wasser zog, so war das doch nicht beängstigend. Also wagte es Kite, halbe Wachen einzuteilen, während der Schoner durch die Nacht trieb und seine müde Besatzung unter Deck schlief.

Die meisten Männer erwachten erfrischt. Obwohl ein frischer Norder sie frieren ließ und eine See aufbaute, die den sich wälzenden Rumpf ungemütlich rollte, trieb sie die Notwendigkeit an, ihre dringenden Aufgaben schnellstens zu erledigen. Kite wurde tatkräftig von Christopher Jones unterstützt, der einen großen Teil des Riggens übernahm. Der Mann entpuppte sich als Meister der Improvisation. Er knotete, spleißte, setzte Taklings auf und befestigte mit Laschings den Großbaum senkrecht am Maststumpf des Großmasts. Die Überreste der Vormarssegelrah wurden als Baum geriggt. Es war eine schwere und ermüdende Arbeit, die zusätzlich durch das Rollen des Schiffes erschwert wurde, aber beim Einbruch der Nacht waren zwei kleine Masten aufgeriggt, und die Männer hatten sogar schon damit begonnen, die verbliebenen Segel zurechtzuschneiden und in Form zu bringen. So hofften sie, am folgenden Morgen wieder manövrierfähig zu sein und einen Schutzhafen anlaufen zu können.

Kites Dilemma war, entscheiden zu müssen, in welche Richtung sie segeln sollten, denn er hatte keine Ahnung, wo sie sich befanden. Wegen der immer noch geschlossenen Wolkendecke hatte er mittags keine Meridianhöhe schießen können, und die einzig sichere Option bestand darin, nach

Westen zurückzulaufen und zu versuchen, an der Küste Nordamerikas einen eindeutigen Landfall zu machen. In der Zwischenzeit würde er wahrscheinlich in der Lage sein, zumindest eine Breitenbestimmung durchzuführen, außerdem bestand eine hohe Wahrscheinlichkeit, daß sie auf andere Schiffe trafen, sobald sie sich dem Land näherten. Doch der Wind war nicht günstig, drehte hinter dem Hurrikan, und so verbrachte die *Spitfire* eine weitere Nacht beiliegend, nachdem die Männer ihre improvisierte Segelgarderobe untergeschlagen hatten.

In der folgenden Morgendämmerung blies der Wind wieder aus seiner bevorzugten südwestlichen Richtung, und sie setzten einen Kurs nach Nordwesten ab. Mehrere Tage lang blieb die Stimmung an Bord optimistisch, aber dann verschlechterte sie sich wieder, da das Vorwärtskommen nur langsam und unsicher war. Es gab nur noch eingesalzenen Proviant ohne frische Lebensmittel, denn das lebende Vieh war im Hurrikan verlorengegangen, und die Säcke mit den Limetten waren zusammen mit den Süßkartoffeln und anderem Gemüse über Bord gespült worden. Als sich die Tage bis zum Landfall hinzogen, dauerte es nicht mehr lange, bis der eine oder andere Mann mißmutig oder lethargisch wurde. Diese milde Form der Subordination ging einher, wie Kite schnell feststellte, mit einer Entzündung des Gaumens, und nach einer weiteren Woche folgte der Zahnausfall. Die ersten, die es erwischte, waren die verrufenen Strandräuber unter den Matrosen, Männer, deren Körper über lange Jahre vernachlässigt und dem Alkoholmißbrauch unterworfen gewesen waren. Rum, das Betäubungsmittel der Seeleute, das es auf Antigua reichlich gab, war nicht die geeignete Verpflegung, um Matrosen auf eine Atlantiküberquerung vorzubereiten. Bei zwei Männern bildeten sich erdbeerähnliche Pusteln – ein typisches Zeichen für das zweite Stadium von Knopfskorbut. Diese Symptome verdeckten anfänglich den Ausbruch der sehr unterschiedlichen, aber ähnlich genannten Krankheit: des echten Skorbut.

Jones diagnostizierte das Leiden zunächst als Frambösie,

eine Infektionskrankheit, die zu der damaligen Zeit nicht von den Pocken zu unterscheiden war. Die konsequente Isolation der erkrankten Männer und die allgemeine Angst vor Ansteckung ließen diejenigen mit den wunden Gaumen und lockeren Zähnen zunächst vergessen, daß sie unter der heftigeren Geisel des Seemannes litten, dem Skorbut. Doch die Realität holte sie unvermeidlich ein. Nicht an Langfahrten gewöhnt, wurde Kite wieder mit all den Schrecken konfrontiert, die damit einhergehen, wenn man einer Krankheit hilflos ausgeliefert ist – eine niederschmetternde Wiederholung der Erfahrungen während der Überfahrt der *Enterprize*. Weder er noch Jones wußten, was zu tun war, und dieser Mangel an Führung schlug sich in der Moral auf dem Schoner nieder. Ihr nur schleichendes Vorwärtskommen kam allen wie ein Echo auf die Stimmung an Bord vor, ein lethargischer Gemütszustand, gepaart mit der zunehmenden Ergebung in das Unvermeidliche. Kite gab es auf, vorzutäuschen, noch Herr der Lage zu sein, als er bei sich selbst die ersten Anzeichen der Krankheit feststellte. Er konzentrierte seine gesamte Energie darauf, wenigstens Puella davor zu bewahren, die sich kaum noch aus der Koje erhob, in die er sie während des Sturmes gelegt hatte. Sie schien in einen Sumpf aus Apathie versunken und erkannte ihn kaum, nachdem auch sie erkrankt war.

In dieser Verzweiflung segelte die *Spitfire* langsam nach Nordwesten, und nur die Aussicht auf irgendein, wenn auch unbekanntes Ziel veranlaßte einige müde, aber auch halbaufsässige Männer, darauf zuzusteuern. Kite und Jones dagegen klammerten sich an ihre Pflichten, die gewohnheitsmäßige Disziplin und das Verantwortungsgefühl starben nicht so schnell.

Es war Jones, der als erster den schmalen blauen Streifen Land vor ihnen entdeckte. Es war ebenfalls Jones, dem klar war, wo sie ihren Landfall machten. In späteren Jahren neigte Kite dazu, sich weitschweifig über den plötzlichen Wechsel ihres Glücks auszulassen, er erzählte die Geschichte dann stets mit einer gewissen rosaroten Verklärung und reduzierte die tatsächliche Wende, jedenfalls für die Zuhörer, auf einen *deus ex machina*. Aber zu jener Zeit war er so bewegt, daß er wieder auf sein Tagebuch zurückgriff.

Es scheint, als ob das Schicksal, nachdem es uns die schlimmsten Prüfungen auferlegt hatte, plötzlich genauso kapriziös seine Meinung änderte und sich entschloß, uns nicht länger unserer verzweifelten Lage auszuliefern, sondern unseren Weg zu ebnen. Mister Jones erkannte den Leuchtturm zur Einfahrt der Narragansett Bay, und wir segelten hinein bis vor den Hafen. Wir passierten Castle Hill mit wehender Flagge.

Christopher Jones hatte mehrmals Newport, Rhode Island, besucht, während er auf Sklavenschiffen diente. Man hatte dort Rum für die Guineaküste im Austausch für den Import des schwarzen Elfenbeins geladen. In der Euphorie der Ankunft profitierte Jones jetzt davon, so daß er die *Spitfire* sicher in den Schutz des Ankerplatzes brachte, und Kites Erleichterung kannte keine Grenzen. Der Hurrikan hatte ihn daran erinnert, wie begrenzt sein Wissen war, denn sein Aufstieg zum Kommandanten des Schoners war so schnell gegangen, daß er sich keine Details in der Seefahrt aneignen konnte. Tatsächlich war er so beeindruckt von ihrer glücklichen Ankunft und freute sich auf die Erleichterung, die diese für Puella bedeutete, daß er Jones anwies, die humpelnde *Spitfire* unter Notbesegelung durch die Enge zwischen Dumpling's Rock und Brenton's Point zur Reede vor Goat und Rose Islands zu bringen. Als der Schoner vor Anker lag, sprach er dem Steuermann spontan vor allen Männern seinen Dank aus und schüttelte ihm die Hand. Dadurch wurde die Moral der Mannschaft mit einem Schlag wiederhergestellt, motivierte sie bei der Arbeit für das schlimm zusammengeschlagene Schiff. In seinem Tagebuch vermerkte Kite kurz, daß *Mister Jones nicht nur die Ehre zusteht, als erster Land gesehen zu haben, sondern auch das Schiff an seinen Ankerplatz vor Newport gebracht zu haben.*

In den folgenden Wochen lag die *Spitfire* für die Reparaturarbeiten in Roberts' Werft in Newport, doch die Werfties machten nicht einmal den Versuch, Kite gastfreundlich zu behandeln. Auch machten sie keinen Hehl daraus, daß sie Kites Lebensumstände mißbilligten. Einmal war Puella in der Stadt gewesen, denn Kite hatte sie ausgeführt, um ihr Kleidungsstücke zu kaufen, die für das Klima in England besser geeignet waren. Grobe Beschimpfungen waren ihnen gefolgt, und danach hatte sich Kite aus Sorge um Puella und das ungeborene Kind auf die *Spitfire* zurückgezogen. Der Vorteil war, daß ihm so auch alle Ausgaben für gesellschaftliche Verpflichtungen erspart blieben, denn die Reparaturen verschlangen einen großen Teil seiner frei verfügbaren Geldmittel. Einen großen Anteil daran machten die Heuern seiner Besatzung, weil einige Seeleute abmustern und die Reise abbrechen wollten, und Kite hatte kein Interesse daran, unwillige Männer dadurch an Bord zu halten, daß er ihnen die Heuer bis zur Ankunft in Liverpool verweigerte.

Immerhin hatte er das Glück, drei junge Männer aus Neu England anmustern zu können, für die Rhode Island wenig Attraktivität besaß. Es handelte sich um einen ehemaligen Büroangestellten namens Whisstock, der vorgab, Ambitionen zu hegen, die er nur in London befriedigen konnte, wo er seiner Meinung nach unweigerlich sein Glück machen würde. Kite verpaßte ihm den Spitznamen Whittington – nach dem optimistischen Jungen in dem bekannten Märchen.

Der Zustand des Schoners hatte Kite große Sorgen bereitet, doch tatsächlich schien dieser die Tortur besser als angenommen überstanden zu haben. Eine große Menge Kalfatermasse war durch die Beanspruchungen des Rumpfes herausgearbeitet worden, aber das schnelle Kappen des Riggs hatte wirklich schwere Schäden vermieden. Zuerst wurde also die *Spitfire* kielgeholt und neu kalfatert, danach bestand der größte

Teil der Arbeit darin, sie neu aufzuriggen. Kite folgte dabei dem Rat des Chefriggers, der ihm ein paar Modifikationen empfahl, wie sie bei den Schonern aus Neu England üblich waren und welche der *Spitfire* bei der winterlichen Überquerung des Nordatlantiks zugute kommen würden. Er fragte Jones nach seiner Meinung, und als dieser die Ratschläge des Chefriggers für gut befand, wurden die Arbeiten so angegangen. Auch wurden Öfen im Mannschaftslogis unter dem Vorschiff und in der Kabine eingebaut, wo die Reparaturen an den Heckfenstern sehr umfangreich waren, und ein paar zusätzliche Bequemlichkeiten für Puella. Die Aufträge trafen auf eine frostige Atmosphäre, denn Puella konnte sich nirgendwohin zurückziehen, während die Zimmerleute arbeiteten. Völlig gleichgültig gegenüber seiner Reputation, litt Kite darunter, daß er ihr diese völlige Ablehnung nicht ersparen konnte. Puella aber zog sich in sich selbst zurück, und Kite, der mit den Angelegenheiten des Schoners belastet war, hatte tagsüber nur wenig Zeit für sie. Abends fand er sie häufig deprimiert vor, in eine Ecke der Kabine verkrochen, und manchmal murmelte sie leise etwas vor sich hin. Wahrscheinlich kommunizierte sie mit ihren Geistern oder unterhielt sich mit Dorothea.

Solange sich das Schiff in der Werft befand, bot der Schoner das unschöne Bild eines Feldlagers. Dieser Vergleich war nicht völlig aus der Luft gegriffen, denn während des Aufenthalts auf Rhode Island erfuhren die Männer die letzten Neuigkeiten über den Verlauf des Feldzugs. Die vereinigten Kräfte von General Jeffrey Amherst und Admiral Boscawen hatten im Juli des vergangenen Jahres die große französische Festung Louisbourg erobert, und das stand im krassen Gegensatz zu dem verpfuschten Angriff des Generals Abercrombie auf das Fort Ticonderoga, der von General Montcalm schändlich zurückgewiesen worden war. Der französische militärische Befehlshaber befand sich im Streit mit Gouverneur Vaudreuil, und Gerüchte aus Kanada, wo die Briten jetzt ihre Anstrengungen konzentrierten, besagten, daß die Angelegenheit der

Entscheidung zutrieb. Bessere Nachrichten aus Europa waren schon etwas abgestanden. So hatte der Duke of Brunswick bei Krefeld einen Sieg gegen die Österreicher errungen, und noch während die Arbeiten an der *Spitfire* im Gange waren, hörte Kite, daß Brunswick eine zweite Abwehrschlacht bei Minden an der Weser gewonnen hatte. Berichte, daß sich der britische Oberbefehlshaber der Kavallerie auf dem Schlachtfeld entehrt hatte, weil er den Befehl zum Angriff nicht befolgte, amüsierten die Einwohner von Rhode Island. Das Interesse an einem skandalösen und düsteren Nachtrag zu der Nachricht aus Minden, einer unwichtigen Schlacht aus Sicht der Kolonisten, lag nach Kites Meinung vor allem an den erfreulichen Neuigkeiten aus Kanada. Montcalm war getötet und Quebec war von den britischen Truppen unter General Wolfe nach einer nächtlichen Landung und dem Anstieg auf die Höhen von Abraham eingenommen worden.

Wolfe, der brillante junge Held von Louisbourg, war auch gefallen, aber seine Heldentat hatte die französische Stellung unhaltbar gemacht, und damit war das Los Kanadas als französische Kolonie wohl beendet. Auch von der fernen portugiesischen Küste gab es erfreuliche Nachrichten. Dort, so hörte man, war ein französisches Geschwader, das sich auf dem Weg nach Brest befunden hatte, um sich mit den Seestreitkräften zu vereinigen, nach einer Jagd, die am Felsen von Gibraltar begonnen hatte, von Boscawen geschlagen worden.

Dann eines Morgens, Kite stand in der eisigen Dezemberluft frierend an Deck, kletterte der Chefrigger an Bord und schwenkte eine Zeitung. »Sehen Sie hier, Käpt'n, wir haben die Franzosen klar und deutlich bezwungen. Das wird ihnen mächtig stinken!« bemerkte er schadenfroh.

Kite griff nach der zerknitterten Kopie des Blattes und las von Admiral Hawkes dramatischer Jagd, bei der er Admiral de Conflans bis tief in die Bucht von Quiberon getrieben hatte. Offensichtlich hatte schlechtes Wetter Hawke von seiner Blockadestation vor Brest verjagt, und die französische

Flotte war ausgebrochen, um Truppen an Bord zu nehmen, die an der englischen Küste eine Invasion durchführen sollten. Der französische Minister, der Duc de Choiseul, hatte den Plan gefaßt, einige Ortschaften an der Küste Englands zu besetzen, um sie als Pfand gegen die Rückgabe von Martinique, Guadeloupe und Quebec einzusetzen. Das Projekt war jedoch in London bekannt geworden, und nachdem de Conflans Brest verlassen hatte, war Hawke ausgelaufen, um ihn zu stellen. Er erreichte die französische Flotte mitten in einem beginnenden Sturm in der Ausfahrt der Bucht von Quiberon. De Conflans hoffte, durch die enge, von Felsen gesäumte Passage auf die geschützte Rede zu gelangen, und vertraute auf seine Ortskenntnisse, während der auflandige Sturm Hawkes Schiffe daran hindern würde, sich einer gefährlichen Leeküste zu nähern. Doch de Conflans hatte sich geirrt, und Hawkes Kriegsschiffe fielen Hals über Kopf über die Franzosen her. Es entwickelte sich ein Gefecht, das bis zum Einbruch der Dunkelheit anhielt, als beide Flotten schon zwischen den Felsen manövrierten. Die Franzosen wurden überwältigt, und ihre Flotte wurde fast vollständig zerstört. Es war ein Sieg, der ein Jahr krönte, das schon vorher als »bemerkenswert« bezeichnet worden war.

»Unsere Befürchtungen sind wohl endlich gegenstandslos geworden. Sicherlich werden die Franzosen um Frieden bitten«, bemerkte Kite und blickte von der Zeitung auf.

»Nun ja, das Kriegsglück hat sich ganz offensichtlich zu unseren Gunsten gedreht, Käpt'n, soviel ist sicher, und da der Winter bevorsteht, sehen Sie die Lage sicherlich richtig. Aber zurück zum Geschäft, Käpt'n«, fuhr er dann sachlich fort, und Kite reichte ihm sofort die Zeitung. »Sehen Sie, Käpt'n, ich werde heute die Arbeiten beenden, und wir müssen Vorbereitungen treffen, um Sie von hier wegzubringen.«

»Ja«, stimmte Kite zu, stellte die Begebenheiten der großen weiten Welt zurück und konzentrierte sich auf die Angelegenheiten seines Schoners. »Wir müssen den unbeschädigten Teil der Ladung, den wir an Land gegeben haben, wieder verstauen, außerdem habe ich einen Vertrag über die Mitnahme einer kleinen neuen Ladungspartie abgeschlossen.«

»Wir wären Ihnen sehr verpflichtet, wenn Sie so bald wie möglich verholen würden, Käpt'n.«

Kite bemerkte sofort die Veränderung im Tonfall des Mannes und folgte seinem Blick. Puella war an Deck gekommen, hatte einen Schal fest um ihre Schultern gewickelt und betrachtete das stahlgraue, kalte Wasser des Hafens voller Abscheu.

»So schnell wie möglich, Käpt'n«, wiederholte der Chefrigger und wandte sich ab.

Kite ging zu Puella hinüber, sie sah ihn mit besorgter Miene an.

»Was ist los, meine Liebe?« fragte er, während er sie zärtlich streichelte.

»Ich mag diesen Ort nicht, Kite. Es ist zu kalt hier. Warum lachst du mich aus?«

»Ich lache nicht«, Kite unterdrückte ein Lächeln, »aber du hast einen guten Sinn für Untertreibungen.«

»Hab' ich das?« Puella sah ihn zweifelnd an, aber als sie feststellte, daß sie Kites volle Aufmerksamkeit hatte, lächelte sie zurück. »Du hast mich vergessen, Kite. Ich bin alleine.«

»Nein, mein Liebling, du bist nicht allein, du bist einsam, und ich bin einsam, und auch ich will weg von diesem Ort. Wir werden hier bald raus sein.«

»Wie bald?«

Kite blickte sie an, dann antwortete er: »Das kann ich nicht genau versprechen, aber wohl innerhalb einer Woche, vielleicht schneller. Es hängt davon ab, wie lange das Verstauen der Ladung dauert.«

»Werden wir lange auf See sein?«

»Drei Wochen bis zu einem Monat.«

»Und in England ist es genauso kalt wie hier?«

»Du solltest nicht an Deck stehen. Es wäre besser für dich, in der warmen Kabine zu bleiben.«

Kite wurde klar, daß seine Vorkehrungen nicht ausreichend

waren, trotz des Einbaus eines Ofens. Das massive Vorurteil, das ihnen während des Einkaufs entgegengeschlagen war, hatte ihn zutiefst schockiert. Hier in Neu England wurde die Gleichheit der Menschen offenbar durch eine Barriere verhindert, die sich gegen »die Rasse des Ham«[1] richtete.

Kite bevorzugte allerdings diese Verhaltensweise ganz klar vor den Niederungen des Hafenviertels von Liverpool, wo keinerlei Gerechtigkeit existierte und ein Wolf den anderen fraß. Dieser Mischmasch verlieh St. John's seinen gewissen vulgären Charme, so übte er inmitten der reichen tropischen Vegetation eine bösartige, aber verführerische Wechselwirkung zwischen den unterschwellig nagenden Leidenschaften der herrschenden Weißen und den unterdrückten Schwarzen aus. Hier im Norden, wo zur Zeit die buntgefärbten Blätter von den Bäumen fielen, beherrschte eine Kälte, die so durchdringend war wie der Winterfrost, der die nackten schwarzen Zweige mit Rauhreif bedeckte, die Gesellschaft. Kite drängte es, auszulaufen, aber in der Zwischenzeit fiel ihm nichts Besseres ein, als erst einmal Puella anzulächeln. Er verabschiedete sich und ging an Land, wo er einen Pelzhändler ansteuerte, dessen Laden er bei seinem letzten Landgang entdeckt hatte. Er beabsichtigte, ein paar passende Pelze für Puella zu kaufen, die die wilden Tiere in den Wäldern im Hinterland im Überfluß lieferten, und es gelang ihm, einen schönen Fuchsmantel zu erstehen. Er stand gerade in Verhandlungen über ein enormes Bärenfell, als eine Frauenstimme die des Verkäufers übertönte.

»Bei Gott, Kapitän, das muß eine wundervolle Mätresse sein, die über so ausgesuchte Pelze verfügen kann.«

Kite und der Ladenbesitzer drehten sich um, letzterer fühlte sich keineswegs durch diese Bemerkung gestört, und deutete höflich eine Verbeugung an. Die Lady war jung, groß und

1 Bei Ham handelt es sich um einen der drei Söhne Noahs. Auf ihn als Stammvater wurden die dunkelhäutigen Afrikaner zurückgeführt. (Anm. d. Ü.)

atemberaubend schön und trug ein schlichtes graues Reitkostüm, das an den Schultern elegant plissiert war. Über dem dunklen Haar schwebte in einem kecken, fast unschicklichen Winkel ein Federhut, in der Hand hielt sie eine Reitgerte, mit der sie gegen ihren langen Rock klopfte und gelegentlich auch auf den Stiefel darunter schlug. Kite verbeugte sich nur kurz und steif. Es war ihm bewußt, daß er rot wurde, und er war ärgerlich, weil er auf die Anspielung der Frau angesprungen war. Natürlich wußte diese beeindruckende Person, wer er war und welche Hautfarbe seine Mätresse hatte. Nach ihrem leichten Sieg grinste sie ihn nun unverschämt an. Ihre Frechheit erfüllte ihn mit Zorn.

»Sie sprechen von meiner Frau, Madam«, log er mit solch einer Betonung, daß sie die wütende Anklage enthielt, die die engstirnige Person wie ein Schlag mit ihrer eigenen Reitpeitsche traf.

Aber die Dame beherrschte die Situation und, obwohl sie blaß wurde, entgegnete sie mit einer überaus kühlen Gefaßtheit, die eine Beleidigung auf die Frechheit draufsattelte: »In der Tat«, dabei dehnte sie das Wort, als wolle sie sein Urteilsvermögen in Zweifel ziehen. »Ihre Frau.«

Die unglaubliche Hochnäsigkeit machte Kite klar, daß seine Lüge die Situation nur verschärft hatte. Seine Dummheit machte ihn noch wütender, denn so hatte die Person erneut wieder die Oberhand gewonnen. Puella als Ehefrau war in ihren Augen erkennbar noch schlimmer als Puella als Hure.

»Mein Name ist William …«

»Kite«, schnitt sie ihm scharf das Wort ab. »Ja, ich weiß.«

»Dann sind Sie mir gegenüber im Vorteil, Madam.«

»Das weiß ich ebenfalls, Kapitän.« Sie lächelte siegesgewiß.

Kite beherrschte sein Verlangen, sie zu schlagen, schluckte seinen Ärger hinunter und wandte sich wieder an den Kürschner. »Wir sind uns wohl einig«, brummte er, sie ignorierend.

»Zehn portugiesische Moidores«, bestätigte der Mann und wandte seine Aufmerksamkeit wieder seinen Waren zu.

»Sie sollten ihm nicht mehr als acht geben«, erklang die Stimme der Frau hinter Kite.

»Hier, Sir«, fauchte Kite, »sind zehn Moidores für das Bärenfell und weitere zwei für Ihre Freundlichkeit. Würden Sie so gut sein, mir die Sachen bis heute abend auf den Schoner zu schicken?«

Der erstaunte Kürschner sammelte die goldenen Münzen ein, während Kite seinen Hut von dem Tisch nahm, auf dem die dicken Pelze ausgebreitet lagen. Er drehte sich um und drückte ihn fest auf den Kopf, als er vor der Frau stand, die er mit seiner kindischen Großzügigkeit zu beschämen versucht hatte. Ihr Lächeln, denn es war kein Grinsen, wie er erstaunt feststellte, ließ ihn seine Zurückhaltung aufgeben.

»Sollten Sie Manieren lernen wollen, Madam«, schnarrte er kalt, »dann wäre meine Frau gerne bereit, Ihnen Stunden …«

Weiter kam er nicht. Die Reitgerte klatschte über seine Wange, er zuckte zurück und bewahrte nur mühsam das Gleichgewicht, dann hob er die Hand. Die anschwellende Strieme begann bereits kräftig zu bluten, als sich ihre Blicke trafen. Hinter ihnen zog der Kürschner scharf die Luft ein, ehe er zur Salzsäule erstarrte.

Kites Schreck und der Anstieg seines Herzschlags waren im Vergleich zu ihrer Erschütterung nicht der Rede wert. Bedauern über ihre spontane Reaktion ließ sie zuerst erbleichen, dann rot anlaufen. Sie schwankte ein wenig, als kämpfte sie gegen den Impuls an, ohnmächtig zu werden, aber dann streckte sie das Kinn vor und war in ihrer Provokation unwiderstehlich.

»… Ihnen Stunden über gutes Benehmen bei einer Tasse Tee an Bord des Schoners *Spitfire* zu geben. Er liegt bei Roberts' Werft«, schloß Kite seinen Satz verachtungsvoll ab und verließ den Laden.

Die Reparaturarbeiten an der *Spitfire* waren jetzt fast beendet. Als der Winternachmittag voranschritt und sich die Sonne – ein roter Ball in einem wolkenlosen Himmel aus hellem Lavendelblau – dem westlichen Horizont näherte, stand Kite mittschiffs, in ein letztes Gespräch mit dem Chefrigger und Jones vertieft. Am folgenden Tag würden sie sich an die Pier verwarpen und das Laden abschließen.

»Was ist mit Ihrem Gesicht passiert, Käpt'n?« erkundigte sich Jones.

Instinktiv betastete Kite die verkrustete Wunde, die seine Wange zierte. Er blickte den Chefrigger an, während er antwortete. »Oh«, erwiderte er, Gleichgültigkeit vorspiegelnd, »eine weiße Lady hat mir das dafür verpaßt, daß ich mit einer schwarzen Lady schlafe. Ich kann mir nicht vorstellen, welche Motive sie hatte, Sie etwa, Mister Jones?«

Jones schüttelte seinen Mulattenkopf, verlegen durch die Anwesenheit des Chefriggers, der kaum sein Interesse verbergen konnte. »Nun, ich will verdammt sein, Käpt'n, aber die Leute hier sind gewiß nicht überfreundlich«, antwortete Jones.

»Also haben Sie es auch wahrgenommen«, bemerkte Kite spitz.

Jones nickte. »Aye, das habe ich.«

Der Chefrigger hüstelte peinlich berührt. »Wenn wir uns wieder auf die geschäftlichen Dinge konzentrieren könnten … Sagen Sie, ist das die Lady, um die es geht?«

Kite und Jones drehten sich um und schauten, wohin der Chefrigger zeigte. Eine Frau kletterte in diesem Augenblick leichtfüßig über die Reling, der graue Rock hob sich, und das schwarze Leder ihrer Stiefel glänzte im Abendsonnenlicht, während ein Arbeitsmann ihr hilfreich eine Hand lieh und ihr dann ein großes Bündel reichte.

Sie dankte dem Arbeiter, nahm ihr Paket und näherte sich den drei Männern. »Kapitän Kite«, sagte sie kühl und sah ihm gerade in die Augen.

Jones, der neben Kite stand, stieß einen unterdrückten Pfiff aus, der Chefrigger hüstelte wieder.

»Danke, Gentlemen«, nickte Kite ihnen zu, drehte sich um

und verbeugte sich, während die beiden Männer sich nach weiter vorne verholten. »Madam?«

Sie reichte ihm das Paket. »Ich bringe Ihnen das Bärenfell Ihrer Frau, Herr Kapitän.«

»Danke.« Er nahm es entgegen, starrte sie an und war ärgerlich, daß sie es gewagt hatte, in sein kleines Königreich einzudringen. Er blieb kühl und formell in der Hoffnung, daß sie den Hinweis verstehen und sofort wieder gehen würde.

»Ich dachte, daß ich vielleicht ein Täßchen Tee mit Ihrer Frau nehmen könnte«, hörte er statt dessen, als ob nichts Unangenehmes vorgefallen wäre und er die Dame seit Jahren kennen würde.

»Was soll dabei herauskommen, Madam«, erkundigte er sich und versuchte, sein Erstaunen zu verbergen.

Während sie noch um Fassung rang und einen langen Blick zu Jones und dem Chefrigger warf, flüsterte sie leise: »Ich möchte etwas wieder gutmachen, Herr Kapitän.«

»Aber warum, Madam? Ich kann mir nicht denken, daß Sie ohne einen bestimmten Hintergedanken so etwas tun. Sind Sie einfach neugierig darauf, meine Frau kennenzulernen? Oder haben Sie vor, sie auch auszupeitschen?«

»Bitte, Kapitän Kite.« Die Stimme war jetzt kaum noch lauter als ein Flüstern. »Erniedrigen Sie mich nicht noch mehr, als ich das schon selbst getan habe.«

Er seufzte, seine Wange brannte und pochte. Wie sollte er das Puella erklären, der er schon gestanden hatte, daß die Wunde von einem fliegenden Ende stammte? Wie sollte er ihr verständlich machen, daß diese elegante und schöne weiße Frau sie als schwarzes Ausstellungsstück begaffen wollte? Er kannte Puellas Eifersucht. Wie konnte er vermeiden, daß Puella auf die verrückte Idee kam, daß dieses reiche Weib es auf Kite abgesehen hatte, genau wie damals Kitty Robertson?

»Ich entschuldige mich, Kapitän Kite«, beharrte die Frau, »und habe Ihnen das Bärenfell als Akt tätiger Reue mitgebracht.« Sie machte eine Pause. »Ich würde wirklich gerne

Ihre Frau kennenlernen, und sei es auch nur, um ihr zu erklären, warum ich Sie geschlagen habe.«

Kite hätte beinahe laut aufgelacht, dann brummte er: »Das habe ich ihr schon erklärt«, er berührte seine Wange. »Weil mich eine Leine getroffen hat, die aus einem Block ausgerauscht ist.« Er sah, daß sie verständnislos die Stirn runzelte. »Es spielt keine Rolle.«

»Aber ich möchte trotzdem gerne mit Ihrer Frau reden, Herr Kapitän. Sie muß sich hier an Bord sehr einsam vorkommen.« Sie machte eine umfassende Handbewegung über das Deck.

Plötzlich wollte er sie rasch loswerden. Wenn sie einen Ölzweig haben wollte, dann sollte es so sein.

»Ich muß Sie um Verzeihung bitten«, brach es schnell aus ihm heraus, um jede Unterbrechung zu verhindern. »Puella, äh, so nenne ich sie, denn es erschien mir unpassend, ihr einen englischen Namen zu geben, weil ich ihren Eingeborenennamen nicht verstand ...« Dann verließ ihn seine Redekunst, denn er fand ihr Gesicht ganz entzückend.

»Erzählen Sie weiter, Herr Kapitän, ich verstehe Sie.«

Kite schluckte. »Nun, Madam, sie ist nicht meine Ehefrau. Auf den Antillen nimmt man solche Sachen nicht so wichtig.«

»Ganz recht«, stimmte ihm die Frau zu, die Andeutung eines selbstzufriedenen Lächelns spielte um ihre Mundwinkel.

»Aber sie ist eine Freie, Madam«, fügte Kite mit so viel überzeugendem Nachdruck hinzu, wie er nur aufbringen konnte. »Sie ist keine Sklavin.«

Er begann in Richtung der Gangway zu gehen, doch die Frau bewegte sich nach achtern in Richtung des Niedergangs, wo Puella mit dieser entwaffnenden Intuition, die sie von Dorothea geerbt zu haben schien, am Kopf der Treppe stand.

Die Dame trat auf sie zu, lächelte und streckte ihre Hand aus. »Puella«, sagte sie, »ich heiße Sarah Tyrell, und ich habe die Pelze gebracht, die Kapitän Kite heute vormittag gekauft hat. Ich fürchte, daß ich für den Schmiß auf seiner Wange verantwortlich bin …«

Kite, der versuchte, Aufrichtigkeit von Herablassung zu unterscheiden, fragte sich, ob sie auch so bereitwillig Reue gezeigt hätte, wenn Puella weiß gewesen wäre.

Verwirrt nahm Puella die ausgestreckte Hand und knickste höflich.

»Wollen wir hinuntergehen?« schlug Kite vor, denn ihm war nun klar, daß er ausmanövriert worden war, und das außergewöhnliche Dreiertreffen hatte die gesamte Arbeit an Deck zum Erliegen gebracht.

Als er den Fuß der Treppe erreichte und sich der Kabine zuwandte, fragte er kühl: »Heißt es Mrs oder Miss Tyrell, Madam?«

»Mrs ist richtig, Herr Kapitän. Mein Gatte ist Kaufmann und Reeder in dieser Stadt.«

»Ein wohlhabender Mann wahrscheinlich«, mischte sich Puella ein. Sie hatte sich zusammengerissen und erwartete vollkommen gefaßt den Beginn der Konversation.

Mrs Tyrell blickte sie überrascht an. »Wie … ich glaube, das kann man sagen, ja.«

»Wie wäre es mit einer Tasse Tee oder Schokolade?« erkundigte sich Puella höflich.

»Tee wäre wundervoll, danke.«

»Ich fürchte, daß ich mich selbst darum kümmern muß«, erklärte Puella, »wir haben keine Dienstboten, die uns hier aufwarten, denn der Steward ist augenblicklich woanders beschäftigt.«

»Natürlich«, Mrs Tyrell war ganz überrascht von Puellas Eleganz, Höflichkeit und kühler Selbstsicherheit.

»Wollen Sie nicht Platz nehmen, Mrs Tyrell?« Puella deutete auf einen Stuhl neben dem reparierten Kabinentisch und zog sich in die angrenzende Pantry zurück.

»Wir haben gerade einen Hurrikan durchlitten«, erklärte Kite stockend, »daher haben wir in Newport angelegt.«

»Ja«, begann Mrs Tyrell und zog ihre Handschuhe aus. »Ich bin, äh …«

»Ich denke, es dürfte das Beste sein, Madam, wenn wir unter diesen Umständen schnell Vergangenes vergangen sein lassen.«

»Das ist sehr freundlich von Ihnen, Herr Kapitän.« Sie schwieg, offensichtlich damit beschäftigt, sich zu sammeln. »Ich habe mich unmöglich benommen und hatte keine Ahnung, daß Puella so bezaubernd ist. Bitte …«

Kite kapitulierte und lächelte aufmunternd, als Sarah Tyrells hübscher Mund zuckte, als ob sie ihre Gefühle nur schwer unter Kontrolle halten konnte, und in ihren Augen glitzerten ein paar reuige Tränen.

»Es war eine Angelegenheit zwischen uns«, beruhigte er sie.

»Sie sind sehr rücksichtsvoll, Herr Kapitän.« Ihre Stimme klang heiser, dann folgte eine peinliche Pause, bevor Mrs Tyrell kurz hüstelte und dann fragte: »Woher, sagten Sie, kommen Sie auf den Antillen?«

»Von St. John's auf Antigua.«

»Haben Sie den verstorbenen Mister Mulgrave gekannt? Er war lange Jahre mit meinem Mann geschäftlich verbunden.«

»Wir kennen ihn sehr gut«, sagte Puella, die ein Tablett mit Tassen und Untertassen hereinbrachte. »Ich habe seinen Namen zusammen mit dem von Kite angenommen, als ich meinen Freibrief bekommen habe.«

»Ich verstehe«, nickte Mrs Tyrell, verdaute diese Neuigkeit und war tief beeindruckt von Puellas Englischkenntnissen.

Während er darauf wartete, daß Puella mit der Teekanne zurückkam, erklärte Kite seine Verbindungen zum House of Mulgrave, entdeckte dabei, daß Mrs Tyrell Wentworth kannte und daß es immer noch geschäftliche Verbindungen zwischen dem Unternehmen ihres Mannes und Mulgraves Nachfolger gab.

»Sind Sie im Sklavenhandel tätig?« fragte Puella und goß den Tee ein.

»Nun, äh, ja, ich fürchte, das sind wir, Puella.«

»Und *fürchten* Sie auch, daß Sie mit Zucker und Rum handeln, Sarah?« erkundigte sich Puella mit entwaffnender Ironie, blickte auf und reichte der eleganten weißen Dame den Tee.

Kite erstarrte, plötzlich erfaßte ihn eine unerklärliche, beschämende und verwirrende Sympathie für beide »Opfer«.

Doch Mrs Tyrell zeigte sich der Situation gewachsen. »Nein, Puella, wir schämen uns nicht für den Handel mit Zucker und Rum, aber vielleicht sollten wir das, denn beides hängt direkt mit dem Sklavenhandel zusammen.«

»Es gibt ein paar Leute, die ...«, begann Kite.

Aber Puella unterbrach ihn: »Kite sollte es tun. Er nimmt mich mit, weil er denkt, daß er mich liebt, aber er fährt immer noch Sklaven als Ladung.«

Kite machte eine bedauernde Handbewegung. »Ich habe Puella enttäuscht, weil ich ein paar Schwarze von Antigua nach Jamaika gebracht habe.«

»Liebe läßt Menschen die seltsamsten Dinge tun«, sagte Mrs Tyrell vage und trank ihren Tee.

»Wie zum Beispiel einen Mann mit der Peitsche zu schlagen?«

»Puella!« protestierte Kite und staunte, was sie wieder alles wußte. Hatte sie seine Bemerkung gegenüber Jones und den Chefrigger gehört?

»Nein, sie hat recht, Kapitän Kite, sie hat das Recht, mich zu fragen, warum ich es getan habe.« Mrs Tyrell streckte ihre Hand aus, um Kite zurückzuhalten, während Puella kühl mit ihrer Teetasse Platz nahm. »Das Problem ist, Puella, daß ich nicht sicher bin, ob ich es erklären kann. Ich hatte natürlich gehört, daß ein Schoner auf Roberts' Werft liegt und daß der Kapitän eine Frau aus Guinea an Bord hat. Es ist nicht ungewöhnlich, daß so etwas passiert, sogar hier auf Rhode Island.« Mrs Tyrell seufzte und machte eine Pause. »Die Wahrheit ist, daß ich mich meistens schrecklich langweile. Ich traf dann Kapitän Kite im Laden des Kürschners und konfrontierte ihn mit … mit dem, was ich zu jener Zeit für ein geschmackloses Verhalten hielt. Jetzt fühle ich mich dumm und bedauere, was ich getan habe, um so mehr, seit ich Ihre Bekanntschaft gemacht habe.«

»Nun«, stöhnte Kite erleichtert und bewunderte Mrs Tyrells beachtlichen Mut, ein so direktes Geständnis abzulegen, »damit hat die Angelegenheit ihr Ende gefunden.«

»Vielleicht kann ich etwas wiedergutmachen.« Mrs Tyrell stellte ihre leere Teetasse auf den Tisch und sagte zu Puella: »Kommen Sie bitte morgen zu uns zum Dinner. Ich werde Ihnen eine Kutsche schicken, und ich akzeptiere keine Ablehnung. Mein Gatte wird erfreut sein, Sie beide kennenzulernen, und, Herr Kapitän«, sie wandte sich Kite zu, »wer weiß, vielleicht bringt dieses Treffen am Ende noch etwas Gutes für uns alle.«

Obwohl Kite die Einladung höflich annahm, war Puella vehement gegen diesen Besuch. Teilweise aus Eifersucht, teilweise aus Angst und hauptsächlich, weil sie schwanger war. Sie wollte sich unter diesen Umständen nicht auf ein derartiges gesellschaftliches Ereignis einlassen, schon gar nicht an einem Ort mit solcher Feindseligkeit.

Aber Kite packte seine Gegenargumente auf den Tisch: Mrs Tyrells Akzeptanz, gleichgültig wie sie zustande gekommen war, drehte den Vorurteilen der örtlichen Bevölkerung eine lange Nase. Man benötigte nicht viel Intelligenz, um zu sehen, daß Mrs Tyrell eine einflußreiche Frau war, denn nur eine solche hätte sich diese Szene in der Kürschnerei leisten können. Außerdem war sie eine mutige Frau, denn Mut hatte es zweifellos erfordert, um an Bord zu kommen und sich zu entschuldigen, argumentierte er. Darüber hinaus, erwärmte er sich für die Einladung, waren die kommerziellen Vorteile, die sich aus dieser Verbindung zwanglos ergeben könnten, es wert, genutzt zu werden.

Puella wies dieses Argument aber zurück. »Wenn du mit ihr essen mußt, dann bitte ohne mich«, protestierte sie, »wenn dir so viel am Geld liegt, laß mich hier. Ich weiß, daß sie ein Auge auf dich geworfen hat. Ihr Ehemann wird alt sein, und sie wird dich haben wollen …«

»Gütiger Gott, Puella, es handelt sich nicht um Kitty Robertson.«

»Nein?« pustete Puella sich auf. »Aber du argumentierst hier, um den Handel auszuweiten und um noch mehr Geld in Kitty Robertsons Tasche fließen zu lassen.«

»Oh, um Himmels willen, Puella, falls ich die Chance für einen Handel nutze, dann um Geld in unsere Taschen umzuleiten«, protestierte er verärgert. Sie schwiegen, dann preschte er weiter vor: »Schau mal, Puella, ich kann nicht so tun, als ob das alles einfach für dich wäre, aber wenn wir nach England kommen, dann kannst du dich nicht – nein, bei Gott, das werde ich nicht zulassen – ewig verstecken. Du wirst dich in der Gesellschaft bewegen und deine Rolle als meine … meine Frau spielen müssen. Du bist mit meinem Kind schwanger, und ich werde dich«, fuhr er mit plötzlicher Entschlossenheit fort, »heiraten.« Dann, ohne abzuwarten, welchen Eindruck seine Worte bei ihr hervorriefen, polterte er weiter: »Sieh mal, mein Liebling, du hast diese Frau mit deiner Haltung und Würde erstaunt. Ich habe das in ihren Augen gelesen. Diese Leute hier sind ungebildet, im Vergleich zu den Ehefrauen der Kaufleute in London oder Liverpool. Sieh das als deinen Eintritt in die Gesellschaft an, es wird nicht so schrecklich werden.«

»Angenommen, sie schmiedet einen Plan, um … um …« Puella wurde weich, das spürte Kite, als sie krampfhaft nach Worten suchte, um sich auszudrücken.

»Dich zu demütigen?«

»Ja, um mich zu demütigen.«

»Das kann ich nicht glauben. So ein Mensch ist sie nicht. Sie ist leidenschaftlich und temperamentvoll, aber, wie ich glaube, nicht gemein oder bösartig.«

»Sie würde mich demütigen, wenn sie mit dir schläft, und wenn sie leidenschaftlich ist …«

»Puella«, unterbrach Kite sie vorwurfsvoll und umarmte sie. »Ich liebe *dich*, nur dich.«

»Sie kann mir gefährlich werden, Kite«, flüsterte Puella, »ich fühle so etwas. Das kannst du nicht verstehen.«

»Mein Liebling«, beruhigte Kite sie, »in drei oder vier Tagen werden wir auf See sein.«

Kurze Zeit später breiteten sie das Bärenfell auf dem Deck aus.

Hinterher mußte Kite zugeben, daß das Dinner zweifellos ein Erfolg gewesen war, besonders für Puella. Jeder, der davon ausging, daß Schwarze unwissend und den Weißen unterlegen waren, hätte sofort seine Meinung geändert, falls er die erstaunliche Verwandlung gesehen hätte, die Puella mittlerweile durchgemacht hatte. Nun erhob sie sich von ihrer improvisierten Lagerstatt, gestärkt und zuversichtlich, und Kite führte das dummerweise auf ihre intensive Liebesnacht auf dem Bärenfell zurück.

Seit Jones sie von dem Eintreffen von Tyrells Kutsche informiert hatte, hatte Kite, der schon oft vermutet hatte, Puella könnte eine Eingeborenenprinzessin sein, keinen Zweifel mehr daran.

Ihr Zustand, obwohl weit fortgeschritten, war noch nicht erkennbar, und sie gab sich als *grande dame*, indem sie ihre Bürde unter der Eleganz einer weiten Robe von Dorothea versteckte. Mulgrave hatte Dorothea immer teure Kleidung gekauft und sie, soweit die Mode Antiguas es erlaubte, entsprechend modisch gekleidet. Dorothea und der örtliche Schneider hatten die hellen Farben favorisiert, welche bei den Afrikanern so beliebt waren, daher bestand jetzt Puellas Rock, der der weiten Mode der Saison Rechnung trug, aus glänzender, scharlachroter Seide, darunter lugte ein gelber Petticoat hervor. Darüber hatte Puella sich in ein Oberteil aus Spitze gezwängt, das sowohl ihrem anschwellenden

Bauch als auch ihren größer werdenden Brüsten Platz bot. Ihre ebenholzschwarzen Schultern erhoben sich aus feinstem Tüllbesatz nach den neuesten Herstellungsverfahren und stellte Kites blauen Wollrock, die gelbe Weste, die weißen Kniebundhosen, Strümpfe und die Schuhe mit den silbernen Schnallen vollkommen in den Schatten. Darüber trug sie den Mantel aus Fuchsfell, während Kite für den Notfall einen dikken Wollmantel mit Kapuze mitführte.

Kite war besorgt gewesen, ob die Tyrells vielleicht wirklich auf eine rituelle Demütigung aus waren, aber es war niemand sonst eingeladen. Allerdings wollten sich vielleicht nur die Gastgeber die Irritation der anderen Gäste ersparen. Jedenfalls war von Anfang an klar, daß Sarah Tyrell sich ernsthaft um Wiedergutmachung bemühte. Genauso klar war, daß ihr Mann viel zu sehr Kaufmann war, um sich über hinderliche Konventionen lange den Kopf zu zerbrechen, sobald sie seinen Geschäftsinteressen zuwider liefen. Außerdem ließ sich die Tatsache, daß sie eine schwarze Frau zu Tisch hatten, unmöglich geheimhalten. Die Dienerschaft würde diese Neuigkeit innerhalb weniger Stunden in ganz Newport verbreiten, obwohl sie jetzt ihre Gefühle sehr sorgfältig verbargen. Tyrell beugte sich über Puellas Hand, als er sie höflich begrüßte, und sprach so laut, daß ihn der in Hörweite stehende Diener gut verstehen konnte. Er sprach Puella mit »Mrs. Kite« an.

Tyrell war, wie Puella vorhergesehen hatte, viel älter als seine Frau. Es handelte sich um einen großen, schlicht gekleideten Mann, der eine Halbperücke trug und Kite irgendwie an Mulgrave erinnerte, obwohl er weit weniger verschlossen und viel leichter zu durchschauen war. Offensichtlich prüfte er die Dinge erst sorgfältig, bevor er eine Verpflichtung einging, weil er wußte, daß Bindungen nicht leicht zu lösen waren. Der Altersunterschied zu seiner Gattin war beträchtlich, und außerdem schien er daran gewohnt, daß nicht nur sie ihm zuhörte und ihm gehorchte.

»Wollen wir uns gleich zu Tisch setzen?« fragte er, obwohl klar war, daß er keine Alternative im Sinn hatte.

Es entpuppte sich als kluger Schachzug, denn die Tyrells waren gesellschaftlich zu geschliffen, um zuzulassen, daß die Unterhaltung ins Stocken kam. Als umgehend die Suppe aufgetragen wurde, forderte Tyrells Frage nach dem Hurrikan eine längere Antwort von Kite heraus. Danach wollte Sarah ein paar persönliche Einzelheiten über Puellas Qualen während des Sturms wissen, während Tyrell Kite auf das Feld der Wirtschaft lenkte, indem er ihn auf die verdorbene Ladung der *Spitfire* ansprach. Schließlich fragte Tyrell ihn, ob er einige Dokumente, Wechsel und Schuldscheine mit nach London nehmen könnte.

»Ich bin mir nicht sicher, wann ich in London sein werde«, hatte Kite vorsichtig geantwortet, blickte Sarah Tyrell in die Augen und errötete bei ihrem Lächeln. »Aber ich kann mich natürlich der Sache annehmen.«

»Ich habe angenommen, dummerweise wie mir jetzt scheint, daß Sie nach London unterwegs sind, aber Sie beabsichtigen, in Bristol anzulegen?« erkundigte sich Tyrell.

»Nein, Sir, ich habe die Absicht, nach Liverpool zurückzukehren. Ich habe dort Anteile an einer Gesellschaft.«

Es wurde klar, daß Tyrells Interesse an einer Vertiefung ihrer Beziehungen wuchs, nachdem Kite Liverpool und seine Partnerschaft mit Makepeace erwähnt hatte. Offensichtlich hatte Mulgrave beabsichtigt, nach seiner Rückkehr nach England als Agent für eine Reihe von Handelshäusern in den Kolonien tätig zu werden, darunter auch für Tyrell.

Dieser ermunterte nun Kite, diese Aufgabe zu übernehmen. »Liverpool ist eine aufblühende Stadt, Herr Kapitän, und hat Bristol bereits überholt.«

Es kam Kite so vor, als ob Tyrell sich über die gegenseitigen Vorteile ausbreitete, die sich ergeben könnten, weil vielleicht Sarah Tyrell einen Hinweis auf diese Vorteile anläßlich ihrer Teegesellschaft an Bord der *Spitfire* aufgeschnappt hatte. Aber Kite ging deswegen mit ihr nicht allzu hart ins Gericht. Er blickte zu ihr hinüber, wo sie Puella zuhörte, und fand es einfach, ihr zu vergeben. Offensichtlich hatte sie Puella bezaubert, denn sie sprach angeregt, und, obwohl er mit einem Ohr Tyrell zuhörte, bekam er den Sinn von Puellas Rede mit: Es ging um ihr früheres Leben bis zur Zeit der Gefangennahme. Davon hatte sie ihm noch nie etwas erzählt, und die Leichtigkeit, mit der Sarah ihr die Geschichte ihrer Jugend abgeluchst hatte, lenkte ihn von der Unterhaltung mit Tyrell ab.

Nachdem die Frauen sich zurückgezogen hatten, akzeptierte Kite eine Zigarre, die ihm Tyrell anbot.

»Würden Sie eine kleine Partie davon mit an Bord nehmen?« fragte Tyrell und rollte das Tabakblatt an seinem Ohr. »Sie sehen, Kapitän Kite, ich glaube, daß wir ins Geschäft kommen könnten.« Tyrell reichte ihm die Karaffe. »Rhode Island ist berühmt für seine Seeleute und Schiffe, seinen Rum, seine Sklaven, aber während es dadurch reich wird, wächst auch der Bedarf an englischen Manufakturwaren. Wir produzieren heute schon viel in den Kolonien, aber ein Paar britischer Pistolen oder ein guter Degen von Wilkinson bringen einen höheren Preis als ein hier hergestellter Artikel. Und was die Londoner Mode angeht, nun, Sie sind zwar jung, in bezug auf die Frauen nicht unerfahren, Herr Kapitän.«

Es war nicht so, daß Kite für Tyrell Feuer und Flamme war, aber er spürte, daß er mit dem Mann übereinstimmte. »Sie waren sehr freundlich zu uns, Sir. Sie werden mitbekommen haben, daß die Anwesenheit meiner, äh, Frau, einige Kontroversen verursacht hat.«

Tyrell zog eine Augenbraue in die Höhe und lächelte. »Das ist richtig, Kapitän Kite, aber ich bin nicht völlig immun gegen attraktive Frauen. Vergessen Sie nicht, daß ich Mulgrave kannte, und ich kannte ihn ziemlich gut.«

»Haben Sie ihn auf Antigua besucht?«

Tyrell nickte und fügte hinzu: »Und ich kannte Dorothea.« Er blies den Zigarrenrauch zur Decke. »Ich weiß auch, daß meine Frau für die Entstellung Ihres Gesichts verantwortlich ist.«

»Bitte«, unterbrach ihn Kite hastig, »das ist wirklich nicht von Bedeutung, Mister Tyrell. Die Sache ist vorbei und vergessen.«

»Das ist sehr großzügig von Ihnen, Herr Kapitän.« Tyrell machte eine Pause, dann rückte er seine Brille zurecht und fragte: »Was meinen Sie, können wir ins Geschäft kommen?«

»Ich sehe kein Hindernis, Mister Tyrell. Sie stehen bereits in Verbindung mit Wentworth und er mit mir …«

»Und ich kenne Makepeace, obwohl ich bekennen muß, daß ich mit ihm nicht so richtig warm werde.« Tyrell lächelte wieder. »Sie sollten mich Arthur nennen«, meinte er dann und erhob sich. »Sollen wir zu den Damen gehen?«

Kite, der ihm auf dem Fuß folgte, hatte das Gefühl, daß ihm soeben eine große Ehre widerfahren war, und neigte den Kopf. »William Kite, immer zu Ihren Diensten, Arthur.«

Darauf gaben sie sich die Hände und verließen das Speisezimmer.

Erst als sie zu Roberts' Werft zurückkehrten, überfiel Kite eine gewisse Unruhe. Er war nicht ganz sicher, woher sie rührte, denn das Essen und der Wein hatten ihn entspannt, doch dann erinnerte er sich, daß Tyrell Puella das Porträt eines Mohawkhäuptlings gezeigt hatte, das ziemlich alt zu sein schien, und Kite hatte Sarah Tyrells Hand auf seinem Arm gespürt.

»Gratulation, Herr Kapitän, zu Ihrem Glück«, preßte sie heraus, und Kite blickte erst in ihre schönen dunklen Augen und dann auf den leuchtend roten Mund. Er schien nicht zu verstehen. »Puellas bevorstehende Niederkunft«, ergänzte sie.

»Oh, sie hat es Ihnen erzählt.«

»Natürlich nicht«, kicherte Sarah, »ich habe es bemerkt.«

»Ich verstehe.«

»Nein, das tun Sie nicht, Kapitän, aber das spielt auch keine Rolle.« Sie schwieg kurz. »Wir werden uns wieder begegnen, da bin ich sicher.«

»Ich, äh, ich hoffe das auch, Madam.«

»Nennen Sie mich Sarah«, bat sie ihn, ihre Finger wanderten nach oben und berührten seine geschundene Wange. »Sie werden mich nicht so schnell vergessen, glaube ich, William.«

Kite warf einen Blick zu ihrem Ehemann und der höflich plaudernden Puella hinüber. »Nein«, erwiderte er, und sein Herz klopfte wie verrückt, »das wäre schwierig.«

Sie lächelte, und er hatte das Gefühl, daß seine Antwort mehr ausdrückte, als er gesagt hatte, aber paradoxerweise hätte er gerne noch mehr hinzugefügt.

»Bis zum nächsten Mal«, flüsterte sie, zog sich zurück und streckte Puella ihre Hand entgegen, die sich zusammen mit Tyrell von der kleinen Holztafel abwandte, auf dem das Porträt des Mohawkhäuptlings lag. »Arthur hat Ihnen seinen Urur-, oh, ich habe vergessen, wie viele Ur- es sind, Urgroßvater gezeigt?«

Es war mehr eine Feststellung, sehr elegant angebracht, eine Abrundung des Dinners, dem sie damit ein heiteres Glanzlicht aufsetzte. Vielleicht, überlegte Kite, noch beeindruckt von dem intimen Augenblick mit Sarah Tyrell, hatte sie diese Gesellschaft sowohl für ihn und Puella als auch für ihren Mann arrangiert. Es war ein Abend voller Überraschungen gewesen. In der Kutsche, die sie zurück zu Roberts' Werft brachte, kuschelte sich Puella in seine Arme, und er kam zu der Überzeugung, daß Sarah das Dinner in erster Linie für sich selbst veranstaltet hatte. Dieser Gedanke quälte ihn, als er wach neben Puella lag und sich einer gewissen Treulosigkeit hingab.

»Gute Nacht, Herr Kapitän«, hatte Sarah geflüstert, als sie sich getrennt hatten, »es war ein guter Wind, der sie hierher trieb.«

Von Schlaflosigkeit gequält, verfluchte er nun die Frau, die ihn mit ihrer Reitgerte geschlagen hatte und der er erst gestern noch liebend gerne ihr liebliches Gesicht verunstaltet hätte. Er hoffte, daß die Geister nicht so niederträchtig sein würden, um sein mit Puella gerade erst neu gefundenes Glück zu stören.

15
Der Korsar

Während der letzten geschäftigen Tage in Newport schwankte Kite halb zwischen Hoffen und Bangen, Sarah Tyrell wiederzusehen. Als dann schließlich Nantucket Island achteraus verblaßte und wieder zu dieser blauen, nicht greifbaren Linie wurde, die Jones vor Wochen als erster gesehen hatte, war er froh, daß zwischen ihnen nichts vorgefallen war. Arthur Tyrell hatte seinen Sekretär mit den Dokumenten geschickt, die Kite mitnehmen sollte. Später an diesem Tag, kurz vor dem Auslaufen, hatte Kite Tyrell in dessen Büro seine Aufwartung gemacht, um mit ihm noch ein gutes Glas Wein und den herrlichen Ausblick über den Hafen zu genießen. Er hatte die *Spitfire* bereits im Custom House ausklariert und genoß die letzten Minuten an Land, bevor er den Schoner hinaus auf die See brachte. Es war Weihnachtsabend und ein schöner Wintertag, Tyrell war in einer herzlichen Stimmung gewesen und bedauerte, daß Kite die Feiertage nicht in Newport verleben wollte, hatte aber Verständnis für Kites Drängen, in See zu gehen, damit Puella in England niederkommen konnte.

»Meine Frau wird enttäuscht sein«, merkte er an, als sie sich verabschiedeten. Er war Sarah während der letzten Tage nicht näher gekommen, und zu seiner großen Erleichterung verschonte Puella ihn mit ihren üblichen Eifersuchtsszenen, ohne daß er bemerkte, wie sehr sie unter ihren Ängsten litt. Sie näherte sich dem Zeitpunkt ihrer Niederkunft, war allein und der Unterstützung von Dorothea beraubt, die ihr während der Geburt von Charlie Beistand geleistet hatte, und sehr besorgt wegen der Qualen der langen Überreise und der Unsicherheit ihrer Zukunft.

Kite war sich glücklicherweise ihrer augenblicklichen drängenden Sorgen nicht bewußt. Die letzten Arrangements bezüglich der Ladung, ihrer Stauung und die Notwendigkeit, das Custom House aufzusuchen, füllten seine Zeit und seine Gedanken aus. Als sie mit dem letzten Tageslicht des Heiligen Abends 1759 hinaus auf die See hielten, lag das Land bereits im Dunkeln, daher konnte Kite die einsame Reiterin nicht sehen, die von der Höhe des Castle Hill aus verfolgte, wie die *Spitfire* nach Südsüdost abdrehte und sich südlich der Kette von Inseln hinter der Buzzard's Bay hielt.

Navigatorisch verabschiedeten sie sich am folgenden Tag von den östlichen Ausläufern von Nantucket Island, und vor dem Bug der *Spitfire* lag die unendliche Weite des Atlantiks. Mit einem letzten Blick auf die dunstige Küste konnte Kite sich einreden, daß ein Ort namens Newport nicht länger für ihn existierte und daß eine gewisse Sarah Tyrell ihn niemals angelächelt hatte.

Nur die Narbe auf seiner Wange, von der jetzt der Schorf abblätterte, belehrte ihn eines Besseren.

Unter ihrem modifizierten Rigg lief die *Spitfire* mit flotter Fahrt nach Osten. Es war kalt, zuweilen bitterkalt, und der westnordwestliche Wind wehte neun Tage lang mit Sturmstärke, aber den Schoner und seine Besatzung schreckte das nicht. Der Nordatlantik schien geneigt, sie trotz winterlicher Laune freundlich zu behandeln. Die wenigen Matrosen, die es bedauerten, das warme Klima der Tropen zu verlassen, wurden mit den begeisterten Beschreibungen Whisstocks über die Wonnen von London und Liverpool getröstet. Er behauptete, daß dort jeder Mann wie ein Prinz leben könnte, sobald er sein Glück gemacht habe. So verführerisch ließ sich Whisstock über den Glanz dieser Städte aus, so leicht schob er die realen Schwierigkeiten zur Seite, die beim Anhäufen eines Vermögens zu bewältigen waren, daß sich sogar Jones überzeugen ließ, daß etwas an seinen Behauptungen dran sein könnte. Dementsprechend brachte er die Angelegenheit, anläßlich der Übergabe der Wache, bei Kite zur Sprache.

Kite lachte. »Man hat den armen Kerl aufs Glatteis geschickt, Mister Jones. Liverpool ist ein übler Ort, allerdings könnte London recht interessant sein, ich kann es nicht beurteilen, denn ich bin nie dort gewesen. Aber Liverpool …« Kite verzog das Gesicht. »Natürlich gibt es dort einige elegante Häuser und Wohnungen«, fuhr Kite fort, der sich mehr auf die Aussagen von Makepeace bezog als auf seine eigene Erfahrung, »aber ohne Geldmittel – und ich vermute, daß Whisstock über keine Mittel verfügt – wird er darauf angewiesen sein, sich eine Unterkunft in einer billigen Kneipe zu suchen, in der man sich als einziges darauf verlassen kann, daß sich die Huren und Taschendiebe seiner annehmen werden.«

»Es ist also wieder die alte Wahl zwischen der Pest, der Armut und der Suche nach einem ausgehenden Schiff?« seufzte Jones grinsend.

Kite nickte. »Ich fürchte, so ist es, Mister Jones. Aber es könnte sein, daß man sich in einem Handelshaus nützlich machen und so ersteres und letzteres vermeiden kann, das hängt davon ab, wie sehr man sich zu mäßigen versteht.«

»So etwas habe ich schon vermutet«, meinte Jones, verlegen ob seiner zeitweiligen Naivität.

Sie lachten, und Jones, der die Wache übergeben und sich von seiner Unwissenheit befreit hatte, verschwand nach unten.

Während die Tage vergingen, verspürte Kite eine zunehmende Zuversicht, denn das klare Wetter erlaubte es ihm, die Breite zu bestimmen und sie abzusegeln, bis sie sich der Nordküste Irlands näherten. Einen Monat nach dem Auslaufen aus Newport, Rhode Island, liefen sie auf dem Breitenparallel von Malin Head entlang. Kite machte ständig Pläne, korrigierte sie, brachte sie auf Hochglanz, verwarf sie zugunsten von anderen. Seine Stimmung war so gut, daß Susan Hebblewhites Ermordung nur noch als schwacher Schatten am Horizont dräute.

Die nackte Wahrheit war allerdings, daß das Land vor ihnen genausowenig greifbar war wie vorher das verblassende Blau Nantuckets achteraus. Die Freude am Segeln in diesem frischen, guten Wetter trotz des eisigen Windes, der sich aus Nordwesten auf sie stürzte, war ungetrübt, und so blieb ihm noch genug Zeit, sich Sorgen zu machen. Makepeace hatte recht, dachte er. Wenn ich auch nicht reich bin, so verfüge ich doch über ausreichende Mittel, um mir eine gute Verteidigung leisten zu können, falls es zum Äußersten kommen sollte.

Puellas Bauch wurde immer runder. Unter ihrem Bärenfell hatte sie es kuschelig warm, und das kurze Zusammentreffen mit Sarah hatte sie überzeugt, daß sie sich in der Gesellschaft bewegen konnte. Kite selbst war zu unerfahren, um sie darüber aufzuklären, was ihr bevorstehen konnte, denn als Sohn eines Dorfapothekers kannte er die Unterschiede nicht, die zwischen dem lässigen Gehabe der reichen, kolonialen Kaufmannsherren und der strengen gesellschaftlichen Hierarchie seines Heimatlandes bestanden. Dank des Einflusses von Mulgrave und seinen Erfahrungen auf Antigua war Kite zu einem eleganten und höflichen jungen Mann herangereift. Sein eigenes Auftreten war natürlich und ungekünstelt, aber was England anging, so fehlte ihm die Intellektualität oder die Überheblichkeit, um zu erkennen, wie England auf einen Außenseiter wie ihn reagieren würde – ganz zu schweigen von der schönen schwarzen Mätresse. Seine Hochstimmung und seine Hoffnungen waren auf sein neugefundenes Selbstvertrauen zurückzuführen, waren aber gleichzeitig auch ein Maßstab für seine Jugend.

Sie sichteten Malin Head am südlichen Horizont und die Insel Inistrahull ein oder zwei Strich vor dem Steuerbordbug noch vor dem Einbruch der Nacht am dreiunddreißigsten Seetag. Kite drehte bei, denn er wollte eine so gefährliche Küste nicht in der Dunkelheit ansteuern. Während der Nacht ließ der Wind nach, Kite kam an Deck und fand das Schiff im dichten Nebel rollend vor. Was an Wind noch zu spüren war,

war schwach und unbeständig, währenddessen drang allen die Feuchtigkeit mit weitaus stärkerer Kälte als der frische, kalte Wind der Überfahrt in ihre Knochen. Um sie herum verdichtete sich eine Mauer aus feuchter, undurchdringlicher Nässe.

Kite fluchte, denn plötzlich spürte er die Bürde des einsamen Kommandos nach dem fröhlichen, herzerfrischenden, sorgenfreien Lauf der vergangenen Tage auf seinen Schultern. Wieder verfluchte er seine Unwissenheit und seine mangelnde Erfahrung, weil der feuchte Nebel ihn depressiv machte. Tief in Gedanken versunken, hätte er sich am liebsten in seiner Kabine unter dem Bärenfell neben Puella vergraben. Er spielte mit dem Gedanken aufzugeben. Waren solche Nächte der Grund, warum Männer wie Makepeace sich betranken oder in übertriebene Wollust flüchteten? Kite war jetzt verletzlich, wieder seines Selbstbewußtseins beraubt, und er spürte, wie sich über ihm der drohende Schatten des Galgens erhob. Er konnte den Gedanken an die Zukunft nicht länger verdrängen. Seine Vorstellung beschwor das furchteinflößende Bild vor den Nebelfetzen, er fürchtete, daß sich sein persönlicher Untergang bedrohlich näherte.

Das Schicksal machte sich über ihn lustig, bestrafte ihn für die wunderbaren Wochen, als die *Spitfire* über den westlichen Ozean gerast war. Er verdammte sich für seine Torheit, sich von Sarah Tyrell betören zu lassen und den Auftrag ihres Mannes zu übernehmen. Er verfluchte sich, daß er auf Makepeace und seine Pläne von Reichtum und Partnerschaft gehört hatte. Der Nebel war ein Omen, ein sicheres Vorzeichen dafür, daß die Sache nicht gut für ihn ausgehen würde – ja überhaupt nicht gut ausgehen konnte.

Wieder fluchte Kite mit der vollen Überzeugung, die seine leidenschaftliche, frustrierte Gemütslage aufbringen konnte. Er betrachtete das im Tageslicht vor ihm liegende Deck mit Abscheu, starrte auf die Planken, die sich mit kondensiertem Wasser vollgesogen hatten. Von jeder Leine tropfte es, und Feuchtigkeit rann in Bächen vom Loggebrett und den bewegungslosen Segeln. Der Rudergänger hatte wenig zu tun, denn das Ruderblatt schlug nur müßig in dem flachen Schwell hin und her. Während die Stunden verstrichen, quälte Kite sich frustriert und besorgt unablässig mit seinen Sorgen herum, und die Furcht ließ seinen Magen schmerzen. Er fragte sich, ob er wirklich nur abwarten konnte, bis der verdammte Nebel sich auflöste.

Unter diesen Umständen war auch Jones ihm keine Hilfe, denn Kälte und Nebel auf See waren für ihn ebenso neu wie für Kite.

Jetzt lagen Cumbria und Kites geliebte Hochmoore nicht mehr weit entfernt, gleich hinter der schmalen Straße des North Channel, durch den er die *Spitfire* noch bringen mußte. Was immer mit ihm geschehen würde, er mußte zumindest seinen Vater und seine Schwester wiedersehen. Diese Entscheidung veränderte seine Haltung plötzlich von Grund auf. Jetzt war nicht mehr die Zeit für Selbstmitleid, und plötzlich erschien ihm die Versuchung aufzugeben als verächtliche Schwäche. Wenn Männer wie Makepeace derartige Situationen meistern konnten, dann konnte er es auch. Er erinnerte sich an einen Satz, den Makepeace gesagt hatte als freundliche Mahnung, während er über Kites Heimreise nachdachte: »Und vergessen Sie nicht, Kite, sobald Sie in den heimischen Gewässern sind, müssen Sie die Richtung und den Versatz der Gezeiten berücksichtigen. Wenn Sie im Nebel die Orientierung verlieren und auch Lotungen nicht weiterhelfen, sollten Sie ankern.«

Er hatte die Gezeitenströme nicht berücksichtigt! O Gott, was war er für ein Narr! Glücklicherweise hatte er aber die Umsicht gehabt, die vergangene Nacht über beizuliegen. Er befahl, daß ein Mann in die Vorrüsten kletterte und mit dem Loten begann. Während er darauf wartete, daß seine Order ausgeführt wurde und der Lotgast mit seinem monotonen Aussingen begann, entschloß er sich, nach Cumbria zu fahren und seinen Vater aufzusuchen, sobald er in Liverpool angelegt hatte. Er würde sich eine Kutsche mieten für die kurze Reise und mit Gottes Hilfe seinen Vater und Helen bei guter Gesundheit vorfinden. Sie würden Puella aufnehmen und sich während der Geburt um sie kümmern, so daß er nach Liverpool zurückkehren konnte, um Makepeace seine Aufwartung zu machen, sein Glück zu probieren oder die Konsequenzen zu ziehen. Diese Entscheidung machte ihm den Kopf klar. Es schien plötzlich alles einfach genug zu sein, denn schließlich hatte er Susan nicht getötet. Ein neuer Gedanke schoß ihm durch den Kopf: Vielleicht war sein Vater gestorben? War Helen verheiratet?

Aber dann begann der Lotgast in den Steuerbordrüsten mit dem Aussingen der Wassertiefe: »Dreizehn genau!«

Kites Herz schlug wie ein Hammerwerk, das war nicht viel. »Alle Mann an Deck!« bellte er. »Klar zum Ankern!«

Es folgte eine halbe Stunde voller Durcheinander, als das Ankerkabel herausgeholt und am Steuerbordanker angesteckt wurde, der wiederum von seinen sicheren Laschings befreit, am Kranbalken befestigt und klar zum Fallen gemacht werden mußte. Inzwischen meldete der Lotgast zwanzig Faden und dann vierundzwanzig Faden. Kite ging nach vorne und starrte ins Wasser. Dann wies er den Lotgast an, den Lotkörper kurzzeitig am Grund liegen zu lassen, damit man die Richtung und die Geschwindigkeit der Abdrift schätzen konnte.

Die Leine lag eigensinnig an der Bordwand an. Ein paar Sekunden lang war Kite getäuscht, doch dann ließ er das Lot auf der anderen Seite werfen, und die Leine bewegte sich schnell von der Bordwand fort und zeigt nach Backbord querab.

Kite eilte nach achtern und blickte auf den Kompaß. »Ist Ruder im Schiff?« fragte er den Rudergänger.

»Nein, Käpt'n«, erwiderte der Mann, als ob man ihn gefragt hätte, ob die *Spitfire* fliegen könne.

»Hölle und Verdammnis!« Der Bug des Schoners zeigte nach Norden, aber gemäß der Lotleine driftete er nach Osten. Kite war verwirrt, dann erklang plötzlich schrill die Stimme des Lotgasten: »Gut vier!«

»Lieber Herr Jesus!«

»Laß fallen Anker?« erkundigte sich Jones, seine Stimme überschlug sich vor Angst.

»Genau sieben!«

Die Versuchung aufzuatmen war groß. Nahm die Wassertiefe zu oder nicht?

»Genau fünf!«

Dann hörten sie alle das Echo: »Genau fünf!«

»Himmel hilf!«

»Weg mit dem Anker!« kreischte Kite.

Er hörte das Aufklatschen des Ankers, dann den Widerhall seines angsterfüllten Kommandos. Seine Nackenhaare sträubten sich, da das Deck leicht erzitterte, während das Ankerkabel aus der Klüse rauschte. Sie mußten nahe dran sein! Sehr nahe!

»Belegen! Belegen!« brüllte Kite, als er der Meinung war, daß sie genug Leine gesteckt hatten, um die *Spitfire* am Ort zu halten. Von irgendwo äfften ihn die verborgenen Steilklippen nach: *»Belegen! Belegen!«*

Kite eilte wieder nach vorne und blickte über die Seite. Das Kabel verlief über den Bug, scheuerte am Vorsteven. Er konnte die Spannung erkennen, die auf der Trosse lastete, als der Anker sich in den Grund biß, dann merkte er, wie das Vorschiff des Schoners herumgezogen wurde, da der Anker hielt und den Bug der *Spitfire* gegen den Gezeitenstrom drehte. Jetzt verlief das Ankerkabel voraus in einem Winkel ins Wasser und verschwand in der Tiefe. Die *Spitfire* lag ortsfest und nicht mehr treibend über dem Meeresgrund.

Kite spürte die langen Wellenbewegungen des einlaufenden Ozeanschwells und sah die Geschwindigkeit, mit der der Strom an der Bordwand wie ein reißender Bach vorbeirauschte. Er registrierte, daß sich sein Herzschlag beruhigte, er schluckte schwer, sein Mund war trocken. Endlich richtete er sich mit dem Gefühl einer großen Erleichterung auf. Sie waren – zumindest vorerst – außerhalb jeder unmittelbaren Gefahr.

Nachdem er sich wieder beruhigt hatte, spürte er die Veränderung des Wetters. Das Deck kam ihm weniger naß vor, die Feuchtigkeit des Nebels nahm ab, der Wasserdampf schimmerte zunehmend perlmuttartig. Dann verbesserte sich die Sicht, zuerst nur an einigen Stellen, während der Nebel dünner wurde. Langsam wuchs die steile Klippe unter den erschrockenen Ausrufen der Mannschaft und dem widerhallenden Echo ihrer Rufe querab von ihnen in die Höhe. Sie war sehr nahe, so nahe, daß der Schoner in den reflektierenden Wellen der sich an der senkrechten Wand brechenden Wogen schaukelte.

»Gütiger Gott!« flüsterte Kite vor sich hin und starrte auf die vielfach eingerissene Steinmasse.

Die geologischen Schichten verliefen in einem kleinen Winkel zur Vertikalen. Hier und da waren auf schmalen Felsbändern die Flecken von Vogelkot zu sehen, dort befanden sich im Frühling vermutlich die Brutnester von Alkenvögel, Dreizehenmöwen, Tordalken und kleiner Alke. Das dunkle Purpurrot des zerfurchten Felsen erhob sich bis über ihre Masttoppen und war eingehüllt in eine Nebelwolke, die Dünung brach sich in einer endlosen Kette aus schäumendem Wasser an seinem Fuß. Kite erschauderte. Würde der Gezeitenstrom sie daran vorbeitragen, oder lauerten in der Nähe überflutete Felsen, so wie es die sich schnell veränderten Lotungen nahe legten? Das einzige, was er sicher wußte, war, daß sie um Haaresbreite an einem Desaster vorbeigeschrammt waren.

Als die Wärme der Wintersonne langsam den Nebel vertrieb, begannen die ersten Anzeichen eines schwachen Lufthauchs über die Wasserfläche zu laufen. Glücklicherweise kam die Brise aus Südwesten und füllte die Segel, die *Spitfire* begann mit dichtgeholten Schoten gegen den Strom vorwärts über ihr Ankerkabel zu schleichen. Ihre Situation war zu prekär, um ein langes Zögern zu erlauben, daher befahl Kite, daß man das Ankerkabel kappen sollte. Sie würden dadurch einen Anker verlieren, aber der Windstrich stand vielleicht nur kurze Zeit durch. Er wollte so schnell wie möglich von dieser mächtigen Klippe frei kommen.

Langsam hielt die *Spitfire* dann nach Westnordwest, und die Vogelklippe verschwand achteraus im Dunst. Kite konnte nur vermuten, daß er irgendwo in der Nähe des Mull of Kintyre die Küste erreicht hatte oder vielleicht die Küste von Islay, doch darüber wurde er sich auch später niemals ganz klar. Zu jener Zeit wußte er nur sicher, daß er hinaus auf die offene See mußte, um dort die Wetterbesserung abzuwarten, bevor er etwas so Dummes in Angriff nahm, wie den North Channel und die Irische See anzusteuern.

Es dauerte schließlich zwei Tage, bis die Sichtigkeit sich durchgreifend verbessert hatte, und als es soweit war, entdeckte Kite ein Segel im Osten. Es war eine Brigg, die am Wind nach Nordwesten lief – auf sie zu.

»Auf dem Weg nach drüben«, kommentierte Kite zu Jones, der an Deck gekommen war, um ihn abzulösen.

Die beiden Schiffe näherten sich auf entgegengesetzten Kursen, die Brigg hatte eine nagelneue rote Nationale gesetzt, was Kite veranlaßte, seine eigene Flagge zu zeigen.

»Ich vermute«, merkte Jones an, »daß es sich um eine Navybrigg handelt, die einen Blick auf uns werfen will.«

Das fremde Schiff drehte heran und würde sie in kurzem Abstand passieren.

»Ich denke, daß Sie recht haben. Da drüben scheinen sie ihre Kanonen auszurennen ...«

Kurz bevor die beiden Schiffe einander passierten, sahen Kite und Jones drüben auf der Brigg einen Mann, der auf der Verschanzung stand und seinen Hut schwenkte. Kite sprang auf die Reling, klammerte sich an die Wanten des Großmasts und winkte zurück.

»Zur Hölle!« brüllte Jones plötzlich. »Kommen Sie runter!«

Die rote Flagge kam ruckweise herunter, um dem Weiß und Gold der Lilien des bourbonischen Frankreich Platz zu machen. Im selben Augenblick erschienen ein paar graue wattige Wolken, die von roten Feuerlanzen begleitet wurden, in der Verschanzung der Brigg. Die Kugeln flogen über ihre Köpfe hinweg, rissen Löcher sowohl ins Groß- als auch in die Vorsegel, eine Kugel traf den Rumpf und pustete beim Einschlag eine Wolke von Splittern heraus. Dann wurde das Ruder der Brigg gelegt, und ihre Segel schlugen back. Eine Sekunde später schwang zuerst ihre Großrah und dann auch die Fockrah herum, und die Brigg wendete und legte sich dicht hinter das Heck der *Spitfire*.

»Sie wird uns der Länge nach bestreichen, Sir!« rief Jones, während ihm die Gefährlichkeit ihrer heiklen Lage klar wurde und seine Verblüffung schlagartig beendete.

Kite hörte Puella kreischen, schob aber diese Störung zur Seite. »Backbordwache! Geschütze ausrennen an Backbord! Steuerbordwache an die Schoten! Ruder anluven!« Kite sprang neben den Rudergänger, um ihm zu helfen, die schwere Pinne nach Lee zu ziehen.

Es war ein Glücksfall, daß sie während des Wachwechsels auf die Brigg gestoßen waren, weil sich zu diesem Zeitpunkt die gesamte Besatzung an Deck befand. Kite hatte keine große Chance, einen Schuß auf den Feind abzugeben, von dem er zu Recht annahm, daß es sich um einen französischen Freibeuter handelte, aber er konnte Fersengeld geben. Indem er zur selben Seite drehte wie der Feind, verschaffte Kite sich ein paar Augenblicke Galgenfrist und vermied die Katastrophe, daß die Brigg ihre Breitseite in das Heck der *Spitfire* jagte – dorthin, wo sich Puella vermutlich versteckte.

Aber Puella versteckte sich nicht, sie war an Deck. »Was passiert hier?«

In der Kabine hatte sie die Kanonenschüsse von der Brigg gehört und den Einschlag der Kugel gespürt, dann das Überlegen des Decks, als Kite auf den Feind zugedreht hatte. Aus Angst konnte sie nicht länger unten bleiben, und Kite war seltsam froh, sie zu sehen. Sie hatte sich in das Bärenfell gewickelt und sah darin an diesem Ort so völlig unpassend aus, daß er bei ihrem Anblick trotz der dramatischen Umstände grinsen mußte.

»Wir stecken in Schwierigkeiten, Puella. Das da ist ein französischer Freibeuter. Ein feindliches Schiff. Wir müssen versuchen, ihm zu entkommen.«

Als die Brigg drehte, folgte ihr die *Spitfire*, um damit den französischen Kommandanten daran zu hindern, mit seinen Geschützen das Deck des Schoners der Länge nach zu bestreichen. Der Feind hatte bereits die Wende im Kielwasser der *Spitfire* beendet und, obwohl Kite Fersengeld gab, war es klar, daß er in der Lage sein würde, sein Opfer zu überholen. Daß der Franzose gut bemannt war und vorzüglich gehandhabt wurde, daran gab es keinen Zweifel. Der Täuschungsakt des Winkens hatte enorme Überheblichkeit verraten, und die perfekte Durchführung der Wende in Lee hatte einen ausreichenden Beweis der Überlegenheit geliefert. Nachdem er abgedreht hatte, fiel Kite nichts mehr ein, was er noch hätte tun können. Er blickte nach vorne. Die Backbordwache schuftete beim Laden und Ausrennen der Kanonen der Backbordbatterie, aber er hatte nicht genügend Männer, um die Geschütze auf einer Seite des Decks zu bemannen, geschweige denn beide. Das Schießtraining hatte er leider vernachlässigt – trotz des Kaperbriefs, den die *Spitfire* an Bord hatte –, denn es war nie beabsichtigt gewesen, sie als Freibeuter einzusetzen, ehe sie dafür in Liverpool richtig ausgestattet worden war. So wie es jetzt aussah, hatte sie kaum genug Pulver und Kugeln an Bord, um ein Dutzend Kanonen abzufeuern, ganz zu schweigen vom Ausfechten eines Breitseitenduells. Außerdem, dachte Kite bitter, sollte die *Spitfire* als Freibeuter offensiv agieren und sich nicht auf Selbstverteidigung beschränken müssen.

Während er achteraus blickte, konnte er feststellen, daß die Silhouette der Brigg größer geworden war. Er fühlte sich elend und verzweifelt, Übelkeit stieg würgend in seiner Kehle auf. In Newport hatte er gehört, daß die Franzosen geschlagen waren, auf den Knien lagen und flehentlich um Frieden baten. Also, was in Gottes Namen, fiel diesem Kerl ein, ihn in britischen Gewässern zu jagen?

Kite suchte den Horizont ab, als ob seine Verzweiflung für das Erscheinen eines britischen Kreuzers sorgen könnte, aber alles, was er erblickte, waren die fernen Berge der schottischen Inseln, und die lagen viel zu weit entfernt, um die geringste Hoffnung auf einen sicheren Unterschlupf zu gewähren. Bis zum Einbruch der Dunkelheit würde es noch Stunden dauern, sogar jetzt Ende Januar, und was den Nebel anging, nun, da hatten sie ihre Ration schon abbekommen. Kite war ganz sicher, daß er sie in diesem kritischen Moment nicht noch einmal in sein unangenehmes, aber schützendes Tuch hüllen würde.

»Verdammte Höllenbrut!« raunzte er, während Jones unruhig von einem Bein auf das andere trat. »Wir werden die Flagge streichen müssen, Sir«, murmelte er unglücklich.

»Ich werde alles verlieren. Nein, verdammt, das werde ich nicht! Jedenfalls noch nicht!«

»Unser Rigg ist beschädigt.«

»Aber wir haben noch ein anderes Vorsegel unten in der Last, lassen Sie es an Deck holen!«

Die Männer nahmen die Idee auf und gingen willig an die Arbeit. Sogar Jones schob seine trüben Gedanken beiseite und war bald an der Spitze der Männer zu finden, als eine neue Stagfock vorgeheißt wurde. Ein paar Leichtwettersegel, die in Westindien benutzt worden waren, rissen in der Brise an ihren Lieken, als Jones sie wie Leesegel ausbaumen ließ. Die Überholung des Rumpfes in Newport brachte es mit sich, daß ihr Unterwasserschiff frei von Bewuchs war, und mit den zusätzlichen Segeln nahm die Geschwindigkeit der *Spitfire* erheblich zu. Der Schoner schoß durch das Wasser, der weiße Knochen in seinen Zähnen wuchs an beiden Seiten des Stevens in die Höhe, und obwohl Kite es zunächst kaum glauben wollte, schien die Brigg nun plötzlich nicht mehr so schnell aufzuholen.

»Puella«, bat er sie, »sei bitte so nett und bring mir meinen Quadranten.«

Als sie mit dem Mahagonikasten zurückkehrte, holte Kite

das Instrument heraus, suchte einen festen Stand an der Achterreling, stellte die Anzeige auf Null. Dann peilte er sorgfältig das Bild der Brigg an und maß den Winkel zwischen ihrer stampfenden Wasserlinie und dem Großmastflaggenknopf. Er war gezwungen, ein paar Minuten verstreichen zu lassen, bevor er den Winkel wiederum überprüfen konnte, daher blickte er nach vorne. Jones trimmte die Schoten, sorgfältig suchte er für jedes Segel den besten Stand. Was konnte man auch sonst tun?

Wenn sie doch nur kämpfen könnten! Aber mit so wenig Pulver und Kugeln und einer wenig kampftauglichen, viel zu geringen Mannschaft hatte Kite wenig Hoffnung, mehr erreichen zu können, als die Kanonen einmal abzufeuern, um die Ehre der Flagge zu retten, bevor er sie streichen mußte. Wenn man doch nur …

Die Kanonen! Er konnte sich von der Hälfte befreien, ohne daß er seine Verteidigungsmöglichkeiten erheblich einschränkte.

»Mister Jones! Werfen Sie die Hälfte der Geschütze an beiden Seiten in die See. Nein, behalten Sie nur jeweils drei in der Kuhl. Und – rollen Sie eine nach achtern. Sehen Sie zu, ob Sie sie in die Kabine bekommen und als Heckgeschütz einsetzen können!«

Kite sah Jones grinsen, als er die Idee verstand und zustimmend mit der Hand winkte. Die Erregung zwischen den beiden Männern war fast greifbar, während Kite wieder den Quadranten hob. Er konnte eine Veränderung feststellen, beugte sich über den Gradbogen und vergewisserte sich, daß der Winkel sich vergrößert hatte. Die Brigg holte weiter auf, aber sie hatte nur noch einen kleinen Fahrtüberschuß. Vielleicht, wenn die Kanonen über Bord waren …

Puella stand neben Kite, der sie in der Aufregung fast vergessen hatte. Sie ist bemerkenswert ruhig, dachte er, als er sie anschaute.

»Die *Spitfire* ist ein schneller Schoner, Kite«, lobte sie mit gefaßter Stimme.

»Das will ich hoffen, mein Liebling.«

»Was machst du mit dem Quadranten?«

Er erklärte es ihr: »Ich messe den Winkel.« Ihm war klar, daß sie das einfache geometrische Prinzip nicht verstehen würde, deshalb preßte er Daumen und Zeigefinger aneinander, ließ nur einen kleinen Spalt offen. Den Spalt weiter öffnend, schob er die Hand näher an ihr Gesicht. »Wenn das französische Schiff näher kommt, scheint es größer zu werden.« Dann zog er seine Hand wieder zurück, dabei verkleinerte er den Spalt zwischen den Fingern. »Wenn wir schneller als die Franzosen laufen, dann fallen sie zurück, und das Schiff sieht kleiner aus. Das Gerät hier«, er tippte auf den Quadranten, »kann mir sofort jeden noch so kleinen Unterschied anzeigen, daraus kann ich dann ableiten ...«

Jubel wurde von einem Aufklatschen gefolgt, das verkündete, daß die erste Kanone über Bord gegangen war.

Puella krümmte den Daumen und den Zeigfinger ihrer rechten Hand zusammen und bewegte die Hand von ihrem Auge weg und wieder darauf zu, dann nickte sie. »Das verstehe ich.«

Kite sah sie an und küßte sie impulsiv. Unter ihnen zeigte ein sich schnell vergrößernder, weißer, blasiger Ring im Kielwasser an, daß eine weitere Kanone auf den Meeresgrund sank.

»Ist das andere Schiff näher gekommen?« fragte sie.

Kite hob den Quadranten wieder ans Auge, dann las er die Gradzahl ab. Der Winkel öffnete sich noch immer, doch der Unterschied war minimal, nicht größer als höchstens eine Bogenminute. Der Gegner würde sie zweifellos überholen. Plötzlich schoß Kite eine Idee durch den Kopf. »Puella, ich muß dir zeigen, wie man mit einer Pistole umgeht.«

»Das kann ich.«

»Das kannst du?« fragte Kite erstaunt.

»Natürlich. Dorothea hat es mir beigebracht.«

»Würdest du kämpfen und Franzosen töten?«

»Nur wenn sie weiß sind«, erwiderte sie lächelnd.

»Würdest du mich töten, Puella?« fragte er halb im Scherz.

»Nur wenn du aufhören würdest, mich zu lieben«, entgegnete sie, um dann noch hinzuzufügen: »Und Sarah Tyrell liebst.«

»Sei nicht albern«, stammelte er. »Ich werde dir eine Pistole holen.«

Puella streckte eine Hand aus, um ihn zurückzuhalten. »Nein, ich werde mir selbst eine besorgen – und Kite ...«

»Ja?«

»Ich werde nicht zulassen, daß die Männer auf diesem Schiff mich nehmen. Ich werde mich vorher töten.«

Er starrte sie eine Sekunde lang an, dann schüttelte er den Kopf und krächzte: »Ich hoffe, daß es nicht dazu kommen wird.«

Sie zuckte mit den Schultern und ging nach vorne zum Niedergang, Kite blickte ihr hinterher. Sie war außergewöhnlich empfänglich für Vorahnungen. Beunruhigt nahm er den Quadranten wieder auf, es gab keinen Zweifel, die feindliche Brigg gewann an Boden, zwar langsam, aber stetig.

Eine weitere Kanone ging über die Kante. Kite rannte nach vorne und besprach sich mit Jones. Dann befahl er dem Steward, einen Becher Rum für jeden Mann auszugeben, anschließend nahm er wieder seinen Posten hinter dem Rudergänger ein, der an der Pinne schuftete, während Jones mit den Vorbereitungen beschäftigt war, die Kite angeordnet hatte. Es war eine verdammt aussichtslose Sache, denn Kite hatte nur noch wenige Trümpfe im Ärmel und vermutete, daß der Franzose versuchen würde, sie flügellahm zu schießen.

Es dauerte eine weitere halbe Stunde, ehe sich der gegnerische Kommandant dank seiner überlegenen Geschwindigkeit ausreichend sicher fühlte, etwas Boden dadurch zu verschenken, daß er vom Kurs abwich, um sein Backbordjagdgeschütz zum Tragen zu bringen. Die Brigg stand etwas seitlich versetzt hinter der Steuerbordseite des Hecks der *Spitfire*, daher mußte sie ein paar Grad herumschwingen. Die Kugel klatschte ins Kielwasser, aber der Einschlag lag nur zehn Yards achteraus. Ein zweiter Schuß folgte, er lag um etwa dieselbe Distanz zu kurz, fiel aber direkt achteraus in die See. Der Wind packte das Spritzwasser und trug es über die Heckreling der fliehenden *Spitfire*.

Kite ging nach vorne und befahl eine leichte Kursänderung nach Steuerbord. Das war gerade genug, um den Schoner fast genau vor den Bug der verfolgenden Brigg zu bringen, was den Korsaren dazu veranlassen mußte, bei seinem nächsten Versuch noch weiter von seinem Kurs abzuweichen. Der Feind wartete damit volle zwanzig Minuten, und Kite brauchte inzwischen keinen Quadranten mehr, um sich der nüchternen Tatsache gewiß zu sein, daß sie immer weiter langsam, aber mit tödlicher Sicherheit an Boden verloren. Er entschied, daß er nicht länger warten wollte, und ging hinunter, um sich zu bewaffnen. Er hatte sich entschlossen zu kämpfen.

Ein Arbeitstrupp unter der Leitung von Jones befand sich in der Kabine, wo sie behutsam einen Vierpfünder in die Mitte des Heckfensters schoben.

»Kapitän Kite, ich muß das Süll hier abbrechen …«

»Ja, ja, natürlich, tun Sie, was notwendig ist, aber beeilen Sie sich. Je schneller wir das Feuer erwidern können, desto besser!«

Einen Augenblick später biß eine Axt in das Holz, das quer über die ganze Breite des Spiegels verlief. Die aufwendigen Zimmermannsarbeiten, die erst kürzlich in Newport ausgeführt worden waren, verwandelten sich in Brennholz. Aber diese brutale Zerstörung würde die Höhe der aus Holz gefertigten Teile so weit vermindern, daß die Kanone darüber hinweg feuern konnte. Der Winkel der Seitenrichtung war erheblich. Jones befestigte behelfsmäßige Trimmtaljen und ein Brooktau, welches bei häufiger Benutzung des Geschützes sicher die tragenden Stützen des Spiegels herausreißen würde. Das war ein geringer Preis, um den Schoner zu retten.

In einer Ecke hatte Puella sich eine Schärpe um die Hüfte geschlungen und zwei Pistolen hineingestopft.

»Woher hast du die?« fragte er, obwohl er sich die Antwort schon fast denken konnte.

»Von Dorothea«, erwiderte sie ruhig und warf einen Blick auf die Seeleute. »Mister Mulgrave hat sie ihr geschenkt.«

Kite verbarg seine Überraschung. Während er seine eigenen Waffen präparierte, erklärte er ihr seinen Plan mit leiser Stimme.

Zuerst starrte sie ihn mit offenem Mund an, dann lachte sie.

»Wenn es soweit ist, Puella«, erklärte er ihr, »dann wird es ein verzweifeltes Spiel sein. Verstehst du?«

»Ja, ich verstehe. Es wird alles gut werden.«

»Ich hoffe es. Du mußt unter Deck bleiben. Ich möchte nicht, daß du in die Kämpfe verwickelt wirst.«

»Ich möchte, daß unser Sohn in England geboren wird«, erwiderte sie einfach.

Kite spürte einen Schmerz, als ihm klar wurde, daß er während des gesamten Tages nicht an Puellas Zustand gedacht hatte, geschweige denn während dem Ausbrüten des verzweifelten, irren Plans, den er jetzt auszuführen gedachte. Er konnte nur benommen nicken, bevor er auf das Deck zurückkehrte.

Sobald Jones das Geschütz in der Kabine feuerbereit meldete, rief Kite die Männer nach achtern und hielt eine kurze Ansprache. Sie hätten eine Chance, erklärte er, und er habe seine Absichten dem Steuermann erläutert. Aber sein Plan könne nur klappen, wenn alle kooperierten. Die Männer stimmten geschlossen zu.

»Die Geschützmannschaft der Kabinenkanone soll auf ihre Station gehen, Mister Jones! Machen wir uns an die Arbeit!«

Kite konnte den Satz nicht beenden, denn die französische Brigg gab einen weiteren Probeschuß ab. Die Kugel ging durch die Steuerbordreling, keine acht Fuß von dem Platz entfernt, an dem Kite stand. Splitter sausten über das Deck und trafen einen der Seeleute ins Gesicht, der daraufhin mit einem erstaunten Aufschrei zusammensackte, während das Blut ihn überströmte.

Kite wirbelte herum. »Kurs halten am Ruder!«

»Kurs liegt an, Sir.« Es war Whisstock, und Kite ging zu ihm hinüber. »Whisstock, versuchen Sie von jetzt an, nicht mehr nach achtern zu blicken.«

»In Ordnung, Herr Kapitän.«

Aber Kite selbst ließ sich das nicht nehmen, besonders als die Brigg, die jetzt deutlich näher herangekommen war, einen weiteren Schuß abfeuerte. Die Kugel flog über ihre Köpfe hinweg, so daß die Luftverwirbelungen ihre Atmung beeinträchtigten. Whisstock fluchte, und Kite bemerkte, ohne dabei jemanden im besonderen anzusprechen, daß die Brigg die Schußentfernung gefunden hätte. Glücklicherweise verfehlte die Kugel die Männer, die in der Nähe des Bootes arbeiteten, das mittschiffs zwischen den Masten aufgepallt stand.

Dann hörte Kite ein Donnern, und eine Qualmwolke wälzte sich über die Heckreling, da die Kanone in der Kabine unter Deck abgefeuert worden war. Der Pulvergestank wurde vom achterlichen Wind über das Deck getrieben, und Kite sah nicht, wo die Kugel einschlug, wartete aber auf die nächste. Währenddessen feuerte die Brigg erneut, aber entweder gierte die Brigg selbst oder eine kurzzeitige Unaufmerksamkeit Whisstocks rettete die *Spitfire*, und so klatschte die Kugel längsseits auf der Höhe des Großmasts, aber zehn Yards an Backbord in die See.

Jones schoß zum zweitenmal mit dem Heckgeschütz, wieder bekam Kite den Einschlag nicht mit, doch aus dem Fenster unter ihm erklang ein begeistertes Gebrüll. Er bezweifelte, daß sie irgend etwas Wesentliches erreicht hatten – außer sich gegenseitig aufzumuntern. Er wollte der Brigg nicht erlauben, viel näher zu kommen, bevor er seinen verrückten Plan zur Durchführung bringen konnte, denn je länger die Franzosen damit beschäftigt waren, die *Spitfire* zu überflügeln, desto größer wurde Kites Hoffnung, durch den Beschuß einen ernsthaften Schaden zu verursachen. Aber er war sich wohl bewußt, daß sie nur diese einzige Chance hatten und alles vom Gelingen dieses selbstmörderischen Plans abhing. Er blickte wieder nach vorne. Der Bezug des Bootes mittschiffs war entfernt worden, und er sah, daß einer der Matrosen Puella hineinhalf. Die Pistolen steckten in ihrem Gürtel.

Ganz in seiner Nähe hatten die zusammengewürfelten Geschützbedienungen die Keile unter den drei verbliebenen Kanonenrohren an Steuerbord herausgeschlagen und zogen sich zurück, um sich unter dem Boot zu verbergen. Der Rest der Mannschaft war nach vorne verschwunden und drängte sich im Vorschiff zusammen, nur der Bootsmann war noch zu sehen, sein Kopf ragte aus dem vorderen Niedergang heraus. Kite sah den Mann nicken und dabei die Zähne blecken und ziemlich verrückt grinsen.

Eine Kugel der Brigg jaulte über seinen Kopf hinweg und durchschlug das Großsegel. Der Feind kam verdammt nahe!

Kite konnte nicht länger warten und entschloß sich zum Handeln, sobald er das nächste Mal den Qualm eines Abschusses am Bug der Brigg sehen würde. Er drehte seinen Kopf und rief: »Klar bei Großpiekfall!«

Die beiden Seeleute, die am Großmast postiert waren, warfen die aufgeschossenen Leinen von den Belegnägeln und nahmen ein paar Kreuzschläge ab.

Als Kite sah, daß der Gegner wieder feuerte, brüllte er: »Fier weg das Piekfall!«

Der Vollmatrose am Piekfall hatte bereits alle Törns bis auf einen gelöst, den er jetzt loswarf. Die Leine schlängelte sich aus dem sorgfältig aufgeschossenen Bunch in die Höhe, aber im selben Augenblick schlug eine Kugel im Spiegel ein, und Kite hörte unten in der Kabine den schrecklichen Schmerzensschrei eines Mannes. Alles passierte jetzt gleichzeitig, und Kite mußte sich krampfhaft auf die Aufgaben konzentrieren. Über ihm und weit nach Backbord über die Bordwand hinausragend, war die Großmastgaffelpiek heruntergekommen, die Gaffel schlug wild, die Kriegsflagge hing halb weggenommen an ihrer schlaffen Leine. Neben ihm am Großmast ließ der zweite Seemann das Klaufall ausrauschen, und das gesamte Großsegel kam von oben herunter, der Großbaum schleifte durch das Wasser. Das und der Verlust des Antriebes machten den Schoner langsamer. In diesem kritischen Moment brannte sich das anhaltende Schreien des Mannes unter Deck in Kites Bewußtsein ein. Er fluchte wild, als Whisstock gegen das Verlangen des Schiffes ankämpfte, zu drehen. Der im Wasser schleifende Baum wirkte wie ein Treibanker, aber schon riß der Matrose, der das Fall losgeworfen hatte, an der Schot, um den schweren Baum binnenbords zu holen.

Kite hoffte, daß seine Kriegslist gewirkt hatte und der Feind dachte, daß er ihre Großsegelfalle durchgeschossen hätte, was an Bord ihrer Beute für ein gewaltiges Durcheinander gesorgt hätte. Dann ragte plötzlich die Brigg über ihnen in die Höhe. Eine weitere Qualmwolke rollte über die Heckreling, und jetzt sah Kite, daß sein eigenes Heckgeschütz einen Treffer dicht am Ende des Bugspriets kurz vor dem Steven der Brigg erzielt hatte. Eine Splitterwolke stieg in die Höhe, und er vermeinte, einen Schrei zu hören. Er stand dicht neben Whisstock, sein Herz raste, und er konnte fast spüren, wie der Puls des Rudergängers pochte.

»Recht so, mein Junge«, beruhigte Kite ihn mit leiser Stimme und war sich völlig der unpassenden Anrede für einen Mann bewußt, der mindestens zwei Jahre älter war als er selbst.

Die Brigg überholte sie jetzt schnell, vielleicht schneller als es ihrem Kommandanten recht war. Kite behielt den Kurs bei. Unter ihm bellte wieder das Heckgeschütz auf, es war mit beachtlicher Schnelligkeit nachgeladen worden. Er hustete, als der Pulverqualm an ihnen vorbeigeblasen wurde, aber dann feuerte die Brigg ihre Kanone auf Kernschußweite ab. Dieses Mal gab es keinen Zweifel: Die Kugel krachte in den Großmast ungefähr fünf Fuß über dem Deck und versetzte ihm einen harten Schlag. Das Gewicht der Riggteile an

Backbord reichte sogar aus, um ihn splittern zu lassen. Der Mast schwankte vorwärts, der Riß arbeitete sich knirschend durch das Holz, bis der Mast brach und an Deck stürzte, um dort, von den Wanten gehalten, in einem wahnwitzig schiefen Winkel stehen zu bleiben.

Dann erreichte der Bug der Brigg das Steuerbordachterschiff. Kite konnte mehrere Gesichter erkennen, die zu ihm hinunterblickten. Er schaute sich um, seine eigenen Geschützbedienungen hatten sich hinter dem Boot mittschiffs versteckt, und so lagen die Decks fast verwaist da. Nur Kite, der Rudergänger und die beiden Männer, die immer noch an der Großschot standen, waren zu sehen. Es sah so aus – zumindest hoffte Kite, daß es so aussah –, als ob der Schoner unterbemannt wäre und seine ganzen Bemühungen auf seine Verteidigung mittels des Heckgeschützes konzentriert hätte.

Kite blickte wieder hinüber. Er konnte einen Offizier zwischen mehreren bewaffneten Seeleuten erkennen und sah, daß sich ersterer nach achtern umwandte und vermutlich dem Kommandanten der Brigg etwas zurief. Dann legte der Mann die hohlen Hände aneinander und preite Kite an.

»Capitaine, streichen … Sie … Ihre … Flagge!«

Kite gab vor, ihn nicht zu verstehen, während die Brigg näher kam, sie war jetzt nur noch vierzig, nur noch dreißig Fuß entfernt. Die Backbordrahnocken der Fock und des Vormarssegels ragten schon fast über die Steuerbordseite des Achterdecks der *Spitfire*.

Dann schoß Jones trotzig das Heckgeschütz ab. Dazu mußte er die Lafette weit herumgewuchtet haben, denn die Kugel traf die Brigg mittschiffs, und Kite hörte den Aufschrei, als jemand an Bord der Brigg von einem Splitter getroffen wurde. Er vernahm auch einen Fluch, dann sah er einen Wurfdraggen heranfliegen, der sich in die Reling der *Spitfire* verbiß. Kite zog sein Entermesser und kappte die Leine, aber ein zweiter Draggen flog schon durch die Luft, und dann wurde die Brigg längsseits manövriert, und Kite wußte, daß man sie entern würde, bevor er drüben weiteres Unheil anrichten konnte.

Die See zwischen den beiden Fahrzeugen klatschte laut, die beiden Bugwellen brachen sich und zischten in einem Aufruhr schäumenden Wassers, als sich der Spalt verkleinerte. Auf der Brigg wurden die Falle der Bramsegel losgeworfen, die Geitaue des Großsegels dichtgeholt, nachdem die Schoten gefiert worden waren. Der Freibeuter reduzierte seine Fahrt, um an dem beschädigten Schoner längsseits zu gehen.

Kite wirbelte herum. »Geschützbedienungen! Jetzt!« brüllte er.

Die eingeteilten Geschützbesatzungen sprangen aus ihren Verstecken hinter dem Boot, und im Handumdrehen hielten sie ihre Luntenstöcke an die Zündlöcher der drei verbliebenen Kanonen der Steuerbordbatterie. Mit maximaler Höhenrichtung und doppelt geladen gingen diese in kurzen Abständen los. Kite sah die Kugeln und die Kartätschen, die zum größten Teil aus Nägeln des Zimmermanns und allem möglichen Metallabfall bestanden, über die schmale Kluft fliegen. Überall in der Kuhl der Brigg fraß sich der eiserne Hagel in die Männer, die Seile und das Holz des Rumpfes.

Inmitten der Schreie und dem Wutgebrüll ertönte ein Befehl, und gleich darauf wurde das Ruder der Brigg gelegt, ihre Rahnocken ragten hoch über dem Deck der *Spitfire* auf, und mit einem ohrenbetäubenden Krachen schor sie längsseits. Im nächsten Augenblick sprangen und stürzten sich die Männer der gegnerischen Entermannschaft in die Kuhl des Schoners.

»Whisstock!« bellte Kite und schoß eine Pistole auf einen französischen Offizier ab, der gerade auf dem Deck gelandet war und sich ihm zuwandte. Mittschiffs wurde seine Handvoll Leute von ihren drei Geschützen zurückgedrängt, und Kite sah, wie ein Mann durchbohrt wurde. Ein zweiter hatte eine Enterpike in den Händen und parierte mit ihr noch einen Degenhieb, bevor ihm eine Pistolenkugel das halbe Gesicht wegriß. Aber der Mann stieß, tödlich verwundet, trotzdem noch im Fallen zu und nagelte einen gegnerischen Enterer an die Verschanzung.

Kite packte sein wuchtiges Entermesser, als ein französischer Seemann nach ihm hieb. Er sehnte sich nach einem Degen, leicht und handlich, um den Angriff abzuwehren, aber er schlug wild um sich und brüllte aus voller Kehle: »Puella!«

Ihr Kriegsgeschrei war schrecklich, ein abstoßender, hoher, abschwellender Ton, der die Luft durchschnitt und die Trommelfelle peinigte. Kite hatte noch nie etwas so Furchterregendes gehört wie in dem Augenblick, als sich Puella mittschiffs im Boot erhob. Der schreckliche Schrei heulte aus ihrer Kehle, während sie langanhaltend ausatmete. Aus eigenem Antrieb hatte Puella ihre Bluse ausgezogen. Nackt bis zur Hüfte tauchte sie im Boot auf und zielte mit ihren Pistolen in das Durcheinander unter ihr.

Der Effekt war teuflisch. Die Enterer stockten für einen kurzen, entscheidenden Moment und starrten auf die sinnliche schwarze Gestalt, die direkt aus der Hölle hätte kommen können. In diesem Augenblick überrannten der Bootsmann und die meisten von Kites Männern die Angreifer. Ihre Gesichter waren mit Ruß aus der Kombüse geschwärzt, und sie ließen einen dünnen Abklatsch von Puellas Geheul los, aber ihre Waffen blinkten hell, während sie sie mit großem Erfolg durch die Luft sausen ließen. Vorher hatten sie sich mit dem Extrarum, den Kites Steward ausgeschenkt hatte, zusätzlichen Mut angetrunken, und das zahlte sich jetzt aus.

Als die schwarzgesichtigen Männer nach achtern stürmten, erledigte Kite seinen Angreifer. Die schwere, breite Klinge des Entermessers fuhr über den Brustkasten des Mannes, der daraufhin aufstöhnend zurückwich. In der Kuhl der *Spitfire* schlug sich seine schwarze Garde so, wie es Kite erhofft hatte. Zufrieden schaute er zum Achterdeck der Brigg und hob mit der linken Hand die zweite Pistole. Obwohl der etwas geringere Freibord des Schoners sein Blickfeld einschränkte, konnte er den französischen Kommandanten erkennen, der sich gerade von seiner Überraschung wegen Puellas Erscheinen erholte. Kite zielte sorgfältig und feuerte.

Die Kugel verfehlte den Kopf, aber er traf die Schulter des

Kommandanten, und das warf diesen zurück. Im nächsten Augenblick schon kletterte Kite über die Reling der Brigg, der Bootsmann und seine schwarzen Teufel folgten ihm, neben ihm heulte Whisstock wie ein Wolf. Es war wie auf Guadeloupe bei Le Gosier. Kite schnitt und schlug mit wilder Freude um sich, erlöst von der Sorge und verrückt von der Aussicht auf den Sieg. Er stillte seinen Blutdurst und wollte nur noch alle seine Peiniger über die Klinge springen lassen.

Nach zehn blutigen Minuten war das Gemetzel vorbei.

16
Der Kapitän

Wenn ich denn gehängt werden sollte, dachte Kite, als er auf dem Achterdeck der eroberten Brigg auf und ab wanderte, dann will ich wenigstens als Löwe und nicht als Maus sterben. Über ihm flatterte die bourbonische Lilienflagge in der Brise, darüber die rote britische Nationale. Achteraus riß die beschädigte *Spitfire* an der Schleppleine, wo Whisstock und zwei weitere Männer an Bord zurückgelassen worden waren, um den Schoner im Kielwasser der Brigg zu steuern. An ihrer Backbordseite sahen sie die gelbe Linie der Fromby Sands, an deren Fuß eine schwache Brandung zu erkennen war. Sie bildeten die nördliche Bank der Merseymündung. Davor wimmelte der Fluß von Schiffen und Booten. Ein als Kutter geriggtes Postschiff wendete auf sie zu, an seiner einzigen Mastspitze wehte der Wimpel mit dem Posthorn. Dahinter befand sich ein Lotsenschoner auf dem Weg hinaus zu seiner Station vor Great Orme. Zwei Küstensegler liefen – wie die Prise samt der *Spitfire* – von Irland, der Insel Man oder, so überlegte Kite, dessen Herz einen Freudensprung vollführte, von Whitehaven, Silloth oder Maryport, an der heimatlichen Küste Cumbrias gelegen, ein. Drüben an der Küste von Cheshire stand der White Rock Perch, und hinter der Bake erstreckte sich die flache Erhebung der Bidston Hill. Die Orte fielen durch ihre vielen Windmühlen und die Masten und Spieren der Ausguckstationen auf. An Steuerbord erstreckten sich die braunen Überschwemmungsgebiete der Burbo Bank, dahinter erhoben sich die blauen runden Hügel von Flintshire. Die dunklen Gaffelsegel einer Reihe von Fischerbooten, die helleren Segel eines weiteren Lotsenschoners und die viereckigen Marssegel einer kreuzenden Fregatte markierten den Horizont achteraus. Man konnte sich kaum noch mehr

Beachtung beim Einlaufen in Liverpool wünschen, überlegte Kite bedrückt und sich der Ironie des Schicksals bewußt.

Eine Verschwörung des Schicksals, hatte es Kite am vergangenen Abend in seinem Tagebuch genannt und notiert: *Sie hat bewirkt, daß ich in scheinbarem Triumph nach Hause zurückkehren werde. Das Glück hat eine schöne französische Freibeuterbrigg in unsere Hände geführt, die* La Malouine *aus St. Malo, die versucht hat, uns zu nehmen. Wir haben sie mit dem blanken Stahl in der Hand geentert. Zu unserem Glück war sie aber wegen ihrer vorangegangenen Erfolge auf ihrer Kreuzfahrt unterbemannt, da sie den größten Teil der Crew auf Prisen weggeschickt hatte …*

Auch danach hatte ihn das Glück nicht im Stich gelassen, überlegte Kite, denn unter den Männern an Bord hatte Jones einen Liverpooler Lotsen namens Farnell entdeckt, der sehr erleichtert gewesen war, aus seiner Gefangenschaft befreit zu werden. Den unglücklichen Mann hatten die Franzosen auf einer Schnau gefangengenommen, die auf der Ausreise begriffen war, und der Kommandant des Freibeuters, Capitaine Jean-Marie Guillermic, hatte ihn an Bord zurückbehalten, um Unterstützung bei der Navigation im North und St. George's Channel zu haben. Jetzt stand Farnell neben dem Rudergänger und lotste das Schiff mit der einsetzenden Flut unter dem Kiel das Fahrwasser hinauf.

»Es ist nur ein kleiner Dank für meine Befreiung«, hatte er gesagt und jedes Angebot eines Entgelts für seine Dienste abgelehnt. »Obwohl ich mir denken könnte, daß meine Frau froh wäre, wenn sie für eine gewisse Zeit nur mein Heck sehen würde«, scherzte er.

Unten lag Capitaine Guillermic in seiner eigenen Kabine in der Koje als Gefangener. Seine Schulterverletzung hatte sich infiziert, und seine Gedanken bewegten sich auf verschlungenen Wegen durchs Reich der Fieberphantasien. In der Offiziersmesse der Brigg waren unter der Aufsicht des

Bootsmanns, dessen Gesicht noch immer fettige Spuren von seiner schwarzen Maskerade aufwies, die restlichen Verwundeten untergebracht, auch die der *Spitfire*. Puella und der Kabinensteward taten, was sie konnten, aber vier Franzosen und fünf Seeleute aus der Crew der *Spitfire* waren schon ihren Verwundungen erlegen. Der Rest von *La Malouines* Besatzung lag unten im Laderaum, eines ihrer eigenen Geschütze zielte mit Kartätschen geladen auf den einzigen Ausgang. Daneben stand ein Matrose mit einem glühenden Luntenstock auf Wache.

Die westliche Brise füllte stramm die Segel der *La Malouine*, die daher beim Einlaufen einen stolzen Anblick bot. Zwischen den Zähnen hielt sie einen schäumenden, weißen Knochen, als sie das Fahrwasser des Formby Channel mit der Flut hinauflief. Der Ausguck auf Bidston Hill hatte die Ankunft der seltsamen Brigg vor der Mersey Barre signalisiert. An der Wasserfront versammelte sich deshalb eine Menschenmenge, während die Schiffe sauber in den Fluß einliefen und sich der Cheshire Bank an der gegenüberliegenden Küste von Lancashire näherten. Als die Türme von Liverpool querab waren, wurden die oberen Rahen gefiert, die Fock wurde aufgegeit, und Farnell ließ das Ruder überlegen. *La Malouine* drehte in den Gezeitenstrom und warf ihren Anker, die geschleppte *Spitfire* folgte ihr gehorsam und ließ sich an ihrer langen Leine hinterherziehen.

»Da wären wir, Kapitän Kite«, stellte Farnell fest, nachdem er sich davon überzeugt hatte, daß der Anker der Brigg hielt. »Ich bin Ihnen sehr verpflichtet, und ich werde sofort, nachdem mich meine Gig abgeholt hat, dafür sorgen, daß Sie einen Liegeplatz im Dock bekommen.«

»Das ist sehr freundlich von Ihnen, Mister Farnell.«

»Ihre Ankunft wird eine Menge Neugierde wecken, Herr Kapitän, aber ich darf Ihnen vorhersagen, daß die Liverpooler Versicherer Ihnen außerordentlich dankbar sein werden. Dieser verdammte Franzose hatte sich in der letzten Zeit zu einer verfluchten Plage entwickelt, aber dank Ihnen und Ihrem Schoner werde zumindest ich in der Lage sein, meinen Anker wieder in Lee des heimischen Herdes zu werfen!« Farnell grinste und streckte seine Hand aus.

Das ferne Donnern der Mittagskanone markierte die Zeit, doch für die euphorischen und müden Männer an Bord der Brigg und des Schoners war es wie eine persönliche Begrüßung.

Es zeigte sich, daß Farnell Wort hielt. Am frühen Nachmittag kam ein anderer Lotse an Bord der *La Malouine*, ein weiterer kletterte über die zerschossene Reling der *Spitfire*. Sobald der Flutstrom nachließ und das Hochwasser nahte, hievte *La Malouine* den Anker und kroch mit dem letzten Flutstrom an die Außenmauer, um sich daran entlang in das Dock zu warpen. Drinnen im Dock wartete eine große Menschenmenge, als die beiden Schiffe an ihren Liegeplätzen festmachten. Eine kleine Kapelle war aufmarschiert und intonierte die bekannte Melodie *»To Glory we Steer«*, die im vergangenen Jahr durch die britischen Siege sehr populär geworden war.

Während sie langsam in das Dock krochen, vorwärtsgezogen durch die Männer, die um das Spill rannten und die tropfende Warpleine steifholten, musterte Kite die Menschenmenge. Auf dem Kai erkannte er Kapitän Makepeace, seine Gattin und drei Kinder an seiner Seite. Makepeace sprach mit dem Bürgermeister, der eine Perücke trug, und eine Gruppe von Ratsherren drängte sich hinter dem Amtsstabträger.

»Wie es scheint, sind wir berühmt, Mister Jones«, brummte er, als der Steuermann erstaunt durch die Zähne pfiff.

»Da haben Sie recht, Herr Kapitän. Wenn ich daran denke, daß ich Ihnen empfohlen habe, die Flagge zu streichen … Oje, oje.« Jones schüttelte reumütig seinen Kopf.

»Machen Sie sich keine Vorwürfe, Mister Jones«, meinte Kite aufmunternd. »Niemand hat mehr für unseren Sieg geleistet als Sie, und ich hoffe, daß ich Ihnen in ein oder zwei Tagen behilflich sein kann.«

Jones blickte Kite an und öffnete erstaunt den Mund, aber

Kite studierte weiter den dicht bevölkerten Kai. »Ah, da ist auch eine Abteilung Soldaten ...« Kites Stimme verlor sich, als ob ihm ein plötzlicher Einfall gekommen wäre.

»Um sich um unsere Gefangenen zu kümmern«, vermutete Jones.

Kite räusperte sich. »Ja, vermutlich.« Er wischte seine Befürchtungen zur Seite. »Mister Jones?«

»Sir?«

»Würden Sie bitte so freundlich sein und Puella bitten, an Deck zu kommen?«

»Das ist nicht nötig, Sir.«

»Ich bin hier, Kite.«

Kite drehte sich um. Puella stand in ihren Fuchsmantel gehüllt da, den sie über ein graues Seidenkleid gezogen hatte. Sie hob selbstbewußt den Kopf, ihre Nasenlöcher bebten, als sie die kühle Luft einatmete, ihre Augen glühten stolz. Sie wirkte Zoll für Zoll wie eine afrikanische Prinzessin, und Kite spürte eine große Zuneigung für sie.

»Du warst noch nie so schön«, stellte er leise fest.

Als die *La Malouine* näher an den Liegeplatz herankroch, brach die Menge in Jubelrufe aus.

»Das ist ein bemerkenswertes Willkommen. Etwas Derartiges habe ich nicht erwartet«, murmelte er.

»Kapitän Kite ist ein bemerkenswerter Mann«, sagte lächelnd Puella, als die Gangway an Bord geschoben wurde.

»Kapitän Kite ist ein Scharlatan«, murmelte Kite. »Und Schlimmeres, oh, so viel Schlimmeres.« Dann hob er die Stimme und wandte sich wieder an Puella: »Ich werde dich dem Bürgermeister als meine Frau vorstellen, Puella. Du mußt einen Knicks machen. Das ist eine Formalität, die man von uns erwartet.«

»Ich verstehe«, antwortete Puella und nickte.

Kite rückte den von Capitaine Guillermic übergebenen Degen an seiner Hüfte zurecht und lockerte die Schultern unter seinem besten blauen Baumwollrock. Das letzte Mal hatte er ihn beim Dinner mit den Tyrells getragen, und jetzt verlieh er ihm zusammen mit dem Degen des Franzosen einen gewissen Anstrich von Vornehmheit. Ihm war klar, daß eine derartige Hybris einem tiefen Fall vorausgehen konnte, und die Abteilung Soldaten ließ den Angstschweiß ausbrechen. Aber Puella war bereit, und der Bürgermeister wartete. Sich mutig zusammenreißend, geleitete er seine Frau an Land.

Ihre fremdartige Erscheinung, wie sie die Gangway hinabschritt, löste einige Unruhe aus, doch die Besatzung aus Schwarzen, Mulatten, Quadronen und Weißen, die sich in der Kuhl drängte und ihrem Kommandanten nachschaute, war für die Bürger von Liverpool ein alltäglicher Anblick.

Als Kite sich vor dem Bürgermeister verbeugte, rief Jones: »Drei Hurras für Kapitän Kite von der *Spitfire*!«

Die Menge fiel ein, und so dauerte es ein paar Sekunden, bevor Kite die ziemlich undeutlich gemurmelten Willkommensgrüße des Bürgermeisters verstand und die Komplimente zur Eroberung der *La Malouine* entgegennehmen konnte.

Er wandte sich halb um und stellte Puella vor. »Meine Gattin, Sir, Mistress Kite.«

Neben ihm versank Puella in einen perfekten, tiefen Knicks.

»Sehr erfreut, Ma'am.« Der Ton des Bürgermeisters klang herablassend, und die Lady an seiner Seite wurde stocksteif, aber ihr Ehemann wandte sich schnell wieder Kite zu. »Sie sind einige Zeit auf den Antillen gewesen, Herr Kapitän?« erkundigte er sich.

»So ist es, Sir«, erwiderte Kite kalt. Dann fügte er hinzu: »Meine Frau ist schwanger...«

Was für weitere Feierlichkeiten auch immer vom Bürgermeister und dem Stadtrat geplant gewesen seien mochten, sie waren beim Auftritt von Puella sofort gestrichen worden. Die Herren in ihren feierlichen Roben zogen sich bereits zurück.

»Dann sollte sie sich nicht so lange in der Kälte aufhalten, Sir, es dämmert bereits. Erlauben Sie mir, Ihnen meine Kutsche anzubieten?« Kapitän Makepeace kam ihnen zur Hilfe.

»Kite, Kite«, kicherte er ablenkend mit gedämpfter Stimme, »all dies und dazu auch noch eine neue Brigg …«

»Ich muß im Custom House einklarieren«, protestierte Kite halbherzig.

»Für Ihre Zollerklärung ist auch noch morgen Zeit, Kite. Reiten Sie auf dem Wellenberg, solange es geht. Los, meine Kutsche wartet in der Nähe.«

»Was für ein Wellenberg?« fragte Kite mit einer Spur Bitterkeit in der Stimme, während sich der Bürgermeister und die Stadträte hinter dem Amtsstabträger zurückzogen. Gleichzeitig marschierte die Kapelle ab.

»Der Dank der Versicherer, da bin ich ganz zuversichtlich, wird sich in Kürze sehr handfest manifestieren.«

Ein junger Infanterieoffizier stellte sich ihnen plötzlich in den Weg. »Kapitän Kite?«

Kite lief rot an. Einen schrecklichen Augenblick lang vermutete er, daß er mit der Nemesis konfrontiert wurde und daß der Offizier gekommen war, um ihn zu verhaften.

Aber der junge Leutnant lächelte und fragte: »Ich habe gehört, daß Sie ein paar französische Gefangene an Bord haben, Herr Kapitän?«

»Ja, das stimmt.« Kite drehte sich um und rief nach Jones. Der große Mulatte kam angerannt, das Entermesser klatschte an seiner Hüfte. Kite unterdrückte ein Grinsen bei dieser Prahlerei des Steuermanns. »Mister Jones, übergeben Sie bitte die französischen Gefangenen in den Gewahrsam dieses Leutnants.«

»Aye, aye, Sir.«

»Was ist mit den Verwundeten?« mischte sich Puella ein und zog die Augen des Leutnants auf sich.

»Ich werde mich auch darum kümmern, Ma'am«, sagte er höflich und starrte mit schlecht verhohlener, frecher Neugierde Puella an.

Kite nickte. »Das ist gut.«

»Kommen Sie, Kite, kommen Sie, Puella«, drängelte Makepeace, »es wird kalt.«

Makepeace besaß ein komfortables Haus auf einer neu angelegten Terrasse hoch über dem Fluß. Er hatte seine Frau gut geschult, die einen völlig ehrlichen Eindruck machte, als sie Puella in ihrem Heim willkommen hieß und ihr Interesse an ihrem Zustand ausdrückte. Mrs Makepeace war eine dünne, schlichte Frau, die vermutlich ein paar Jahre jünger als ihr Gatte war, gut gekleidet und geschäftig befahl sie ihren Hausangestellten, die Gäste unterzubringen, und ermahnte ihre Kinder, als diese mit schlecht versteckter Neugierde Puella anstarrten.

»Ist sie eine Sklavin?« erkundigte sich der jüngste Sohn, der ungefähr acht Jahre alt war, mit piepsiger Stimme.

Es war ein peinlicher Augenblick, aber Puella lächelte.

»Mrs Kite«, erklärte Mrs Makepeace schnell und einfallsreich, »ist eine Prinzessin aus Afrika.«

»Verkauft sie uns Sklaven?« ließ der Sohn nicht locker.

Aber die älteste Tochter von Makepeace, ein etwa dreizehn- oder vierzehnjähriges Mädchen, legte schnell ihre Hand vor den Mund ihres Bruders und meinte: »Du mußt dich vor einer Prinzessin verbeugen, Henry«, dann legte sie einen respektvollen Hofknicks vor.

»Muß ich, Mama?« fragte Henry und befreite seinen Kopf aus dem Griff seiner Schwester.

»Aber ganz gewiß, Henry«, befahl seine Mutter.

Henry seufzte und zog einen Schmollmund. »Ich muß mich aber auch vor allen verbeugen«, beschwerte er sich und lieferte einen ungeschickten Kratzfuß ab. Danach wandte er sich seinem Bruder zu, einem scheuen, hübschen Elfjährigen. »Jetzt bist du dran, Charlie.«

Kite blickte Puella an und sah den Schatten, der über ihr Gesicht zog. Die zufällige Namensgleichheit des Jungen mit dem ihres verstorbenen Kindes ließ sie unwillkürlich die Hand heben. Kite spürte, daß sie sich vor dem Jungen zurückziehen wollte – vielleicht war das wieder so eine instinktive Reaktion –, aber Charles Makepeace trat vor, nahm Puellas Hand, beugte sich über sie und küßte sie.

»Ihr Diener, Ma'am«, flüsterte er dann höflich.

Zu Kites Erleichterung war Puella bezaubert, und der peinliche Moment war vorbei. Makepeace zersauste das Haar seines jüngsten Sohns und bemerkte, daß der Apfel eben nicht weit vom Stamm gefallen sei.

»Und unnötig verwöhnt ist er auch«, warf Martha Makepeace ein und enthüllte etwas von der Strenge, die vermutlich ihr Haus regierte, während ihr genußsüchtiger Mann auf See war.

Kite und Puella genossen einen sehr gemütlichen Abend in der Gesellschaft von Makepeace und seiner Gattin, der aber nicht mit der vornehmen Eleganz und der Gastfreundlichkeit der Tyrells auf der anderen Seite des Ozeans zu vergleichen war. Puella hielt Martha für einen kalten und ziemlich geschwätzigen Fisch, obwohl Mrs Makepeace nur freundlich sein wollte. Sie informierte Puella über den gegenwärtigen Stand der Beziehungen zwischen ihresgleichen in Liverpool in einer allerdings ziemlich harschen Weise, und nachdem sich die Ladies zurückgezogen hatten, versuchte Martha weiter, ihren lehrreichen Monolog auszubauen. Kite teilte Makepeace mit, daß er beabsichtigte, seine privaten Gespenster zu begraben und daher sofort nach Cumbria weiterreisen wollte. Er hoffte, daß Puella dort bis nach der Niederkunft würde bleiben können.

Kite erklärte: »Die Sache muß aufgeklärt werden, verstehen Sie, bevor ich mich hier in Liverpool niederlassen kann.«

Makepeace nickte. »Dem stimme ich unbedingt zu. Sie würden sonst unter zu vielen Ablenkungen leiden, bis Sie herausgefunden haben, wie die Sache steht. Aber falls – was Gott behüte – alles schlecht für Sie läuft, müssen Sie hierher zurückkommen und als Kommandant auf einem Schiff auslaufen. Gott weiß, daß Sie genug Schiffe zur freien Auswahl haben.«

»Soweit habe ich noch nicht voraus gedacht. Sie glauben also nicht, daß ich mich dem Gericht stellen und meinen Namen reinwaschen sollte?«

»Ich sehe keinen Grund, den Ärger auch noch selbst heraufzubeschwören. Da Sie unschuldig sind, ist es aber sicherlich eine gute Sache, zunächst offen und ehrlich zu agieren.«

Kite blieb unentschieden. »Einmal wegzulaufen, aus jugendlicher Angst, ist eine Sache, doch jetzt wieder zu flüchten, könnte völlig falsch ausgelegt werden.«

»Aber wenn Sie einfach nur zurückkommen und direkt in See gehen, wer würde das erfahren?«

»Nun ja, Sie und ich.«

»Weiß Puella von der Sache?«

Kite schüttelte den Kopf. »Nein.«

»Und Sie beabsichtigen, Sie zu heiraten?«

»Ja, ich möchte nicht, daß unser Kind als Bastard geboren wird.«

Makepeace füllte sein Glas nach. »Kite, mein lieber junger Freund«, begann er und nahm einen großen Schluck, »Sie haben miterlebt, welchen Eindruck Puella auf meine unschuldigen Kinder gemacht hat. Und Sie haben die Überraschung des Bürgermeisters und seiner Lady gesehen. Ist Ihnen klar, welchen Effekt ein derartiges Verhalten – wenn man ihn mal auf die ganze Gesellschaft hochrechnet – auf Sie beide haben kann?«

»Und auf Sie und Ihre Geschäfte, wenn Sie mit mir assoziiert sind?« fragte Kite rot anlaufend.

»Natürlich«, stimmte ihm Makepeace zu und trank sein Glas leer. »Aber wir sollten deshalb kein böses Blut zwischen uns aufkommen lassen. Es ist sehr wichtig, daß wir uns gut verstehen, Kite, da sind Sie sicher meiner Meinung.« Kite nickte widerstrebend. »Sehr gut. Und nun zu Puella. Es mag sein, daß man sie nach und nach akzeptiert, aber es wäre viel besser, wenn Sie sie als Mätresse behalten würden, falls Sie ...«

»Sie wissen seit langem, was ich für sie empfinde.«

»Aye, Kite«, seufzte Makepeace, »und ich kenne die Freuden, die einem so eine Schwarze schenken kann, oder besser deren zwei«, scherzte er. »Aber schwarze Ehefrauen sind viel zu … verdammt, eine viel zu gewaltige Neuerung, um so einfach von der Gesellschaft akzeptiert zu werden.«

Kite schüttelte den Kopf und griff nach der Karaffe, um sein eigenes Glas zu füllen. Er verbarg damit seinen Ärger. »Nun, es ist zu spät. Ich habe ihr gesagt, daß ich vorhabe, sie zu heiraten, und ich habe in alle Welt herausposaunt, daß sie meine Frau ist. Ich habe mich verpflichtet, und verdammt, ich will es!«

Makepeace seufzte. »Sie waren immer ein sturer Bursche.«

»Sehen Sie, Makepeace, ich bin Ihnen sehr dankbar, nein, verflucht, ich bin Ihnen *verpflichtet*, ich brauche Ihre Unterstützung, und wir sind Partner oder werden es in Kürze sein … Es sei denn, Sie wollen, daß ich mich zurückziehe?«

»Nein, das will ich nicht. Aus unserer Zusammenarbeit kann man eine Menge machen.«

»Aber Puella ist ein Hindernis?«

Makepeace hob die Schultern. »Vielleicht. Die Frauen hier mögen so etwas nicht. Sie vermuten alle möglichen Dinge, diese verrückten Geschöpfe, und die Anwesenheit einer schwarzen Frau als legitime, kirchlich angetraute Ehefrau ist immer beunruhigend. Der Gedanke macht alle nervös, wenn ein weißer Mann seine Lust daraus zieht, mit einer Negerin zu schlafen. Das demütigt sie. Eifersucht wird entfacht, und das ist eine ansteckende Krankheit. Sie könnten sich gegen Puella wenden, gegen sie in unglaublicher Weise konspirieren. Verdammt, Kite, die Gerüchteküche wird heiße Tage erleben. Wahrscheinlich kocht sie schon, während wir hier sitzen, denn Sie hätten sich kaum einen publikumsträchtigeren Auftritt auswählen können.«

»Dieser Gedanke ist mir auch schon gekommen«, stimmte ihm Kite reumütig zu. »Das entbehrt nicht einer gewissen Ironie.«

»Alles wird vergeben und vergessen sein, sobald wir profitabel arbeiten.« Makepeace hob sein frisch gefülltes Glas. »Darauf lassen Sie uns trinken. Falls Sie wieder auf See gehen und Puella mit Ihnen fährt, wird sich der Sturm mit der Zeit legen. Nichts ist erfolgreicher als der Erfolg. Und falls wir untergehen, nun, dann gehen wir eben unter, und niemand wird darüber erstaunt sein.«

»Wir werden nicht untergehen«, sagte Kite fest und hob als Antwort auf Makepeaces Trinkspruch sein Glas.

»Nicht wenn die Voraussetzungen stimmen. Sie werden ein weiteres Schiff zu unserer Flotte beigesteuert haben, sobald das Prisengericht geurteilt hat, und da Ihr Kaperbrief gültig ist, können die Richter nichts anderes tun, als zu Ihren Gunsten zu entscheiden. Glücklicherweise war kein Navykreuzer in der Nähe, denn sonst hätten die Marineknilche einen Anteil verlangt.«

»Das bringt mich zurück zu den Schiffen«, antwortete Kite. »Nachdem ich die *Spitfire* morgen einklariert habe, muß ich mich um die Entscheidung des Prisengerichts kümmern.«

Makepeace hob seine Hand. »Um Himmels willen entspannen Sie sich, Kite. Das Prisengericht wird erst in einigen Wochen zusammentreten, und was die andere Angelegenheit angeht, so biete ich Ihnen meine Dienste als Schiffsagent an. Was wollen Sie mit der *La Malouine* machen, nachdem sie Ihnen zugesprochen worden ist?«

Kite überlegte einen Augenblick. »Das wird sich nach dem festgesetzten Wert richten, aber ich denke, wir sollten sie behalten, sie ist schnell und fit für … nun …« Er war drauf und dran gewesen zu sagen, »für den Sklavenhandel«, hatte sich aber gerade noch beherrscht. »Nun ja, für das Geschäft als Freibeuter, wie wir ja wissen. Ich würde sie gerne in unsere Flotte aufnehmen, allerdings müßte ihr Name geändert werden.«

»Wie wollen Sie sie nennen?« erkundigte sich Makepeace.

Kite kratzte sich am Kopf. »Nun, um ehrlich zu sein, hätten wir sie nicht nehmen können, wenn Puella nicht gewesen wäre.« Kite ergötzte Makepeace mit einem Bericht über Puellas diabolische Erscheinung und den Effekt, den diese auf den Ausgang des Gefechts gehabt hatte, denn nur dadurch hatte die schwer unter Druck stehende Mannschaft der *Spitfire* die Oberhand gewonnen.

Makepeace gefiel die Geschichte außerordentlich gut, er nickte anerkennend. »Dann müssen wir Puellas Anteil am Gefecht ehren.« Makepeace machte eine Pause, um nachzudenken.

»African Princess«, flüsterte Kite leise.

»Wie war das?«

»Wie wäre es mit *African Princess*?«

»Bei Gott, das gefällt mir, verdammt will ich sein!« rief Makepeace begeistert. »Das gefällt mir, und bei Gott, wenn die Geschichte über ihren Anteil an der Eroberung die Runde gemacht hat – was sie ganz sicher tun wird –, dann könnte sie zwar die Eifersucht der Ladies noch mehr anheizen, aber Puella wird, bei Gott, bei den Männern populär sein!« Makepeace schlug sich vor Vergnügen auf die Schenkel. »Die Sache ist damit beschlossen: *African Princess* wird der neue Name!«

Kite lächelte. »Gut. Und wenn Sie erlauben, daß ihr Wert meinem Kapitalkonto gutgeschrieben wird, dann könnten wir einen Überschuß für die Crew beiseite legen, denn die Männer haben ein Pfandrecht auf den festgelegten Wert als legitime Prise.«

Makepeace nickte. »Ja, einverstanden. Was ist mit Ihrem Steuermann, diesem Mulatten Jones?«

»Er ist ein ausgezeichneter Seemann, aber es fehlt ihm an theoretischer Schulung.«

»Wenn Sie ihn als Agenten für die Crew einsetzen, würden die Männer ihm vertrauen?«

»Und Sie würden in seinem Namen handeln?«

Makepeace nickte.

»Wenn ich ihm das verklickere, dann wird er das ohne Zögern akzeptieren«, überlegte Kite laut, »und das gilt auch für die Männer.«

»Dann sollten wir ihn als Vertrauensmann einsetzen und

ihn anhalten, sich über die Bücher herzumachen. Er könnte die Grundkenntnisse der Navigation erlernen, während wir auf den Spruch des Prisengerichts warten. Ich werde den Admirality Marshall über diese Angelegenheit informieren. Was die *Spitfire* angeht, so müssen wir die Sache in die Hand nehmen und einen neuen Großmast setzen.«

»Ansonsten ist sie in einem ausgezeichneten Zustand«, erläuterte Kite und erzählte Makepeace von dem Treffen mit Arthur Tyrell in Rhode Island.

»Und haben Sie auch seine Frau getroffen?« erkundigte sich Makepeace mit einem geilen Grinsen.

»In der Tat.«

»Und was halten Sie von ihr?«

»Schön und temperamentvoll.«

»Temperamentvoll?« schnarrte Makepeace. »Niemals!« Etwas angetrunken beugte er sich vor, so hatte ihn Kite schon oft gesehen. »Wenn Sie meinen Rat hören wollen, Kite, dann sollten Sie sich Zeit lassen, bevor Sie heiraten, und dann, sobald der alte Arthur sein Kabel geslippt und sich an Abrahams Busen zurückgezogen hat, schnappen Sie sich die Kleine. Bei Gott, die verwandelt den Bugspriet eines Mannes in einen Klüverbaum, da gibt es kein Vertun.«

»Das wäre eine Möglichkeit, aber …«

»Sie haben Ihre Puella, ich weiß, und Sie lieben sie, das weiß ich auch. Vergessen Sie nicht, daß ich sie Ihnen in jener Nacht in die Arme geworfen habe. Ich vermute, daß ich deshalb nur mir selbst Vorwürfe machen kann, nicht wahr?«

»Vermutlich«, erwiderte Kite und lächelte schmal, »ich jedenfalls hatte nicht daran gedacht.«

»Nun, es ist sinnlos zu versuchen, die Welt zu verändern. Man hat mehr davon, wenn man sie so akzeptiert, wie sie ist. Jetzt hören Sie zu, Kite, hören Sie gut zu.« Makepeace sprach sorgfältig prononciert. Die Zeit war fortgeschritten, es war ein langer Tag gewesen, und er wollte sich bald wieder zu den Damen gesellen, denen ohne Zweifel bereits seit langem der Gesprächsstoff ausgegangen war.

»Sie haben meine absolute Aufmerksamkeit«, versicherte Kite.

»Gut. Sie, mein lieber Freund, müssen sich entscheiden, und dann Ihre … oh, verdammt, Ihre Frau! Nehmen Sie meine Kutsche und fahren Sie morgen nach Norden, nachdem Sie im Custom House gewesen sind. Ihre Schiffe können Sie mir überlassen. Fahren Sie nach Norden. Besuchen Sie Ihren Vater. Bestellen Sie das Aufgebot und heiraten Sie. Kommen Sie zurück, wenn Sie die Dinge zu ihrer Zufriedenheit geregelt haben. Ich wäre Ihnen verbunden, wenn Sie meine Kutsche in der Zwischenzeit zurückschicken würden, und ich schicke Sie Ihnen auf Anforderung wieder zu, falls Sie das wünschen. Falls Sie aber schon am nächsten Tag zurückkehren wollen, dann behalten Sie meinen Burschen und die Kutsche. Sie werden für ein oder zwei Nächte einen Platz in einem Stall finden, nicht wahr?«

Kite nickte, überwältigt von der Freundlichkeit von Makepeace. »Sind Sie sicher? Wird Mrs. Makepeace nicht protestieren?«

»Natürlich nicht«, stammelte Makepeace mit schwerer Zunge, »natürlich wird Mrs. Makepeace nicht protestieren.« Er erhob sich schwankend. »Aber kommen Sie, lassen Sie uns rübergehen und uns vergewissern.«

17
Die Rückkehr

Während Makepeaces Kutsche nach Norden rollte, versuchte Kite Puellas Verwunderung über die vorüberziehende Landschaft zu teilen. Glücklicherweise war es ein schöner Tag, einer dieser seltenen Tage am Ende des Februars, wenn der Winter die Berge noch fest im Griff hat, aber schon kleine Hinweise auf das kommende Frühjahr im flachen Land zu erkennen sind. Der Kapitän und Puella verbrachten die Nacht in Lancaster, wo der Schatten der Burg Kite einen Schauer den Rücken hinunterlaufen ließ. Sein Stimmungsumschwung blieb Puella nicht verborgen.

»Was ist los, Kite?«

Er schüttelte den Kopf.

»Ich sehe, daß dich etwas bedrückt«, bedrängte sie ihn.

Er lächelte. »Wir haben hier ein Sprichwort, das sagt, daß man erschaudert, wenn eine Graugans über das Grab fliegt. Es ist nur eine Vorahnung, ein Hinweis auf unsere Sterblichkeit. Eine Erinnerung daran, daß wir eines Tages sterben werden.«

»Das ist wie mit dem Geist des *obi*«, antwortete sie, und Kite gewann den Eindruck, daß Puella höchst erfreut darüber war, daß sie eine metaphysische Verbindung zwischen ihrer Kultur und der seinen gefunden hatte.

»Es ist unzivilisiert«, fuhr Kite ohne nachzudenken fort, dann erinnerte er sich, daß es unwahrscheinlich war, daß Puella die Bedeutung des Wortes »unzivilisiert« kannte.

»Du bist unzivilisiert, Kite«, stellte Puella fest.

»Bin ich das?« wunderte er sich, unfähig, sein Erstaunen zu verbergen.

Puella nickte. »Sehr unzivilisiert«, bestätigte sie und rieb sich den geschwollenen Bauch. Die Kutsche rollte in den Hof des Gasthauses und kam mit einem Ruck zum Stehen.

Am nächsten Tag durchquerten sie Westmorland. Die langen, fahlen, faltigen Finger von Windermere lagen zwischen seinen Hügeln eingebettet, und Kite konnte kaum glauben, daß er so lange fort gewesen war. Die Berge und Seen hatten sich nicht verändert und waren in ihrer Ruhe, dachte er, genauso herzlos wie der Hurrikan es mit seiner wütenden, vernichtenden Wildheit gewesen war. Der Mensch war im Vergleich dazu unbedeutend, seine Sorgen waren unerheblich. Und trotzdem war er Teil dieser Natur. Kite blickte zu der dösenden Puella. Sein Kind wuchs in ihrem braunen Bauch. Es würde, wenn Gott es wollte, diese wilden Hochmoore so kennenlernen, wie sein Vater sie gekannt hatte. Kite stellte fest, daß er zum ersten Mal an sein Kind als empfindungsfähiges Wesen dachte, einzigartig und wunderbar. Es würde Charlies milchkaffeefarbene Haut haben, die unter den Kindern von St. John's weit verbreitet, aber hier nicht üblich war. Er erinnerte sich an Makepeaces Warnungen, doch als er Puella anschaute, fragte er sich, wie jemand sie nicht lieben könnte. Schließlich hatte sie das Gift in Sarah Tyrell besiegt. Ganz gewiß würde alles gut werden.

Die Sorge über die Zukunft nagte dennoch an ihm. Was sollte aus Puella und ihrem Kind werden, wenn er verhaftet, in den Kerker geworfen und vor Gericht gestellt würde? Noch schlimmer, was würde geschehen, falls er trotz seines Reichtums für schuldig befunden und gehängt würde? Und da die Büchse der Pandora mit ihren Sorgen bereits geöffnet war, entströmten ihr Angst und Panik. Makepeace war so etwas wie ein Sprachrohr. Ohne seinen Schutz würden Puella und das Kind allen möglichen Demütigungen ausgeliefert sein. Man würde sie als Nigger beschimpfen, das Kind als Mischling! War es richtig gewesen, daß er sie hierher gebracht hatte, damit das unglückliche Kindchen das Licht in Sichtweite von Hebblewhites fluchbeladener Farm erblickte?

Der Schweiß brach Kite aus. Mal angenommen, er wurde gesehen und erkannt, wenn er in das Dorf einfuhr? Die Ankunft der Kutsche, jeder Kutsche, war für die Dörfler ein ungewöhnliches Ereignis, das ihre Neugierde weckte. Innerhalb von Minuten würde sich die Nachricht bis zu den Hebblewhites herumgesprochen haben, und die würden den Friedensrichter informieren. Gegen Morgen würde er bereits festgenommen und auf dem Weg nach Carlisle sein, um dort auf den Gerichtstag zu warten.

Trotzdem wollte er seinen Vater und Helen wiedersehen, denn sie waren der einzige Schutz für Puella, falls der schlimmste Fall eintreten sollte. Kite nagte verzweifelt und unschlüssig an seinen Knöcheln und starrte die schlafende Puella an. Fast verrückt vor Angst, blickte er auf ihre langen Wimpern, die auf ihren dunklen Wangen ruhten, und ihre leicht geöffneten Lippen. Warum in drei Teufels Namen hatte er sich so hoffnungslos in Puella und ihren schwarzen schönen Körper verlieben müssen?

Dann wurde ihm mit schmerzlicher Klarheit bewußt, als die Kutsche an einem Anstieg langsamer und draußen vor dem Fenster der runde Umriß eines Hügels sichtbar wurde, daß er selbst diesen Hochmooren den Rücken gekehrt hatte. Er war nicht vertrieben worden, er war geflohen und hatte seinen Ekel mitgenommen. Denn allmählich wurde ihm klar, daß er sich vor dem Anblick von Susans weißem, zitterndem Fleisch geekelt hatte, ebenso wie vor der Mißgeburt, die sie zur Welt gebracht hatte. Sogar als sie aufhörte zu atmen und in einem so erbarmungswürdigen Zustand vor ihm lag, war eine abgrundtiefe Abscheu in ihm hochgestiegen. Selbst jetzt noch wurde ihm bei dem Gedanken schlecht.

Kite fluchte und wischte sich die Stirn ab. Er wurde langsam verrückt! Er ließ das Fenster herab, streckte den Kopf hinaus und sog gierig die frische Luft ein. Das Bild von Susie, ihre gespreizten Schenkel mit dem Monster dazwischen, verblaßte wieder. Er spürte, wie die kühle Brise seinem gequälten Kopf wohl tat, die beängstigende Übelkeit ließ nach. Der Wind hatte aufgefrischt, und Wolken fegten von Südwesten heran, hüllten die Gipfel der alten, bekannten Hügel ein. Der Helvellyn erhob sich im Osten, und der Schimmer des

Derwent Water zeigte sich voraus, als die Straße in eine lange Kurve überging, bis sie parallel zu seinem Ufer verlief und die Grenze nach Cumberland überschritt. Er zog seinen Kopf in die Kutsche zurück, und Puella erwachte.

»Das ist ein kleines Meer«, meinte sie gähnend und lehnte sich halb aus dem Fenster.

»Das ist ein *See*«, erklärte ihr Kite, der seine Ängste wieder unter Kontrolle hatte und sich auf seinen Sitz zurückfallen ließ.

»Hast du geschlafen, Kite?« Er schüttelte den Kopf. »Müssen wir noch weit fahren?«

»Nein«, entgegnete er, dabei wünschte er, daß sie endlos weiterfahren könnten.

Ein wenig später, als sie an einer Kreuzung an einen unebenen, unbefestigten Weg kamen, zog der Kutscher die Zügel an und fragte Kite nach der Richtung. Eine Stunde später lehnte sich Kite wieder aus dem Fenster. Er erkannte den Höcker des Berges wieder, über dessen Abhang er vor den Gebrüdern Hebblewhite vor fünf Jahren geflohen war und der wie der angespannte Rücken eines alten, verknöcherten, wilden Tieres aussah, das darauf wartete, auf jemandem herumtrampeln zu können. Dann erblickte er das Tal, während die letzten Strahlen des Tageslichts auf die gegenüberliegende Seite des Sees fielen. Der große Abhang mit dem Geröll fing noch genauso das Licht des Sonnenuntergangs ein, wie Kite das in Erinnerung hatte, und das verlöschende Tageslicht tauchte das Dorf in ein vorzeitiges Zwielicht. Er konnte Gestrüpp und Bauernhöfe erkennen und den Turm der Kirche und … Puella, die wieder gedöst hatte, erwachte ruckartig und starrte ihn an. Sie streckte die Hand aus, und er ergriff sie. Die braune und die weiße Haut hatten im schwachen Licht der Kutsche fast dieselbe Farbe. Wir sind eins, dachte er, sie trägt mein Kind, nach mir wird das Kind weiterleben.

»Ich werde dir einen Sohn schenken«, stellte Puella mit unheimlicher Voraussicht fest.

»Woher kennst du meine Gedanken?« fragte er den Tränen nahe.

»Ich kann Geister um dich herum sehen«, erwiderte sie, und ihre Hand preßte die seine, als ob sie seine Ängste verstehen würde. Er drehte sein Gesicht zur Seite und sah den Hof der Hebblewhites, die Tünche grau im Dämmerlicht.

»Lieber Gott …« flüsterte er.

Die Kutsche wurde langsamer. »Käpt'n Kite, Sir, sind wir hier richtig?«

Kite zog seine Hand zurück und fuhr sich hektisch über sein Gesicht, bevor er aus dem Fenster blickte. Es war fast dunkel, aber nicht zu dunkel, um das Schild über der Tür lesen zu können. Er stellte fest, daß die Farbe abgeblättert war, und das traf ihn mehr als die Aufschrift: *Kite & Son.*

»Ja, halten Sie hier, bitte.«

Die Kutsche kam schaukelnd zum Stehen. Kite öffnete die Tür, sprang heraus und klappte den Fußtritt herunter. Er half Puella heraus, während der Kutscher grunzend vom Bock abstieg und sich mit einem unterdrückten Fluch reckte und streckte.

»Ich werde Ihnen gleich mit den Koffern zur Hand gehen«, rief Kite ihm zu, »geben Sie mir einen Moment Zeit.«

»Es ist keine Eile, Sir«, erwiderte der Kutscher verbindlich und hoffte auf einen ruhigen nächsten Tag. »Diese Niggerweiber kann man ohne Peitsche nicht antreiben«, fügte er für sich hinzu, er knöpfte seine Hose auf und urinierte auf der dem Haus abgewendeten Seite gegen das Kutschrad.

»Komm, meine Liebe«, forderte Kite Puella nervös auf und nahm ihre Hand, während sie die bescheidene Ladenfront musterte. »Laß uns nachsehen, wer zu Hause ist.«

Er zog an dem altvertrauten Metallgriff und hörte das ferne Klingeln der Glocke. Drinnen zeigte sich kein Licht, und einen Moment lang wirkte das Haus völlig verwaist. Aber dann schaukelte ein schwacher, indirekter Lichtschein durch die Ladenfenster heran, als sich jemand durch den Flur näherte. Ein Riegel knirschte, und die Tür öffnete sich. Eine Frau, halbverborgen durch eine Nachthaube, musterte sie und hielt eine Kerze vor Kites Gesicht.

»Ist Mister Kite da?« sagte Kite.

»Wer will das wissen?«

Dankbar darüber, daß man ihn nicht sofort erkannt hatte, war Kite auf diesen Augenblick vorbereitet. Weder wollte er seinen Vater erschrecken noch beabsichtigte er, seine Ankunft lautstark bekannt zu machen. »Ich komme aus Liverpool und habe Briefe für ihn.«

»Kommen Sie von Master Frank?« fragte die Frau, und Kite erinnerte sich an seinen Cousin. Der Gedanke irritierte ihn. Hatte Francis von der Ankunft eines »Kapitän Kite« mit einem geenterten Freibeuter gehört? War Francis in der Menge gewesen, die sich vor zwei Tagen am Rande des Docks versammelt hatte? Daran hatte er überhaupt nicht gedacht!

»Ja«, bestätigte er hastig und klammerte sich an diesen Strohhalm wie ein Ertrinkender.

»Haben Sie da jemanden bei sich?« Die Frau plierte in die Dunkelheit und schob die Kerze nach vorne. »Gütiger Gott! Der Teufel!«

»Das ist meine Gattin«, korrigierte Kite sie scharf.

»Ihre *Gattin*!« Die Frau wich zurück und wollte die Tür schließen, aber Kite drängte sich vor.

»Verzeihen Sie«, knurrte er, »komm mit, Puella.« Er packte Puellas Hand, trat in den Flur und begann die Treppe hinaufzusteigen.

Hinter ihnen kreischte die Frau: »Missee! Missee! Das ist der Teufel persönlich und seine verdammte Missus!«

Der Geruch des Hauses war noch genau so, wie Kite ihn in Erinnerung hatte. Die dunklen Treppenbohlen knarrten bei der fünften und achten Stufe. Als er oben den Treppenabsatz erreicht hatte und sich den Flur entlangbewegte, öffnete sich die Tür zum kleinen Wohnzimmer. Das Licht ergoß sich auf die nackten Bodendielen, auf denen sich der Schatten einer weiteren Frau abzeichnete, die in den Türrahmen trat.

»Was gibt es?«

»Helen?«

»Wer sind Sie?«

Kite erkannte die Stimme seiner Schwester. »Helen«, meinte er ruhig, »ich bin es, William, dein Bruder.«

»O mein Gott!«

Kite sprang vor, als Helen ohnmächtig zusammensank, aber dann spürte er, daß er unsanft zur Seite geschoben wurde, als die Frau, welche ihnen die Tür geöffnet hatte, sich an ihm vorbeidrückte, nachdem sie zuerst Puella aus dem Weg gestoßen hatte.

»Missee Helen! Missee Helen!«

Kite folgte der verstörten Kreatur in das Zimmer, Helen war auf einen Stuhl gesunken, und die Frau mit der Nachtkappe beugte sich über sie und flüsterte ängstlich etwas vor sich hin.

»Ist sie in Ordnung?« erkundigte er sich, und die Frau drehte sich herum, ihr Gesicht war wütend.

»Was geht dich das an, du verdammter schurkischer Teufel!«

Kites Unterkiefer sank herab, und er fühlte, wie ihm die Knie weich wurden. Er lehnte sich mit dem Rücken gegen die Wand, um einen Halt zu haben.

»Susie? Susie Hebblewhite? Jesus Christus, ich dachte, du wärst tot!«

Die Antwort der Frau ließ ihn innehalten, ihr Gesicht war häßlich und entstellt, sie war viel jünger, als sie im Kerzenlicht erschienen war. »Wer bist du?« fragte sie. »Wer bist du? Ich kenne dich! Du bist der Teufel!«

»Das ist William«, beschwichtigte sie eine Stimme, und Helen erhob sich, packte Susies Schultern und beruhigte sie. »Erinnerst du dich an William, Susie?«

Susan schüttelte energisch ihren Kopf. »Er ist ein Teufel, und er hat Luzifers Frau bei sich! Sehen Sie nur, sehen Sie!« Susan deutete mit zitterndem Finger zur Tür und flog am ganzen Körper vor Angst und religiöser Empörung.

»Mein Gott!« Helen entdeckte Puella in der Tür.

Kite trat vor und versuchte, die zitternde, hysterische Susie bei dem Versuch zu unterstützen, seine Schwester aufzurichten. »Es ist alles in Ordnung, Helen, das ist Puella, sie kommt aus Afrika.«

Aber alles war weit entfernt davon, in Ordnung zu sein, und er brauchte einige Zeit, um die Situation zu klären und bei den verängstigten Frauen einen gewissen Grad an Ruhe herzustellen. Erst nach langer Zeit hörte Helen auf, ihn zu drücken, und brach in ein feines, schickliches Weinen aus, während Susan, die beim Vorbeigehen Puella schubste, schließlich überredet werden konnte, nach unten zu gehen und Tee zu kochen.

»Ich habe nichts weiter anzubieten, fürchte ich, William, wir leben sehr einfach.«

»Das spielt keine Rolle, Helen. Ist … Ist Vater …?« Er konnte sich nicht dazu überwinden, den Satz zu beenden, ließ aber seine Unsicherheit in der stickigen, vom Lampenlicht erleuchteten Luft hängen.

»Er ist noch außer Haus, kümmert sich um eine kranke Frau. Du wirst dich an Mrs Sutcliffe erinnern, sie ist schon überfällig und vom Fieber gepackt worden. Old Mother Dole ist bei ihr.« Kite erinnerte sich an die Hebamme, sie war ein dunkler, schrecklicher Schatten in jener Nacht gewesen, in der seine eigene Mutter bei der Geburt von Helen gestorben war. »Er könnte in Kürze zurückkommen.«

»Und Susie?« fragte Kite. »Ich habe geglaubt, sie sei tot!«

Helen sah ihn neugierig an, dann schaute sie zu Puella hinüber. »Wollen Sie nicht zu uns herüberkommen und sich setzen? Es tut mir leid, das kommt alles … so unerwartet.«

Helen starrte mit unverhohlener Neugierde Puella an, als diese das Zimmer betrat und sich setzte. Sie war schweigend abwartend in der Tür stehengeblieben, während hier drinnen das Tohuwabohu ablief.

»Bitte machen Sie sich keine Umstände«, bemerkte sie jetzt und glättete ihren Rock.

»Sie spricht …« Helen errötete und brach erneut in Tränen aus. »Oh, William … Wer ist sie?«

»Nun reiß dich zusammen, Helen«, sagte Kite lachend. »Puella ist … Wir sind verlobt, sie wird meine Frau werden. Sie spricht perfekt Englisch. Sie ist eine afrikanische Prinzessin.«

»Und du bist«, Helen schaute auf, ihre dunklen Augen angefüllt mit offensichtlichem Elend, »so wie es aussieht, ein Gentleman.«

»Er ist Kapitän Kite«, warf Puella, den Titel betonend, ein.

»Kapitän Kite? Das verstehe ich nicht …« Helens Verwirrung wuchs, aber Kite versuchte sie zu beruhigen. Er schwamm auf einer Welle der Erleichterung, wenn er auch immer noch völlig überrascht war, daß sich Susie Hebblewhite unter den Lebenden befand – vielleicht nicht ganz bei Sinnen.

»Helen, beruhige dich bitte. Ich werde dir alles erklären. Aber sag du mir zuerst, was mit Susie geschehen ist. Ich hatte angenommen, daß sie tot wäre. Hast du irgendwann meinen Brief bekommen? Nein, natürlich nicht, Mulgrave ist gestorben …«

»Ja, ich habe deinen Brief erhalten. Ich erinnere mich, daß er von einem Midshipman namens Hope überbracht wurde, der sich die Mühe gemacht hat, ihn den langen Weg von Portsmouth bis hierher zu befördern.«

»Gütiger Gott.«

»Er war ein angenehmer Mann, und wir korrespondieren noch immer, gelegentlich«, fügte Helen melancholisch hinzu.

»Aber du hast mir nie geantwortet«, sagte Kite vorwurfsvoll.

Helen schüttelte den Kopf und trocknete sich die Tränen ab, riß sich zusammen und murmelte eine Entschuldigung. »Vater wollte es nicht. Wir wußten, daß du von Susies Tod überzeugt warst. Vater sagte, wenn du glauben würdest, daß du sie getötet hättest, wärst du gezwungen, deinen eigenen Weg in der Welt zu gehen. Da er keine andere Möglichkeit sah, dich dazu zu bringen, wollte er dich nicht aufhalten.«

»Aber ich war unschuldig. Ich hatte mit der Ermordung nichts zu tun. Ich meine, mit ihren Verletzungen.«

Helen hob eine Hand vor den Mund, als Susie mit dem Teetablett in das Zimmer trat. »Danke, Susie. Wartest du ab, bis der Master nach Hause kommt?«

»Natürlich, Missee Helen, das mache ich doch immer.«

»Helen, ich habe eine Kutsche mit vier Pferden und außerdem einen Kutscher draußen. Hast du ein Zimmer für ihn?«

»Mrs. Ostleehaite wird ein Zimmer haben, Missee Helen«, mischte sich Susie ein. Sie schien jetzt ruhiger und bereit zu helfen. »Und ich schicke ihn zur Farm hoch, damit er die Pferde in dem Stall unterstellen kann.«

»Das ist nett von dir, Susie«, bedankte sich Kite, aber Susie wandte ihre Augen nie von Helen ab, bis die zustimmend nickte. »Wenn du so lieb sein würdest, Susie.«

»Ich werde mitgehen«, entschied Susie und warf einen schnellen Blick auf Puella. Kite hörte sie vor sich hin murmeln, als sie hinausging, und Verwünschungen ausstoßen, als die achte Stufe unter ihrem Gewicht knarrte.

»Sie scheint mich nicht zu erkennen oder gibt vor, es nicht zu tun«, wunderte sich Kite.

»Du hast dich sehr verändert, Will. Ich habe dich kaum erkannt, nur an der Stimme. Deine Haut ist so verbrannt …« Helen blickte Puella nervös an.

Kite stieß den Atem aus, und Helen goß errötend den Tee ein. »Du mußt wissen, daß ich damals Susie nicht angefaßt habe, Helen«, beschwor Kite seine Schwester. »Ich habe sie in der Scheune gefunden, wo sie schreiend in ihrem eigenen Blut lag.«

Helen nickte. »Sie hatte ein Monster geboren«, stellte sie leichthin fest und reichte Puella eine Tasse. »Philip Hebblewhite wollte, daß die Leute glauben sollten, daß du der Erzeuger seist und deshalb fortgelaufen wärst. Vater wurde gerufen, um ihre Wunden zu verbinden. Er zerstörte das totgeborene Baby und hörte ihr Geständnis, daß sie nie mit dir geschlafen hatte. Es ging das Gerücht, daß das Kind von dem einen oder anderen der beiden Brüder gezeugt worden wäre. Susie lebt seitdem bei uns, aber bedauerlicherweise ist ihr Verstand völlig außer Kontrolle geraten, und sie wird dich nie wiedererkennen, zumal du dich sosehr verändert hast.« Helen schüttelte den Kopf und lächelte. Zum erstenmal erkannte er in ihr seine Schwester aus den alten Zeiten wieder.

»Ich verstehe«, murmelte er und lächelte zurück. »Aber sie war so schrecklich schwer verwundet, Helen. Vergib mir, aber da war überall Blut. Die Forke ... und«, Kite zog die Stirne kraus, »das Kind war *keine* Totgeburt. Ich bin sicher, daß diese Kreatur noch gelebt hat, als ich dazu kam.«

Helen schüttelte energisch den Kopf. »Vater würde nie lügen«, protestierte sie, »er hat gesagt, daß das Kind tot geboren wurde.«

»Das Kind war tot, als ich dort ankam. Aber ich habe dir nicht alles genau erzählt. Es war nicht tot geboren.«

Kite wandte sich um und sprang auf die Füße. »Vater!«

Sein Vater stand in der Tür, mit dem alten, grünen Mantel um die Schultern, das Gesicht mit Bartstoppeln bedeckt und zerfurcht von einem sorgenvollen Leben. »So also kehrt der verschwenderische Sohn zurück? Ich habe die Kutsche mit dem Viererzug getroffen, die auf der Suche nach einer Unterkunft war, und zwar auf der Farm, wo sich die Tragödie ereignet hat.«

»Vater!« wiederholte Kite verwirrt.

Mister Kite seufzte. »Gemäß der Heiligen Schrift erwartet man von mir, daß ich den verlorenen Sohn willkommen heiße«, sagte er in seinem üblichen trockenen und distanzierten Tonfall.

»Wirst du mich willkommen heißen?« fragte Kite, seine Stimme war voller Gefühl, während sich Puella mit einem zierlichen Schwung ihres grauen Seidenkleids erhob und mit ruhiger Würde ihre Hände nach Kite ausstreckte.

»Wer ist diese schwarze Frau in meinem Haus? Ist das deine Hure?«

Kite schüttelte den Kopf. »Nein, Vater, sie ist weder meine Hure noch meine Sklavin, sie wird in Kürze meine Frau werden.«

Mister Kites Gesicht zeigte keine Regung. »Und was für eine Art Mann bist du jetzt, William? Du siehst sehr wohlhabend aus, aber woher soll ich wissen, daß die Kutsche und die vier Pferde nicht nur geliehen sind?«

»Falls es dich beruhigt, sie gehören mir nicht. Sie wurden mir geborgt, Vater, damit ich dich besuchen kann.«

»Das ist nett von dir.« Mister Kites Stimme klang reichlich sarkastisch. »Fünf Jahre sind eine lange Zeit ...«

»Für uns beide, Vater«, unterbrach ihn Kite und sah, wie sein Vater zusammenzuckte, als er ihm ins Wort fiel.

»Nun, jetzt bist du da. Es ist spät. Wir werden morgen weiterreden. Ich weiß nicht, wo du zu schlafen beabsichtigst, aber dein altes Zimmer ist noch frei. Gute Nacht.«

»Er meint es nicht so, William«, verteidigte Helen den alten Mann, als sich Kite wieder seiner Schwester zuwandte. Doch er war verärgert und verletzt.

»Er hat keine Ahnung«, stieß Kite zwischen den Zähnen hervor. »Bei Gott, er hat wirklich nicht die leiseste Ahnung!«

»Er weiß Bescheid, Kite, aber er kann es nicht ausdrükken.«

Kite umfaßte Puella. »Oh, und ich vermute, daß du seinen Familiengeist sehen konntest«, seine Stimme klang bitter, voll mit dem gleichen Sarkasmus, der in der Stimme seines Vaters gelegen hatte.

»Nein«, antwortete Puella. »Er hat keinen Geist. Er hat ihn auf eine Frau übertragen, die ein Kind geboren hat.«

Kite wachte in einem zerwühlten Bett auf, ein Sturm heulte, und heftige Regenschauer peitschten gegen das Fenster. Fahles, graues Tageslicht fiel durch die schmalen Scheiben, und er rollte sich auf den Rücken, um an die Decke zu starren. Unveränderte alte Risse zogen sich durch den Putz, bildeten die grobe Karte einer imaginären Landschaft, die er als Kind in seiner Phantasie mit Königen, ihren Armeen, ihren Schlössern und ihren Städten bevölkert hatte. Berge, Flüsse und Seen durchschnitten diese Landschaft.

Also, dachte er, während eine heftige Bö am Fenster rüttelte und Puella sich neben ihm bewegte, ist Susie nicht tot. Fünf Jahre hatte er mit einer Angst gelebt, die völlig unbegründet gewesen war. Wie grausam das Schicksal sein kann, dachte er weiter, während der kalte Regen weiter gegen die rechteckigen Glasscheiben trommelte.

Er schlüpfte aus dem Bett, schlich auf Zehenspitzen hinaus auf den Flur und stieg die Treppe hinab, vergaß nicht, über die knarrenden Stufen hinwegzusteigen, nur um festzustellen, daß es weitere gab, die unter seinem Gewicht in der Stille des frühen Morgens laute Geräusche ertönen ließen.

Sein Vater saß in der warmen Küche an dem alten, rechteckigen Tisch mit der rauhen, geschrubbten Oberfläche und den drei braunschwarzen Ringen, die vor langer Zeit von heißen Töpfen eingebrannt worden waren. Kite konnte sich gut an die vielen Abende erinnern, an denen sein verzweifelter, frisch verwitweter Vater sich am Ende eines langen Tages abgemüht hatte, für sich und seine Familie etwas zu kochen. Der alte Mann stellte seinen dampfenden Becher ab und erhob sich, als Kite in den niedrigen Raum trat. Einen Augenblick lang dachte Kite, daß er sich zurückziehen wollte, aber statt dessen lehnte er sich vor und hob den Kessel von dem glimmenden Feuer. Kite setzte sich an die Schmalseite des Tisches und sah zu, wie sein Vater einen zweiten Becher füllte und ihm zuschob. Er war mit heißem Punsch gefüllt.

»Danke«, sagte Kite, als sein Vater sich wieder setzte und in die glühende Asche des Feuers starrte.

»Wir haben damals verbreitet, daß das Kind totgeboren worden sei, um alle Gerüchte zum Schweigen zu bringen«, begann er schließlich nach einem langen Schweigen. »Der alte Hebblewhite wußte, daß du es nicht gewesen bist, obwohl er dich in die Scheune hatte gehen sehen. Er hat seine Söhne geschlagen, nachdem sie von ihrer Jagd auf dich zurückkamen, und die Wahrheit aus ihnen herausgeprügelt. Ich denke, daß es Philip war, der dem Ding sein Ende bereitet hatte, und Philip, glaube ich, hatte wohl auch das Gefühl, der Vater zu sein. Aber wer will das wissen? Es war eine äußerst unerfreuliche Sache.«

»Aber sie war ...«

Mister Kite schüttelte den Kopf. »Bewußtlos und schwer verletzt ... Sehr schwer verletzt. Die Forke ... Du kannst dir den Schmutz vorstellen ... Wir haben viel Dreck aus ihren Wunden geholt ... Nun, es war ein ekelhaftes Geschäft, aber Old Mother Dole kannte ein paar Besonderheiten, und auch ich war nicht ganz nutzlos.« Ein schnelles Lächeln wanderte über das Gesicht des alten Mannes, als er seinen Sohn ansah. »Sie war nicht schlimmer punktiert, als wenn man sie für einen Kaiserschnitt geöffnet hätte, denn die Forke hatte nicht ihren gesamten Körper durchbohrt. Ich denke, daß Philip rasend vor Wut war. Er versuchte, das grauenhafte Ding zu erstechen, das er in die Welt gesetzt hatte, und hat dabei auch die arme Susie getroffen. Es war eine üble Geschichte.«

Es folgte eine lange Stille, in der Kite die Informationen verdaute. Schließlich sagte er: »Helen hat mir erzählt, daß du es für besser gehalten hast, daß ich in dem Glauben leben sollte, daß ich Susie getötet hätte. Sogar nachdem ich euch geschrieben habe, hast du ihr verboten, mir zu antworten?«

»Was sollte es nützen? Ich konnte es mir finanziell nicht erlauben, dich weiter zu unterhalten.« Kites Vater blickte ihn über den Tisch hinweg an. »Will, bist du jetzt nicht ein ganz anderer als derjenige, der du warst, als du fortgegangen bist?« fragte er.

»Aber ...« Kite wollte gegen die Grausamkeit protestieren, mit der man ihn in Unwissenheit gelassen hatte.

»Außerdem«, fuhr sein Vater fort, »bist du weggelaufen.

Ich habe daraus den Schluß gezogen, daß du dir ein gewisses Maß an Mitschuld gegeben hast.«

Kite wurde rot. »Vater, ich habe nie …«

»Das spielt alles keine Rolle mehr. Sag mir, diese schwarze Frau, die du mitgebracht hast, sie ist doch schwanger, oder nicht?«

Kite nickte. »Ja.«

»Ist es ihr erstes Kind?«

»Nein. Wir hatten einen Sohn, aber er starb an einer Form des kindlichen Erstickungstodes.«

»Und wo hat dieser kindliche Erstickungstod stattgefunden?«

»In Antigua.«

»Liegt das in Westindien?«

»Ja.«

»Und ist sie eine Sklavin, diese schwarze Frau, die meine Schwiegertochter werden soll?«

»Nein. Sie wurde an Bord eines Guineafahrers gebracht, auf dem ich angemustert hatte, aber ich habe dafür gesorgt, daß sie freikam und durch einen Freibrief völlig unabhängig wurde.«

»Nachdem du mit ihr geschlafen hattest?«

»Vater, denk nicht in derselben Weise von mir, wie du von Philip Hebblewhite denkst. Das wäre zu viel für mich.«

»Aber du willst, daß ich sie in meinem Haus aufnehme.«

»Nur bis unser Kind geboren ist und ich für sie Vorsorge getroffen habe.«

»Und wo wird diese Vorsorge getroffen werden?«

»In Liverpool, wo ich meine Geschäfte führe.«

»Im Sklaven- und Zuckergeschäft nehme ich an?«

»Ich bin Kapitän und Reeder geworden, Vater.«

»Wie Brocklebank in Whitehaven, he? So, so.«

»Ich kann dir und Helen das Leben hier sehr viel komfortabler machen, Vater. Ich kann für deinen Lebensabend sorgen.«

»Liebst du diese schwarze Frau, Will?« Kites Vater hatte

sich ihm zugewandt, und Kite sah, daß die Zurückhaltung des alten Mannes Risse bekommen hatte.

»Das tue ich, Vater.«

»Und es geht nicht nur um simple Lust?«

»Nein.« Kite schüttelte den Kopf. Simple Lust hatte ihn in Newport entflammt, aber die Liebe zu Puella hatte über diese Verrücktheit triumphiert.

»Und du hast ein Kind verloren, hast du gesagt?« Die Bedeutung dieses Ereignisses schien endlich auch seinem Vater aufzugehen. »Ich hatte einen Enkel, ohne es zu wissen.«

»Ja, einen Jungen«, wiederholte Kite, »er hieß Charles.«

»Und wie heißt deine Frau?«

Kite erklärte es ihm, was seinen Vater leise kichern ließ. »*Puella*, he? So, so. Was für ein seltsamer, ausgefallener Name ... *Mädchen*, he?«

»Damals kam er mir gar nicht so ausgefallen vor.« Kite machte eine Pause, er spürte, daß das Eis zwischen ihnen zu schmelzen begann. »Jetzt denke ich bei dem Wort an nichts anderes mehr, als daß es ihr Name ist.«

Sein Vater nickte und erhob sich langsam. »Ich werde alt, Will, und freue mich, dich heil und gesund zu sehen.« Er nickte. »Deine Puella kann so lange hier bleiben, wie sie das wünscht. Wollen wir hoffen, daß sie und Helen miteinander auskommen und daß sie wieder einem Sohn das Leben schenkt. Also, du selbst nennst dich zweifellos *Kapitän* Kite. Was für eine Arroganz. So, so.« Sein Vater ging hinaus in Richtung der Latrine, hielt aber in der Tür nochmals inne und drehte sich um. Seine Augen zwinkerten, und ein schelmisches Lächeln spielte um seine Mundwinkel. »Puella, he? So, so. Wie, um Himmels willen, wirst du deinen Sohn nennen?«

Kite folgte seinem Vater bis zur Tür, lehnte sich an den Rahmen und starrte nach draußen in die Morgendämmerung. Der ferne Rücken der weit entfernten Berge zeichnete sich scharf wie eine Schwertklinge gegen das gelbe Licht des Morgens ab. Vor langer Zeit hatte er sich diesen steilen, unmenschlichen Geröllhang hinaufgequält, getrieben von der Angst um sein Leben, verfolgt von den ihn hetzenden Hebblewhites.

Was für ein seltsames Schicksal hatte ihn zurückgebracht. Er streckte sich und gähnte, dann erzitterte er in der kalten Morgenluft, die Luft prickelte in seiner Nase. Das Licht wurde jetzt heller, blitzte auf den frostigen Dächern der Nebengebäude, der Mauer, der dahinterliegenden Felder, tauchte aber das Hochmoor in einen tieferen Schatten. Seine Abhänge, Felsen, Schluchten und Spalten blieben Kites Augen verborgen.

Die frostige Luft stärkte ihn. Plötzlich schien die Welt voller Möglichkeiten.

»Eine Romanserie aus Seefahrt und Abenteuer, die süchtig macht.«
The New York Times Book Review

DEWEY LAMBDIN – Die Alan-Lewrie-Romane

Bereit zum Kampf
Alan Lewrie wird Midshipman des Königs
ISBN-13: 978-3-548-25326-8
ISBN-10: 3-548-25326-1

Volle Breitseite
Midshipman Alan Lewrie und die Schlacht vor Turk Island
ISBN-13: 978-3-548-25438-8
ISBN-10: 3-548-25438-1

Eine Hand für den König
Alan Lewrie auf der Alacrity
ISBN-13: 978-3-548-25910-9
ISBN-10: 3-548-25910-3

Eine Hand für das Schiff
Alan Lewrie in den Gewässern der Bahamas
ISBN-13: 978-3-548-26127-0
ISBN-10: 3-548-26127-2

HMS Cockerel I
Alan Lewrie zwischen Erfolg und Meuterei
ISBN-13: 978-3-548-26294-9
ISBN-10: 3-548-26294-5

HMS Cockerel II
Alan Lewrie gegen die Franzosen
ISBN-13: 978-3-548-26401-1
ISBN-10: 3-548-26401-8

ULLSTEIN

Mar.05